베니스로 가는 마지막 열차

# 베니스로 가는 마지막 열차

조용호 소설집

문이당

## 작가의 말

　먼 길을 달려왔다. 그 길이 순탄하지 않았음은 물론이다. 많이 넘어졌고 생채기가 아직 아물지 않은 부위도 있다. 다시는 일어나서 달리지 못할 것 같은 절망감 속에 망연자실한 때도 있었다. 하지만, 지나온 길은 앞으로 가야 할 길에 비하면 아무것도 아닐 것이다. 지옥문을 나서던 오르페우스가 아니더라도 뒤를 돌아보아서는 안 될 때가 있다. 사실, 지금이 그렇다. 뒤를 돌아보면 절망의 시커먼 아가리가 나를 삼켜 버릴지 모른다. 힘이 들면 죽은 듯이 누웠다가 다시 일어나 터벅터벅 걸어갈 수밖에.

　벗은 내 소설 속의 인물들이 왜 그리도 자주 떠나느냐고 물었다. 도망가지 말고 현실과 치열하게 맞서야 한다는 주문일 것이다. 늘 가슴이 답답하고 숨이 막힐 것 같았다. 떠나야만 비로소 내가 보이고 내 삶의 풍경들이 찬찬히 눈에 들어오는 것을 어쩌랴. 집필 시간을 확보하기 위해 작전을 벌이듯 어디론가 떠나서 주말을 활용해야 했던 물리적인 환경도 그러한 정서에 기여했을 것이다. 따지고 보면 그것은 역설적으로 현실에서 버팅겨 낼 힘을 얻기 위한 최소한의 자구책이었다. 그러나 처음으로 이 땅을 떠났을 때 한없이 밀려오던 회한과 눈물의 힘도 이제는 거의 사라지고 없다. 지구 반대편까지 날아가도 멀리 왔다는 느낌이 들지 않는다. 더 이상 도망갈 곳이 없다. 이제 어디에 가면 내가 보일까. 어리석은 자문이라는 것, 안다.

멀리 갈 것 없이 지금 이곳의 내 안에 당신이 있고, 당신 안에 내가 있다는 사실도 안다. 사람들 속에서, 한 시대 같이 아등바등 흘러가는 그들과 더불어 서로 가슴을 도닥여 주는 힘을 찾아야 한다는 사실도 안다. 그 갈망을 지니고 있는 한, 이승을 떠날 때까지 갈증에 시달릴 것이라는 사실도 안다. 나는, 그 갈증 때문에 소설을 쓰고 있는지 모른다.

이 부끄러운 작품집 하나 내기까지도 고마워해야 할 분들이 너무 많다. 일일이 거명하지 못해서 송구스럽다. 하지만 얼마 전에 해후한 늘 그리운 아버지에게 각별히 죄송하다. 18년 만에 햇볕을 잠시 쪼이신 아버지는 질이 좋지 않은 수의 때문에 약간 불편하신 것만 빼놓고는 편안하신 듯했다. 삶의 허방에 잠시 빠졌다가 영원히 나오시지 못했지만, 그분은 나에게 삶의 뼈대를 세워 주셨다. 소설 속에서 아버지에게 악역을 맡긴 자식을 용서해 주시리라 믿는다. 언제일지는 모르나 나도 아버지가 계신 세상으로 가게 되면, 허구의 진실에 대해 허심탄회하게 말씀을 나누고 싶다.

2001년 가을
조 용 호

**차 례** / 베니스로 가는 마지막 열차

# 수수 바람

수수밭에 바람이 분다. 전쟁 때 무명 전사자들을 한꺼번에 묻었다는 밭 가운데 커다란 봉분 위로 달이 떴다. 말라비틀어진 다갈색 수숫대 이파리들이 달빛에 흔들거린다. 서걱거리는 수숫대의 아우성 사이로 건너편 야산에서 불어오는 솔바람 소리가 스산하다.

「누님! 할머니가 왜 이렇게 늦게 와?」

「응, 방아 찧는 사람들이 너무 많은 개비여. 쪼께만 더 기다려 보고 집에 가서 먼저 자자……..」

달은 밝아 멀리 도로변의 키 큰 소나무까지 보이는 밤인데도 사람 그림자는 보이지 않는다. 휘어 돌아가는 도로 옆 언덕에 노송 한 그루가 서 있다. 소나무는 도로 쪽으로 몸을 기울여 가지를 뻗치고 있다. 수백 년 비바람을 견디며 성장한 몸체는 장정이 한 아름 안을 만큼 퉁퉁하다. 누군가 자살을 시도한다면 휘어진 튼튼한 가지 끝에 줄을 매달고 도로를 향해 뛰어내리기에 안성맞춤이다. 나무 모양새 때문일지는 모르되 동네 아이들은 진즉부터 바로 그 소나무에 처녀

가 목매달아 죽었다는 얘기를 퍼뜨리고 돌아다녔다. 지어낸 이야기
라 하더라도 밤에 그 소나무를 바라보는 것은 무섭다. 잔뜩 긴장하
고 쳐다본 소나무 아래로 푸른 불빛이 오가는 모습이 얼핏 보인다.
달빛 속에서 반딧불처럼 자유롭게 떠도는 푸른 불빛들이 어지럽다.
나를 업고 있던 누님조차 바람 속에서 한순간 바르르 떨더니 다급하
게 소리친다.

「야야, 저것 좀 봐! 저게 자동차여, 도깨비불이여? 저기, 저기 좀
보란께!」

눈을 비비며 쳐다본 소나무 밑에서 아닌 게 아니라 불빛 하나가
빠른 속도로 우리를 향해 달려오고 있다. 그것이 자동차라면 도로를
따라와야 하는데 그놈은 길을 무시하고 논밭을 가로질러 우리를 향
해 곧장 일직선으로 달려온다. 푸른빛을 띤 불빛에 오금이 저리면서
울음이 막 터지려는 순간, 누님은 무작정 집 쪽을 향해 내달리기 시
작한다. 나는 고개를 누님의 등에 꼭 파묻고 소리도 크게 못 낸 채
헉헉거리며 공포에 못 이겨 운다. 정신없이 집에 도착했을 무렵엔
누님의 등은 내 눈물로 흥건하게 젖었다. 땀 냄새에 뒤섞인 누님의
부드러운 살 냄새가 아늑하다.

우리 남매는 부모님 대신 할머니와 같이 산다. 우리가 사는 동네
는 야트막한 산이 마을 뒤로 병풍처럼 서 있는 광막한 들판의 끝머
리쯤에 자리 잡고 있고, 우리 집은 이 마을에서도 제일 높은 지대에
있다. 마루에 나서면 들판이 지평선을 드러내며 끝없이 펼쳐진다.
비가 들어오는 모습도 보인다. 지평선 하늘가가 시커멓게 뭉개지기
시작하면 예외 없이 습기를 가득 머금은 바람이 그 들판에서 회오리
바람으로 굴러 온다. 물뿌리개로 화단을 조금씩 축여 가듯 그 빗줄

기는 쏴아 하는 소리를 내며 들판을 가로질러 순식간에 마당까지 밀려온다. 한없이 잇닿은 지평선 너머에는 그림자처럼 산맥이 아득하게 흘러간다. 집 뒤편 황토 고구마밭 언덕 너머로는 철길이 지나간다. 그 철길 위로 아버지와 어머니가 가끔씩 다녀간다. 그들은 열차를 타고 북쪽으로 한 시간가량 내달리는 소도시에 아버지의 직장 때문에 따로 살고 있다. 북쪽으로 달려간 기차가 다시 내려오는 소리를 들을 때마다 나는 마루 위에 우두커니 앉아서 그 열차의 끝 간 곳을 떠올리곤 한다. 외줄기로 놓인 철로를 따라간 열차가 어디를 돌아서 다시 오는 것인지 신기하다. 지평선 너머 아득한 산맥 뒤편에 우리 동네를 지나가는 철도와 잇닿은 길이 있을 것만 같다. 그 들판을 가로질러 몇 날이고 걸어가면 아버지와 어머니가 있는 딴 세상이 나올 것 같은 꿈을 꾸곤 한다. 할머니는 몇 마지기 안 되는 논에서 수확한 벼를 찧으러 10리쯤 떨어져 있는 큰 방앗간에 가 있다. 매년 가을 추수가 끝나면 동네 사람들이 한꺼번에 몰리는 바람에 이렇게 늦거나 심지어는 그 밤을 꼴딱 새우는 경우도 많다.

숨이 차도록, 그것도 꽤 무게가 나가는 동생까지 업고 단숨에 집에 달려온 누님은 몹시 지쳐 있었다. 등줄기에서 흘러내리는 땀이 식을 무렵에서야 누님은 정신을 차리고 벽장에서 이부자리를 꺼내 가지런히 펴준다. 자리에 누웠지만 잠은 쉬 오지 않는다. 창호지를 바른 창살문 위로 마당가에 우뚝 솟은 가죽나무 그림자가 어른거린다. 구름 속에서 오락가락하는 달빛을 받으며 건들건들 흔들거리는 새카만 나뭇가지가 바깥에서 누군가가 나를 부르는 손짓 같기도 하다. 들녘을 쉬지 않고 달려온 바람은 문풍지와 함께 방문 앞에서 운다. 누님도 잠을 못 이루고 뒤척이기는 마찬가지다. 유난히 큰 두 눈만 보면 겁이 꽤 많을 것 같은데 동생 앞에서는 그래도 침착한 편이다.

「근디, 누님! 아까 본 불 말이여, 정말 도깨비불이여?」

문풍지 울음소리가 조금 잠잠해질 무렵, 여전히 잠을 못 이루고 뒤척이는 누님에게 참았던 말을 꺼낸다.

「글씨, 솔나무에 목매달아 죽은 처녀 귀신이 돌아댕기는지도 몰라. 허지만 집에까지 따라오지는 않았을 것이여.」

「그러믄 할머니는 어떻게 온데여? 그놈의 처녀 귀신이 할머니 잡아가 버리면 어떻게 혀?」

내가 약간 겁먹은 목소리로 다시 물었을 때 누님도 잠시 말이 막혔던 모양이다. 뜸을 들이던 누님이 웃음을 지으며 일부러 꾸민 듯한 경쾌한 어조로 말한다.

「처녀 귀신은 말이여, 총각들만 잡아간대여.」


설핏 선잠이 들었다가 유난히 소란한 문풍지 울음소리에 잠이 깨어 오줌을 누러 일어난다. 혼자서 마당 가장자리에 있는 두엄자리까지 나가는 게 무섭기는 하지만 곤히 자는 누님을 깨우기에는 오줌이 너무 급하다. 방문을 조심스레 열고 마루에 나서자 들녘의 몸부림이 온몸에 와 부딪친다. 바람과 달빛과 가죽나무의 흔들림. 지평선 너머 아득한 산맥은 다른 세상과의 경계선처럼 검게 누워 있고 들녘은 온통 달빛으로 하얗다.

토담 너머 봉분을 둘러싼 고구마밭에서 또 한차례 회오리바람이 불어온다. 무명 전사자들이 한밤에 일어나 도깨비춤이라도 추는 걸까. 회오리바람에 수숫대들이 서걱거리며 덩달아 춤을 춘다. 일제히 한 방향으로 기다란 몸을 뉘었다가 한꺼번에 일어나 머리채를 풀고 도리질하는 여인들처럼 요란한 몸짓으로 움직인다. 무겁게 고개를 숙인 수수 모가지들은 아닌 게 아니라 처녀 귀신의 머리채 같다. 그놈들은 서로 머리를 부딪칠 때마다 소나기 내리는 소리처럼, 장판 바닥에 콩을 쏟아 붓는 것처럼 아우성을 내지른다. 수숫대들이 내지르는 소리 사이에 이상한 높은 음이 함께 끼어들기도 한다. 여인의 울음소리 같기도 하고, 동네 고샅을 시도 때도 없이 헤집고 다니는 강아지들의 신음 소리 같기도 하다. 달빛이 어린 나를 겁주기 위해 만들어 낸 환청인가. 아니면 무명 전사자들이 가족을 불러 대는 슬픈 호곡인가. 두엄자리에 세찬 줄기로 쏟아지던 오줌 줄기가 순간 뚝 멈추고 고추는 자라 모가지처럼 움츠러든다. 바지춤을 올리고 단추를 채울 새도 없이 한걸음에 마루로 뛰어올라 방문을 세차게 여닫고 이불 속으로 숨어든다. 바깥에서는 여전히 가죽나무가 창호지 그림자로 누군가를 부르고 있고 문풍지는 변함없이 울어 댄다. 숨을 죽이고 귀를 기울여 보지만 이제 그 이상한 소리는 더 이상 들려오지 않는다.

할머니가 돌아온다. 오랜 그리움에 지쳐 갈 무렵, 푸르스름한 창호지 문을 열고 마지막 새벽 달빛을 등에 인 채 홀연히 들어선다. 할머니는 저고리와 치마를 벗고 내 곁에 다가와 궁둥이를 서너 번 두드리더니 금세 고단한 잠에 빠져 든다. 할머니 품으로 파고들어 메마른 작은 젖꼭지를 만지작거린다. 수수밭에서 들려오던 높은 음의 이상한 소리는 잠이 들 때까지도 귓전에서 사라지지 않는다. 잠결에도 수수밭과 문풍지는 여전히 울고 있다.

부엌에서 들려오는 큰 소리에 잠이 깬다. 목소리가 크고 서울댁 이야기가 나오는 걸로 봐서 할머니를 자주 찾아와 놀다 가는 하시래댁이 틀림없다. 아침밥도 먹기 전에 이렇게 들이닥쳐 너스레를 떤

적은 없었는데 오늘은 무슨 급한 일이 있는 모양이다.

「글씨, 징게떡! 내가 전생에 지은 죄가 머 그리 크다고 이 모양인지 모르겄소. 아들놈 하나 애간장 다 태우고 키워 놨더니 어디서 배운 것도 없이 굴러먹던 년이 들어와 낚아챈 것만 해도 절통헌디, 이제는 시에미 팽개치고 밤마실 가서 외박까지 혀? 그게 말이나 되는 일이데요? 아이구! 내 팔자가 왜 이런지 몰러!」

들판 건너 '하시래'라는 동네에서 시집와서 일찍이 남편을 여의고 아들 하나 데리고 남편한테 물려받은 논 몇 마지기 지으며 살아온 예순이 넘은 그 하시래댁의 하소연이다. 남편을 일찍 잃기는 매한가지였던 우리 할머니 역시 독자 하나 낳아 대처로 직장살이 내보낸 뒤 손자들 데리고 홀로 사는 비슷한 처지여서 두 분은 동네에서도 유독 가까운 편이다. 할머니의 조근조근 달래는 소리가 들려온다.

「다 이유가 있겠제. 아이고 이 사람아, 먼디서 자네 아들 하나 보고 온 처자 맴도 좀 생각혀 줘. 온다는 신랑은 소식도 없는디 객지에서 얼마나 맴이 쓰리겄는가.」

뒤이어 하시래댁이 한두 마디 덧붙이는 소리가 나더니 이내 목소리가 작아지고 훌쩍이는 소리가 들려온다. 이불을 박차고 일어나 마당으로 나온다. 탱자들이 이제는 노랗게 익을 대로 익었다. 우리 집 탱자나무는 나의 자랑이다. 들판을 내려다보고 섰을 때 왼쪽으로는 토담이 둘러쳐져 있고, 오른쪽으로는 언덕배기 장독대 너머로 어른 키의 두어 배는 됨직한 커다란 탱자나무들이 울타리를 대신하고 서 있다. 봄이면 하얀 탱자꽃이 일제히 피어 동네 사람들의 탄성을 자아낸다. 그 꽃이 지고 초록빛 탱자가 열리기 시작해 어느 정도 알이 굵어져 노란 빛깔로 물들면 동네 아이들이 군침을 삼키기 시작한다. 아이들이 몰래 탱자나무 뒤편의 호밀밭을 헤집고 와서 익기도 전인 탱자들을 따가는 것을 막는 게 내 중요한 일과이기도 하다. 아이들은 그 탱자들을 훔쳐다가 탱자치기를 한다. 땅바닥에 금을 그어 놓고 군데군데 작은 구멍을 판 뒤, 편을 갈라서 탱자를 그 구멍들에 넣는 놀이가 탱자치기다. 탱자치기가 벌어질 때마다 아이들은 모두 내 편이 못 돼서 안달이 날 지경이다. 동네 어른들은 탱자가 다 익으면 바가지 하나씩 들고 종종 찾아왔다. 탱자를 삶은 물로 머리를 감으면 머릿결이 좋아진다든지, 그 물에 손발을 담그면 얼어서 터진 살갗이 감쪽같이 낫는다는 얘기를 들었다. 어쨌든 이제 아이들의 수난을 용하게 견디고 노랗게 익은 탱자들은 전부 내 차지다.

벅찬 가슴을 안고 탱자나무 울타리 쪽으로 다가간다. 장독에서는 메주를 띄워 놓은 장 냄새가 났지만 탱자나무 가까이 다가서면 언젠가 서울댁 옆에서 맡았던 기분 좋은 향내가 난다. 탱자 몇 개를 따서 주머니 속에 불룩하게 넣고 탱자나무 사이에 조그맣게 뚫어 놓은 구멍을 기어 나가 호밀밭으로 간다. 호리호리한 호밀들이 바람이 불때마다 물결치듯 쓰러졌다 일어난다. 호밀은 벌써 내 키만큼 자라서 얼굴이 이삭에 부딪쳐 따끔거린다. 웅성거리는 여린 몸뚱이의 호밀들 사이에 파묻혀 걸어가다 보면 어머니 품같이 아늑한 서글픔이 밀려들어 가끔 호밀 사이에 그대로 주저앉기도 한다. 호밀 숲 사이를 빠져나와 언덕에 올라서면 기찻길이 보인다.

기찻길을 하염없이 바라보며 쭈그리고 앉아 있는 서울댁을 처음으로 단출하게 만난 것은 지난 초여름이었다. 발밑까지 내려오는 기다란 월남치마가 땅에 닿을까 봐 치맛자락을 무릎 쪽으로 움켜쥐고 깊은 생각에 잠겨 있던 모습은 산골 마을로 시집가던 날 울면서 떠난 막내고모를 떠올리게 했다. 유난히 성격이 급하고 정이 많던 막

내고모는 내가 조금만 우는 소리를 내도 금방 달려와 나를 들쳐 업었다. 할머니가 다 큰 놈 버릇 나빠진다고 큰소리를 쳐도 막무가내였다. 그 고모는 스무 살 되던 해에 훌쩍 떠나갔다. 나는 서울댁 뒤편에서 쭈뼛거리며 가까이 다가가지 못하고 하얀 개망초꽃이 지천인 잡초밭을 사이에 두고 멀찌감치 떨어져 앉았다. 서울댁은 멀리서 쇠바퀴 울음소리가 들려오기 시작하는 기미가 보이면 벌떡 일어섰다. 바퀴 소리가 점점 커지고 급기야 기다란 객차를 매단 기차가 우렁찬 소리를 내며 언덕 아래에서 남쪽을 향해 달려갈 때면 서울댁은 빠르게 스쳐 가는 객차의 창문 하나하나에 눈을 맞추려는 듯 온 정신을 집중시키는 모습이었다. 기차가 사라져 간 남쪽 철길을 망연히 바라보던 서울댁은 힘없이 발길을 돌렸다. 그녀와 눈이 마주쳤다. 힘없이 돌아서던 모습과는 달리 서울댁은 환한 미소를 지으며 내가 앉아 있는 쪽으로 다가왔다.

「애, 너 혼자 나왔니? 너 징게 할머니 손자 맞지? 아유, 엄마가 보고 싶어 나왔구나.」

괜히 얼굴이 붉어져 어쩔 줄을 모르고 있는 내게로 서울댁은 사뿐사뿐 걸어와 나란히 앉았다. 그녀에게서는 탱자꽃 향기가 났다. 코를 톡 쏘는 것 같기도 하고 가슴을 부드럽고 따스하게 쓸어 주는 것 같기도 한 향기였다.

「매일 이곳에 오니? 엄마는 언제 오는데?」

나는 말로만 듣던 서울에서 시집온 여자라는 사실 하나만으로도 그녀에게서 우리 동네 여자들과는 다른 신비한 느낌을 가졌다. 막내 고모와는 달리 하얀 피부와 기다란 손가락, 짙은 눈썹 아래 까맣게 움직이는 눈동자. 서울댁은 내가 고개를 숙인 채 말을 하지 않자 누군가와 실컷 이야기라도 해보고 싶었던 사람처럼 혼자서 사근사근 얘기를 시작했다.

「나도 여기에 나온 지는 얼마 안 됐어. 아저씨가 서울에 간 지 한 달이 넘었거든. 온다는 날짜는 지났는데 편지도 없어서 애가 타는 중이란다. 아저씨는 서울에서 큰 양복 공장에 다녀. 나도 여기에 오기 전에는 아저씨랑 같이 일했단다. 그때는 정말 행복했어. 아저씨는 길고 넓은 고급 옷감을 켜켜이 쌓아 놓고 그 위에 백묵으로 선을 그린 뒤에 한꺼번에 그 옷감들을 전기칼로 잘라 내는 데는 누구도 따를 수 없을 만큼 솜씨가 좋았어. 나는 그 옆방에서 열심히 재봉질을 했지. 일이 끝나면 우리는 같이 찻집에도 가고 길을 가다가 호떡도 사먹으면서 밤늦게까지 돌아다녔단다. 그때가 좋았어. 아저씨 어머니가 장가들라고 성화를 대는 바람에 내가 시골집에 와서 어머니를 조금만 도와 드리고 있으면 아저씨가 새 직장을 잡은 뒤에 너네 동네에서 성대한 결혼식을 치르고서 시어머니 될 분이랑 모두 같이 서울로 가기로 했거든. 그런데 서울 일이 쉽게 안 풀리는 모양이야. 참, 너는 엄마 아빠가 얼마 만에 한 번씩 내려오시니?」

서울댁은 자기 이야기를 어린 나에게 길게 늘어놓는 게 쑥스러웠던지 질문을 던져 놓고는 다시 멀리 철길이 끝나는 지점으로 시선을 옮겼다. 나는 슬그머니 일어나서 개망초밭을 헤치며 그녀에게서 도망쳤다. 서울댁이 슬쩍 고개를 돌려 나를 바라보더니 다시 환한 미소를 지으며 눈으로 배웅했다. 활달하게 얘기를 풀어놓던 모습과는 달리 그녀의 눈가에는 이슬이 맺혀 있었다. 동네 집들과 수수밭과 가죽나무와 넓은 들판이 한눈에 바라보이는 언덕 꼭대기까지 걸어가서 나는 다시 한 번 서울댁 쪽을 바라보았다. 그녀는 여전히 비석처럼 쭈그리고 앉아 철길만 바라보고 있었다. 그 뒤로도 나는 가끔 언덕에서 서울댁과 마주쳤다. 하지만 여름이 지나고 가을로 접어들 무렵부터는 서울댁을 마주친 적이 한 번도 없다.

금방 돌아온다던 서울댁 아저씨는 여전히 소식이 없는 모양이다. 오늘 아침 하시래댁이 부엌에서 큰 소리로 할머니와 얘기를 나누던 내용으로 봐서는 서울댁이 동네를 떠난 것 같지는 않은데 왜 언덕에는 나오지 않는 것일까. 작은 시골 동네에 그리 친한 사람도 없어 밤을 새울 데도 없을 텐데. 서울로 가버린 건 아닐까. 호밀밭이 올라올 때보다 더 심하게 요동을 치고 있다. 바람이 거세진 모양이다. 아침부터 웬 바람이 이렇게 심하게 부는지⋯⋯. 나는 이번에는 호밀밭을 가로지르지 않고 가장자리 고추밭 모퉁이를 돌아 탱자나무 울타리 쪽으로 간다.

하시래댁은 아직도 가지 않고 할머니를 붙잡고 신세 한탄을 계속하는 중이다.

「나라고 아들놈 귀하면 메누리 귀한 줄 왜 모르겠소잉. 그렇지만 아직 혼례도 치르기 전에 떡허니 아들놈이 메누리라고 데려다 놓고 지놈은 혼자 서울로 내빼 버리더니 올 생각을 안 헌단 말이여. 내 손으로 빨래를 못혀, 밥을 못혀, 내가 병신인감. 편지 한 장 쓰면 어디 손가락이 분질러진답디여? 맥없이 부아가 치밀어 오르니께 메누리란 년 허연 상판만 봐도 속이 끓어. 제대로 논일을 도와줄 줄 아나, 그렇다고 밭을 맨다고 애먼 것들만 되레 상하게 해놓는디, 그것이 날 도와주라고 보낸 것이여? 상전 모시라고 갖다 놓은 셈이제. 근디 그것이 시에미가 큰소리 한 번 쳤다고 나가서 아예 밤을 새워 버려? 그것이 해가 똥구멍까지 떴는디 아직도 안 들어왔단께!」

18

비가 올 모양이다. 수수밭이 더욱 소란스러워지고 하시래댁이 큰 소리로 탄식을 지를 때마다 수수밭이 덩달아 화답을 하는 듯하다. 그 화답은 흡사 여인네가 머리를 풀어헤치고 땅바닥을 치는 곡소리 같기도 하고 청이 높은 웃음소리 같기도 하다. 키 큰 가죽나무 가지들이 바람에 제멋대로 흔들린다. 하시래댁은 내가 들어온 뒤에도 할머니가 아침상을 다 차려 마루에 올려놓을 때까지 돌아갈 생각을 하지 않는다. 할머니가 같이 숟가락을 들자고 청하자 그때서야 생각이 난 듯 허둥지둥 사립문 밖으로 사라진다. 상전 같은 며느리가 그사이라도 돌아왔을까 갑자기 궁금해진 탓이었을까. 어린 내가 보기에 서울댁은 결코 상전 같은 여인은 아니다. 작달막한 키에 창백하리만큼 하얀 낯빛을 가진 그녀지만 선량하디선량하게 생긴 눈매와 사람을 보면 항상 웃는 낯꽃을 보이는 품이 어느 누구에게도 해코지는 못할 천성이다.

달빛이 환한 밤 아버지가 불쑥 마당으로 들어선다. 장대 같은 키 뒤편으로 긴 그림자를 거느리고, 수수 모가지들의 울음소리를 들으며 마당에서 헛기침을 한다. 제일 먼저 잠에서 깬 건 역시 할머니다. 할머니는 버선발로 뛰어나가 두꺼비같이 커다란 아버지 손을 부여잡고 방으로 들었다. 아버지는 시커멓게 물들인 군용 잠바에다 통이 넓은 양복바지 차림이다. 챙이 넓은 모자를 쓰고 있는 아버지의 얼굴 위로 달빛의 그림자가 드리워져 있다. 어머니는 보이지 않는다. 아버지는 노모의 안부를 챙길 겸 필요한 물건을 대처에서 배달할 겸 이런 식으로 불쑥 찾아들곤 한다. 아버지와는 달리 어머니는 두세 달에 한 번꼴로 내려와서 열흘가량 살림을 꼼꼼히 챙기며 할머니를 도와주고 간다. 아버지는 오늘도 밤을 새우고 나면 새벽 기차를 타러 나갈 것이다.

할머니는 아버지를 아랫목에 앉히고 이불을 가져다 무릎이며 발등속을 토닥거리며 덮어 주고 난 뒤 이내 부엌 쪽으로 달려 나간다. 가마솥 뚜껑이 여닫히는 금속성 마찰음이 나는가 하더니 솔가지들을 툭툭 부러뜨리는 소리가 제법 요란스럽게 번져 온다. 가마솥에서는 물이 설설 끓고 잽싸게 챙겨 온 밥상이 아버지 앞에 놓인다. 아버지는 먼저 뜨거운 물을 대야에 퍼 담아 찬물을 섞은 뒤 쓰석쓰석 세수를 하고 발까지 씻고 나서 밥상머리에 앉는다. 아버지의 밥그릇에는 항상 산처럼 밥이 쌓인다. 노적가리 쌓듯이 최대한 꾹꾹 눌러 담은 밥그릇을 앞에 두고 아버지는 기세 좋게 그 밥 봉우리를 깎아가기 시작한다. 누룽지까지 만들어 밥그릇 옆에 가져다 놓은 뒤 그제서야 할머니는 아버지 앞에 앉아 이런저런 얘기들을 늘어놓는다.

「하시래떡네 메누리 얘기 너도 알지야? 글씨, 그 메누리가 어젯밤에 집을 나가서 아적까지 안 들어왔디야. 참, 세상이 어떻게 돌아갈라고 이러는지 모르겄어. 우리 시집살이헐 때만 혀도 꿈도 못 꿀 일인디 말이여…….」

묵묵히 밥 먹는 일에만 신경을 쓰던 아버지가 고개를 들어 할머니를 물끄러미 바라본다.

「서울 간 광호는 어떻게 됐는디요? 여적 소식이 없구요?」

「아 글씨, 그놈도 그놈이여. 머시가 제대로 안 되면 연락이라도 해야 될 것 아니여? 손구락은 두었다가 뭐에 쓸라고 가만 내버려 두는 기여. 편지라도 해야 쓸 것 아니냔 말이여. 지 어무이 속 터져 죽는 꼴 볼라고 그라는 것이제.」

선잠을 깬 나는 한쪽 구석에 오도카니 쪼그리고 앉아 아버지와 할머니를 번갈아 바라본다. 밥그릇을 반쯤이나 비운 연후에야 아버지

20

가 갑자기 생각났다는 듯이 비닐종이에 포장된 박하사탕 한 봉지를 던져 준다. 공책 몇 권과 문화연필 한 다스는 누님 몫이다. 멀리서 수숫대가 몸을 뒤치는 소리가 들려온다. 문풍지 사이로 들어온 바람 한줄기가 호롱불을 건드려 아버지의 큰 그림자가 창살문 위에서 흔들리고 있다.

「한번 성질을 부리기 시작하면 고약하긴 해도 그놈만 한 효자도 없는디 대처 무슨 일이데요? 거그다가 아적 식도 안 올린 시악시를 데려다 놓고 말이오. 저번에 내려왔을 때 갸한티 얘기를 들어 본께 그 시악시도 오갈 데 없이 불쌍한 여자드만요. 조실부모허고 하나밖에 없는 오빠한티 얹혀살다가 돈 좀 벌어 보겠다고 서울 올라가서 이 고생 저 고생 다 허다가 광호를 만난 모양인디, 워낙 정에 굶주려서 살아온 여자라 그런지 광호한티 그렇게 잘해 줄 수가 없었다고 그럽디다. 죽으라면 죽는시늉까장 헐 여자라고 광호가 큰소리치더구먼요.」

「야야, 하시래떡 야그를 들어 보면 고것이 그렇게 만만한 애가 아닌 모양이여. 말대답을 허질 않나, 논일 밭일 시켜 봐도 시골서 컸다는 게 말짱 헛말 같다는 것 아니여? 그려서 싫은 소리라도 한마디 헐라치면 무장 눈물 바람이라는 것이여. 저야 찔찔 짠다고 누가 뭐랄 수 없지만서도 아, 하시래떡이야 아들이 서울 가서 여기저기 저 살아 보겠다고 돌아다니는디 집에 있는 사람이 눈물 바람 허고 그러믄 맴이 좋겄어? 그려서 그 예펜네는 그 화상대로 승질이 나서 속을 끓이는 모양인 기라…….」

아버지가 밥상을 물리기도 전에 나는 까무룩히 잠에 빠져 든다. 문풍지가 요란하게 울고 있다. 달빛은 창호지 바른 문 위로 쉼 없이 흘러내리는데 나뭇가지가 네모난 문살을 뚝뚝 따닥따닥 두드려 댄다. 그 소리는 서울댁이 마당에서 나를 불러 대는 소리처럼 들린다. 무심히 일어나서 마당으로 나간다. 월남치마 차림의 서울댁이 머리칼은 뒤로 질끈 묶어서 한쪽 어깨 너머로 넘긴 채 마당 한가운데에 서서 나를 바라보며 미소 짓고 있다. 마루 위에서 멍하게 바라만 보던 나는 서울댁의 손짓을 따라 가죽나무 달빛 그늘 아래 바위 위에 나란히 걸터앉는다. 달빛으로 온 들녘이 희뿌옇다. 지평선 너머 먼 산맥조차 오늘은 시커먼 빛깔이 아닌 은빛으로 빛나고 들녘 곳곳에 쌓아 놓은 낟가리들이 짐승들마냥 옹송그리고 앉아 다정하게 이야기를 나누는 모양이다.

「왜 요새는 언덕에 안 나오니?」

서울댁이 다정하게 내 머리칼을 쓸어 올리며 말을 건넨다. 문득 올려다본 서울댁의 눈빛이 한꺼번에 시야에 들어올 때 나는 말할 수 없는 슬픔으로 몸이 떨린다. 울다가 울다가 파리해진 눈빛, 눈물을 쏟을 만큼 쏟아 낸 뒤 힘은 없어 보이지만 수정체가 더욱 맑게 빛나는 그런 눈동자다. 평상시라면 수줍음 때문에 말도 한마디 제대로 못 꺼냈을 나에게 어디서 그런 숫기가 생겼을까.

「아줌마가 안 보여 놓고선? 지는 매일 거그 나가는 게 일인디요. 어디 갔다가 왔어요? 하시래 할머니가 얼마나 찾았는디요.」

서울댁은 말없이 들녘 쪽만을 하염없이 바라보고 앉아 있다. 서울댁이 바르는 분 냄새가 달빛에 실려 아찔하게 코끝을 파고든다. 스웨터 위로 붕긋하게 올라온 두 개의 젖무덤이 가죽나무 그림자 사이로 얼비친다. 갑자기 서울댁이 나를 꼭 끌어안더니 조용히 속삭인다.

「얘! 아저씨가 돌아오면, 아저씨가 돌아오면…… 저기 산들이 누워 있는 들판 끝이 보이지? 거기에 가서 기다린다고 말해 줘. 꼭…….」

서울댁의 젖무덤이 내 얼굴을 꼭 누른다. 할머니 젖가슴을 만지며 매일 잠드는 나에게도 서울댁 가슴은 왠지 낯설고 가슴을 울렁거리게 한다. 그 울렁거림 속에 까닭 모를 슬픔이 깊숙이 밀려들어 나도 모르게 쿨쩍거리기 시작한다. 한번 울음이 터져 나오자 걷잡을 수 없이 계속 밀려 나온다. 누가 내 엉덩이를 토닥거리며 이불을 덮어 준다. 묵직한 촉감으로 미루어 아버지다. 자다가 이불을 걷어차고 모로 누워 할머니를 껴안고 훌쩍거렸던 모양이다.

아침부터 작은 동네가 소란스럽다. 동네 아이들이 이 고샅 저 고샅을 괜스레 신이 나서 떠들며 몰려다니고 할머니도 부산한 모습이다. 아버지도 여느 날처럼 새벽 차로 올라가지 않고 느긋하게 아침밥을 먹고 동네로 내려간다. 우리 동네에서 제일 농사를 많이 짓는 황씨댁 할머니 회갑잔치가 벌어지는 날이다. 우리 집뿐만이 아니라 많은 마을 사람들이 그 집 논을 빌려 농사를 짓던 처지여서 잔치는 단순히 황씨 아저씨네가 일방적으로 베푸는 것으로 끝나지 않을 성싶다. 모두들 자기 잔치처럼 팔뚝을 걷어붙이고 나서서 잔심부름도 하고 직접 잔치 준비에 매달린다. 들녘으로 나가는 입구의 동네 당산에는 차일이 쳐졌고 멍석이 깔렸다. 동네 농악대는 고샅고샅 돌며 풍물을 울리고 다닌다. 차일 밑에서는 동네 아낙들이 모두 모여 전을 부치고 찌개를 끓이며 부산하게 움직인다. 하시래댁도 보인다. 비록 며느리는 어디론가 갔을망정, 무한정 속만 끓이고 앉아 있을 수는 없는 노릇이어서 우리 할머니가 가서 데리고 나왔다. 입담 좋은 아낙들이 저마다 한마디씩 일부러 과장된 듯한 너스레로 하시래댁을 달랜다.

「아따, 뭐가 고로크롬 심란헌 얼굴이다요? 그러게, 상판이 곱상하

면 꼭 그 값을 헌답디여. 뭐가 걱정이오, 새 메누리 얻으면 그만이
제. 아직 식도 올리기 전인께 잘됐구먼그리여.」

「광호도 지가 맴이 없은께 연락도 안 허는 것 아니오? 얘기 들어
본께 그 여자가 죽자 사자 광호를 먼저 좋아했다는구먼. 아, 여그
내려온 것도 그 처자가 먼저 자발적으로 원혀서 온 것이라믄?」

「그래도 그렇제, 먼 말을 그로크롬 헌다요? 아매도 하도 신랑이
안 오니께 직접 찾아볼라고 서울로 간 것이제……. 금시 지 서방
찾아 가지고 달려올 것이구먼, 안 그려요, 하시래떡?」

아낙들의 너스레를 가까이 다가온 풍물 소리가 덮어 버린다. 패랭
이 모자에 열두 발 상모를 꽂은 사내가 당산 마당에서 공중제비를
돌자 여기저기서 박수 소리가 요란하게 터져 나온다. 삼채 장단에
머무르던 풍물재비들이 중중모리로 속도를 빠르게 가져가기 시작한
다. 황씨네 집 할머니가 멀리서 동네 고샅을 따라 장정들이 만든 사
람 말을 타고 풍물 소리에 맞추어 어깨춤을 추며 당산으로 내려온
다. 동네 사내들과 아낙들이 모두 당산 마당으로 쏟아져 나와 같이
어깨춤을 추기 시작한다. 마당 한구석에 막걸리를 항아리째 가져다
놓고 바가지로 주발에 퍼 담아 시종 춤판 가운데로 날라다 춤꾼들에
게 권하는 이들도 엉덩이춤을 춘다. 막걸리의 반은 땅에다 흘려 버
린다. 춤을 추다가 막걸리를 잘못 마셔 사레가 들린 이도 있고 아예
앞섶에다 막걸리를 퍼부어 주변에 있는 이들이 박장대소를 하기도
한다. 원래 신명이 좋은 우리 할머니는 그 춤패 중에서도 단연 돋보
인다. 막걸리에 얼큰하게 취한 할머니는 춤을 추면서 노래를 부른
다. 만고강산 유람헐 제 삼신산이 어드메뇨, 우리네 인생 한 번 아차
죽어지면 저그 저 모양 되는 것을. 에라 만소, 에라 대신이야.

주변에 둥그렇게 모여 선 사람들 사이에서 그저 빙그레 웃으며 할머니를 지켜보던 아버지가 언제 잔치판에서 사라졌는지 모른다. 갑자기 새파랗게 질린 얼굴로 나타난 아버지가 우물가에서 남정네 몇과 더불어 연신 수수밭 쪽을 손가락으로 가리키며 무슨 말인가를 다급하게 나누고 있다. 누군가가 급히 차일 쪽으로 뛰어와 하시래댁을 찾는다. 귀엣말을 전해 듣던 하시래댁이 그대로 앞으로 고꾸라진다. 동네 남정네들 서너 명이 수수밭 쪽으로 올라간다. 풍물 소리도 갑자기 뚝 멈춘다. 그제서야 춤을 추던 사람들도 영문을 몰라 이리저리 한마디씩 하다가 이내 잠잠해진다. 돼지고기와 김치를 넣고 한솥 설설 끓이던 찌개가 국물이 졸아들어 타는 냄새가 날 때까지도 사람들은 망연하게 서 있을 따름이다. 다시 바람이 불고 있다. 아니, 풍물 소리가 마을을 요란하게 들썩일 때부터 바람은 불고 있었지만 분위기에 취해 그 바람을 느끼지 못했을지도 모른다. 들녘에서 불어오는 늦가을의 바람, 그것은 서늘한 눈물처럼 가슴패기로 파고든다.

오후에 떠나려던 아버지는 아직 동네에 남아 있다. 홀어머니와 아이들을 쓸쓸한 분위기에 그대로 놔두고 홀연히 떠나지 못하는 모양이다. 아버지의 판단은 적절한 것이었다. 아버지마저 없다면 우리 남매와 할머니는 뜬눈으로 밤을 새워야 할지도 모른다. 늦가을에 웬 바람은 그렇게 불어 대는지, 이파리마저 다 떨궈 버린 가죽나무 가지들은 요란스럽게 따닥따닥 부딪치는 소리를 내며 흔들거린다. 문풍지는 아이들 털 부는 소리처럼 경망스럽게 푸들거리고 꽉 찬 보름달은 괴기스러울 정도로 환한 빛을 온 마을과 들녘에 마지막 힘을 다하듯 자욱하게 뿌려 놓는다. 잠이 오지 않는다. 어제저녁 꿈에 나타난 서울댁이 또 찾아올 것만 같다. 창호지 문에 어른거리는 가죽나무의 흔들림이 서울댁의 그림자 같다. 머리를 길게 풀어서 늘어뜨리고 월남치마는 간데없는 하얀 소복의 서울댁이 자꾸만 바깥에서 나를 부르는 것 같다. 왠지 무섭다는 생각보다는 서울댁의 젖무덤에서 풍겨 오던 냄새가 눈시울을 자극할 뿐이다.

「에미가 걱정허겄다. 무신 일이 생긴 줄 알 것 아니여, 여적 니가 오지 않으니께. 이럴 줄 알았으면 같이 올 걸 그렸어. 나는 괜히 애기 데리고 왔다 갔다 허면 애 고뿔 들까비 너 혼자만 왔다가 가란 것인디…… 원, 이런 일이 다 생긴다냐?」

할머니가 걱정스러운 음색으로 늦게 들어온 아버지를 반기며 꺼낸 말이다. 어린 동생을 업고 빈집을 지키고 있을 어머니에 대한 걱정이다. 늦게 본 남동생, 나는 그 어린 생명이 나오던 날도 생생하게 기억한다. 그날도 마당에는 달빛이 푸짐하게 내렸고 아버지는 가마솥에 물을 끓이느라 계속 부엌에서 솔가지를 꺾어 댔고 할머니는 작은방에서 어머니를 수발하고 있었다. 밤이 깊을 무렵 어머니의 고통스러운 신음 소리가 어느 순간 뚝 그치더니 할머니의 환호성이 터져 나왔다. 갓 나온 동생의 얼굴은 강아지 새끼처럼 쭈글쭈글했지만, 꼼지락거리는 손가락이며 불빛에 찡그리는 눈매가 어김없이 살아 있는 생명체였다. 그날도 오늘처럼 바람이 불었고 가죽나무가 심하게 흔들리고 있었다. 바람 속에서 동생은 태어났고 바람 속으로 서울댁은 떠나갔다.

「맴은 좀 진정된 것이여? 살다 보면 벨꼴 다 보는 뱁인디, 해필 니가 그 숭악한 꼴을 첨으로 보게 되야서 속이 많이 상혔겄다. 허지만 어쩌냐, 사람 나고 죽는 일이란 것이 항상 어디선가는 일어나는 것인디, 이것도 다 사람살이라고 생각허고 맴을 차분하게 먹어라.」

26

할머니가 누운 채로 문풍지 쪽을 향해 있다가 아버지에게 달래듯이 던진 말이다. 아버지는 앉은 자세로 괴춤에서 담배를 꺼내 불을 붙인 후 길게 연기를 삼켰다가 내뱉는다.

「지는 첨에는 우리 수수밭에다 누가 쓰레기를 갖다 버린 줄 알았어요. 마시다 남은 농약병을 풀잎으로 꼭 막아 놓았더라니까요. 그 때까지만 혀도 정신이 있었던 모양인디 얼매나 힘들었으면 손톱이 하나도 안 남았을 거라? 죽기는 왜 죽는데요, 글씨. 광호란 놈이 바람둥이긴 혀도 맴만 다부지게 먹으면 지 식솔 안 굶기고 살갑게 데불고 살 놈인디…….」

광호 아저씨를 동생처럼 한 마을에서 데리고 놀았던 처지여서 아버지는 그를 누구보다도 잘 아는 편이다. 일찍이 혼자가 된 처지여서 하시래댁은 아들 하나를 끔찍이도 감싸고 돌았다. 동네에서 같이 놀다가 무르팍만 깨져도 온 동네가 시끄러울 만큼 하시래댁의 아들에 대한 애정은 도를 넘었다.

「정이라는 게 그렇게 모진 것이여. 정에 굶주려 본 사람은 다시 또 그 정을 떼이느니 차라리 죽는 게 낫다는 생각을 헐 법도 혀. 야야, 세상 찬바람이 오장 육부를 뒤집어 놓으면 말이다, 그때는 정말 살아갈 힘이 안 생긴다. 니 아부지 돌아가시고 난 뒤에 나도 정말 죽고 싶은 맴이 한두 번 안 생겼다면 그짓말일 것이다. 거그다가 변변히 의지할 사람도 없는 판에 타관 땅에서 모진 고생 허다가 정붙일 남자 하나 만났는디, 그놈이 자기를 버릴 거라고 생각혀 봐라. 또 시에미 될 사람은 맨날 지청구나 허지…….」

공동 우물 옆으로 꽃상여가 나간다. 동네 남정네들이 상여를 양옆에서 메고 우물가에 이르러 제자리에서 흔드는데 맨 앞쪽에 선 이가 서럽게 상옛소리를 메긴다. 우물가에 모여서 연신 저고리 앞섶으로 눈물을 찍어 내는 동네 아낙들이 소곤거리는 소리가 들린다. 글씨, 서울떡 주머니에서 광호가 보낸 편지가 나오더란 것 아니여. 광호가 서울떡한티 맴 잘 묵고 다른 남자 만나서 살라는 뚱딴지 같은 소리를 썼던 모양이라. 전에 다니던 공장으로 친 전보를 받고 광호가 새벽 차로 내려왔는디, 글씨, 그게 아니더란 말이여. 광호 다리 한 짝이 없어져 부렀어. 돈 좀 더 벌어 보겠다고 프레스 공장에 취직했다가 경험이 없은게 그만 실수로 다리 한 짝을 잘라묵었다는 것이여. 근께, 지 딴에는 아적 식도 안 올린 지 시악시, 성한 사람 만나서 살라고 눈물을 머금고 편지를 보냈던 모양인디……. 바람에 상여 꽃잎이 가늘게 떨고 있다. 빨강, 노랑, 초록의 종이꽃들은 장정들이 상여를 흔들 때마다 같이 흔들린다. 상여는 마을 앞 들녘의 수로 제방을 따라 공동묘지로 향한다. 멀리 들녘 너머 산맥 위로 해가 비죽이 솟아나 상여를 따라간다. 그 뒤로 하시래댁이 동구 밖까지 나와 상여를 배웅한다. 상여 뒤로 서너 명의 장정들과 사내 하나가 뒤뚱뒤뚱 걸어간다. 사내는 몇 발자국 못 떼고 쓰러졌다가 다시 안간힘을 써서 일어난다. 다시 몇 걸음 내딛다가 또 쓰러지는 사내를 장정들이 부축한다. 사내가 다시 쓰러진다. 상여는 멀어져 가고 사내는 일어날 줄을 모른다. 종이꽃들이 들판 가운데로 멀어져 가다 끝내는 점으로 변해 간다. 상여가 사라진 자리에 돌개바람이 일고 흙먼지가 하늘로 솟구쳐 오른다. 상여 길에 떨어졌던 꽃잎 하나가 하늘로 떠올라 오래도록 들녘을 배회하다가 철길 쪽으로 사라져 간다.

# 능소화

　그대가 이 편지를 읽고 있을 때쯤이면 나는 이미 태평양 상공에
떠 있을 걸세. 돌아올 기약은 없지만, 그대들과 누렸던 즐거운 시간
들을 영원히 잊을 수는 없을 것이네. 제법 오랫동안 내 아내였던 여
자에게도 그대가 대신 안부를 전해 주게. 사랑이 뭔지는 몰라도 아
직도 이렇게 미안하고 애틋한 감정이 생기는 대상이라면, 그리 나쁜
관계는 아니었다고 보네. 잘 지내시게. 우리 죽기 전에 한 번쯤은 볼
수 있을까. 설혹 얼굴을 다시 보지 못하고 이승을 떠난다 해도 저승
에서 알은척도 안 하는 매몰찬 인정은 없도록 하세. 그럼 잘 계시게.
이제, 작별이네.

　스님의 무문관(無門關) 수행 해제일과 그 녀석이 이 땅을 떠나는
날은 공교롭게도 하루 간격으로 이어져 있었다. 녀석은 어디 가까운
데 여행이라도 가는 것처럼 덜렁 편지 한 장 남겨 놓고 떠나 버렸다.
친구들 중 누구도 그가 그런 식으로 우리 곁을 멀리 떠나리라곤 상

상하지 못했다. 녀석은 우리 중 누구에게도 이민 이야기를 꺼내 본적이 없었다. 하물며 마지막 남긴 편지에서조차 그곳의 전화번호는 고사하고 주소 하나 남겨 놓지 않았다. 스님은 속세와의 인연을 끊기 위해 오래전에 출가한 절에서 3년 전 이맘때 절집 사람들과의 인연조차 끊고 토굴로 들어가 버렸다. 말하자면 출가 이후 또 한 번의 출가인 셈인데, 그 3년 동안 스님의 시봉을 맡은 상좌가 작은 구멍을 통해 넣어 주는 하루 한 끼의 공양 외에는 외부와의 어떤 연락도 봉쇄해 버린 채 계절과 계절들을 보냈던 것이다. '무문관'은 원래 중국 송나라 선승인 무문혜개(無門慧開)가 지은 책 이름으로 깨달음의 절대 경지인 '무(無)'를 탐구한 책이다. 한국에서는 도봉산 천축사에서 '무문관'이라는 참선 수행 도량을 세우면서 그런 공간을 일컫는 보통명사로 자리 잡게 되었는데, 한번 들어가면 몇 년이고 바깥 세상을 피하면서 입구를 아예 폐쇄하거나 문을 못질해 버리고 오로지 수행에만 전념한다. 스님이 토굴에서 나온다는 소식을 접한 것은 신문을 통해서였다. 명색이 일간지 종교 담당 기자임에도 타 신문의 동업자가 쓴 기사를 보고서야 그 사실을 알게 된 것이다. 부장으로부터 불호령이 떨어진 것은 당연한 수순이었다. 그러나 정작 문제는 불호령 다음이었다. 이런 일이 생기면 어떤 식으로든지 만회를 해야만 하는 게 기자 사회의 불문율이다. 그 때문에 스님이 나오기 하루 전날, 그러니까 녀석이 태평양 상공 위에 떠 있던 날, 경상도 오지의 그 토굴까지 나는 20만 킬로미터도 넘게 뛴 낡은 승용차를 직접 끌고 내려가야만 했다. 스님의 무문관 수행 해제 소식을 미리 신문에서 접한 사부대중들은 아마도 스님이 나오기로 한 내일 아침이면 대거 암자로 몰려들 것이다. 절집에서는 스님의 수행 소식을 절대로 기사화하지 말아 달라고 말했고, 인터뷰는 고사하고 취재에도 전혀 협조할 뜻이 없는 것처럼 보였다. 수행은 귀신도 모르게 하는 것인데, 이를 떠벌리면 전국의 수많은 수행자들이 보고 비웃는다는 것이다. 말씀인즉 백 번 지당하신데 기왕에 기사가 나가 버린 바에야 이제 와서 무얼 어쩌겠느냐는 식으로 떼를 써보았지만, 반갑지 않은 불청객을 대하는 절집의 인심은 냉랭했다. 사정 끝에 공양간 옆의 요사채에 겨우 잠자리 하나를 얻었다. 스님이 나오는 날 오전에 열릴 회향 법회를 준비하기 위해 절집은 전날부터 잔칫집처럼 부산했다. 밤새도록 음식 장만 하는 소리와 불을 때는 소리로 시끌벅적했다. 암자의 밤이 깊어 갈수록 잠은 오히려 멀리 달아나고만 있었다. 옆자리에 누운 처사도 잠이 오지 않는 모양인지 계속 부스럭거렸다. 바람이 문풍지를 요란하게 흔들어 댔다. 아침에야 접한 녀석의 충격적인 이야기들이 문풍지 소리에 실려 귓전에서 맴돌았다.

핸드폰 밧데리만 떨어져도 불안해서 안절부절못하던 내가 이 땅에서 맺어 온 모든 인연을 끊고 떠나기로 작정한 것은 나로서는 죽기로 작심한 것만큼이나 큰 결단이라는 걸 그대도 잘 알 걸세. 그대 때문은 아니니 자책은 하지 말게. 사람들 사이의 일이라는 게 어디 자신의 뜻대로만 되는 게 있던가. 다 운명이려니 생각하기로 했네. 하지만 이 땅에 남아 있는 한 그렇듯 쉬 마음을 비우기는 힘들 것이라고 생각했네. 아내가 내 곁을 떠난 것도 지극히 당연한 일이었지. 내가 다른 곳에 마음을 두고 그리 미쳐 있었으니 아무리 목석 같은 여자라도 견디기는 힘들었을 걸세. 그대도 잘 아는 능소화 얘기를 떠나는 마당에 굳이 꺼내고 싶은 마음은 없었네. 하지만 그대가 혹시 내게 빚이라도 졌다고 느낄까 봐 이렇게 꺼내는 걸세. 부디 마음 편히 가지시게. 우리가 함께 처음으로 능소화 그녀를 만난 지도 벌써 5년이나 흘러 버렸네. 우리 친구들끼리 매년 정초에 연례 행사처럼 떠나곤 하던 해맞이 여행지로 남해 금산을 찾아 내려간 바로 그 해였지. 저물녘에서야 우리는 금산에 도착했고 시간이 늦었으니 다음날 올라가자는 의견도 있었지만 우리는 결국 그날 금산에 오르고 말았었지. 그대도 기억나는가. 힘들게 금산에 올랐을 때 발아래 불빛들이 마치 온순한 짐승들처럼 옹송그리고 있던 그 한없이 안온하고 평화로운 풍경을. 우리는 서울에서 내려오는 동안 기차에서 마시던 술기운의 힘을 빌리어 위험한 바위 꼭대기까지 올라, 새해의 벅찬 기대를 서로 얘기했었지. 아닌 게 아니라 중년에 접어든 우리들로서는 그동안 세파에 많이 지쳐 있었지만, 그해의 특별한 여행에선 무언가 좋은 일이 생길 듯한 예감이 아랫배를 슬근슬근 묘하게 간질이는 느낌이었어. 그대도 꽤나 고무된 듯한 표정이었는데, 맞는가? 우리가 금산에서 내려와 숙소를 정한 곳은 바닷가 여인숙이었네. 산에서 내려와 곧바로 여인숙으로 갔던 건 아니었지. 근처 횟집에서 식사 겸 술을 곁들이는, 여행의 가장 즐거운 순서이자 중요한 의식인 그 행사를 치른 뒤였지. 엔간해서는 그리 인사불성은 아니 되었을 터인데 낮부터 마셔 댄 데다 근사한 풍광들에 고무돼 저녁 자리에서도 계속 술잔을 놓지 않았던 탓에 그날 밤 나는 완전히 필름이 끊어졌던 모양일세. 술에 취해도 남들이 보기에는 말하는 품새나 걸음걸이가 멀쩡해서 내가 필름이 끊어졌다는 걸 나를 잘 아는 이가 아니면 쉬 눈치를 못 챈다는 사실, 그대가 더 잘 알지 않나? 그 인사불성의 밤이 능소화를 만나게 한 일등 공신일세. 다음날 아침 지난밤에 꾸었던 꿈 정도로 아득하게 뇌리에 이미지로만 남아 있었는데, 그것이 꿈이 아니었다는 걸 알게 된 것은 자리에 누운 채로 눈을 떴을 때 옆자리에 당연히 있어야 할 그대들은 보이지 않고 긴 허리를 구부리

32

고 윗목에 동그마니 앉아 있는 낯선 여인을 보면서였어. 어찌 그대들은 나만 남겨 두고 그리도 무정하게 가버렸단 말인가. 뒷날 그대들도 술에 취해 누구를 챙기고 어쩌고 할 정신이 아니었다고 변명들을 늘어놓았지. 하지만 내가 하도 그녀를 붙잡고 눈물겨운 하소연을 하니까 그대들은 우정을 핑계로 날 홀로 두고 사라진 것이었겠지. 사실, 그 허름한 바닷가 횟집에서 우리의 수발을 들던 여인을 처음 보았을 때 그녀를 어디선가 많이 본 듯하여 처음부터 예사롭진 않았네.

무문관 수행을 하는 스님의 시봉을 맡았던 상좌 스님과 이곳 요사채로 오기 전까지 오랫동안 얘기를 나누었다. 토굴로 들어가 버린 스님이 살아 있다는 유일한 증거는 하루에 한 끼 넣어 드린 공양 그릇이 비워져 있을 때였다고 상좌는 말했다. 스님은 토굴에 들어가기 전에 죽을 각오로 들어갔다고 했다. 마른 검불이 돼서 모든 기력이 쇠진해진다고 해도 이 번잡한 세상과 완벽하게 인연을 끊고 나 안의 나를 기필코 찾아서 나오겠다는 다짐을 상좌에게 털어놓았다는 것이다. 그러니 벼락이 친다 해도 토굴로 들어올 생각은 아예 하지 말라고 상좌에게 신신당부를 했다는 것이다. 절대 고독의 나날들, 살아 있긴 해도 죽은 것이나 다름없는 상태가 그 무문관의 삶이다. 아니, 오히려 그 절대 고독의 시간들이야말로 먼발치의 뭇 생령들이 움찔거리는 소리까지 생생하게 감지할 수 있는 살아 있는 시간일지도 모른다. 하지만 감옥의 독방 생활조차 그처럼 완벽하게 세상과의 인연을 끊기는 어려울 것이다. 한곳에 붙박여 생장하는 나무나 풀의 삶이라고나 할까. 그 녀석이 이 땅을 떠난 것도 따지고 보면 스님의 무문관 수행과 크게 다르진 않을 것 같다. 다만 스님과 그 녀석의 경우가 다른 것은 스님은 자발적으로 들어간 것이고, 녀석은 쫓기듯 떠났다는 점이다. 녀석이 이 땅에 남아 있는 한, 그나마 남아 있는 명마저 제대로 부지하지 못할 수도 있기 때문이다. 그건 그 녀석 자신이 누구보다도 더 잘 아는 사실이었다. 어쨌든 비록 노모와 형이 먼저가 있는 땅이라 할망정, 캐나다로 이민을 떠난 것은 녀석에게는 지금까지의 삶을 모두 정리하겠다는 대단히 큰 각오였음에 틀림없다.

내 고향 마을의 능소화에 대해 언젠가 그대에게 얘기를 한 적이 있는지 모르겠다. 더위에 지치고 지쳐 갈 무렵, 늦여름에야 주황색의 은은한 꽃을 피워 내는 그 능소화에 대해서. 치렁치렁 줄기에 매달린 채 하늘을 향해 나팔이라도 불 것처럼 품격 넘치는 자태로 피어나던 그 능소화는 내게 누님 같은 이미지로 깊이 박혀 있다. 내 고향집 담벼락을 유난히 화려하게 타고 오르던 꽃도 그 꽃이었어. 어린 시절에는 그 꽃이 능소화인지조차 몰랐고, 후일 도시로 나와 성장하면서 식물도감에서 확인했을 뿐이지만 말이야. 어쨌든 남쪽 지방을 여행하면서 우연히 능소화라도 차창 밖 풍경 속에서 발견하게 되면 나는 항상 그곳이 고향 같다는 느낌을 받곤 했지. 누님은 어린 나보다 열 살이나 더 나이가 들어 터울이 길었어. 어머니가 위로 첫딸을 하나 낳은 뒤 아들을 보려고 계속 아이를 낳았지만 공교롭게도 두 명이나 태어나자마자 죽어 버리고 겨우 한 살 위의 형과 나만을 건진 거지. 그래서 사실 누님은 나에게 어머니보다도 더 살뜰한 존재였어. 어머니는 어린 시절 늘 부재중이었기 때문에 누님에게서 어머니를 느꼈을지도 모르지. 아버지를 일찍 여의고 행상을 다니던 어머니는 쭈글쭈글한 피부에다 늘 피로한 얼굴이어서 며칠 만에 집에 돌아오면 모래더미처럼 무너져 안방에서 잠만 자던 기억이 난다. 하지만 뽀얀 피부의 누님이 내 곁에 가까이라도 올라치면 가슴을 묘하게 울렁거리게 만들던 향내가 났지. 그때부터 벌써 누님이 화장을 한 것도 아니었을 터인데, 아마도 그 향기란 그 또래의 처녀에게서 나는 살 냄새가 아니었을까. 모르지, 비누 향이었을지도. 하여간 누님하고는, 우리 가족이 내가 여덟 살 나던 무렵에 쫓기듯 도시로 떠나오면서 영원히 이별을 했어. 그건 내 탓은 아니었어. 누님은 능소화 치렁대던 그해 여름 내내 누군가의 씨를 잉태해 불러 오는 배를 쓸어안고 골방에 갇혀 지냈거든. 그 골방 문에는 주먹만 한 자물쇠가 바깥으로 채워져 있었어.

스님이 과연 내일 아침 대중들 앞에 나타날까. 상좌는 단언했다. 스님은 나타나지 않으실 거라고. 아마도 스님의 수행 소식이 신문에까지 났다는 사실을 안다면 영원히 그 토굴에서 나오지 않을지도 모른다는 얘기까지 덧붙였다. 하물며 스님이 나오신다 해도 인터뷰에 응한다는 건 상상도 할 수 없는 거라고 쐐기를 박았다. 난감한 일이었다. 부장의 실망한 얼굴이 눈앞에 어른거렸다. 모든 잡다한 인연을 끊어 버리고 이 땅을 훌쩍 떠나 버린 녀석이 오히려 호사를 누리는 것일지도 모른다는 생각이 얼핏 스쳐 갔다. 하지만 그건 너무 지나친 생각이다. 녀석이 이 땅에서 지난 몇 년간 겪어야 했던 고통을 떠올린다면, 그놈의 장도를 마음속으로나마 진심으로 위로하는 게 인지상정일 게다.

누님은 여고 시절에 음악 선생님을 무척이나 사랑했던 모양이야. 이제 갓 부임한 총각이기도 하고 얼굴도 잘생긴 선생이어서 학생들 사이에서 인기가 하늘을 찔렀다는군. 거의 매일처럼 선생님의 자취방 언저리를 배회하다가 돌아오곤 하던 누님은 언제부턴가 눈물이

마를 날이 없었어. 선생님이 좋아하는 구노의 〈아베마리아〉를 입에
달고 살았던 것도 그 무렵이었지. 나도 그 야릇한 향내가 감도는 누
님 방에서 〈아베마리아〉를 따라 부른 기억이 난다. 결국 그 음악 선
생은 한 학기를 겨우 마치고 시골 여학교를 떠나야 했는데, 그건 누
님뿐만이 아니라 많은 여학생들이 선생님을 귀찮게 했기 때문일 거
야. 누님의 배가 불러오기 시작한 것은 선생님이 떠난 뒤 서너 달쯤
후였어. 물론 내가 지금 그대에게 하는 이야기들은 한참 세월이 흐
른 뒤에서야, 간혹 누님 생각을 한 적도 있지만 도시 생활에 적응하
기 바빠 정신없이 살아 낸 뒤에서야, 늙은 어머니에게 들은 이야기
들이지. 졸지에 미혼모 신세가 된 누님은 방 안에 갇혀 있다가 집에
서 남모르게 해산을 한 탓에 끝내 뒤탈이 나서 아이를 낳은 지 한
달을 못 넘기고 죽었어. 누님을 묻은 뒤 아이는 어머니가 어디론가
보내 버렸고, 우리 가족은 서둘러 도시로 떠나온 거야. 그런데, 그날
그 금산 아래의 허름한 횟집에서 누님을 닮은 여자를 만난 거였지.
그날 취한 상태에서 내가 왜 그렇게 그 여자에게 끌렸는지 처음부
터 명확하게 이해됐던 것은 아니야. 어쨌든 나는 그날 밤 너희들의
미필적 고의로 인해 그 여자와 함께 따로 한 밤을 보냈던 거지. 아
침에 일어나 머쓱하게 윗목에 앉아 있던 그녀에게 자초지종을 물었
지. 그녀는 무릎을 가지런히 세우고 그 위에 턱을 괸 채 물끄러미
나를 쳐다보면서 고즈넉이 묻더군. 내가 그렇게 좋아요? 그때서야
정신이 번쩍 들어 여자의 얼굴을 찬찬히 뜯어보았지. 화장기 없는
얼굴은 약간 창백한 듯했고, 갸름한 계란형의 미인이었어. 머리칼
은 뒤로 묶었는데 그리 길지는 않았지. 물론 그대도 알겠지만 시골
음식점에서 일하는 여자답지 않게 피부는 하얬고, 눈매도 꽤 깊어
보이는 여자였지. 양미간에 약간 주름이 잡힌 모습에서 여자가 지

36

나온 삶이 그리 순탄한 것만은 아닐 거라는 느낌이 들었어. 여자의 얘기를 들어 보면 전날 밤 나는 그녀를 한시도 내 곁에서 떠나지 못하도록 때로는 으박지르기도 하고 어린애처럼 응석을 부리기도 하면서 온갖 미사여구를 다 갖다 붙여 자기를 추켜세우더라는 거야. 그러다가 여자가 주방에서 뒤치다꺼리를 하고 나와 보니 종국에는 나만 홀로 남아서 탁자에 머리를 박고 뭐라고 중얼거리다가 잠이 들어 있었다는 거지. 여자와 그 첫날밤 교접이 있었는지는 나도 모르겠어. 어쨌든 아침에 잠에서 깨어났을 때 오랜만에 한없이 울어본 것처럼 후련했고, 가출한 탕자가 몇십 년 만에 고향에 다녀온 듯한 느낌도 들었어. 그때부터 나의 인생은 예정된 길이었을지는 모르되, 남들이 얘기하는 정상적인 길에서는 조금씩 벗어나기 시작했던 거지. 서울로 올라온 뒤로도 내가 능소화라 이름 붙였던 그 여자와는 하루에 한 번 이상 통화를 했어. 여자 또한 처음부터 내가 싫지는 않았던 모양이야. 우리의 능소화가 남해에서 서울로 올라온 데는 사실 그대의 힘이 컸네. 내가 능소화 때문에 애달파하는 걸 눈치 챈 그대가 평소에 자주 다니던 한정식집에서 사람을 구한다고 넌지시 내게 알려 주었지. 거듭 말하지만 자책은 하지 말게. 어쨌든 그게 시작이었어.

상좌에게 물었다. 도대체 아무도 지켜보지 않는 토굴 속에서 하루종일 무얼 합니까? 상좌가 말하길, 누워 있건 물구나무를 서건 자기 마음입니다. 누가 보기 때문에 그 수행을 하는 게 아니라 오로지 자신을 들여다보며 내가 누구인지를 알아내는 게 중요한 일이니까요. 개나 고양이나 심지어 나무나 풀조차 모두 이 세상에 와서 무엇을 해야 할지 잘 압니다. 하지만 인간만이 그걸 몰라요. 너무 복잡하고 욕심이 많기 때문이지요. 어디에서 왔다가 어디로 가는지, 아무것도 모른 채 욕망에만 사로잡혀 있습니다. 절에 와서 불공을 드리는 대부분의 불자들, 사실 이런 말을 해도 되는지는 모르겠지만, 아들 좋은 대학 가게 해달라고, 혹은 남편 출세하게 해달라고 오는 이들이 대부분입니다. 부처님은 그들의 욕망을 위해 존재하는 분이 결코 아닙니다. 큰스님이 젊은 사람도 쉬 돌입하기 힘든 무문관 수행에 뒤늦게 들어간 것도 다 그런 연유입니다. 내 안의 참나와 대면하지 못한다면 모든 게 다 허상일 따름입니다. 내가 없는데 단지 눈앞에 보이는 사물들과 끝 간 데 모를 욕망이란 얼마나 허망한 것입니까? 스님이 토굴에서 나오면 저도 다시 떠날 겁니다. 기진맥진할 때까지 원 없이 용맹정진해 보는 게 소원입니다. 열을 띠며 말하는 상좌의 눈빛은 형형했고, 윤기나는 머리는 절집의 형광등에 반사돼 푸르게 빛났다. 녀석도 자신의 욕망이 빚어 낸 그 참담한 고통을 정화시키기 위해 무문관 수행이라도 떠난 것일까. 그런 건 아닐 게다. 그놈은 단지 고통을 피해 달아난 것인지도 모른다.

능소화. 그대는 능소화라는 꽃이 얼마나 귀족적인지 아는가. 물론 나도 책을 찾아보고 알게 된 사실이지만, 추위에 약하고 번잡한 곳에서는 금세 시들어 버리는 성질을 지니고 있어. 그래서 남쪽 지방에서 주로 볼 수 있고 양반꽃이라는 별명까지 지니게 된 것이지. 간혹 서울에서도 그 꽃을 볼 수 있는데 그건 누군가가 겨울나기를 섬세하게 관리한 경우일 거야. 옛날에 능소화를 집에서 기른 어느 상놈이 관아에 불려 가 치도곤을 맞았다는 얘기가 있지. 감히 상놈 주제에 능소화를 키웠다고. 글쎄, 과연 상놈이 키웠기 때문에 그랬을까? 유난히 양반가의 뜰에서 능소화를 많이 볼 수 있었던 건 사실인데, 그건 말이야, 사람의 출입이 제한되거나 비교적 보호가 잘되는 양반집이나 부잣집 근처에서 아무런 간섭 없이 잘 자랄 수 있었기 때문이라는 거야. 뿐만 아니라, 양반네 집이야 비교적 오랜 시간 동안 그 터와 형태를 유지하고 있지만 평민의 경우는 수시로 집을 부수거나 이사를 가는 경우가 왕왕 있기 때문에 그 서식처 관리가 부실할 것은 뻔한 일이라는 얘기지. 그런데 이해할 수 없는 것은 꽃 이름이 능소화라는 점이야. 업신여길 '능(凌)'에다 하늘 '소(霄)'이니 하늘 같은 양반을 능멸한다는 의미이기도 하거든. 능소화는 질 때도 다른 꽃들과는 달리 기품이 있어. 추하게 지지 않고 동백처럼 꽃송이째 떨어져 버리거든. 능소화에 대해 새삼스럽게 늘어놓는 이유는 그대도 잘 알 거야. 그녀가 서울로 거처를 옮기고 난 뒤 우리는 누가 먼저랄 것도 없이 수시로 전화를 하고 그녀의 일이 끝난 늦은 밤에 만나곤 했지. 그녀는 나보다는 여덟 살이나 어렸지만, 세상살이에서 한 번 냉해를 입은 적이 있어서 외로움을 많이 타는 여자였어. 아마 서울로 올라올 전후, 그러니까 나를 만나기 전후가 능소화로서는 세상살이에 대한 저항력이 가장 약화됐을 때가 아닌가 싶어. 우아한 미모에 비해 살아온 내력은 불우했어. 성장기에는 공무원인 아버지를 따라 이곳저곳을 옮겨 다녔는데 비교적 유복하게 자랐던 것 같아. 아버지는 승진을 거듭해 시골에서 살다가·대처로 나갔고 그녀도 처녀 시절까지 별 탈 없이 잘 자랐다네. 그런데 그만 그녀가 여고를 졸업할 무렵에 아버지가 독직 사건에 휘말려 파면당한 뒤 자살을 했고, 뒤이어 어머니마저 쓰러졌다가 끝내 일어나지 못했다는 거야. 졸지에 고아가 된 그녀는 고등학교만 졸업하고 주위 사람의 권유에 일찍 시집을 간 거지. 문제는 그 남편이라는 사람이었어. 꽃 같은 스물한 살에 시집을 가서 그럭저럭 아들도 하나 낳고 잘 살았는데, 남편이 큰 규

모로 하던 비닐하우스가 어느 겨울 폭설에 무너져 빚더미에 올라앉고 난 뒤부터 술독에 빠져들기 시작한 거지. 술에 취하면 아내에게 손찌검까지 했고, 근처 농공 단지에 일을 나가기 시작한 그녀에게 의처증까지 발동했다는 거야. 지옥 같은 나날들을 보내다가 하루는 남편의 폭력을 보다 못한 이웃 사람들의 신고로 남편이 지서에까지 끌려갔다는구먼. 이혼을 했어. 그리고 아들은 남편이 데려갔고, 그녀 홀로 그곳 남해의 횟집에까지 흘러 들어 삶을 이어 가고 있었던 거지. 어쨌든 나와 만나기 시작한 뒤부터 파리해 보이던 그녀의 낯빛도 되살아났고, 늘 힘없이 축 늘어져 있던 능소화는 생동하기 시작했어. 한 남자의 전폭적인 사랑이 능소화에게는 좋은 생장 환경이 될 수도 있었겠지.

능소화, 그녀 이소연. 소연에 대해서는 나도 웬만큼은 아는 편이다. 녀석이 소연과 만나게 된 곳이 우리 친구들이 여행 가서 들렀던 횟집이었으니. 소연은 세파에 찌들어 보이기는 했어도 어딘가 모르게 은근하고 따뜻한 분위기를 풍기는 여인이었다. 하지만 그녀가 그런 쓰라린 인생의 냉해를 겪었으리라곤 미처 짐작하지 못했다. 나이는 이제 갓 서른을 넘어섰을 법한데, 그녀가 아이까지 낳은 이혼녀라는 사실은 녀석의 편지에서 처음 알았다. 서울에서 가끔 녀석과 술자리를 함께할 때 소연도 동석을 한 적이 있었다. 남해에서 봤던 모습과는 판이하게 달라진 그녀를 보고 깜짝 놀랐다. 검정 투피스를 입고 나왔던 그녀는 몰라보게 세련돼졌고, 강남 어느 거리에 내놓아도 시골에서 올라온 여인이라고는 누구도 짐작하지 못할 정도였다. 거기에다 육감적인 몸매는 한창 물이 오르는 봄처녀처럼 매혹적이었다. 그녀는 바야흐로 활짝 피어나는 능소화였다. 그녀를 피어나게 한 것은 지금 생각해 보면 전적으로 녀석의 전폭적인 사랑이었던 모양이다. 녀석은 옆에서 보기에도 그녀를 너무나 아끼는 듯했다. 쳐다보기도 아까운 보물을 옆에 두고 있는 양, 한시도 그녀 곁을 떠나지 않았다. 비록 녀석보다 한참 어린 그녀였지만, 그녀도 능숙하게 녀석을 품어 안는 형국이었다. 오히려 녀석이 동생이고 그녀가 원숙한 누님 같았다고나 할까. 녀석은 아예 그녀가 일하는 음식점과 가까운 곳의 아파트에 전세를 얻어 들어갔다. 평소에 난봉꾼도 아니었는데, 녀석은 한번 여자에게 빠지더니 한마디로 미친놈같이 보였다. 광기의 나날이었다고나 할까. 제삼자의 눈에도 그렇게 보였는데 하물며 당사자들이야 얼마나 뜨거웠겠는가. 녀석이 편지에 구구절절 적어 놓은 사연을 보면 짐작했던 것보다 그 광적인 연애의 도는 훨씬 심했던 것 같다.

그것이 단순한 욕정이었을까. 지금 와서 생각해 보면 그것은 욕정을 넘어선 중독이었을지도 모른다는 생각이 들어. 처음으로 능소화의 암술에 수분을 한 것은 그녀가 서울살이를 시작한 지 한 달쯤 지났을 때였어. 그녀가 일을 끝낼 때쯤이면 이미 밤 열한시는 넘은 시각이었으니 카페에 들어가도 그리 오래 앉아 있을 수가 없었지. 조금 이야기가 풀릴라치면 종업원이 영업 시간이 마감됐음을 알리려는 듯 부산하게 우리 둘만 남아 있는 자리를 돌며 비질을 해대니, 참 아쉬웠지. 하릴없이 능소화를 그녀의 숙소까지 바래다주었는데 그냥 헤어지기가 아쉽던 차에 그녀의 방에 들어가 차 한 잔씩만 하기로 했던 거지. 그 옛날 누님 방에서 함께 〈아베마리아〉를 부르던 분위기가 생각나더군. 참으로 오랜만에 고향집이 생각나 눈을 감은 채 벽에 기대앉아 있는데 그녀가 조용히 말했어. 당신, 너무 고마워요. 하지만 당신이 내게 바라는 게 무언지 잘 모르겠어요. 그것이 내 몸이라면 언제든지 가져요. 그녀가 조용히 내게 어깨를 기대 왔었지. 그때 나는 이제 갓 사춘기를 벗어난 청년처럼 너무나 심하게 뛰는 심장 소리 때문에 내 귀가 시끄러울 정도였어. 참 이상도 하지? 나이 40을 넘긴 사내가 새삼스럽게 여자와의 교접을 앞에 두고 그리도 가슴이 뛰다니. 그녀의 어깨를 가만히 감싸 안고 내 볼로 그녀의 볼을 비볐어. 머리칼에서 나는 냄새가 참 향긋하더군. 그때 그녀의 어깨 너머로 벽에 걸린 십자가상이 눈에 들어왔어. 예수께서 우리를 그윽한 연민의 눈으로 내려다보고 계셨네. 여자의 볼이 뜨거워지기 시작했어. 그날 나는 땅 밑으로 전동차가 지나가는 소리를 들으며, 재개발 지구에 있는 그녀의 사글셋방에서 처음으로 능소화에 수분 작업을 했어. 태어나서 처음으로 여자와 잔 것 같았다고 말한다면 그대가 믿을 수 있겠는가? 그 뜨거움을 어떻게 말로 표현할 수 있을까.

바깥에서 유난히 사람들 소리가 크게 들리고 어수선한 품이 날이 밝아 오는 모양이었다. 간혹 선잠이 들긴 했었지만 간밤을 거의 뜬 눈으로 지새우다시피 했다. 드디어 스님이 3년간의 긴 고독 속에서 깨어나는 시간이 임박한 것이다. 너무 어수선하고 사람들도 많아서 절집 밥을 얻어먹기가 번잡한 것 같아 짐을 꾸려서 조용히 바깥으로 나왔다. 새벽 공기를 가르며 타박타박 어둠 속을 걸어 내려와 차를 세워 둔 곳까지 갔다. 차를 끌고 사하촌에 이르러 목욕탕을 찾았다. 다행히 문을 연 곳이 있어 따뜻한 물속에 간밤의 피로를 담글 수 있었다. 그 녀석은 한마디로 미쳤다고 해도 과언이 아니었다. 아내와 자식들까지 거느리고 있는 놈이 세상 사람들 아랑곳없이 그렇게 이기적으로 제 감정에만 빠져 들어도 된다는 말인가. 그의 아내가 능소화를 찾아가 온갖 악다구니를 퍼부었건만 이미 녀석이나 소연이나 막무가내의 점입가경으로 접어들고 있었다. 녀석은 끝내 아내와 합의 이혼을 했고, 한창 잘 나가던 컴퓨터 부품 회사까지 접어 버렸다. 한동안 그들은 서울을 떠나 잠적해 버렸다. 녀석이 2년여 만에 서울에 다시 나타났을 때는 거의 폐인이 되어 있었다. 상대방을 바라보고 있긴 해도 동공의 초점은 허공 어딘가에 머물러 있는 듯했다. 서울을 떠나 잠적한 2년여 동안 무슨 일이 있었는지 녀석은 끝내 입을 다물었다. 그리고 이제 녀석은 바깥으로 열린 모든 문을 못질하고 생의 깊은 토굴 속으로 들어가 버린 것이다. 느지막이 해장국으로 아침 요기를 하고 법회 예정 시각인 오전 열시쯤에 맞추어 암자로 올라갔다. 그사이에 암자의 마당에는 방석들이 바둑판처럼 깔려 있고 그 위에는 어느새 모여들었는지 신도들이 가득 앉아 있었다. 마당 뒤편의 기와집은 신도 교육용으로 새로 지어 놓은 듯한데, 강당보다는 규모가 작지만 전면이 대형 유리문으로 돼 있어 안이 환히 들여다보였다. 그 안에도 신도들이 빼곡히 들어앉아 대숲 쪽을 바라보고 있었다. 마당 한쪽에는 커다란 솥이 걸려 있었고, 가마솥에는 점심 공양을 위한 국이 설설 끓고 있었다. 암자 뒤편의 대숲 속에 자리 잡은 토굴 쪽으로 자주 고개를 돌려 보았지만, 대나무 이파리들만 무심하게 바람을 탈 뿐이었다. 토굴로 향하는 계단 위에 놓인 나무판에는 '올라오지 마시오'라는 경고문이 박혀 있었다. 검은 매직으로 쓴 듯한 글씨는 이제 완전히 빛이 바래서 겨우 흔적만 남아 있었다. 드디어 예정된 시각이 되자 하루 전에 소식을 듣고 달려온 상좌들이 대중들 앞에 나서면서 본격적인 예불이 시작되었다. 암자에 모인 모든 대중이 일제히 《천수경》을 암송하기 시작했다. 절집은 순식간에 낮고 깊은 염불 소리로 가득 찼다. 수많은 목울대의 떨림을 통해 울려 나오는 염불 소리는 절집의 마당을 떠돌다가 아름다운 단청이 그려진 서까래에 부딪힌 뒤, 다시 기둥에 반사되어 대숲으로 퍼져 나갔다. 대숲도 덩달아 웅성거리는 듯했다. 일순간에 절집은 장엄한 분위기로 바뀌어 나갔다. 스님이 나오기로 한 시각이 되어 가자 염불 소리는 점차 커졌다. 한껏 고양된 한 연로한 보살은 제 감정을 이기지 못하고 자리에 주저앉아 숨을 몰아쉬기도 했다.

아내가 하루가 멀다 하고 능소화를 찾아와 괴롭히는 바람에 우리는 서울에 머물 수가 없었네. 그대도 알다시피 그때는 내 정신이 아니었어. 우리에게는 오로지 열락이 있을 뿐이었네. 서해 쪽 바닷가 소읍에 터를 잡고 우리는 밤낮을 가리지 않고 서로의 몸을 탐했네. 나는 그곳에 컴퓨터 대리점을 하나 냈지만 장사는 완전히 뒷전이었지. 낮에도 가게에 나왔다가 능소화 생각이 나면 잠시도 참지 못하겠더라구. 서둘러 집으로 달려가 능소화를 붙들고 방에 허겁지겁 들어와 그녀 속으로 깊이, 아주 깊이 자맥질을 하곤 했다네. 그러니 형식적으로만 차려 놓은 가게가 될 턱이 있었겠나. 종국에는 아예 그 가게조차 때려치우고 방에만 들어앉았네. 거의 일주일 동안 얼굴조차 씻지 않은 채 능소화를 꼭 껴안고 지낸 적도 있었지. 능소화 또한 산발한 형상이었지만 나는 개의치 않았네. 아니, 그런 건 전혀 내 눈에 들어오지도 않았지. 아무리 좋은 음악이라도, 맛있는 음식이라도, 시간이 흐르면 질릴 법도 한데 도대체 그렇지가 않더라구. 우리 주변의 모든 것은 점차 황폐해져 가고 있었지만 능소화와 나는 그걸 눈치 챌 수도 없었네. 마당에는 잡풀이 우거지고, 장마철이 지나면서 대문은 녹이 슬고, 장독대에는 쥐 새끼들이 어지럽게 종횡무진을

44

해도 우리에게는 그것이 눈에 들어오지 않았네. 이해할 수 있는가? 세상에는 능소화와 나, 오로지 둘만이 존재하는 듯한 느낌이었어. 거대하고 광막한 바깥 세상의 모든 배경들은 희미하게 지워져 가고 있었다네. 누군가 갈수록 앙상해지던 당시의 우리 몰골을 보았다면, 꽤나 놀랐을 걸세. 하지만 노아의 방주에서 내려와, 지상에 인간의 씨를 퍼뜨릴 마지막 남은 한 쌍의 남녀라도 되는 것처럼 우리는 필사적으로 서로를 탐했지.

법회가 시작된 지 30분이 지나도 토굴 쪽에서는 아무런 기척이 없었다. 상좌가 분명히 공양을 넣어 드리면서 쪽지를 전달했다고 하는데도, 안에서는 이렇다 저렇다 아무런 기별도 없었다는 것이다. 목탁 소리와 염불 소리는 경내는 물론 산 전체를 뒤흔들 듯이 갈수록 커져 가는데, 기다리는 스님이 나오지 않자 상좌들도 조금씩 초조한 기색을 보이기 시작했다. 스님의 얼굴을 직접 보고 3년 수행의 깨달음을 담은 법문을 듣기 위해 몰려든 사부대중이 실망하고 돌아갈 것을 생각하니, 상좌들도 난감했을 것이다. 애초에 스님을 모시고 상좌들끼리만 참석하는 조촐한 회향 법회를 계획했었는데 일찌감치 신문에 스님의 수행 해제 소식이 나가 버리는 바람에 이렇게 판이 커진 것이다. 이 또한 상좌들로서는 스님에게 누를 끼친 형국인데 가뜩이나 스님이 나오실 시각을 넘기면서까지 모습을 나타내지 않으니 그 난감함과 초조함은 자심했을 것이다. 어쨌거나 스님을 인터뷰할 야무진 꿈까지 꾸고 있는 나로서도 난감한 노릇이었다. 법회가 벌어지는 마당을 벗어나 암자 뒤편의 언덕으로 올라갔다. 언덕에는 샛길이 하나 나 있었는데 그 길은 대숲으로 이어져 있었다. 사람들 눈에 띄지 않게 샛길을 버리고 나무들 뒤편으로 돌아서 대숲으로 들어갔다. 멀리 보이는 토굴의 문은 미동도 하지 않았고, 댓잎 수런거리는 소리만 흘러 다녔다. 스님은 과연 이 세상 사람이기나 한 것일까. 스님의 시봉을 맡았던 상좌는 스님이 살아 있다는 유일한 증거가 공양 그릇이 비워지는 것이라고 했다. 어제까지만 해도 구멍 속의 공양 그릇이 얼추 비워진 것을 보았노라고 상좌는 말했다.

우리의 광기는 분명히 정상은 아니었네. 그것은 인간의 욕망을 넘어선 그 어떤 것이었어. 어떻게 사람이 그렇게 살 수가 있었겠나, 사람이 말이야. 밤낮을 가리지 않는 우리의 욕망은 새로운 씨앗을 능소화의 씨방 속에 심어 놓았네. 갈수록 둥글게 솟아오르는 능소화의 배를 어루만지면서도 나는 능소화의 그 뜨거운 살 속에 내 몸을, 내 살을 녹여 내는 걸 멈출 수가 없었지. 어머니가 우리 사는 곳에 다녀가셨어. 노모는 우리들 꼬락서니와 살림살이를 보시곤 기가막혀서 말씀을 못하시더구먼. 보름달처럼 솟아오른 능소화의 배를 보면서 어머니는 넋을 놓고 마루에 주질러 앉아 한참을 계시더니만, 도대체 어느 집안의 종자이기에 멀쩡한 남의 집 남정네를 이렇게까지 허방에 빠뜨릴 수 있느냐고 일갈을 하시더구먼. 어머니와 능소화는 그날 첫 대면이었어. 그런데 능소화의 눈빛과 마주친 어머니가 갑자기 그녀의 얼굴을 뚫어져라 쳐다보기 시작하시는 거야. 어머니의 표정이 일순 기묘하게 변하더군. 어머니는 떨리는 목소리로 능소화에게 그네의 아비 함자를 물었어. 죄인처럼 윗목에 다소곳이 무릎을 꿇고 앉아 있던 그네가 또박또박 아비 성명 석 자를 불렀어. 어머니는 그 이름을 듣더니 고개를 설레설레 흔들다가 그 자리에서 쓰러져 버렸어. 화급히 어머니의 팔다리를 주무르고 심지어는 뺨까지 때려 봐도 의식이 돌아오지 않아서 우리는 급기야 구급차를 불

러 병원으로 모셨네. 어머니는 구급차 안에서 깨어나시긴 했는데,
이제는 무서운 헛것이라도 본 양 사지를 부들부들 떨기 시작하시는
거야. 도대체 왜 그러시느냐고, 진정하시라고, 어머니 귀에 대고 크
게 소리를 질러도 이미 어머니의 혼은 당신 것이 아닌 것처럼 보였
어. 그 뒤로 어머니는 실어증에 걸리셨어. 나를 보면 흡사 야차라도
본 듯한 표정으로 손을 휘휘 내저으며 무어라 소리를 치시는 것 같
았지만 소리가 되어 나오지 않는 것이야. 그러다가는 또 기절해 버
리시는 바람에, 형네 식구들은 내가 어머니를 만나는 걸 아예 그 후
로는 막아 버렸어. 그러곤 어머니는 형의 가족을 따라 그토록 마다
하던 이민 길에 오르신 거지. 어머니가 능소화의 아비 이름을 듣고
왜 그렇게 초주검이 되신 건지, 정말 의아했어. 아무리 각오를 했다
기로서니, 그토록이나 어머니가 광분을 했으니 수상하지 않을 턱이
있겠나. 서해의 그 소읍으로 내려온 후 처음으로 능소화만 홀로 남
겨 둔 채 그네의 고향 마을을 찾아 나섰지. 능소화의 고향은 하동
쪽의 작은 마을이었어. 그 동네는 나에게도 그리 낯선 곳은 아니었
다네. 지금은 모두 대처로 나온 지 오래됐지만 어머니의 친정 식구
들이 살던 동네, 바로 내 외가가 있던 곳으로 어린 시절 어머니를 따
라 몇 번 가보았던 곳이기도 하지. 능소화의 부친이 일찍이 시골 군
청에서 공무원 노릇을 했다고 말한 것, 그대도 기억나는가. 다행인
지 불행인지 모르지만, 나로서는 불행이라고 말할 수밖에 없지만,
그곳에서 외삼촌의 친구분을 만났다네. 동구 밖의 대폿집으로 그이
를 데려가 약주를 권하며 이소연의 부친을 아시느냐고 물었지. 그
이는 능소화의 부친 얘기가 나오자 입에 침이 마르게 칭찬을 하기
시작했어. 그 집도 대처로 솔가해 나간 뒤 지금은 소식이 끊겼지만
그 사람처럼 법 없이 살 만한 부처 같은 이도 없었는데, 억울한 누명

을 쓰고 부부가 잇달아 유명을 달리했다는 얘기를 들었다고 했어. 다만 안타까웠던 건 그이의 안사람이 끝내 아이를 낳지 못하고 죽은 거라고. 그나마 같은 동네에서 자라서 그 사정을 잘 알았던 나의 어머니가 언젠가 갓난 핏덩이 하나를 데리고 나타나 그 집에 주었다는 거야. 그 말을 듣는 순간 피가 일제히 거꾸로 솟구치는 듯한, 컴컴한 무간지옥으로 한없이 추락하는 듯한 충격에 정신이 나가 버릴 지경이었네. 상상이나 할 수 있었겠나, 능소화 그녀가 내 누님이 이승에 남기고 간 그 아픈 살붙이였다는 것을. 그날부터 나의 비탄과 통곡은 시작되었지. 살아 있어도 죽은 거나 진배없는, 살가죽을 벗겨 불에 태우고 쇠매가 눈알을 파먹는 그 무간지옥의 날들이 시작된 거지.

다시 암자의 마당으로 내려왔을 때 법회는 파장으로 접어들고 있었다. 스님은 끝내 나오시지 않을 모양이었다. 맏상좌가 사람들 앞으로 나서서 해명을 했다. 여러 사부대중께서 큰스님을 뵙고 싶은 마음이야 소승들이 왜 모르겠습니까만, 무문이란 말 그대로 문이 없다는 뜻입니다. 본디 문이 없는 것인데 어찌 문을 잠그고 열겠습니까? 문은 오로지 우리들의 마음속에 있을 뿐입니다. 비록 오늘 큰스님을 뵙지 못해 섭섭하시겠지만, 스님의 뜻을 존중하여 그만 산을 내려가시기 바랍니다. 마지막으로 큰스님이 계신 곳을 향해 모두 삼배를 드리고 해산하도록 하십시다. 상좌의 제안에 절집에 모인 이들이 일제히 일어나 여전히 대나무 잎새만 수런거리는 토굴 쪽을 향해 큰절을 올렸다. 스님의 법문이 새겨진 기념품을 하나씩 받아 든 사람들은 하나 둘 산을 내려가기 시작했다. 마당의 방석들도 치워지고 가마솥도 철거됐다. 이제 산중의 암자는 다시 정적 속으로 돌아가는 중이었지만 상좌들은 여전히 근심스러운 얼굴로 토굴 쪽을 바라보고 있었다. 상좌들이 잠시 머리를 맞대고 무슨 말인가를 주고받더니 대나무 숲 쪽으로 발걸음을 옮기기 시작했다. 상좌들 뒤를 멀찌감치 떨어져서 따라갔다. 상좌들은 토굴 앞에 서서 일제히 입을 모아 스님을 큰 소리로 불렀다. 그렇게 서너 번 연거푸 외쳤지만 토굴 안쪽에서는 여전히 아무런 응답이 없었다. 상좌 하나가 나서서, 이제는 스님이 약속한 수행 기간이 지났으니 문이라도 부수고 들어가 봐야 되지 않겠느냐고 조심스럽게 제안을 했다. 다른 상좌들도 보일 듯 말 듯 고개를 끄덕거렸지만 맏상좌가 조용히 머리를 흔들었다. 들어 가신 것도 스님의 뜻이니 나오시는 것도 스님의 뜻을 따라야 하지 않느냐는 것이었다. 상좌들은 일단 맏상좌의 말에 고개를 끄덕거리면서도 스님의 안부가 못내 걱정스러운 표정들이었다. 통상 무문관 수행을 한다 해도 여럿이 함께 수행에 들어가는 경우가 대부분이고 몸이 아프면 중간에 병원에 다녀가는 예도 많은데, 큰스님은 노구인데다 혼자서 3년간을 지내셨으니 안에서 아무 일도 일어나지 않았으리라고 장담할 수 없는 것이었다. 스님의 시봉을 맡았던 상좌 하나가 그건 그리 걱정하지 않아도 된다고 조심스럽게 말을 꺼냈다. 스님의 공양 그릇에 밥이 그대로 남아 있는 경우도 간혹 있고 요즘은 반찬에 거의 손도 대지 않으셔서 걱정은 되지만, 어쨌든 공양 그릇이 비워지는 것으로 보아 스님에게 큰일이 생기진 않았을 것이란 주장이었다. 그제서야 다른 상좌들도 고개를 끄덕거리더니 조금만 더 기다려 보자고 한발 물러섰다. 만약에 저녁까지도 스님이 나오시지 않으면 그때 가서 다른 방책을 강구해 보자는 것이었다.

아, 그 참담한 날들을 어찌 다시 떠올릴 수 있겠는가. 나는 하동에서 능소화가 기다리는 집으로 돌아갈 수 없었네. 내가 어떻게 그녀의 얼굴을 다시 볼 수 있단 말인가. 내가 탐했던 것은 어린 시절의 다시는 돌아갈 수 없는 곳에 대한 그리움이었고, 누님을 닮은 능소화 같은 따뜻함이었고, 아베마리아였네. 어찌 상피를 범하리라고 꿈엔들 생각이나 할 수 있었겠나. 그건 그대가 더 잘 알지 않겠는가. 낮이건 밤이건 술에 취하지 않으면 한시도 고통에서 벗어날 수 없었다네. 걷다가 지치면 아무 데서나 새우처럼 꼬부리고 자고, 눈을 뜨면 화급히 술을 찾아 정신을 마취시킨 다음 또 걸었네. 오로지 걷고 또 걸었을 뿐이네. 그렇게 남도 천릿길 내 발길이 닿지 않은 곳이 없을 정도였네. 물론 그 불쌍한 여인을 난들 왜 보고 싶지 않았겠나. 그렇지만 차마 능소화가 홀로 기다리는 곳으로 돌아갈 용기는 나지 않았네. 그렇게 헤매던 어느 날 내 발걸음은 다시 하동의 그녀 고향 마을 입구로 들어서고 있었네. 동구 밖 그 대폿집에 앉아 하염없이 술잔만 들이켜는데, 외삼촌 친구분이 들어서더구먼. 내 초췌한 몰골을 보더니 무슨 생각이 들었는지 옆으로 다가와 내 어깨를 두드리며 말하는 거야. 여보게, 살고 죽는 건 다 하늘의 뜻이 아닌가. 자네 어머니가 데리고 왔던 핏덩이가 시집도 안 간 딸내미의 어린 새끼였다는 걸 아는 사람은 다 아네만, 일찍 가는 게 오히려 낳았어. 그 불쌍한 핏덩이가 오래 살았다고 무슨 영화가 있었겠나. 하도 그 집 사람들이 어린것이 일찍 죽은 걸 서러워해서 마침 우리 마누라가 낳은 핏덩이 하나를 눈 딱 감고 다시 양녀로 주었다네. 지금은 어디서 살고 있는지 소식이 끊어진 지 오래되었지. 그분을 붙들고 나는 울고 또 울었네. 그분의 품에 얼굴을 묻고 하염없이 울었네. 울다가 눈을 들어 하늘을 보고 다시 울었네. 한동안 그렇게 소리내어 한없이 울다가 눈물에 젖은 눈을 들어 그분을 망연하게 쳐다보았네. 그분은 나의 구세주였지. 그러다가 문득 홀로 나를 기다릴 능소화와 그녀의 씨방 속에 깃든 내 씨앗이 떠올라 몸을 떨었네. 그분에게 제대로 인사도 차리지 못한 채 울음을 멈추고 숨을 몰아쉬며 거리로 달려 나갔네. 서해로 치달았지. 나의 능소화를 만나러. 아, 그러나 오랜만에 찾아든 집은 이미 폐허나 다름없었네. 마당에 잡풀은 무성하고, 장독대에는 깨진 그릇들이 여기저기 널려 있고, 부엌에는 먼지만 쌓여 있었네. 조심스럽게 방문을 열어 본 순간, 역하게 치밀어 오르는 냄새에 나는 그만 정신을 놓아 버렸네. 능소화 그녀는 백지장처럼 하얀 얼굴로 눈을 감고 있었고, 온 방바닥은 이미 꾸덕꾸덕 말라 가고 있는 검붉은 핏물로 가득 차 있었네. 하염없는 하혈을 어찌지 못한 채 능소화는 떨어지고 말았던 것이네. 저주받은 생명은 탯줄도 끊어지지 않은 채 능소화 아래에서 검붉은 덩어리로 굳어 가고 있었네. 능소화, 그 여인은 이미 이승에서 다시는 피지 못할 저승꽃이었네.

산속의 낮은 짧아 어느새 해가 산 너머로 슬몃 숨어 버렸다. 이제나저제나 상좌들의 결단을 기다리던 나는 대숲에 홀로 앉아 녀석이 감당해야 했던 고통들을 생각하며 흐르는 눈물을 안으로 삼키는 중이었다. 녀석 말마따나 인간의 뜻으로는 어찌할 수 없는 일들이 세상에 어디 한둘인가. 하지만 녀석은 너무나 가혹한 벌을 받았다. 스님은 홀로 컴컴한 토굴 속에서 무엇을 깨달았을까. 그렇게 자신을 학대하면 인간의 실체를 과연 볼 수 있는 것일까. 어디서 와서 어디로 가는지 알 수 있는 것일까. 대숲이 갑자기 소란스러워지는가 싶더니 토굴 속에서 큰 울음소리가 들려왔다. 화들짝 놀라서 토굴로 뛰어가 보니, 이미 토굴의 문은 부서져 있었고 깊은 굴속에선 슬픈 울음소리만 새어 나오고 있었다. 조심스럽게 들어선 굴속 저편에 큰

스님이 상좌들에게 둘러싸여 꼿꼿하게 가부좌를 틀고 앉아 면벽한
채 싸늘하게 식어 있었다. 스님의 입가에는 한줄기 미소가 희미하게
남아 있었다. 살이 오를 대로 오른 통통한 쥐 한 마리가 뒤뚱거리며
느리게 굴속을 가로질러 달아났다. 대숲에서 불어온 바람 한줄기가
상좌들이 들고 있던 촛불을 꺼버리자, 녀석이 남기고 간 편지의 마지
막 구절들이 어둠 속으로 상좌들의 울음소리에 섞여 흐르고 있었다.

　그대도 능소화라는 꽃을 본 적이 있는가. 추위를 견디는 힘이 약
해서 내륙에서 흔히 볼 수 있는 꽃은 아니라네. 월동 준비를 잘해
주어야만 여름에 꽃을 볼 수 있는데, 주로 내륙보다는 따뜻한 바닷
가에서 볼 수 있는 꽃이지. 벽이나 나무를 타고 기어오르는 줄기에
꽃들이 서로 엇갈려 깔때기 모양으로 피어나, 서양 사람들은 흔히
트럼펫을 연상하기도 하지. 겉은 연주홍이지만 안을 들여다보면 나
팔처럼 벌어진 부분은 진한 주홍빛이고 긴 통으로 이어지면서 다시
연한 주홍색으로 변하지. 어떤 식물학자는 바람 불고 비 오는 늦은
여름이면 시계추처럼 흔들거리는 능소화의 꽃받침은 연둣빛 종소
리를, 원뿔형의 꽃송이는 주홍빛 나팔 소리라도 들려 주는 것 같다
고 하더구먼. 사람들은 간혹 능소화의 꿀이 눈에 들어가면 실명을
한다고 하는데, 이는 오해일 뿐이라네. 능소화는 성분상 전혀 독이
없는 식물일세. 다만, 갈고리 같은 게 달려 있는 꽃가루만 조심하게.
잘 있게나.

# 베니스로 가는 마지막 열차

　형광등은 쉼 없이 깜빡거리고 빗줄기가 차창을 거세게 두드린다. 칠흑 같은 밤의 공간을 휘어잡은 바람 한 조각이 아귀가 맞지 않는 창문의 작은 틈새를 비집고 들어온다. 머리를 풀어헤친 바람은 주홍빛 커튼을 젖히고 선반을 향해 줄달음친다. 주홍빛이 춤을 춘다. 빛바랜 주홍의 만장이 펄럭인다. 노래 하나가 만장을 따라 흔들리기 시작한다. 바람이 멈칫 숨을 가다듬을 때면 노랫소리도 희미해진다. 열차는 유령처럼 소리 없이 달린다. 사람 소리는 흔적도 없고 들리는 건 휘파람을 부는 바람의 아우성과 빗소리의 절규뿐이다. 아우성 속에 노래, 노래 속에 함성이다. 파리를 떠난 지 다섯 시간, 스위스 제네바에서 기차를 갈아탄 지 두 시간이 넘었다. 이탈리아 베니스를 경유해 내전의 포연에 휩싸였던 크로아티아 자그레브까지 가는 야간 국제 열차 삼등실에 새벽 한시가 넘은 지금, 나는 앉아 있다. 나의 베니스는 아직 멀었다. 그녀가 사라진 이승의 마지막 종착지까지는 이제 열한 시간 남아 있다.

어깨동무로 행진하며 매운 연기 때문에 흐르는 눈물을 닦지도 못한 채 종국에는 진짜로 흐느끼며 부르던 그 노래, 그것이 단지 혁명가였던가. 그 여인이 술집에서 홀로 부르던 가락도 그 노래였다. 수많은 사람들이 거칠게 두드려 댄 탓에 곰보 형상이 돼버린 탁자 위에 막걸리 한 잔 앞에 두고, 나무젓가락으로 장단을 맞추며 부르던 노래 말이다. 세 명씩 서로 마주 보고 앉을 수 있는 객실에는 지금 나 혼자뿐이다. 연녹색 우단 의자의 까슬까슬한 보풀들이 가끔씩 상념을 방해할 정도로 엉덩이에 배겨 든다. 벽에 걸린 오래된 성당 그림 하나가 쉬익 스쳐 가는 맞은편 기차 불빛에 붉게 반사돼 희번덕거린다. 명멸하는 빛에 성당의 종탑이 섬뜩하게 얼굴을 내밀다 다시 창백한 형광등 빛 속으로 스며든다. 복도에는 나가 보지 않았지만 역시 사람 그림자 하나 없을 건 뻔하다. 자정을 넘기면서 모자를 삐딱하게 쓰고 위스키 몇 잔에 얼굴이 불콰해진 검표원이 들렀을 뿐이다. 그것뿐이다. 몇 명 안 되는 승객들은 아마도 침대칸에서 깊은 잠에 떨어졌을 것이다. 산맥을 넘어가는 열차는 가다 서다를 반복하고 바깥에는 여전히 바람과 빗줄기만 춤을 춘다.

그 노랫가락은 내 머릿속에서 뚜렷한 윤곽을 만들지 못하고 바람소리처럼 끊임없이 웅웅거린다. 그 노래, 그 노래는 어김없이 그 술집에서 흐느끼던 여인의 얼굴과 같이 나타난다. 따뜻한 입술, 뜨거운 호흡, 창백한 얼굴, 커다란 눈동자, 나이에 어울리지 않는 단발머리의 흔들림. 아무리 머리를 흔들고 기억해 내려 해도 또렷하게 살아나질 않는다. 따뜻한 살결, 뜨거운 입김, 가슴 울렁이던 노랫소리…… 아련한 흔적만이 감질나게 외로운 영혼을 자극할 뿐이다. 그 노래의 가락이 어떤 것이었나. 그 푸르디푸른 설움과 비장한 희망을 담은 벅찬 연가 말이다. 연가? 그것이 사랑 노래였던가? 아니

54

다. 여린 가슴을 뜨겁게 데우던 혁명의 노래였다. 글쎄, 그랬을까. 그게 혁명의 노래였던가. 러시아 군가풍의? 혁명의 군가가 그렇게 달콤했었나? 그것도 아니다.

하루하루 너무나 똑같은 일상이 지루한 입씨름 속에 흘러갔다. 아니, 모든 날들이 똑같은 건 아니었다. 정치적인 지형이 엄청나게 변했고 사람들의 열정도 시들해져 모두가 자신들이 혈거할 동굴을 파기에 바빴다. 한 치라도 그 영역을 넓히고 치장하기 위해 으르렁거리며 싸웠고 지나치게 흥분했다. 수많은 죽음의 자취들은 빠르게 망각 속으로 사라져 갔다. 그리고 그녀와 내가 원하던 사람이 드디어 대통령에 당선됐다. 그녀는 살아서 그 감격을 맛보지는 못했다. 아니, 차라리 보지 않은 것이 더 좋았을 수도 있다. 그녀나 나는 지난 시대 우리들의 평가에 따르자면 이른바 '온정주의자'요, 과학적인 사고를 지니지 못한 '나이브'한 중생이었다. 그저 소박하게 민주주의를 외쳤고, 그 지난한 고통의 한 결실로 우리는 결국 원했던 지도자를 뽑을 수 있었다. 나는 그러나 내가 원했던 지도자 덕분에, 그의 최종 결정에 따라, 내 생계의 텃밭을 잃어버려야 했다. 우리가 원하던 민주주의는 시장 경제가 투명하게 보장되는 사회와 병행해야 한다고 그는 말했고 실천에 옮겨 가고 있었다. 그리하여 이익을 남기지 못하는 회사는, 부실 채권만 그득 안고 있는 사업장은, 자본의 투명한 운행을 위해 이 사회에서 사라져야 한다고 했다. 그것이 우리가 원하던 민주주의의 과실이었다. 그리고 그 민주주의가 내 일터를 빼앗아 갔다. 나는 내가 뽑은 지도자에 의해 퇴출 인생이 된 것이다. 내가 그에 의해 퇴출되기 전에 베니스에서 사라진 그녀의 흔적을 찾으러 떠나지 않은 것은 차라리 다행이었을지 모른다. 그때 떠났더라면,

나는 그녀가 사라진 지상의 마지막 장소에서 어쭙잖은 희망을 되뇌며 그녀를 원망할 수도 있었기 때문이다. 그러나, 그녀의 선택은 이제 와서 생각하면 크게 나무랄 것도 없다.

　내가 일하던 회사는 노사 간의 고통스러운 싸움이 한창이었다. 사태는 평소에 사측에 거칠게 대들던 노조원들을 구조 조정이라는 이름 아래 대거 해직시키면서 돌출됐다. 강성 발언을 일삼던 노조 간부들이 해직된 것이다. 그들과 더불어 창졸간에 일터를 잃은 사우들과 평소 경영진의 야비한 행위에 폭발 직전에 있던 다른 사우들까지 대거 파업에 동참하는 상황이었다. 그들은 회사 앞마당에 상갓집처럼 차일을 쳐놓고 연일 대형 확성기를 통해 1980년대의 노래들을 틀어 대며 구호를 외치고 있었다. 구호를 외치는 노조원들 앞을 지나쳐 사무실로 들어갈 때면 자괴심 때문에 진저리를 쳐야만 했다. 지난 시절 내내 부르던 추억의 노래들이 결코 추억이 아닌 현실의 투쟁가로 들려오는 상황이란 가뜩이나 많은 상념에 시달리고 있던 나를 정신없이 뒤흔들어 놓았다. 현관 계단에 노천 극장의 관객들처럼 줄지어 앉아 있는 노조원들 앞을 지나다 후배 하나와 눈이 마주쳤다. 나는 계면쩍은 표정으로 희미하게 웃으며 번쩍 손을 들어 미안함을 표시했다. 마침 집회가 끝나 가는 상황이어서 무리에서 빠져나온 그가 내 손을 반갑게 맞잡았다. 회사 앞 호프집으로 자리를 옮겼다. 선배! 왜 그렇게 힘이 없어 보여요? 선배가 우리와 합류하지 않는다고 사시를 뜰 사람은 한 명도 없어요. 나름의 사정이 있는 것 아닙니까? 전부 힘을 합치면 싸움이 빨리 끝날 수도 있겠지만 우리는 노노 갈등은 원치 않습니다. 8년이나 아래인 까마득한 후배였다. 그는 지난 시대의 우리를 보는 듯한 착각이 들 정도로 열정과 정의감으로 가득 찬 성실한 녀석이었다. 그렇다고 맹목적인 교조주의자처럼 굴지도 않았고, 무엇보다 나처럼 시골 출신 가난한 집안의 장남이어서 무척이나 아끼던 후배였다. 미안하다. 나, 다음주에 사표 낼까 해. 후배의 검게 탄 얼굴과 맑은 눈동자를 바라보며 조용히 말을 꺼냈다. 그가 충격을 받은 듯 잠시 멍하게 바라보다가 탁자 위에 놓인 맥주를 단숨에 비워 버렸다. 선배! 제가 그동안 선배를 잘못 본 모양이군요. 겨우 이겁니까? 선배의 최선이 사표나 내는 거예요? 선배가 안에 남아 있는 것을 양해하는 것은 선배를 믿기 때문이었습니다. 선배가 구시대는 아니잖아요. 언제라도 상황이 타결되면 같이 힘을 합쳐 우리의 자존을 회복할 준비가 돼 있는 동지라고 보았기 때문이에요. 그런데 사표라니, 선배 혼자 이 꼴 저 꼴 안 보고 마음 편하게 살자는 것밖에 더 돼요?

노조의 투쟁을 완전히 무력화시킨 것은 그러나 사측이 아니었다. 그와 내가 오랫동안 일했던 회사가 퇴출 기업으로 발표돼 버린 순간, 더 이상 노조란 아무 의미가 없었다. 우리 모두는 순식간에 아무런 희망도 가질 수 없는 퇴출 인생이 돼버린 것이다. 나의 고향 들녘에도 기별은 갔을까. 서울을 떠나온 지 벌써 달포가 넘었다. 그들은 지금쯤 내 행방을 수소문하다 지쳐 있을지 모른다. 아, 그러나 그들의 얼굴조차 이젠 가물거린다. 이승과 저승의 거리만큼이나 아득하다. 그 노래마저 기억이 나질 않는다.


진눈깨비가 꽃샘바람에 실려 산 중턱을 휘내려 가던 그해 3월, 도서관 로비에서 초조한 가슴을 달래다가 우연히 그녀의 눈빛을 발견했다. 그 눈빛은 들판의 외딴집 추녀 밑에서 비바람을 피하며 초췌한 모습으로 떨고 있는 작은 들짐승 새끼의 그것이었다. 그 눈빛과 마주치는 순간, 울컥 솟구치는 뜨거움이 목울대에 걸렸다. 매운 최루탄 연기 탓만은 아니었다. 산 중턱을 깔고 앉은 캠퍼스를 뒤흔드는 절규에 가까운 구호들 때문만도 아니었을 것이다. 그날, 그녀의 그 비에 젖은 눈빛을 보기 한나절 전, 도서관 5층 난간에서 선배가 투신한 것은 적어도 내 영혼의 깊은 투신을 예감케 하는 충격이었다. 드넓은 캠퍼스의 가파른 길들로 쫓겨 다니며 미친 듯이 외쳐 대던 구호들은 내 작은 세계의 껍질을 깨는 굉음이었다. 그리고 눈물에 콧물 범벅이 되어 나 또한 사냥개에게 쫓겨 파김치가 다 된 채 숨을 헐떡일 때 그 눈빛이 다가왔다.

1년 전 남도 땅을 적셨던 무참한 피비린내가 아직도 선명하게 남아 있던 봄이었다. 아니, 남아 있는 정도가 아니라 그 격렬한 불씨가 이제 활활 타오를 전조마저 보이는 봄이었다. 곳곳에 깔린 전투 경찰과 벤치 이곳저곳에 학생 차림으로 포진한 사복 조들로 인해 갓 들어간 1학년의 캠퍼스는 숨쉬기마저 힘들었다. 그 두꺼운 얼음장을 깨뜨리는 신호탄이 바로 김 선배의 투신이었다.

학생회관 식당 창가에 앉아 홀로 점심을 때우려는 순간, 한 학생이 메가폰을 들고 식탁 위로 올라서서 요란한 사이렌을 울리며 외치기 시작했다. 파쇼 타도! 살인마를 때려잡자! 수십 장의 전단이 바닥에 나풀거리며 떨어지는 순간 식당 밖의 광장에서 찢어지는 듯한 여자의 비명 소리가 들려왔다. 그 비명 소리가 채 잦아들기도 전에 학생들 사이에 섞여 있던 일군의 사복 조가 메가폰을 든 남학생을 덮쳤다. 순식간에 주변 학생들과 사복 조들의 난투극이 벌어졌고 바깥에선 전경들의 군홧발 소리가 뛰어오고 있었다. 호루라기 소리가 습기 찬 봄 공기를 날카롭게 뒤흔들었고 여기저기서 들리는 무전기의 잡음들이 전쟁터의 총소리처럼 요란했다. 그때 김 선배는 이미 도서관 5층 난간에 서 있었다. 한 손에는 횃불을 들고 또 한 손에는 메가폰

을 잡고 절규하고 있었다. 산 자여, 따르라! 저 원혼들의 통곡 소리
가 들리지 않는가! 나가자, 학우여! 이 어둠을 뚫고! 그가 외칠 수 있
는 시간은 그리 길지 않았다. 도서관에도 이미 포진해 있었던 사복
조는 채 1분도 지나지 않아 그를 향해 양쪽에서 난간 위로 접근하고
있었다. 사복 조가 옆에 바짝 다가서는 순간, 김 선배는 허공으로 몸
을 날렸다. 식당 안의 아수라장판으로 날아와 꽂힌 비명 소리는 그
때 들려온 소리였다.

　웅성거리던 학생들이 거의 미친 듯이 몰려들어 대번에 스크럼을
짜고 시멘트 바닥으로 떨어진 김 선배 주변을 에워쌌지만 이미 그는
피투성이가 되어 이승을 떠나가고 있었다. 캠퍼스가 거대하게 흔들
리기 시작했다. 이곳저곳에서 산발적으로 구호 소리가 들리기 시작
했고 그것은 이내 대오를 이루어 함성으로 바뀌어 나갔다. 다연발
최루탄 발사기가 발광하기 시작했다. 군홧발 소리와 함성과 최루탄
연기가 진눈깨비와 뒤섞였다. 드넓은 캠퍼스를 떠돌며 쫓고 쫓기는
대낮의 광란이 지속되었다. 그러나 그 광란의 절규는 오래가지 못했
다. 교문 밖에 서 있던 수십 대의 전경 차량이 이내 교내로 진입했고
순식간에 학생들보다 더 많은 전경들이 캠퍼스 곳곳을 점령해 버렸
다. 거의 이성이 마비된 상태에서 정신없이 캠퍼스를 헤매다 해 질
무렵 도서관 로비에 비척거리며 당도했을 때, 그 여인도 거기 있었
다. 울다가 지친 눈빛으로 망연히 광장 쪽을 내려다보고 있었다. 진
눈깨비가 빗물로 변해 떨어지고 있었다. 시멘트 기둥에 기대어 떨고
있는 그녀는 누군가가 부축을 하지 않으면 그대로 주저앉을 것처럼
위태로웠다. 너무 상심하지 마세요. 그녀의 어깨를 붙들고 어색하게
말을 붙였다. 눈물로 흥건한 검은 눈동자가 나를 바라보았다. 그렇
다. 우리는 그때 그렇게 만났다. 그녀가, 아득한 망각 속으로 사라진

줄 알았던 그녀가, 이렇게 다시 나를 부르고 있다. 아니, 좀 더 솔직하게 말하자. 그녀는 이미 오래전부터 나를 부르고 있었으나 나는 이제서야 그녀를 향해 가는 중이다. 망설이고 망설이다가, 어쭙잖은 생의 미련에 발목이 잡혀 수렁 속을 헤매다, 이제야 그녀를 향해, 초라한 인생의 마지막을 향해, 이렇게 이국의 밤 열차 안에 있다. 이제 아홉 시간 남았다. 베니스는 아직도 멀다.

나? 그래, 나의 영혼은 지난 시대의 늪 속에, 혹은 숨 가쁜 기적을 울리며 광야를 달리는 열차의 바퀴에 깊이 던져졌었다. 그러나 나는 바퀴는 될 수 없었다. 그저 고민하고 자학하며 시대를 방관하는 비겁한 대학생이요 소시민이었다. 하지만 그녀는 아니었다. 그녀는, 댓잎이 수런거리며 바람에 몸을 떨 때마다 내지르는, 크지는 않지만 가슴을 송두리째 흔들어 놓을 듯한 깊은 소리를 지닌 여인이었다. 그녀와 나는 시대에 쫓겨 숨을 헐떡거리며 달려왔다. 그러나 쫓겨 온 종착점은 엉뚱하게도 찬바람 부는 이국의 낯선 땅, 베니스가 되고 말았다. 베니스는 그녀와 나의 저승이고, 나의 아버지가 다다른 또 다른 종착점일 것이다.

그때, 20년도 훨씬 지난 그 시절, 우리 코흘리개 남매는 기찻길 옆에 쪼그리고 앉아 아버지가 탄 기차가 지나가길 기다리곤 했다. 아버지는 할머니와 우리가 사는 조그만 마을에 다녀갈 때에는, 항상 시오 리는 걸어야 나타나는 간이역까지 직접 걸어가 북행 열차를 타고 직장이 있는 소도시로 떠났다. 구멍가게도 없는 깡촌이었기에 아버지는 남쪽 간이역에서 과자를 산 뒤 기차가 지나치는 마을 뒤 언덕으로 던져 주는 부정(父情)을 발휘했던 것이다. 우리는 기차가 일으키고 간 흙먼지 속에서 그것을 주워 눈물로 사탕을 녹였다. 아버지도 열차 안에서 울었을까.

언제였던가, 그때가. 우리 남매가 아버지와 함께 살 때, 그가 일하는 기차역 화물 부리는 노동판의 석탄 먼지 속에 같이 있었을 때가. 국민학교 시절이었을 게다. 아버지는 항상 과묵했고 간혹 굵직한 저음으로 필요한 말만 했을 뿐이었다. 언젠가 어머니의 점심 바구니를 따라 시커먼 석탄빛 흙이 진창을 이룬 일터에 갔을 때, 그는 막걸리 한 사발을 나에게도 권했다. 무심코 몇 모금 마신 내가 둥둥 떠올라 진흙탕에 코를 박았을 때, 한없이 한없이 웃어 대던 그가 기억에 생생하다. 그는 나를 번쩍 들어 올려 수돗가로 들고 갔다. 그의 몸에서는 석탄 냄새가 기분 좋게 풍겼다. 억센 팔뚝이 나의 가슴을 꼭 죄고 있었다. 두꺼운 작업복을 뚫고 나온 체온이 더웠다.

그를 마지막 본 것은 어려운 살림에 급전을 빌려 두 번째 등록금을 움켜쥐고 고속버스 터미널에 달려오던 모습이었다. 가난한 살림에 오기 하나로 대학에 다니던 나는 그에겐 기쁨이자 슬픔이었다. 그렇게 마지막으로 떠나온 고향에 나는 다시 돌아가지 않았다. 돌아간들, 사랑하는 아들에게 줄 수 있는 것이 별로 많지 않았던 그에게 고통만 안길 뿐이었다. 글쎄, 단지 그것 때문이었을까. 솔직하게 얘기하자. 나의 아버지는 당시 이미 낭인 그 자체였다. 일개 철도 노동자의 임금으로 남매 뒤로 줄줄이 태어난 여섯 명이나 되는 자식들을 욕심껏 키워내기는 애당초 무리였다. 세월이 흐를수록 여기저기에 깔아 놓은 소소한 부채들이 새끼를 치면서 커갔다. 빚쟁이들에게 독촉을 받을 때마다 곡예를 하며 피하는 일도 한두 번, 결국 그는 술로 고통스러운 순간들을 이기는 방법을 택했다.

부채에 극도로 시달리던 그 시절, 어렵게 장만한 집을 팔고, 대량으로 닭을 사육하던 방들을 셋방으로 개조한 공간을 빌려 나의 아버지와 어머니와 할머니와 동생들은 살았다. 대학에 들어간 아들을 자신의 명함처럼 내세우고 다니던 나의 아버지는 귀향한 아들을 붙들고 역한 소주 냄새를 풍기며 똑같은 말을 고장난 레코드판처럼 반복했다. 주인집 아주머니가 잘해 주디? 학교는 어디에 있냐? 야 임마, 옷이 그게 뭐여. 머리 좀 빗고 댕겨라. 밖에 나가면 모다 아버지 친구들이여. 그의 지극히 패배적이고 흐리게 풀어진 눈동자가 싫었다. 술값이 떨어지면 오랜만에 귀향한 아들의 호주머니까지 뒤지다 그도 안 되면 들녘으로 미꾸라지 잡으러 나간 어머니를 불러 젖혔다.

나는 입주 가정교사로 살았고, 그도 여의치 않으면 친구나 선배들의 하숙집과 자취방을 전전하며 살았다. 아버지는 전화는 물론 편지 연락조차 닿지 않는 나를 얼마나 찾았던가. 과사무실에 들를 때마다 흑판에는 내 이름 석 자와 부친의 전언이 적힌 애타는 메모가 없는 날이 거의 없을 정도였다. 종국에는 '부친 위독, 급히 연락 바람'이라는 작문으로 발전되기까지 했다. 전화를 받고 이 사실을 메모한 과사무실 여직원의 전언에 따르면, 목청 하나 좋은 전화 속의 음성은 분명 위독하다던 나의 아버지였다. 결국 내가 당신의 운명을 보게 된 건 어처구니없게도 사냥개들에게 쫓겨 막다른 골목을 찾는 심정으로 고향에 돌아갔을 때였다.

그때 아버지는 당신 생애 가장 무기력한 모습에 접어든 지 이미 오래된 뒤였다. 어떻게 나의 피맺힌 게으름과 오만을 얘기해야 될까. 우리는 당시 폐업 신고를 낸 병원의 사택에 살고 있었다. 마루를 밟을 때마다 수술 끝에 죽어 간 혼들의 신음 소리처럼 삐걱거리는 오래된 일본식 목조 건물이었다. 커다란 마루를 사이에 두고 방이 세 칸 있었다. 그날 나는 유난히 추위에 시달리고 있었다. 안방에서는 아버지의 쿨럭거리는 기침 소리가 연신 들려왔고, 나는 나대로 정신적인 추위까지 심하게 겹쳐 작은방에서 이불을 뒤집어쓰고 혼곤한 미망 속에서 초저녁을 죽이고 있었다. 잠깐 선잠이 들었던 것일까. 안방에서 나를 부르는 소리가 잠결에 간간이 들려왔다. 들창의 덜컹거림도 마룻장의 삐걱거림도 아런하게 잠 속으로 스러져 갈 무렵 방문이 드르륵 열리면서 갑자기 찬바람이 훅 밀고 들어왔다. 화들짝 놀라 이불을 걷어 내는 순간, 눈앞에 아버지의 성난 얼굴이 나타났다. 황소 같은 눈에 눈물이 그렁그렁 고여 있었다. 아버지는 뒤집어쓴 내 이불을 걷어치우고 절망에 가득 찬 눈초리로 나의 뺨을 올려붙였다. 아버지는 그날 생전 처음으로 나를 때렸다. 뺨을 쓸어내리고 보니 손에 피가 묻어났다. 그는 각혈을 시작했던 것이다. 달려가 본 안방에는 먹빛 감도는 붉은 피가 낭자해 있었다. 질겁을 하며 아버지를 병원으로 모셔야 한다는 생각이 들었을 때, 아버지는 작은 소읍의 밤거리를 질주하기 시작했다. 인근 친척집에 피신해 있던 어머니를 화급히 불러 뒤를 쫓기 시작했지만 그는 속옷 차림으로 그저 미친 듯이 뛰기만 했다. 마침내 시궁창에 고꾸라진 그를 헐떡거리며 꺼냈을 때 그의 얼굴은 거리에 뿌리고 다닌 한 말의 피 때문에 백지장처럼 하얬다. 차마 그의 두 눈을 똑바로 볼 수 없었다. 원망과 미안함, 절망과 체념이 뒤엉킨 그의 눈을 바라보는 건 고문이었다. 그는, 그렇게 허망하게 이승을 떠나갔다. 마당에 피워 놓은 화톳불과 성당 교우들의 기도 소리, 성가 합창 속에서 이틀 밤을 보내고 당신은 공동묘지로 자리를 옮겨 갔다. 그 상여 뒤를 따르며 맏상제인 나는 상엿소리를 읊조리고 있었다. 눈발이 날리고 있었다.

그래, 지금 내 머릿속에서 혼재되어 웅웅거리는 소리의 이미지가 그 상엿소리일까. 열차는 이제 속력을 내고 있다. 평원으로 들어선 모양이다. 지평선 멀리 불빛 몇 개가 가물거릴 뿐, 바깥은 여전히 암혹 세상이다. 내 순백의 마지막 시계는 이제 일곱 시간 남았다.

군가풍이 아니면 민요의 정조였을까. 정말 민요였을까. 그토록 서러운 신명을 돋우며 불러 대던 노동요 중의 한 가락이었을까. 진도 상엿소리? 캠퍼스 광장을 긴 대열로 돌면서 내가 선두에서 불렀던 그 상엿소리일 수도 있다. 당시 학내의 거의 모든 동아리는, 선배의 투신 이후 아니, 그 선배의 투신이 없었더라도 당연한 흐름으로 나아갔을, 진보적 사회과학 학습을 통해 투쟁의 전위를 길러 내는 연못이었다. 나는 그러나, 촌놈의 끊임없이 의심하고 의심하는 소심증 때문에 그들과 원만하게 어울릴 수는 없었다. 그런 나에게 그 시대를 헤쳐 나갈 가장 설득력 있는 무기는 이른바 문화 운동을 통한 정서적 접근이었다. 애당초 나에게는 혁명이니 투쟁이니 민중이니 하는 단어들은 심정적으로 낯선 물건이었다. 조상 대대로 내려온, 일하는 사람들의 신명과 설움을 돋우던 노래와 나는 우연히 만났다. 사실, 민요에 대한 이 수식어조차 나의 행위에 옷을 입히기 위한 장식에 불과한 것인지 모른다. 간다 못 간다 얼마나 울었소, 집 앞에 신작로가 한강수가 되었네 — 서울 장안 타는데 한강수로 끄련만 이내 가슴 타는데 무슨 수로 끄려나 — 어루 액이야 어허루 액이야 어기영차 액이로구나. 그렇다. 나는 그 끈적거리면서 묘하게 아랫배를 간질이는 신명이 우선 좋았다. 민요 중에서도 결정적으로 내가 취했던 건 상엿소리였다.

학교 앞 야산에서 교련복을 깔고 여름밤을 보내던 그 걸인 같은 시절, 노래의 힘이란 그 어떤 이론이나 논리로도 쉽게 무너뜨릴 수 없는 가장 신뢰할 만한 무기였다. 레닌, 루카치, 체 게바라, 그람시, 모택동……. 선배들과 동료들이 따르르 외우고 다니던 이들의 명징

64

한 이론들은 적어도 나에게는 공허한 것이었다. 귓바퀴와 눈을 통해 모아진 그 소리들은 자주 나를 절망시켰다. 비장하고 경건하기까지 한 세미나 자리에서도, 그들이 치열한 토론을 벌이며 각오를 다질 때마다, 가슴을 파고드는 추위는 맵짠 것이었다. 꽤나 늦게 달구어지는 그런 존재였다, 나는.

군대에서, 철길에서, 도서관 옥상 아래 차가운 시멘트 바닥에서, 학교 앞 사거리 아스팔트에서 두 눈 부릅뜬 채 애석하게 죽어 간 그 시대의 외로운 운명들을 추도할 때마다 나는 빠짐없이 불리어 갔다. 서러운 만가의 선소리를 매겼다. 어허이, 넘자, 어화 너엄 — 어이가리 넘자 어화 너엄 — 북망산이 머다드니만 건너 앞산이 북망이로구나, 어화 너엄 — 명사십리 해당화야 인제 지면 언제 피냐 어허이 넘, 어허 넘, 어이가리 넘자 어화 넘.

맑은 햇빛이 내리고 상큼한 바람이 코끝을 간질이는 세상, 그 즉물적인 아름다움은 누구에게나 평등하게 배분되는 것은 아니었다. 그것은 허망한 신기루였다. 떠나오던 날 김포 가도의 가로수는 짙은 녹색으로 살아나고 있었다. 오후의 투명한 양광이 푸른 들판에 가득했다. 비행기가 활주로를 달리기 시작할 때 올려다본 하늘은 시리도록 푸르렀다. 그 파란 빛깔을 배경으로 쏟아지던 눈부신 햇빛 때문에 눈물이 흘렀던가. 내 첫사랑의 황홀한 아픔, 이 시대의 마지막 순결은, 멀고 먼 이국의 차가운 바닷가에서 사라졌는데 계절은 무연히 푸르렀다. 떠나가는 비행기 위에서 내려다본 조국은 수채화처럼 담담하게 누워 있었다.

그녀로부터 두툼한 편지를 받은 것은 1년 전이었다. 여성지 기자로 취직해서 밥벌이를 하던 그녀가 대학생들의 배낭여행 동반 취재차 베니스에 들렀다가 산마르코 성당 옆 바닷가에서 포도주에 만취한 채 바다로 뛰어든 것은 온 나라가 선진국 문턱에 들었다는 흥분으로 들썩이던 때였다. 마침 비가 내리고 파도가 거셌던 정황이어서, 곤돌라 사공들과 인근 카페의 종업원 몇 명이 애를 썼지만 끝내 그녀는 실종되고 말았다는 게 잡지사에서 확인한 소식의 전부였다. 그녀와 오랫동안 소식이 끊어졌었고, 나는 바쁜 회사일에 매달려 서서히 그녀를 잊어 가고 있었다. 그녀에 관한 기억이 더 아득해질 무렵쯤에는 현실에 뿌리를 내리기 위해 후배의 소개로 만난 여성과 결혼을 감행했다. 아내는 버터를 바른 빵과 소시지와 록 음악을 좋아하는 여자였다. 내 의지와는 달리, 아내와의 살비빔이 주는 감흥이 식어 갈 무렵부터 메마른 일상의 형식적인 대화들조차 점차 줄어들기 시작했다. 그리고 그녀의 실종 소식이 전해질 즈음 나에게 당도한 두툼한 편지 사건 이후로 우리 사이는 결정적으로 냉각돼 갔다. 아내는 결국 내가 뽑은 지도자가 나의 일터를 퇴출시키기 전에 한발 앞서서 나를 먼저 퇴출시켜 버렸다. 베니스의 비에 얼룩진 그녀의 마지막 말들은 눈을 감아도 생생하게 떠오른다.

……당신, 이제는 한 나라의 어엿한 중산층을 향해 줄달음치고 있는 당신에게 나의 마지막 말들을 늘어놓습니다. 비 오는 베니스에서 사춘기 소녀처럼 감상에 들떠 횡설수설하리라고는 생각하지 않겠지요? 없습니다. 아무 곳에도 없었습니다. 당신과 내가, 그리고 수많은 우리들이 뜨거운 가슴으로 나누던 사랑은 이제 아무 곳에도 없습니다. 그들은 모두 어디로 갔습니까. 증권 회사에서, 정치판에서, 학교에서 기억 상실증 환자처럼 살아가는 우리들은 이미 살아 있는 목숨은 아닙니다. 후일담이라니요, 그 시절의 진실이 단지 살아남은 자의 넋두리라니요. 그 시절의 펄펄 끓던 순수의 용광로는 불과 몇 년이 흘렀다고 차가운 쇳소리만 내는 걸까요. 물론 나 또한 마찬가지

였지요. 세계로 미래로? 신세대 배낭여행 동반 취재? 여성지 기자? 한마디로 서러운 피에로의 안간힘입니다. 그렇지만 나는 그걸 찾고 싶었습니다, 흔적이라도……. 세상은 어찌도 그리 무정하고 변덕이 심한지요. 어젯밤에는 배낭족들의 술판에 끼였다가 무심히 그 노래를 불렀습니다. 다들 어색해하더군요. 불과 몇 년 차이로 신세대로 분류돼 버린 그들도 그 노래가 언제 어떤 사람들이 불렀던 노래인지는 대충 감을 잡더군요. 술주정 정도로 치부하며, 자기네들끼리 격렬하게 춤을 추면서 즐기기 위해 떠나온 여행을 망치고 싶지 않다는 표정들을 노골적으로 드러냈습니다. 당신도 나를 과거에서 헤어나지 못하는, 시대에 어울리지 못하는 히스테리 환자쯤으로 여기진 않겠지요? 기억하시나요? 목포집 앞 하수구 옆에서 서로 등을 두드려 주며 가슴속의 앙금을 토해 내던 그 밤을……. 강소주에 취해 참고 참았던 말들을 토사물과 함께 뱉어 내던 그 밤 말입니다. 밝은 달빛도, 소리내며 쏟아지던 하수의 악취도 짓무른 우리의 가슴에는 향기로운 아름다움이었지요. 그날 밤 당신은 기어이 해서는 안 될 말을 하고 말았습니다. 오빠의 투신은 민중의 해방을 위해서가 아니라 자신의 해방을 위한 것이었다고. 유독 민중이란 단어를 어울리지 않는 장식쯤으로 여기고 입에 담기를 꺼려했던 당신의 심중이 거기에 있었더군요. 하기야 그 민중의 자식인 당신은 자신의 아버지조차 해방시키기는커녕 그의 가슴에 못을 박고 돌아다녔으니까요…….

어쩌다 술을 많이 마시면 몸서리치며 울어 대던 그 서러움의 뿌리에 김 선배, 아니 그녀의 오빠는 모진 운명처럼 똬리를 틀고 있었다. 하수구 시멘트 관에 걸터앉아 토사물을 뱉어 내던 그 밤에, 지금 생각하면 나의 어설픈 주변머리를 망치로 짓뭉개고 싶은, 해서는 안 될 말을 하고 말았다. 누구보다 서클 활동에 열심이었고 바야흐로 학교를 포기하고 공장으로 들어갈 그녀에게 이별을 앞당기는 말을 하고야 말았던 것이다. 그렇지만 당시에는 어떻게 해서든 그녀를 내 곁에 잡아 두고 싶었다. 그녀가 떠나가면 다시는 볼 수 없을지도 몰랐다. 설혹 한두 번 우연히 스치게 된다 하더라도 철저한 보안을 요구하는 조직의 성격상 영원히 내 곁을 떠나야만 하는 존재가 되어 버릴 운명이었다.

자신의 안일과 기득권을 팽개치고 한없이 순수한 모습으로 매진하던 그녀에게 나는 나오는 대로 지껄였다. 유치했다. 그렇다. 그들 남매만 믿고 살아가다 창졸간에 아들을 잃어버린 그녀의 홀어머니까지 들먹이며 여인을 붙잡았던 건 순전히 악마적인, 당시로서는 용서받지 못할 유혹이었을 뿐이다. 그녀는 결국 떠나갔다.

정작 수많은 벗들이 하나 둘 어둠 속으로 사라져 갈 때에도 나는 여전히 고뇌하는 소심한 대학생이었다. 세월이 흘러 새 시대가 밝아 온 뒤에도 그녀와 나는 똑같이 지난 시대에 대한 부채감에서 벗어날 수 없었다. 하지만 그녀의 부채는 나의 부채에 비하면 한없이 가벼웠다. 고백하건대 나는 그 시절 씻을 수 없는 죄를 저질렀다. 아버지의 죽음을 보고 서울로 올라온 뒤 아버지 못지않게 나를 찾아 헤맸던 담당 형사에게 나는 내 발로 찾아갔다. 나의 영혼은 지칠 대로 지쳐 있었다. 그는 의외로 친절하게 대했다. 그가 나를 찾은 이유는 내가 공장 노동자들에게 서너 번 민요를 강습해 준 것 때문이었다. 그가 어정쩡한 미소를 지으며 내게 말했다. 당신을 구속하려고 찾은 게 아니다. 다만 당신이 수배자 리스트에 존재하는 한 죄가 더 무거워질 뿐이고, 더군다나 당신의 행위는 그리 심각한 것도 아니기 때문에 빨리 보고 싶었을 뿐이다. 나중에 나를 만나거든 모르는 체나 하지 마라. 이것도 인연이다. 이 길로 나가도 좋다. 하지만 나도 밥

벌어먹고 사는 월급쟁이니 당신 친구나 선배 중 아무나 세 명만 이름을 대라. 형식적이어도 좋다. 나도 어차피 상부에 형식적일망정 보고해야 되는 입장이다. 나는 서둘러 그리 가깝지 않은, 우리들의 일과는 아무 상관이 없는 몇 개의 이름을 불렀고, 얼마 후 사회면에 일단으로 보도된 변사체 이름 하나를 발견했다. 그 이름은 내가 둘러댄 이름 중 하나와 일치했다. 수많은 동명이인 중의 하나와 결합된 우연의 일치였는지도 모른다. 그러나 그때부터 이미 나의 영혼은 회복될 수 없는 상처를 향해 고개를 깊이 떨구기 시작했다.

이제 세월이 흘러 망각의 깊은 늪 속으로 접어든 지금, 우리들 중 많은 사람은 아무 일도 없었다는 듯 법관이 되었고, 대기업의 중견 사원으로 뛰고 있고, 정치인으로 살고 있다. 지난 시절은 역사의 삽화로 자리매김되었고, 그 시절에 대해 떠드는 일은 시대착오적인 진부한 행위가 되어 버렸다. 어쩌다 모이면 활달하게 웃어 댔고 맥주잔 위로 그득 넘치는 거품을 바라보며 풍요로워진 우리의 삶에 안도했다. 그렇지만 그게 어쨌다는 건가. 말로 설명하지 못할 허전함과 지나간 시절에 대한 그리움이 남아 있긴 하지만, 이제는 그렇게 평범하게 살아가는 일에 이미 익숙해진 것 아닌가. 아니, 사소한 즐거움마저 느끼며 살아가고 있지 않은가. 그녀 또한 비록 짧은 옥고를 치렀지만 무사히 복학해 졸업했고, 여성지 기자로 미혼 여성들의 흥밋거리를 찾아 동분서주하지 않았던가.

……이제 저는 이역만리 베니스에 있고 당신은 머나먼 이승의 끝에 있습니다. 우리는 피차 비에 젖은 새 가슴들이었지요. 사랑 한번 큰 숨으로 들이마시지 못하고 주눅 들어 죄인처럼 살아온 그런 비루먹은 새 말입니다. 텔레비전에서 어린 가수들이 춤을 추고 폭죽이 터져도, 짙은 화장에 깎아 놓은 듯한 탤런트들을 만나서 웃으며 인

터뷰를 할 때도, 오랜만에 옛날 친구들을 만나 아늑한 카페에서 맥주를 마셔도, 제 가슴 한구석엔 언제고 바람이 불었습니다. 살아 있긴 해도, 숨을 쉬긴 해도 제 마음은 항상 그날의 목포집 앞에 가 있었습니다. 당신, 기억나나요? 당신이 오빠의 추도식장에서 상엿소리를 부르며 앞장서 갈 때 눈앞에서 어른거렸다는 죽은 이의 피 묻은 얼굴을, 그리고 그의 부릅뜬 두 눈을 말입니다. 이승과 저승의 거리, 평범한 삶과 운동의 거리, 사랑과 이별의 거리가 그 얼굴에 고스란히 드러나 있었다고 무심하게 중얼거리던 당신의 얘기들이 제 가슴엔 아직도 못이 되어 박혀 있습니다. 빗줄기가 해변의 노상 카페 차양 위로 요란한 소리를 내며 떨어지는군요. 노란 비옷을 입은 관광객들 발밑으로 비둘기들이 종종걸음 칩니다. 배낭족들은 3번 수상 버스를 타고 섬으로 떠 있는 카페 앞바다의 성당을 향해 떠났습니다. 그들이 돌아올 시간은 아직도 많이 남았습니다. 당신은 멀리 있고, 사랑했던 많은 얼굴들이 지금 세 병째 비운 포도주 향기 속에서 오락가락합니다. 이대로 저승인 것 같군요. 더 이상 아무에게도 다가갈 수 없는, 바람을 타고 떠도는 가벼운 몸이 된 것 같습니다. 당신, 당신의 애절한 노랫가락이 차양 위에서 들려옵니다. 함성 같기도 하고 웃음소리 같기도 합니다. 가슴이 답답하군요. 열이 납니다. 비를 맞고 싶군요. 파도의 포말로 얼굴을 씻고 싶습니다. 당신에 대한 추억도 오빠에 대한 추모도, 이제는 부질없어졌습니다. 이 지루하고 가슴 없는 세상에서 견디어야 할 뚜렷한 이유가 생각나지 않습니다. 오빠가 자신의 해방을 위해 차가운 시멘트 바닥으로 몸을 날렸다는 말, 이제는 알 것도 같습니다…….

　평원으로 들어서면서 쉬익 소리를 내며 빠르게 달리던 기차가 불빛이 휘황한 커다란 역사로 미끄러지듯 들어선다. 밀라노다. 역사의 원형 천장에 매달린 수은등이 창백하게 빛나고 있다. 손수레를 밀며 왁자하게 떠드는 사람들의 소음이 메아리친다. 아득한 원시의 동굴 속에 들어온 느낌이다. 기차가 동굴 속을 빠져나오자 새벽의 어둠이 다시 사위를 감싸기 시작한다. 밀라노를 떠나면서부터 수런거리는 소리가 들리던 복도 쪽 문이 벌컥 열리더니, 흑인 한 명이 하얀 이를 드러내며 객실로 들어선다. 미국 영화에서 보던 흑인의 번들거림은 없다. 체격은 동양인인 나보다 더 왜소할 듯싶다. 때에 전 새까만 가죽 점퍼 위로 꼬불꼬불한 머리칼이 일렁인다. 튀니지에서 일자리를 찾아 밀라노까지 왔다가 별 재미를 못 보고 남부 지방으로 떠나는 길이라는 설명이다. 웃고 있지만 눈빛에는 감출 수 없는 초조의 그림자가 있다. 객실 구석에 불편한 자세로 앉아 연신 복도 쪽의 소리에 신경을 곤두세우던 그가 바깥에서 작은 소리가 들려오는 순간 용수철처럼 튀어 나간다. 그것으로 끝이다. 무임승차? 다시 나의 객실은 더욱 커진 빗소리 속으로 빠져 든다. 쫓기는 삶, 그것은 그 까만 청년의 것만은 아니리라.

아버지의 차가운 육신이 안방 윗목에 이틀 동안 누워 있을 때 나는 병풍 뒤로 돌아가 가끔씩 그의 얼굴을 내려다보았다. 참담할 정도로 고요했다. 얼마나 힘든 도주였을까. 철들어서는 소학교만 마친 채 홀어머니를 모시고 여기저기 떠돌며 그는 막노동으로 청년 시절을 보냈다. 결혼해서 6남매를 낳았지만 그의 노동만으로는 최소한의 모양새를 갖춘 살림조차 어려웠다. 적어도 그는 무임승차의 인생을 살지는 않았다. 그가 세상에 나와 어깨뼈가 휘어지도록 지불한 노동의 대가를 생각하면, 종점까지 가는 열차의 안락한 좌석 하나 정도는 충분히 얻을 만했다. 그러나 결국 마지막까지 쫓기다 쓸쓸하게 하차해 버렸다. 베니스는 이제 세 시간 남았다.

……어머니가 보고 싶습니다. 오빠가 그렇게 이승을 떠나간 후 어머니는 한동안 미친 사람처럼 지내다가 나에게 모든 희망을 거는 듯했습니다. 그렇지만, 어머니에게, 나는, 오빠일 수 없었던 모양입니다. 어머니의 눈동자는 이미 그때부터 살아 있는 사람의 것이 아니었습니다. 나는 어쩌라구요? 어쩌라고 다들 나만 남겨 놓고 떠납니까, 왜, 왜, 왜? 문설주에 목을 길게 매달고 있던 어머니의 모습을 본 뒤로 나는, 살아 있긴 해도 항상 공중에 붕 떠서 이승과 저승 사이의 또 하나의 영토에서 유령처럼 유영해 온 것 같습니다. 사랑하는 당신. 당신에게마저 연락을 끊었던 것은 당신이 나와는 다른 세계, 그 밝은 세상에서 살아가는 이승의 주민이었기 때문입니다. 이제 더 이상, 도저히 홀로된 세상에 머무를 자신이 없습니다. 사람들은 나의 실종을 두고 죽음이라 말할 것입니다. 그러나 당신이 이곳 유럽의 베니스에 온다면 우리는 새롭게 만날 수 있을지도 모릅니다. 아니, 꼭 만나리라고 확신합니다. 나의 육신은 아드리아 해의 파도에 흘러다닐지 모르지만 우리의 영혼은 비로소 더 이상 오염되지 않은 채 우리의 조국을 멀리서 조감할 수 있을 겁니다. 오세요. 우리가 만나지 못하더라도 당신의 노랫소리를 가까이서 다시 한 번 듣고 싶습니다…….

잠깐 졸았던가. 베니스가 미명의 안개 속에 아슴푸레 떠 있다. 그녀가 있는 저 바다로 가기 위해선 기차를 갈아타야 한다. 제방 위로 길게 뻗은 철도를 따라 바다 속으로 달려야 한다. 짙은 안개 속에 바다는 보이지 않고 철로변의 붉은 신호등들이 저승 길목의 파수꾼처럼 서 있다. 갈아탄 기차는 뿌연 물 알갱이 속으로 무섭게 빨려들어간다.

산자락을 헉헉대며 올라가야 하는 캠퍼스는 그때 겨울이었다. 정
문에서 도서관까지 가려면 비탈진 아스팔트 길을 따라 적어도 15분
은 걸어야 했다. 그날따라 눈까지 내려 엉금엉금 기어오르는 길 주
변에는 소나무들이 무게를 못 이기고 가끔씩 털썩, 눈을 떨어뜨리고
있었다. 산꼭대기에서 휘몰아 내려오는 눈바람이 때 묻은 바바리코
트 깃 속에 웅크린 얼굴을 차갑게 때렸다. 상자처럼 모난 건물들이
눈바람 속에 하얗게 명멸했다. 첼로 선율이 바람에 날았다. 음대 쪽
이었다. 마지막 겨울 방학의 아침, 사람들은 아직 보이지 않았다. 대
로가 끝나고 도서관으로 접어드는 오솔길에 이르렀을 때, 길은 자취
가 없었다. 눈이, 산 위로 비죽이 솟아오른 태양에 반사된 그 눈부신
백색의 가루들이 길을 삼켜 버렸다. 그 사라진 길 위로, 아침 태양과
바람과 눈가루가 점령해 버린 오솔길로, 누군가의 발자국이 이정표
를 새기고 있었다.
　기다리고 있었어요. 눈을 하얗게 머리에 이고 소나무 밑에 서 있
던 그녀가 허연 입김을 날리며 속삭이듯 말했다. 당신이 이곳을 떠
나기 전에 꼭 함께 들러야 할 곳이 있어서요. 그녀와 내가 자주 들어
가 앉아 있던 4·19탑 뒤의 작은 동굴을 향해 우리는 천천히 걸어갔
다. 그녀가 나의 눈물 어린 만류에도 불구하고 공단으로 떠난 지 3년
만에 만난 날이었다. 황토가 뻘겋게 드러난 작은 동굴 안은 따뜻했
다. 최대한 몸피를 작게 만들어 웅크리고 앉아 있던 그녀가 한순간
고슴도치처럼 내게 굴러 왔다. 내 몸에 통풍구 하나만 만들어 줘요.
이대로 세상에 나가면 질식할지도 몰라요. 고슴도치의 젖가슴은 따
뜻했다. 메마른 입술을 헤치고 들어간 또 다른 동굴 속에는 떨리는
살덩이가 조심스럽게 흔들리고 있었다. 겨울 아침의 햇빛이 동굴 입
구에서 바람에 일렁였다. 우리, 견뎌 내요. 최소한 이 순간에 느낀 체

온의 따뜻함만으로도 어느 정도는 힘이 될 거예요. 고슴도치의 웅크린 몸피가 조금씩 풀어졌다. 생명 자체가 순수라면 견뎌 낼 수 있을 것 같아요.

그래, 그렇게 잘 견뎌 온 것 아닌가. 하필 이 머나먼 곳까지 와서 스스로 죽음을 선택할 이유가 없었던 것 아닌가. 세상이 아무리 망각의 늪 속에서 제각기 혀들을 놀려 대도, 우리는 잘 견뎌 왔고 늘 그렇듯이 그냥 시간을 죽이며 현재에 익숙해지려고 무던히 애를 쓰지 않았던가. 비록 주변의 많은 사람들이 죽어 갔지만 그것은 그네들의 운명이었고, 살아남은 자들이 지금 그들의 운명에 집착한다는 것은 어리석은 것 아닌가. 그녀만이 길을 바꾸어 다시 복학을 하고 졸업을 하고 기득권을 되찾은 것은 아니지 않은가. 그나마 당신은 젊음의 최소한의 의무를 지켰다고 생각하면 안 되는가. 그 최소한의 의무에서마저 비켜서서 한 영혼까지 팔아먹고, 가장 가까이 있던 민중인 내 아버지조차 구하지 못한 어리석은 나는 어떻게 해야 하는가. 결국 당신이 아니라고 도리질 쳤던 것들이 거품이 식어 버린 맥주처럼 지금 현실로 증명되고 있는 마당인데, 많은 이들이 그 거품 속에서 눈이 멀었지만, 그래도 당신은 끝까지 남아서 당신의 생각이 옳았음을 외쳤어야 하는 것 아닌가. 내가 속죄할 대상은 지금 어디에 있는가. 우리가 그토록 바라던 세상은 환상에서 깨어나 고통 속으로 곤두박질치고 있는데, 내 가슴에 박힌 못은, 갈수록 선명해지는 나의 기억은, 그대마저 없는 세상에서 어떻게 지워야 하는가.

곤돌라가 시퍼런 물길을 가르고 느리게 움직이고 있다. 이제 무중력 상태의 움직임만이 나를 이끈다. 아틸라가 이끄는 훈 족의 침공을 피하기 위해 육지의 주민들이 개펄로 쫓겨 와 세웠다는 전설 속의 그 도시다. 십자군 원정을 계기로 한때는 로마보다 인구가 많은 수상 도시로 번영을 누렸던 그 도시가 이제는 관광객들만 바라보며 세월에 풍화된 벽돌을 너덜거리고 있다. 결국 쫓겨 온 자들이 구축했던 바다 위의 요새도 한세월의 정열 끝에 이제 퇴락한 종말을 맞고 있는가. 그토록 부르짖었던 혁명의 구호들과 나의 지극한 고통은 시베리아 대륙을 날아와 머나먼 이국의 바닷가에서 끝나야 하는가. 그것이 어차피 한 시절의 꿈이라는데, 세월이 바뀌면 허무하게 스러질 관념의 향연이었다는데, 우리가 단지 버리지 못하는 건 기실 아집일 따름인가. 당신과 내가 원했던 세상은 아직도 멀리 있는데, 당신은 없고, 나는 지금 당신이 사라진 지상의 먼 곳까지 쫓겨 와 있다. 어쨌든 잘 있거라, 나의 사랑이여, 내 비루한 젊음이여.

이제 나의 시간은 정지되었다. 산마르코 성당 광장은 비둘기들과 관광객들이 뒤섞여 있다. 성당 뒤편으로는 카페와 배들이 나란히 열을 지어 서 있고 물결은 그리 사납지 않다. 관광객들의 웃음소리가 까마득한 곳에서 들려오는 노랫소리 같다. 그녀가 마지막으로 포도주를 마셨다는 카페는 수상 버스 정류장 뒤에, 찰랑거리는 운하 뒤에 고즈넉하게 자리 잡고 있다. 거리로 나앉은 테라스는 일렁이는 바다를 바라보고 있다. 꼬레아, 아임 꼬레안…… . 앞치마를 두른 뚱뚱한 카페 종업원이 멀뚱거리며 나를 쳐다보더니 한참 만에 고개를 끄덕거린다. 잠시 주방 뒤로 사라졌다가 나온 그가 작은 꾸러미를 내민다.

보자기로 싼 꾸러미 위에는 어색하게 웃고 있는 나의 사진이 붙어 있다. 사각의 모서리가 닳을 대로 닳아 있는 사진 속의 인물은 바보같이 웃고 있는 나의 초상이 틀림없다. 부시럭거리며 조급하게 풀어낸 보자기 안에 작은 상자가 들어 있다. 상자의 뚜껑을 열자 바닷바람을 타고 하얀 분말이 휘파람처럼 날아다닌다. 노래의 윤곽이 조금씩 선명해지는가 싶더니 또다시 앞바다에 떠 있는 베니스의 공동묘지 섬 산미르케를 자욱이 덮은 안개 속으로 사라진다. 밤을 지새운 탓에 충혈된 눈에서 따뜻한 기운이 느껴지고 연이어 더운 물방울 하나가 분말 위로 떨어진다. 상자를 보듬고 천천히 바다 쪽으로 걷는다. 바다 위에 떠 있는 성당에서 종소리가 울린다. 종소리의 파동에 안개가 떨고 있다. 저무는 태양이 구름 속에서 삐죽이 얼굴을 내민다. 노래 하나가 선명한 윤곽으로 맑아진 머릿속에서 솟구쳐 오른다. 사랑도 명예도 이름도 남김없이 한평생 나가자던 뜨거운 맹세, 동지는 간데없고 깃발만 나부껴. 석양의 초침 소리가 쿵쾅거리며 다가온다. 아드리아 해의 파도는 거세고 힘차게 황금빛으로 일렁이는데 나의 조국은 너무 멀리 있다. 그리운 필체의 메모지가 바람에 살랑거리며 눈에 어린다.

오실 줄 알았습니다. 이곳 친절한 사람에게 사진 속의 사람이 오면 이 상자를 전해 달라고 부탁했습니다. 여기 차마 떠나보내지 못하고 오랫동안 보듬어 온 오빠와 어머니의 흔적들이 나란히 갇혀 있습니다. 부디 당신이 진정으로 해방시켜 주십시오. 그리고 사랑하는 당신, 이제는, 저를 위해 노래를 불러 주세요.

# 그 동백에 울다

뿌연 햇빛 속으로 노란 먼지 알갱이들이 자욱하게 떠돈다. 비가 오지 않는 건기가 몇 달째 지속된 메마른 대지는 걸음을 옮길 때마다 풀썩거리며 먼지를 일으킨다. 하오의 날 선 태양 빛이 대리석 궁전의 둥근 돔에 반사돼 하얗게 흩어진다. 관광객들은 죽은 왕비의 집을 둘러싼 붉은 성벽을 통과하기 위해 수문장의 짐 검색을 기다리는 중이다. 붉은 꽃을 매단 나무들이 성벽을 따라 열을 지어 서 있다. 진홍도 아니고 선홍도 아닌 그 중간 색조의 깊은 빛깔이다. 한국에서라면 그는 그것을 동백꽃이라 불렀을 것이다. 부겐빌레아의 붉은 빛깔은 동백꽃처럼 따뜻하고 가슴 저리는 진홍빛은 아니다. 죽은 자의 영혼이 윤회의 업을 떠안은 채 명부를 떠돌며 두고 온 이승의 사람에 대한 지극한 그리움을 담아 흘리는 눈물의 빛깔이 저 붉은빛일지 모른다.

수문장의 사열 속도는 꽤나 느린 편이다. 그들은 비디오카메라를 두고 관광객들과 실랑이를 벌이는 중이다. 죽은 여인의 궁전 내부를 이방인들에게 함부로 공개하지 않으려는 것은 그들이 죽은 자의 무덤 하나로 막대한 관광 수입을 벌어들이고 있기 때문이다. 성문 위 하늘에는 까마귀 떼가 선회하고 있다. 우리와는 달리 이곳에서는 길조로 여기는, 흡사 참새 떼처럼 어디에서나 쉽게 발견되는 검은 새들. 까마귀 울음은 하늘을 뒤덮고 귓바퀴로 내려와 뇌수까지 희미하게 흔들어 댄다. 찰나에 피었다 지는 꽃을 아시나요? 그녀의 아득한 목소리가 까마귀 울음소리에 섞여 환청처럼 고막을 울린다. 성문을 지나자 하얀 대리석 무덤이 파란 하늘을 이고 눈부시게 서 있다. 사방 어디에서 봐도 완벽한 대칭의 균형미를 자랑한다는 순백의 대리석 궁전에 햇빛이 폭포처럼 쏟아진다. 그녀의 하얀 얼굴, 텅 빈 웃음소리가 까마귀 울음소리를 헤집고 선명하게 다가온다. 관광객들을 상대로 사진첩이나 엽서들을 파는 아이들이 몰려오는 바람에 그는 문득 상념에서 깨어난다. 까맣게 얼굴이 탄 아이 하나가 얼마나 오랫동안 들고 다녔는지 네 귀퉁이가 닳아빠진 타지마할 사진첩 하나를 그를 향해 애처로운 표정으로 내민다.

그녀가 서천에서 사라진 지도 벌써 1년이 다 돼간다. 작년 4월에 동백꽃을 보러 그녀의 화실이 있는 서천에 다녀온 것이 마지막이었다. 뭍에서는 제일 늦게 붉은 동백꽃을 피우는 그곳에서 그녀를 잃어버리고 말았다. 그녀의 화실은 천연기념물로 지정된 마량리 동백나무 숲에서 그리 떨어지지 않은 바닷가에 있었다. 조그만 포구에 연해 있는 마을의 꼭대기 집을 세내어 화실로 꾸민 뒤 그녀는 서울에서 그곳을 오가며 작업을 해왔다. 서천에 오래 있을 때는 3개월 이상 머문 적도 있었다. 그러나 지난해 4월 이후 그녀는 화실에 나타난 적이 없다. 동네 사람들 말을 들어 보아도 그후로 그녀가 그곳에 다녀간 것을 본 사람은 없었다. 서울에 있는 그녀의 미술학원 겸 살림집은 이미 다른 사람의 손에 넘어가 있었다. 동백정에 올라 서 해답지 않게 푸르디푸른 바닷물을 굽어보다 어디로 사라졌는지, 4백 살이나 넘긴 오래된 동백나무 그늘 속으로 걸어 들어가 떨어진 동백 꽃처럼 누워 버렸을지도 모를 일이다. 동백나무의 혼과 교접해 그대 로 나무의 진액이 되어 버렸을지, 아니면 다시 일어나 바닷가로 걸어 들어가 버렸을지 암담할 따름이다. 행여나 하는 마음으로 그는 여든 다섯 그루나 되는 동백나무의 그늘들을 샅샅이 뒤져 보았지만 머리 카락 한 올도 발견할 수 없었다.

그녀가 서남 해안에 이른 봄부터 피고 지는 수많은 동백꽃 군락지 를 다 외면하고 서천의 동백에 그토록 매료됐던 까닭을 정확히 알지 는 못한다. 그곳이 동백 시즌의 마지막을 장식하는 북방 한계선일 뿐만 아니라 유난히 동백꽃이 다른 곳에 비해 더 붉다는 사실 정도 로만 그녀의 심정을 짐작할 따름이다. 서천은 그녀의 고향도 아니고 그렇다고 일가친척이 있는 곳도 아니다. 그녀의 부모는 그녀가 어렸 을 때 이혼을 한 뒤 어머니는 새로 만난 남자와 이민을 가버렸고, 아 버지는 술로 세월을 보내다 어머니와 헤어진 지 이태 만에 죽고 말 았다. 그녀는 큰아버지 집에서 살다가 고등학교를 졸업하고 미술대 학에 입학한 뒤부터 아르바이트를 하면서 홀로 자취 생활을 해왔다.

그가 만드는 잡지는 꽤 많은 고급 독자들을 갖고 있는 문화 종합지 여서 매주 각종 전시회를 알리는 도록들이 그의 책상에 수북이 쌓이 곤 했다. 미술은 물론이고 클래식, 연극, 무용 등 이른바 고급 예술만 을 집중적으로 리뷰하는 그 잡지에서 그는 꽤 오랫동안 미술과 음악 관련 리뷰를 써왔다. 그가 처음으로 한인희라는 화가의 존재를 알게 된 것은 강렬한 색감의 동백꽃들로 가득 채워진 그녀의 도록을 발견하면서부터였다. 화단에서 그녀는 그리 알려진 화가는 아니었지만 도록 뒷면의 이력을 보면 전시회는 여러 차례 가진 편이었다. 꽤 두툼한 화집을 펼치자 동백을 주제로 한 붉은 톤의 다양한 그림들이 눈에 들어왔다. 진홍색 꽃잎들 사이에 수줍은 노랑으로 올올이 서 있는 수술들, 광택이 나는 담녹색 이파리들이 그 주변을 감싸고 있는 모습. 어떤 그림은 도발적인 색감으로 묘사된 동백꽃이 화폭에 무수히 떨어져 있는가 하면, 꽃잎과 수술을 모두 뜯어서 짓이긴 뒤 형체를 알아볼 수 없도록 물감을 두텁게 바른 추상화로 깊은 마티에르 효과를 보여 주는 것도 있었다. 특히 인상적이었던 것은 거센 바닷바람에 일제히 육지 쪽으로 휘어진 동백가지들에서 꽃송이들이 허공으로 흩날리는 언덕에서 한 여인이 그 모습을 바라보는 그림이었다.

오후 느지막이 급한 일을 대충 마무리하고 찾아간 화랑에는 그녀 혼자 앉아 있었다. 얼핏 보아도 관람객들은 거의 없는 편이었다. 왜 하필 동백꽃에 그토록 집착하는지 그녀에게 형식적인 질문을 던지자 슬쩍 미소를 지으며 처음에는 시큰둥하게 대답을 했다.

「그냥 예쁘잖아요? 특별한 이유는 없어요.」

그림만 보고 연상했던 것과는 달리 한인희는 화장기가 거의 없는 수수한 얼굴이었다. 이제 30대 후반에 접어들었다고는 쉽게 상상하지 못할 정도로 그녀의 피부는 뽀얀 우윳빛이었고 입가에는 얘기를 하면서도 늘 따뜻한 미소를 머금고 있었다. 자줏빛 꽃무늬가 박힌 긴 실크 치마 차림의 그녀는 다리를 꼬고 앉아 핸드백을 뒤지더니 담배를 꺼내서 불을 붙였다.

「폭발할 것 같은 정념을 안으로 꼭꼭 눌러 놓은 듯한 꽃은 동백 말고는 찾아보기 힘들어요. 하지만 끝내 폭발하기는커녕 붉은 송이째로 떨어져서 육탈된 시체처럼 검은 갈색으로 변해 가는 모습이 너무나 가슴 아프더군요. 그래서 제 화폭에서나마 스스로 풀어내지 못하는 동백꽃들의 정념을 풀어 주고 싶었어요. 구구절절 설명을 해버리면 그림이라는 게 별 재미가 없지 않아요? 보이는 대로 느끼는 게 가장 좋은 거죠.」

그해 가을과 겨울을 나면서 그는 그녀와 자주 만났다. 잡지에 실린 그의 리뷰를 보고 난 뒤부터 그녀가 먼저 그에게 전화를 걸어오기 시작했다. 어떤 때는 술에 잔뜩 취한 목소리였고, 또 어떤 때는 차분한 목소리로 지금 그리고 있는 그림이 마음에 안 든다고 하소연을 하기도 했다. 다른 화가들의 전시회에 그녀와 함께 취재 겸 같이 구경을 다니기도 하면서 그는 그녀와 심정적으로 꽤 가까워진 편이었다. 인사동에서 만나 새벽까지 술을 마시는 일도 종종 있었다. 그런 날이면 그녀는 평소답지 않게 말들이 많아지곤 했다. 평상시에는 조심스럽게 눌러 두었던 말들이 고삐가 풀리는 기색이었다. 가을로 접어들 무렵 어느 늦은 저녁에 그녀가 화실에서 전화를 걸어 왔다. 그가 달려갔을 때 그녀는 혼자서 이미 술을 꽤 마신 뒤였다. 그녀가 취한 목소리로 띄엄띄엄 이야기를 이어 갔다.

「당신이 잡지에 썼던 글 중에 잊혀지지 않는 구절이 있어요. 당신은 무심코 썼을지 모르지만 저는 내내 그 생각만 하면 가슴이 아파요. 기억나나요……? 한인희의 화사한 동백꽃을 오랫동안 들여다보고 있으면 담록의 잎사귀 너머로 어두운 그림자가 일렁인다는 구절 말예요. 진홍의 화사함 속으로 붉은 눈물이 흐르는 것 같다는 대목 기억나지요? 그건 말예요…… 슬픔이 아니라 원망 같은 거예요. 이승에서 사랑 하나 제대로 건사하지 못한 채 바보처럼 저 홀로 뚝뚝 떨어져 버리는 것들의 비정이 서럽다고나 할까요?」

흔히 동백꽃은 사랑에 대한 굳은 맹세, 기다림, 정절 같은 이미지로 받아들여지는 게 더 일반적인 데 비해 그가 본 한인희의 동백 그림은 대부분 비극적인 이미지가 더 강했다. 물론 일본에서는 송이째 떨어지는 모습이 사람의 머리가 떨어지는 것과 같다 하여 춘수락(椿 首落)이라 부르며 병문안 때는 가지고 가지 않는 불길함의 상징으로 받아들여지기도 하지만, 우리에게는 예로부터 가장 편안한 아름다움의 상징이었다. 이런 맥락에서 그는 '예술가의 주관적 해석에 대해 토를 다는 것은 무리일지 모르나, 한인희의 경우 동백에 대한 보다 다양한 접근이 아쉽다'는 견해를 조심스럽게 덧붙였었다. 한인희의 동백 그림은 지나치게 어두운 이미지가 승한 편이었다.

「아름다움의 절정에서 추한 꼴 보이지 않고 떨어져 버리는 것도 미덕이 아닌가요?」

몸을 제대로 가누지 못해 고개를 수그리고 있던 그녀가 조용히 응답했다.

「그건…… 더불어 사는 진정한 아름다움을 모르고 하는 소리예요. 혼자서만 사는 세상이 아니라면 그건 지극히 이기적인 발상이라는 생각 안 들어요?」

그녀가 눈을 감은 채 힘겹게 말을 마치더니 스르르 길게 무너져 내렸다. 긴 머리칼은 소파 밑으로 치렁하게 늘어졌고 속눈썹 밑으로 물기가 어리는 모습이 보였다. 그녀를 한참이나 응시하다가 숨소리가 고르게 들리기 시작하자 그는 그녀를 안고 화실 구석의 간이침대로 데려갔다. 이불을 여며 주고 화실 문을 나서려 하자 자는 줄 알았던 한인희가 갈라진 목소리로 희미하게 속삭였다……. 가지 마세요.


왕관 모양의 지붕에 걸린 낮달이 제 그림자를 무덤 앞 연못에 띄워 놓고 있다. 훈풍 속에서 수면 위의 낮달이 파르르 떤다. 어디선가 누군가를 애타게 부르는 듯한 외침 소리가 길게 이어졌다가 사라진다. 폐부에서부터 끌어올려 길게 토해 내는 목소리. 마할의 대리석관이 안치된 지하에서 울려 나오는 소리다. 그도 죽은 왕비가 누워있는 방을 향해 길게 줄을 서 있는 관광객들의 대열에 합류한다. 왕비의 대리석 관 앞에는 두 개의 촛불이 켜져 있고 촛불 사이에는 유황불이 타오르는 꽃 쟁반이 놓여 있다. 흰 대리석에는 정교한 꽃무늬들이 세월의 풍화에도 아랑곳없이 선명한 자취로 아름답다. 사내는 촛불 앞에서 연신 꽃가루를 높은 천장 위로 흩뿌리며 왕비의 혼백을 쓰다듬는다. 훠어이, 어어어……. 길게 메아리치는 소리의 진동에 촛불이 미세하게 떨고 있다. 대리석들은 서로 그늘을 만들고 반사시켜 왕비의 궁전은 거대한 빛의 오케스트라가 뿜어내는 빛깔들로 가득하다. 빛과 그늘, 어룽지는 눈물의 빛깔.

그날 이후 그녀의 화실에서는 아무도 전화를 받지 않았다. 주변에 수소문을 해보았지만 그녀가 간 곳을 아는 사람은 없었다. 당시만 해도 그녀가 서천에 작업실을 꾸며 놓고 그곳으로 종종 잠적한다는 사실을 아는 사람은 화랑을 경영하는 민 여사를 빼고는 거의 없었다. 우여곡절 끝에 민 여사를 만나 한인희의 종적을 물었지만 그녀는 뜸을 들일 뿐 쉽게 이야기를 꺼내지 않았다. 그는 급한 김에 민 여사를 움직일 만한 구실을 찾아냈다.

「제가 아는 사람 중에 한인희 씨의 동백 그림에 푹 빠진 이가 있는데 그이가 지난번 전시 때 걸린 그림들을 열 점이나 사겠다고 나섰어요. 그이가 그림을 사기 전에 먼저 화가를 한 번 꼭 만나고 싶다는 겁니다.」

역시 화상의 눈빛은 빛났다. 민 여사는 구미가 당기는 듯 망설이

다가 알아보겠다고 대답했다. 민 여사에게서 연락이 온 건 그로부터 일주일 후였다. 그가 서천에 전화를 걸었을 때 한인희의 음색은 의외로 밝은 편이었다. 그림을 파는 것 따윈 아무 상관 없어요. 그냥 혼자서 다녀가세요.

평택까지만 개통된 서해안 고속도로를 타고 서천을 향해 나섰다. 아산호에 이르러서 잠시 요기를 할 겸 차를 세우고 방조제 근처에 몰려 있는 매운탕집에 들렀다. 평일 낮이어서 그런지 손님들은 보이지 않았다. 서해 쪽으로 넓은 창이 있는 자리에 앉아서 음식을 시키고 난 뒤 그는 물이 빠져서 갯벌이 칙칙하게 펼쳐진 창밖을 바라보고 있었다. 창밖 추녀 끝에 쳐진 비닐막들이 펄럭거렸다. 멀리 수평선 쪽은 시커멓게 뭉개져 있었다. 비가 몰려올 모양이었다. 꽃이 된 사람이 있었어요. 찰나에 피었다가 순식간에 떨어져 버리는 그런 꽃 말예요. 그녀가 그날 밤에 술 때문에 몸도 제대로 가누지 못한 채 그에게 기대어 한숨을 쉬듯이 불쑥 꺼낸 말이 잊혀지지 않았다. 그래요, 나는 그 꽃 한 송이마저 제대로 보듬지 못했어요. 당신, 사랑 같은 것 믿지 마세요. 비가 들어오는 갯벌에 황량하게 박혀 있는 고깃배의 깃발들이 바람이 거세어지자 요란하게 펄럭거리기 시작했다.

그는 예산, 홍성, 광천, 보령을 지나 어둑해질 무렵에서야 그녀가 있는 서천 갯마을에 도착했다. 그녀의 작업실은 마을의 맨 꼭대기 외진 곳에 있어서 찾기는 쉬운 편이었다. 바다를 향해 지어진 집 앞에는 돌담이 둘러쳐져 있고 삽짝문 하나가 비스듬히 열린 채 기울어져 있었다. 원주민 집을 개조한 모양으로 마루 끝에는 바람을 막기 위해 유리로 된 미닫이문들을 새로 달아 놓았다. 바람 때문에 유리문들이 덜컹거렸다. 유리창을 두드리는 소리가 바람 속에 묻혀 버리는 바람에 안에서는 기척이 없었다. 유리문을 양옆으로 드르륵 밀고

84

안방 문을 향해 큰 소리로 그녀를 불렀다. 한참이 지나서야 문이 열리더니 작업복 차림의 그녀가 얼굴을 내밀었다. 한인희가 환한 표정으로 마루로 뛰어나와 그를 따뜻하게 껴안았다. 그녀의 몸에서 테레빈유 냄새가 강하게 풍겨 나왔다.

바깥에서 짐작한 것과는 달리 작업실은 꽤 규모가 있는 편이었다. 서까래와 흙이 그대로 드러나는 천장 쪽의 공간도 시원스러웠고, 옆으로 붙어 있던 방 세 개를 모두 터버려서 바닥의 면적도 꽤 넓은 편이었다. 바닥에는 하얀색 타일을 깔아 놓았고 벽 쪽으로 싱크대와 주방 기구, 그리고 작은 탁자 하나와 침대가 놓여 있었다. 이를테면 도시의 꽤 넓은 오피스텔 구조였다. 대형 이젤 위의 60호쯤 되는 큰 캔버스에는 비바람에 휩쓸리는 동백꽃들이 절반쯤 그려져 있었다. 다른 그림들은 말끔히 치워진 채 오로지 그리다 만 그림만 큰 작업실에 휑뎅그렁하니 놓여 있었다. 실내에는 합창곡이 은은하게 울려 퍼지고 있었다. 웨스트민스터 성당 합창단이 부르는, 열정적이면서 편안한 느낌을 주는 F.마르탱의 〈미사곡〉이었다. 오래된 성당의 높은 천장에서 울려 나오는 듯한 하늘의 합창. 그 합창 속에서 동백꽃들은 떨어지고 있었다. 바깥의 거센 비바람과는 전혀 딴판인 그곳은 또 하나의 작은 세상이었다.

「왜 온다 간다 말도 없이 사라졌지요?」

그녀가 커피를 끓여 와 소파에 앉았을 때 그는 말없이 몇 모금을 마신 뒤 조용히 말을 꺼냈다.

「요즘이 서천 동백철이잖아요. 이 동백마저 지고 나면 금년에 뭍에서는 동백을 보기 힘들어요.」

정작 그의 질문에 대한 답은 피한 채 그녀는 이곳에 내려온 이유만 간단히 설명하고 말았다.

「그래도, 간다는 말 한마디라도 남기면 안 됐나요?」

그가 추궁을 하듯 계속 이유를 따지고 들어가자 그녀는 그리다 만 화폭에 시선을 멍하게 두다가 결심을 한 듯 한숨을 쉬고 나서 말했다.

「우리가 사랑이라도 한 건가요? 당신은 그냥 저에겐 따뜻한 사람이에요. 사랑이란 건, 전설일 뿐이죠.」

무굴 제국의 제5대 황제 샤자한은 자신의 죽은 아내를 위해 22년 간의 공사 끝에 죽은 자의 궁전을 지었다. 두 번째 아내인 뭄타즈 마할. 그녀는 페르시아 공주였다. 마할과 샤자한은 아마도 전생과 내생까지도 서로 떨어질 수 없는, 우주에서도 찾아보기 힘든 지극한 인연을 맺었던 모양이다. 왕은 전쟁터에 나갈 때도 왕비를 동반했고 무려 열세 명의 아이를 낳았다. 한시도 떨어져 있으면 안 될 만큼 황제는 마할을 끔찍이도 사랑했다. 그녀는 황제의 동지이자 아내였고, 정부(情婦)이자 카운슬러였으며, 가난하고 힘없는 자들에 대한 황제의 자비심을 끊임없이 촉발시키는 존재였다. 그러나 불행하게도 마할은 샤자한의 열네 번째 아이를 뱃속에 넣은 채 황제의 원정에 동반했다가 산욕열로 이승을 떠났다. 황제의 비통은 말로 표현할 수 없는 것이었다. 불과 한 달 만에 황제의 머리칼과 수염은 모두 백발이 되어 버렸다. 황제는 모든 것을 포기한 듯 눈물로 나날을 보냈다. 자신의 모든 것이었던 마할. 흔히 역사나 전설은 왜곡되기 마련이다. 그 사실이야 당대에 살면서 직접 본인을 만나 들어 보지 않는 한 확인하기 어려운 것이겠지만, 황제의 지극한 한 여인에 대한 사랑은 누구도 사족을 붙이지 못할 정도로 완벽한 증거물을 후대에 만들어 놓았다. 타지 마할, 마할의 왕관.

비가 그친 이른 아침에 그녀와 함께 동백나무 숲으로 갔다. 4월의 아침 해가 막 떠오르려는 미명 속이었다. 어둑한 조명 때문에 검푸르게 보이는 동백의 잎사귀들은 윤택한 표면에 이슬을 굴리고 있었고 푸르스름한 어둠 속에서도 동백꽃들은 선명하게 도드라져 보였다. 그녀는 언덕 위 동백정을 향해 난 시멘트 계단을 오르지 않고 듬성듬성 군락으로 서 있는 동백 숲으로 곧장 걸어 들어갔다. 아침 인사라도 하듯 동백나무 하나하나를 향해 잠시 발길을 멈추고 천천히 살피며 돌아다녔다. 밤사이에 떨어져 버린 동백꽃들을 밟지 않으려고 조심조심 걸음을 옮기는 자태가 흡사 그 꽃송이들이 살아 있는 사람이라도 되는 양 대하는 모습이었다. 그녀는 떨어진 동백꽃을 주워서 조심스럽게 이슬을 털어 내고 윤기나는 동백 잎사귀에 가만히 얹어 주고 난 뒤 그를 향해 고개를 돌렸다.

「동백나무 전설을 아세요? 여러 가지가 있는데 하나같이 억울하게 죽은 슬픈 넋들이라는 게 공통점이에요.」

그녀는 다시 천천히 동백나무 사이를 걷기 시작했다. 그는 그녀가 잎사귀 사이에 얹어 놓고 간 목이 부러진 동백꽃을 유심히 바라보았다. 해가 떠오르면 말라비틀어질 그 꽃송이는 동백나무 가지와 여전히 혈관이 연결돼 있는 것처럼 붉은 빛깔이 선연하게 살아 있었다. 죽은 꽃이라고 여기기에는 선홍빛이 너무나 선명했다. 그는 가만히 그 꽃송이를 집어 손바닥에 올려 보았다. 언덕 아래쪽 바다에서 파도 소리가 쉼 없이 들려오고 있었다. 그 사람은 찰나에 피었다가 재가 돼버린 꽃이었어요. 그녀의 목소리가 새삼 그의 귓전을 맴돌았다. 언뜻 정신을 차리고 다시 눈으로 그녀를 찾았지만 보이지 않았다. 동백나무 사이를 일일이 헤집고 다녀도 흔적이 없었다. 동백정에 올라 언덕 아래쪽 바닷가를 세심하게 둘러보아도 그녀는 없었다.

해가 서서히 떠오르고 있었다. 그는 다시 올라왔던 길을 되짚어 천천히 동백 숲을 걸어 다니면서 나직이 그녀의 이름을 불렀다. 어디선가 새 울음소리가 들리는 것 같았다. 잠시 걸음을 멈추고 다시 그녀의 이름을 불렀다.

「여기예요!」

서너 그루씩 무리 지어 서 있는 동백나무들은 울창한 가지들로 가려진 작은 공간을 만들어 내고 있었다. 그곳은 바깥에서는 전혀 눈치 챌 수 없는 완벽한 피난처였다. 그는 땅바닥에까지 늘어진 동백 가지를 들치고 그녀가 오도카니 앉아 있는 어두운 동백 그늘 속으로 들어갔다. 그녀의 머리칼에는 가지에서 떨어진 이슬방울이 묻어 있었다. 그가 가만히 그녀를 껴안았다. 그녀는 그의 가슴에 볼을 기댄 채 조근조근 이야기를 이어 갔다.

「옛날에 욕심 많고 잔학한 왕이 있었는데 후사가 없었던 모양이죠? 그런데 왕의 동생에게는 아들이 둘씩이나 있었대요. 왕은 동생의 두 아들을 죽일 계획을 세웠고 이를 눈치 챈 동생이 아들들을 피신시킨 뒤 가짜를 집에 두었는데 밀정에게서 이미 보고를 받은 왕이 가짜 아들들을 처단한 뒤 피신한 진짜 아들들을 데려다 놓고 동생에게 네 아들이 아니라고 했으니 직접 처형해 보라고 명했대요. 아들을 칼로 내리치는 대신 동생은 그 칼로 자신의 심장을 찔렀답니다. 피를 뿌리고 쓰러진 동생은 동백나무가 됐고, 동생의 죽은 두 아들은 동박새가 됐다는 전설이죠. 동백꽃은 동박새가 아니면 열매를 맺을 수 없는 조매화인 건 아시죠? 붉은 꽃도 예쁘지만 머리부터 등까지 고르게 황색을 띤 녹색의 동박새도 정말 아름다워요. 찌이찌이 높게 울 때는 즐거울 때이고, 킬킬 하고 울 때는 위험이 닥칠 때라나요? 꽃이 필 때는 화분을 이리저리 옮

겨 주면서 꿀을 먹고, 열매가 맺히면 그 열매를 먹고 사는 게 동박
새예요. 서로 뗄래야 뗄 수 없는 공생 관계죠. 다음 생에는 동박새
로 태어나고 싶어요.」

마할은 자신의 죽음이 임박했음을 깨달았을 때 머리맡을 떠나지 않
는 황제의 손을 조용히 잡아끌어 자신의 가슴 위에 얹은 뒤 말했다.
「사랑하고 존경하는 전하, 제 명이 이제 얼마 남지 않았나 봅니다.
이제 저는 가지만 당신이 베풀어 준 사랑은 이 세상 어느 여인이
받았던 것보다 더 깊고 뜨거웠다는 사실을 다음 생에서도 잊지 못
할 겁니다. 전하, 마지막으로 몇 가지 약속을 해줄 수 있겠지요?」
황제의 여윈 광대뼈 위로 눈물이 흘러내렸다. 황제는 마할의 눈동
자에 눈빛을 고정시키고 조용히 고개를 끄덕거렸다.
「먼저 제가 죽으면 반드시 새 여인을 맞으셔야 합니다. 두 번째는
우리 아이들에게 여전히 자상하고 친절한 아버지가 돼주시는 겁
니다.」
황제는 어이가 없다는 듯이 슬픈 눈빛으로 말했다.
「그것이 내가 지켜야 할 약속의 전부요?」
「아닙니다. 마지막 두 가지, 제가 다음 생에서 당신을 기다릴 집을
하나 지어 주세요. 그리고 일 년에 한 번만 그 집을 찾아 주세요.
다른 건 없습니다.」

해가 떠오른 동백 숲은 찬연하게 붉은 동백꽃들이 마치 가을날 잘
익은 능금처럼 일제히 빛나고 있었다. 4백여 년 전 마량 첨사가 바
닷가를 거닐다가 꿈속에서 본 것과 똑같은 꽃뭉치가 떠밀려 온 것을
보고 건져다 심은 것이 지금의 동백 숲을 이루게 됐고, 매년 마을 사

람들이 꽃 피는 계절이면 이곳에서 제사를 지내며 풍어를 기원했다는 전설이 내려오는 곳이다. 그들은 당집 건너편 동백정에 올라가 서해와 동백 숲을 번갈아 바라보며 바닷바람에 몸을 맡긴 채 서로 말없이 앉아 있었다.

「찰나에 꽃이 되었다 사라진 사람이 누구지요?」

침묵을 먼저 깬 것은 그였다. 그녀의 상처를 건드릴 듯한 막연한 예감 때문에 그가 그동안 조심스럽게 아껴 두었던 물음이었다. 동백 숲에 시선을 고정시키고 있던 그녀가 고개를 바다 쪽으로 돌렸다. 해풍이 그녀의 긴 머리칼을 어루만지고 있었다. 서해를 바라보면서 그에게는 눈길을 주지 않은 채 그녀가 천천히 입을 열었다. 파도 소리와 바람 소리가 동백정을 휘감고 돌았다.

「세상에는 정말 일가붙이 하나 없이 외로운 사람들이 많아요. 나는 나 혼자서만 부모에게 버림받고 살아가는 줄 알았어요. 우리 부모네야 그들끼리의 사정으로 나를 버린 꼴이 됐지만 그 사람은 어릴 때 부모가 모두 사고로 한날에 돌아가시는 바람에 고아가 됐던 사람이지요. 우리가 대학에서 우연히 서로의 성장 환경을 알고 급격하게 가까워졌던 것도 우리만이 알 수 있는 그 깊고 외로운 상처에 대한 연민 때문이었을 거예요. 대학을 졸업하고도 공장으로 떠난 그 사람을 기다릴 수 있었던 것은 그이에 대한 믿음 때문이었어요. 그 사람만큼은 쉽게 나를 버리지 않을 것이란 확신 같은 게 있었지요. 세월이 흐르면서 처음에는 열정에 취해 위장 취업을 했던 학출 노동자들이 하나 둘 자신들이 누릴 몫을 찾아 떠나갔어요. 하지만 그 사람은 미련스러울 정도로, 아예 자신의 기득권 같은 것은 잊어버린 지 오래인 사람처럼, 마치 그 일이 천직인 것처럼 살아가더군요. 뒤늦게 그이가 대학생 출신이라는 걸 알

앉을 때에도 동료들이 전혀 사시를 뜨지 않고 오히려 자신들보다 더 노동자처럼 보인다고 덕담을 할 정도였으니까요. 노동 운동도 시들해지고 세상이 바뀌어 갈 때 그 사람이 노조위원장이 됐어요. 한때는 수출 덕에 먹고 살았는데 임금이 더 싼 동남아로 바이어들이 수입 선을 바꾸는 바람에 회사에서는 임금을 깎고 사원들을 줄이는 방식으로 대처를 했지요. 그때 노조는 이미 양분이 돼 있었어요. 사측의 치밀한 공작이 주효했던 거지요. 마지막에는 노조 자체가 유명무실해질 위기 상황까지 치달았어요. 그 사람 편에 섰던 이들조차 회사 입장을 받아들이는 경우가 속출했으니까요. 이미 해고된 사람들을 중심으로 농성이 벌어졌는데 노조원들조차 강 건너 불구경하듯 하는 사태가 벌어졌지요. 그 사람은 밤마다 뜬눈으로 지새우다시피 했어요. 결국 그날 그이는 회사 옥상에서 꽃으로 피었다가 마른 재가 됐어요. 그이의 다짐을 써놓은 그 섬뜩한 일기장을 미리 보았던 제가 눈물로 말렸지만, 결국 그 사람은 그렇게 지고 말았어요. 노조위원장 임기만 마치면 우리는 결혼하기로 약속했었지요. 가장 가까이에 있는 사랑 하나 제대로 완성시키지 못한 채 다수에 대한 맹목적인 사랑을 일구겠다는 건 위선이라고 울면서 매달렸지요. 하지만 그 사람은 그렇게 뿌리치고 가버렸어요. 그 사람이 언젠가 인도의 타지마할에 대해 말하더군요. 자신은 샤자한처럼 권력과 돈은 없지만 저승 사람을 위한 사랑의 집보다는 이승에서 제 마음속에 타지마할보다 아름다운 궁전을 지어 주겠다고. 하긴, 약속을 지킨 셈이죠. 결국 이승에서 제 가슴에 무덤 하나 만들어 놓았으니까요. 그이가 간 곳이 서천 극락일까요, 지옥일까요? 서천에는 가지 못했을 거예요. 이승의 사랑 하나 제대로 지켜 내지 못한 사람, 누가 그 서천 꽃밭으로 데려갔겠어요?」

「뭄타즈 마할. 당신의 죽음 위에 영원히 살아 있는 내 사랑의 징표
로 왕관을 하나 씌워 줄 것이오. 당신은 그 왕관 아래서 나를 조용
히 기다려 주오. 당신 집의 이름은 '타지마할'이오.」
 마할이 죽은 뒤 대공사가 벌어졌다. 이란인 건축가가 설계를 맡았
고 인도는 물론 전 아시아를 뒤져서 대리석이란 대리석을 모두 끌어
모아 지금도 지상에서 가장 아름다운 건물로 평가받는 타지마할은
완성됐다. 죽은 아내를 위한 대리석 궁전은 사방 어디에서 봐도 완
벽한 균형미를 자랑하며 야무나 강가에 놓여 있다. 본디 하얀색의
궁전은 강 건너 벌판에서 떠오른 해가 비치는 각도에 따라 형형색색
의 빛깔로 변화한다. 낮에는 흰색이지만 동틀 무렵에는 자줏빛을 띠
기도 하고 황혼에는 황금빛으로 바뀐다. 날씨에 따라서는 보랏빛이
기도 하다가 푸른빛으로 빛나기도 한다. 달빛이 하얀 대리석 궁전에
내려앉아 푸르스름한 그림자를 궁전 앞 긴 연못에 드리울 때면 죽은
자를 위한 이 궁전이야말로 이승과 저승을 잇는 지고지순한 사랑의
징표가 된다.
 가이드의 설명이 아니더라도 그는 타지마할에 오기 전에 그녀에
게서 여러 번 이곳의 아름다움에 대해 들었다. 그녀 또한 이곳을 다
녀간 것은 아니었다. 꽃이 된 그 사람과 함께 책에서 본 그림과 이야
기를 화제 삼아 머릿속에 심어 놓은 이미지를 풀어놓은 것이었다.
수많은 후궁들을 거느린 절대 군주가 한 여인에게서만 아이를 열세
명씩이나 낳았다는 사실만으로도 황제의 깊은 사랑은 짐작할 만한
것이다. 절대 권력을 쥔 자의 절대적인 사랑. 그토록 절대적인 사랑
을 받았던 여인의 매력은 무엇이었을까. 마할의 대리석 관이 안치된

92

지하에서 올라와 야무나 강변 쪽으로 나아간다. 벌판 너머로 지는 태양이 대리석 궁전을 핏빛으로 물들이고 있다. 인도 여인네들이 바람에 날리는 사리 자락을 감싸 쥔 채 사진을 찍기에 바쁘다. 강변 쪽으로 줄지어 선 키 큰 유칼리나무 가지들이 휘청거린다. 원숭이들이 이 가지 저 가지로 뛰어다니며 서로 장난을 친다.

그녀와 함께 동백정에서 내려와 근처 포구 식당에서 늦은 아침 겸 점심 식사를 해결하고 오후에 다시 만날 약속을 한 뒤 그는 금강을 건너가 격포의 채석강에 다녀오기로 했다. 수천 년 세월 동안 쌓이고 쌓인 채석의 단애들을 열심히 필름에 담고 난 뒤 그녀를 다시 만난 것은 오후 다섯시 무렵이었다. 그녀의 작업실에 들어섰을 때 그녀는 문을 열어 둔 채로 어디론가 자리를 비우고 없었다. 전날 저녁 무렵에 그가 처음 보았을 때만 해도 화폭의 반이 비워져 있었는데 어느 사이에 그림은 완성돼 있었다. 그가 채석강에 다녀올 동안 한인희는 내내 그림에만 몰두해 있었던 모양이었다. 동백들은 검은 바닥에 전쟁터의 시체들처럼 잔인하게 흩어져 있었다. 비바람에 온전하게 떨어진 동백들은 드물었다. 붉은 잎에 줄이 그어진 것, 누군가 밟고 지나간 흔적처럼 뭉텅이로 뭉개진 것, 잎이 아예 떨어져 나간 것, 노란 수술들이 모두 뽑혀 나간 것, 그사이에 벌써 시커멓게 변색돼 가는 꽃들이 즐비하게 화폭 아래에 누워 있었다. 나무에 질기게 매달려 있는 튼튼한 잎사귀들만은 도도한 담녹색으로 싱싱하게 살아 있었다. 그는 화폭을 찬찬히 들여다보다가 문득 그 와중에서도 떨어지지 않고 힘겹게 나무에 붙어 있는 붉은 동백 한 송이를 귀퉁이에서 발견했다. 자세히 들여다보니 땅바닥에 팽개쳐진 동백들은 그 한 송이를 위해 들러리를 선 듯한 느낌조차 들 정도로 오연하게 붉은 빛을 내쏘고 있었다. 마치 비바람에도 아랑곳없는 조화처럼. 그는 남아 있는 그 한 송이를 뚫어져라 바라보다 문득 소스라치게 놀라고 말았다. 나무 아래에 검은 실루엣으로 누워 있는 여자의 알몸이 언뜻 눈에 들어왔던 것이다. 가까이에서 보았을 때는 그 형상이 쉽게 파악되지 않았는데 뒤로 물러서서 찬찬히 살펴보니 그 여인은 비바람 부는 동백나무 밑에 시체처럼 희미한 윤곽으로 누워 있었다. 이상한 예감이 들어 작업실을 나와 집 주위를 샅샅이 둘러보았지만 그녀는 보이지 않았다. 다시 안으로 들어와 소파에 앉아 담배한 대를 다 피울 무렵에서야 그녀가 불쑥 문을 열고 들어섰다. 그녀는 어느새 작업복을 벗어 던지고 있었다. 동백처럼 붉은 상의에는 흰색 장미가 수놓여 있었고 연한 갈색 톤의 긴 치마 차림이었다. 잘록한 허리와 풍성한 가슴이 매력적이었다.

「우리 다시 동백 숲으로 가요. 일몰 무렵의 동백은 아주 일품이에요.」

일몰의 동백 숲은 과연 장관이었다. 동백꽃은 핏빛으로 물든 서해의 빛깔에 화답을 하듯 불꽃처럼 타오르고 있었다. 해가 수평선에 가까이 갈수록 동백꽃들은 더 황홀하게 타올랐다. 노루 꼬리만 한 해가 금방 서해로 풍덩 빠져 버리자 사위는 붉은빛만 자욱하게 감돌고 있었고 동백 불꽃 또한 서서히 사위어가기 시작했다. 주위에 어둠이 몰려오고 있었다. 동백들은 검은 휘장 속에서 현저히 빛을 잃어 갔다. 하루의 마지막을 장식하며 장엄하게 타오르는 꽃들 사이로 그녀는 천천히 걸어가며 말했다.

「날마다 이렇게 타오르는 건 아녜요. 조금만 구름이 끼어도, 비가 와도, 해는 그냥 서해 바다로 스며들고 말아요. 오늘이야말로 내가 오래도록 기다려 온 날이지요. 꽃과 사람이 함께 타오를 수 있을 때 생의 하찮은 경계들을 허물 수 있거든요.」

그녀는 걸음을 멈추고 무언가 간절한 눈빛으로 그를 향해 한마디를 더 할 듯하더니 오던 길을 되짚어 산책이라도 하는 것처럼 다시 동백 숲으로 걸어 들어갔다. 그는 해가 떨어져 버린 서해의 불그스레한 여운을 넋을 놓고 바라보다가 문득 이상한 예감이 들어 그녀를 찾아 동백 숲으로 들어갔다. 그녀는 보이지 않았다. 어이없게도, 그것이 그녀가 사라진 마지막 순간이었다. 이후 그녀는 서울에도 서천 작업실에도 어느 곳에서도 보이지 않았다. 그날 그가 일일이 동백 그늘을 뒤졌음은 물론이다. 그녀는 보이지 않았다. 동백 그늘은 물론이고 이미 어두워진 동백정 아래 바닷가까지 돌아다니며 목을 놓아 그녀를 불러 보았지만 그녀는 대답이 없었다. 날이 더 어두워져서 그녀의 작업실로 돌아와 밤이 가고 해가 다시 떠오르기를 기다리는 수밖에 없었다. 형광등 불빛 아래 그녀가 그려 놓은 동백들이 창백한 붉은 빛으로 누워 있었다. 천천히 그 그림 앞으로 다가선 그는 깜짝 놀라고 말았다. 물감이 마르기 전에는 몰랐는데 그사이 윤곽이 더욱 선명해진 동백나무 밑 알몸의 여자는 그녀와 너무나 흡사했다. 다시 자세히 보니 캔버스 밑에 접힌 종이쪽지 하나가 비죽이 솟아나와 있었다.

당신이 내려오신다기에 한편으로는 미안하기도 했지만 반가운 마음 또한 숨길 수 없었습니다. 어린 시절 비바람 몰아치는 하교길이면 다른 아이들은 엄마들이 교실 앞까지 우산을 가지고 와서 데려가더군요. 그런 때마다 학교 현관 앞에서 물끄러미 빗줄기 긋는 모습을 바라보다 쉬 멎지 않으면 그냥 비를 맞고 큰댁으로 돌아갔지요. 온몸이 비에 젖어 문을 열고 들어서면 큰어머니는 다 큰 애가 무슨 청승이냐며 오히려 나를 나무라더군요. 그 비를 다 맞고 오면서 누구를 원망했겠느냐는 투였습니다. 나는 아무도 원망하지 않았어요. 다만 먼 땅으로 떠났다는 엄마가 돌아와서 한 번만이라도 꼭 안아 주었으면 하는 소박한 바람은 있었지요. 하지만 이런 감정마저도 중학교에 들어가고 고등학교 생활을 하는 과정에서 삭막하게 숨어 버렸어요. 나는 늘 혼자라는 자각을 하고 있었고 어떻게든지 이 세상에서 살아남아야 한다는 오기 같은 게 지배했던 것 같아요. 그러다가 대학에서 그 사람을 만났습니다. 그이의 한없이 선량한 눈매를 보고 있노라면 그 사람의 슬픔에 흠뻑 빠져 들어 그대로 그 눈동자 속으로 빨려 들어가는 듯한 느낌이었어요. 나는 그이가 좋다는 건 무엇이든지 따지지 않고 맹목적으로 따랐습니다. 지금 와서 생각하면 그이가 수배 중에 제 자취방에 와 있을 때가 제일 행복했던 것 같아요. 그때 처음으로 그 사람의 몸을 받아들였죠. 그렇지만 그 후론 그 사람과 함께 그렇게 같은 방을 쓰면서 생활할 기회는 그리 많지 않았어요. 항상 그이는 무슨 일인가로 바쁘게 돌아다녀야 했습니다. 그이가 공장에 들어간 후로는 가끔 온몸이 파김치처럼 늘어져서 내 방문을 두드리곤 했지요. 나는 늘 그이가 내 마음속에 들어와 있다는 사실 하나만으로도 배가 불렀습니다. 언젠가는 그이와 함께 살아갈 것이란 믿음은 정말 순진할 정도로 깊은 것이었어요. 그이가 한 번은 그러더군요. 무너져 내릴 때 기댈 곳이 있는 사람들은 행복하다구요. 그이는 노조 활동을 단순히 노동 운동 차원에서 대하는 것 같지가 않았어요. 그이는 가진 것 없는 동료 노동자들의 질박한 품성과 무던한 인간성에 대해 무한한 신뢰를 가지고 있었거든요. 그이가 때때로 무너질 때 기댈 곳이라곤 그런 인간들이었어요. 머릿속에 든 몇 가지 낭만적인 혁명적 구호로 노동자들 사이에 흘러 들어왔다가 온다 간다는 말도 없이 제 살길 찾아 떠나 버린 사람들에 대한 미움을 간혹 털어놓기도 했지요. 하지만 그이는 천성적으로 누군가를 오랫동안 미워할 만한 사람이 아니었어요. 그러니까 그이가 꽃이 되기 하루 전날이었죠. 며칠 전 그이의 가방에서 유서 비슷한 그 문제의 일기를 발견한 뒤로 저는 날마다 그이의 공장 앞에서 기다리며 그이에게 하소연을 했지요. 그날 그이는 예전처럼 파김치가 돼서야 겨우 들르던 내 방에 싱싱한 모습으로 밝은 미소를 띠며 들어섰어요. 들어서자마자 나를 꼭 껴안으면서 말하더군요. 아무 걱정하지 말라고. 그날 밤 그이의 가슴팍으로 파고들면서 오랜만에 안도의 한숨을 쉬었어요. 아침에 눈을 떠보니 그이가 보이지 않더군요. 오늘 당신에게 남기는 쪽지처럼 머리맡에 종이가 접혀 있었어요. 지난밤 내 생에서 가장 아름다운 꽃 한 송이를 품에 안았소. 당신이 나에게 꽃이었듯이 나도 이제 내가 믿고 사랑했던 이들을 위해 꽃이 되려 하오. 이승에서의 이별이야 기껏 얼마나 되겠소. 수억 년 동안 돌고 도는 우주의 티끌만 한 순간에도 못 미칠 것이오. 우리의 가슴속에 지어 놓은 타지마할에서 만납시다. 타지마할, 그 세월의 뺨 위에 떨어진 눈물방울 같은 그 가슴속의 궁전에서. 우리가 다시 만날 때까지 가끔 우리의 궁전으로 돌아와 나를 기억해 주오……. 그이가 다니던 공장에 부랴부랴 달려갔지만 그이는 이미 떨어진 꽃이었어요. 부모에게 버림받았던 바리데기공주는 서천 꽃밭에 가서 꽃을 가져와 죽은 부모를 다시 살렸다지만, 나는 아직까지도 부모에 대한 미련은 없습니다. 하지만 그 사람만큼은 다시 살려 내고 싶군요. 오늘 해가 질 때 떠나려 합니다. 애써서 행여 나를 찾을 생각은 하지 마세요. 그리 오랜 기간은 아니었어도 당신은 나에게 많은 위로가 됐습니다. 내년 이곳의 동백이 더 붉어지거든 돌아오겠습니다. 잘 있어요…….

뜬눈으로 밤을 새우고 이른 아침부터 다시 동백 숲을 뒤졌지만 그녀는 끝내 발견되지 않았다. 다만, 어느 동백나무 군락의 무성하게 늘어진 가지 속 어둠 안에 여성용 검정 구두 한 켤레가 가지런히 놓여 있고, 그 곁에 유난히 붉은 동백 한 송이가 홀로 뒹굴고 있는 모습만 겨우 찾아냈을 뿐이었다. 내년에 동백이 다시 피면 돌아오마던 그녀의 다짐을 기다리지 못하고 타지마할까지 오게 된 것은 혹시나 그녀가 이곳에서 방황하고 있을지 모른다는 기대 때문이었다. 그녀와 죽은 남자가 그들의 가슴속에 지어 놓았다는 그 사랑의 궁전에 그녀가 나타날지도 모른다는 막연한 환상을 그는 버리지 못했던 것이다.

야무나 강에서 불어오는 바람이 저녁 무렵이 되면서부터 제법 시원한 기운을 몰고 온다. 타지마할 뒤편의 대리석 계단에 걸터앉아 그는 이곳에서 그녀를 만날 수 있을 것이란 실낱같은 기대를 이제는 접어야겠다고 생각한다. 그녀와 특별한 인연을 맺은 것은 아니지만, 그녀가 보여 주던 깊은 우물 같은 느꺼운 정념이 내내 그의 가슴을 움켜쥐었던 것이 사실이다. 살다 보면, 그녀가 여전히 이승에 머무르고 있다면, 언젠가는 다시 만날 인연도 있으리라. 타지마할 정면의 정숙한 분위기와는 달리 이곳 강이 바라보이는 뒤편은 경건한 의식을 치른 뒤의 편안함이 지배하는 분위기다. 대리석 바닥에 주저앉아서 즐겁게 대화를 나누는 무리들이 눈에 많이 띈다. 발갛게 물들어 가는 하늘 아래 유칼리나무 가지 사이를 뛰어다니는 원숭이들의 몸놀림이 가볍다. 원숭이들을 올려다보다 무심코 시선을 아래로 내렸을 때 대리석 계단 밑에서 웬 여인 하나가 그를 물끄러미 바라보다 눈빛이 마주치자 황급히 몸을 돌려 뛰어간다. 사리를 입지 않은 동양 여성의 뒷모습이다. 그는 급히 몸을 일으켜 그녀 뒤를 따라간다. 대리석 기둥 모퉁이를 돌아서자 그 여자는 왕비의 관이 놓여 있는 지하 쪽으로 서둘러 뛰어 들어간다. 관광객들은 모두 신을 벗고 입장 순서를 기다리는 중인데 그 여자는 흡사 다른 이들의 눈에는 보이지 않는 투명 인간이라도 되는 양 누구의 제지도 받지 않은 채 그렇게 쉽게 지하로 사라져 버린다. 그도 급한 마음에 그 여자 흉내를 내어 길게 줄지어 선 사람들 틈으로 헤집고 들어가려 하자 사람들이 이내 그의 앞을 가로막는다. 하는 수 없이 좀 전에 들어갔다 나온 지하 묘에 들어가기 위해 또다시 줄을 선다. 대략 30분쯤 흐른 것 같다. 겨우 왕비의 관이 보이기 시작한다. 검은 얼굴의 인도 사내가 여전히 꽃을 하늘에 흩뿌리며 예의 폐부에서 끌어올린 호곡을 하고 있다. 그 여자는 보이지 않는다. 천장에서 한 줄기 석양빛이 스며들고 있다.

  그가 타지마할에 온 지도 오늘로 사흘째다. 더위와 땡볕에 그사이 시력이 많이 약해진 탓일까. 그는 길게 한숨을 내쉰 다음 지하에서 올라와 터덜터덜 성문을 향해 걷기 시작한다. 귓전을 스쳐 가는 저녁 바람이 부드럽다. 그 바람 속에서 익숙한 냄새가 훅 끼친다. 이상한 생각에 퍼뜩 고개를 옆으로 돌렸을 때 그 여인이 그를 휙 스치더니 빠른 걸음으로 이내 그의 앞에서 멀어져 간다. 그는 그 여인을 따라잡기 위해 잰걸음을 놀리지만 여인의 걸음은 놀라울 정도로 빠르다. 그는 이내 뛰기 시작한다. 그 여인은 어느새 성문을 빠져나간다. 그가 허겁지겁 성문을 지나는데 여인은 보이지 않는다. 허탈하게 주위를 두리번거린다. 저녁 하늘을 낮게 날아다니며 요란스럽게 울어대는 까마귀들만 눈에 가득하다. 석양 무렵의 뿌옇고 붉은 대기 속에 멀리 그 여자가 걸어가는 모습이 다시 눈에 잡힌다. 그는 있는 힘을 다해 뛰기 시작한다. 여인은 그가 뛰는 모습을 의식하기라도 한 듯 성벽 사이로 난 조그만 샛문으로 사라져 버린다. 단숨에 그녀가 사라진 성벽까지 달려가 본다. 분명히 여인이 샛문으로 사라지는 모습을 보았건만 그의 앞에는 막막한 담벼락뿐이다. 문은 자취도 없고, 그 여인이 사라진 성벽 아래에는 붉은 부겐빌레아만 가득 매달고 있는 나무들이 열을 지어 서 있을 따름이다.

코흘리개 소년 하나가 잽싸게 나무 위로 기어 올라가 그 붉은 꽃 한 송이를 따서 그에게 던져 준다. 타지마할에 입장할 때 그에게 때에 전 타지마할 사진첩 하나를 팔았던 아이다. 엉덩이에 구멍이 숭숭 뚫린 다 닳아빠진 바지를 입은 아이의 새카만 얼굴이 득의양양하게 빛난다. 그가 부겐빌레아를 홀린 듯이 바라보고 서 있던 모습을 눈여겨본 모양이다. 아이의 까만 얼굴 속에서 빛나는 두 눈이 유리알처럼 맑다. 그는 아이가 던져 준 붉은 꽃 한 송이를 가슴에 품고 천천히 발길을 돌리기 시작한다. 뿌연 저녁 대기 속으로 까마귀들이 낮게 날고 있다. 그녀가 어디에 있든 이제 그는 처음처럼 그리 초조하진 않다. 지금 그는 적어도 그녀 같은 꽃 한 송이를 가슴에 안고 있다. 버림받은 바리데기공주가 뼈살이 살살이 숨살이 꽃을 가져와 죽은 부모를 살려 냈듯이, 그녀가 다시 돌아올 무렵이면 마른 재가 되어 산하에 뿌려진 그 사람도 부스스 긴 잠에서 깨어나 뼈와 살과 숨을 얻어 지천으로 피어날 것이다. 다시 4월이 오면, 서천에 갈 것이다. 가서, 석양에 붉게 울고 있을, 그녀를 만날 것이다.

# 비파나무 그늘 아래

   높은 창 너머로 세심당(洗心堂) 처마 한쪽과 휑한 하늘만 보인다. 세심당은 허공에 떠 있는 것 같다. 미황사(美黃寺)에 온 날이 어제인지 3일 전인지 심지어는 한 달 전인지조차 가물거린다. 어쩌다 이곳 땅 끝 달마산까지 오게 됐는지, 스님에게 물어도 희미한 미소만 지을 뿐 분명한 대답을 하지 않는다. 점심 공양을 마친 뒤 부도원까지 산책을 다녀왔다. 부도원에 가려면 짙은 청록의 활엽수림이 무성한 숲속으로 한참이나 걸어 들어가야 한다. 병풍처럼 늘어선 달마봉 바위 아래 노란 원추리와 개망초에 둘러싸인 부도밭에서 고승들은 저마다 다시는 깨어나지 못할 깊은 잠에 빠져 있었다. 날벌레들이 끊임없이 귓전을 맴돌며 시끄럽게 군 것만 빼고는 맑은 새소리며 멀리 해무가 낮게 깔린 다도해의 풍경은 쾌적하고 정겨웠다. 이렇게 풍광이 좋고 아무도 간섭할 이가 없는 곳에 있다 보면 나의 기억력도 조금씩 회복될지 모른다. 의사는 장기간 술을 끊고 영양을 보충하면 점차 나아질 수도 있다고 충고를 했다 한다.

일어나서 덧창을 연다. 덩굴들이 친친 휘감아 올라간 활엽수들은 세심당 아래로 암록의 수해(樹海)를 이루고 있다. 아스라이 퍼져 있는 해무는 갈 데 없는 구름 형상이다. 아닌 게 아니라 요즘은 구름을 밟고 서 있는 느낌이다. 기분이 좋다는 황홀한 얘기가 아니다. 발아래가 금방이라도 꺼져 버릴 듯한 불안한 하루하루를 보내고 있다. 무심코 걷다가 계단이라도 헛밟은 양 깜짝깜짝 놀란다. 어쩌다 이렇게까지 됐는지 답답하다. 오늘은 기필코 스님에게 내가 미황사에 오던 날의 풍경을 물어야겠다. 어쩌다 이곳에서, 하루 세끼의 공양을 축내며 민폐를 끼치게 됐는지, 나 같은 하찮은 미물을 이렇게 받아들여 주는 이유가 무엇인지, 궁금하다. 관음보살님의 대자대비한 가피 덕인지는 모르나 이렇게 식구들도 많지 않은 조용한 절에서 군식구를 아무 말 없이 거두기는 쉬운 일이 아닐 것이다.

아내가 언제 어떻게 내 곁에서 사라졌는지에 생각이 미치면 가슴만 무거워질 뿐 뚜렷하게 기억이 나질 않는다. 아내는 예전에도 그랬던 것처럼 소리 없이 내 곁에서 다시 사라져 버렸다. 밤이 돼도, 아침이 밝아 와도, 아내는 보이지 않았다. 아내가 두 번째로 사라진 뒤부터 더욱 심하게 술에 빠져 들었던 것 같다. 물론 그전에도 일이 끝나면 술자리에 빠지는 법은 없었다. 하지만 아내가 마지막으로 종적을 감춘 뒤에는 술자리가 생기지 않아도 스스로 어떤 명분이라도 만들어 기어코 술자리를 펼쳤다. 그런 자리조차 없을 때는 자주 가는 단골 식당에 들러 소주 한 병 정도는 혼자서라도 마셔야 집에 갈 수 있었다. 술을 마시고 난 다음날 아침에 지난밤은 항상 암전이었다. 술자리에 갈 때까지만 어렴풋이 기억날 뿐 그 뒤의 일은 항상 희미했다. 상대방에게 무슨 말을 했는지, 누구와 싸우기라도 했는지, 아니면 누구에게 전화를 걸어 속사포처럼 허튼 말이라도 쏘아 댔는지……. 필름이 끊어지는 것 따위로 처음부터 의사까지 찾아갈 생각은 없었다. 폭음을 일삼는 주당들에게는 술 마실 때의 상황을 기억 못하는 것 정도야 대수롭지 않은 일이다. 하지만 술이 깨고 난 뒤에도 내가 어디에 있는지 헷갈리는 경우가 생겨나고, 방금 전의 상황까지도 기억이 안 나는 일이 빈번해지면서 나는 점점 불안해지기 시작했다. 의사는 꽤 심각하게 말했다고 한다.

「당신은 지금 알코올 의존 단계의 맨 마지막에 와 있습니다. 필름이 끊긴 알코올 중독자가 술이 깬 후에도 각종 기억 장애를 보이는 알코올 코르사코프 증후군이라는 게 있는데, 이 단계에 오면 자신이 있는 장소나 상대방을 잘 몰라보고 최근의 일도 기억하지 못하게 되죠. 특히 심각한 것은 기억하지 못하는 시간에 대해 있지도 않은 일을 꾸며 내 마치 현실인 것처럼 믿고 지내기도 합니다. 너무 걱정하진 마십시오. 지금부터라도 술을 완전히 끊고 마음을 다스리면서 영양 보충만 잘하면 조금씩 회복될 수도 있습니다.」

네 살쯤 돼 보이는 작은 사내아이 하나가 공양간에 서 있다. 아이는 맑은 미소를 띠며 친근한 표정을 짓는다. 마흔을 갓 넘겼을 법한 공양주 보살이 아이의 엉덩이를 툭툭 털어 주며 밥을 먹자고 채근한다. 보살은 행복한 표정으로 아이의 볼을 손등으로 연신 훔쳐 내며 밥을 떠 먹인다. 아내가 이 자리에 같이 있었더라면 아이를 껴안고 볼에 입이라도 맞추었을 것이다. 낮에 절 마당을 세발자전거를 타며 돌아다니던 그 아이다. 스님들은 녀석을 볼 때마다 아는 체를 하며 미소를 지었다. 아이도 마냥 천진하고 맑은 표정으로 스님들에게 응석을 부렸다. 저녁 공양을 마칠 무렵에는 해무가 대웅전까지 슬금슬금 기어 올라와 있었다. 푸르스름한 빛깔의 저녁 이내를 보고 절집 벽화를 보수하기 위해 동원된 인근 대학의 미대생들은 산 아래에 불이 났다고 떠들었다. 대웅전을 굽어보는 달마산 병풍 바위도 서서히 안개로 지워져 갔다.

저녁 공양을 마치고 세심당에 돌아와도 주위는 여전히 환하다. 여름 해가 길기는 긴 모양이다. 갑자기 황금빛이 방 안에 가득 들어찬다. 고개를 들어 창밖을 보니 막 붉어지기 시작하는 노을빛이 하늘에 가득하다. 이제 겨우 구름에서 벗어난 석양이 얼굴을 드러내기 시작한다. 주황에서 주홍으로, 다시 핏빛으로 변해 가는 저녁 태양은 저녁 예불을 시작하는 대웅전의 목탁 소리가 텅, 텅, 울릴 때마다 조금씩 바다 쪽으로 떨어진다. 목탁 소리의 진동에 몸을 떨며 오늘 하루의 생을 차츰 포기해 가는 듯한 모습이다. 양순한 어린 새끼들처럼 누워 있는 다도해의 낮은 섬들은 하늘에서 떨어지는 핏덩이를 받기 위해 숨을 죽이고 온 가슴을 열고 있다. 그들도 그 숨죽인 흥분 때문에 온몸이 벌겋게 달아오르기는 마찬가지다. 세심당 아래쪽 청록의 활엽수림도 일제히 황금빛으로 물들었다. 풀숲의 벌레들이 목탁 소리와 엇박으로 장단을 맞추며 노래를 부른다. 해가 하루의 수명을 다하자 무대 위의 조명이 꺼지듯 땅 끝의 활엽수들은 어두운 청록으로 돌아간다. 조명은 꺼졌지만 그 여운은 은은하게 미황사를 감싸고 쉬 사라지지 않는다. 풀벌레와 새들은 무대가 어두워져도 계속되는 목탁 소리에 장단을 맞추어 정밀하게 울어 댄다.

차가운 장판지에 등을 대고 누워 목탁 소리와 어우러진 새들의 노래를 눈을 감고 가만히 듣는다. 어슴푸레한 영상 하나가 눈앞을 오락가락한다. 어떤 여인이 키가 큰 사내와 다정하게 누워 있다. 사내는 낯이 설지만 여인은 어디선가 본 듯한 얼굴이다. 사내는 여인의 볼을 어루만지며 사랑스러움을 참지 못하겠다는 듯이 가끔씩 여인의 입술에 자신의 입술을 가져다 댄다. 평화로운 분위기를 누리던 그들은 어느 순간 소스라치게 놀라 자리에서 일어난다. 여인이 방 구석으로 뒷걸음질치는 동안 사내는 순식간에 자취를 감추어 버렸다. 여인은 그 자리에 주저앉아 공포에 질린 얼굴을 무릎 사이에 파묻고 어깨를 들썩이며 흐느낀다. 어디선가 아이 우는 소리가 들려온다. 아이의 울음소리는 크고 맑고 높은 음색이다. 서러운 것 같기도 하고, 듣기에 따라서는 배가 고파서 우는 것도 같다. 새소리도 들려온다. 새가 울기 시작하자 아이의 울음소리도 뚝 그치고, 서늘한 바람이 불어온다. 눈을 뜬다. 열어 놓은 창문으로 밤바람이 들어오고 있고 목탁 소리는 그쳤지만 새소리는 여전하다.

공양간 마당에 놓인 기다란 식탁에서 점심 공양을 한다. 식탁 위로 어룽지는 오래된 단풍나무 그늘은 뾰족한 잎사귀들이 흔들릴 때마다 미세한 햇빛 가루들을 뿌리며 촘촘한 빛의 무늬를 만들어 낸다. 단풍나무 곁의 비파나무와 부엌 뒤편으로 무성하게 솟아 있는 대나무들도 바람이 불 때마다 덩달아 수런거리는 소리를 낸다. 스님이 먼저 방에서 공양을 마친 다음 마루에 나와 앉아 마당 옆에 배를 깔고 엎드려 있는 커다란 황갈색 개를 가리키며 불공드리러 올라온 동네 아낙에게 말을 건넨다.

「저놈은 그전에 있던 녀석이 산 아랫동네를 돌아다니면서 바람을 피워 낳은 놈입니다. 에미 되는 녀석은 한 번 절을 떠난 뒤로는 돌아올 생각을 안 해요. 그 녀석을 보았다는 사람들은 더러 있는데 사람들에게 친근하게 다가오지 않고 야생 동물처럼 저 혼자 떠돌아다닌다더군요. 거기에다 성질도 아주 사나워졌대요.」

스님과는 오래전부터 면식이 있었던 양 스스럼이 없는 아낙은 엉뚱하게도 자신이 기르던 개가 죽자 천도를 부탁하러 올라온 모양이었다.

「아이고, 시님. 좌우지간 사람 천도허는 디도 바쁘신디 이런 것까장 부탁혀서 정말 죄송허지만 말이라, 쬐까 신경 잠 써주시드란께요. 고놈이 어찌나 살아생전에 우리 집 식구들을 따랐던지, 다른 집 개들은 모다 복날에 잡아먹어도 그놈만큼은 우덜이 절대적으루다가 보호혔구먼이오. 그럼 지는 밥도 먹었은께 그만 갈라요.」

아낙은 치마 속주머니에서 꼬깃꼬깃한 만 원짜리 지폐 두 장을 꺼내어 애써서 반듯하게 펴는 시늉을 하며 스님에게 천도 비용으로 쓰라고 떠맡긴다. 스님은 하릴없이 알았다고 대답하며 웃는다. 아내도 강아지를 유달리 좋아했다. 아이가 죽은 뒤에는 거의 강아지에 매달려 살다시피 했다. 정성을 들여 목욕을 시키고 강아지의 털을 커다란 빗으로 자주 빗겨 주곤 했다. 하지만 그 녀석이 함부로 아파트 거실에 실례를 한 뒤 구석에 쪼그리고 앉아 끙끙거리는 날이면 모질게 매질을 했다. 다 해어진 대뇌 신경 세포의 필름에 인화된 영상을 애써서 되작여 보면, 매질할 때 아내의 눈빛은 푸른빛이었던 것 같다. 그 푸른빛을 쥐어짜면 물 한 방울이 떨어질지도 모른다. 매질을 하다가 얼핏 눈이 마주치면 아내는 금세 표정을 바꾸어 환하게 웃으며 무슨 말인가를 했던 것 같다.

우리의 아이가 태어날 때 내지르던 그 우렁찬 울음소리는 아내와 나에게 황홀한 기쁨의 노래로 들렸다. 건강한 남자 아이였다. 하지만 불행하게도 그 아이는 우리들 곁에서 만 6년을 살다가 저 세상으로 먼저 떠났다. 아이의 육신은 화장을 한 뒤 납골당에 안치했다. 사람들은 그 납골당을 죽은 자들의 아파트라고 불렀다. 서울시 본

청에서 근무하다가 시설관리공단 산하의 그 납골당 업무 쪽으로 굳이 근무처를 옮긴 것은 아이가 외롭지 않도록 조금이나마 가까이에서 어린 영혼을 위로하고 싶었기 때문이다. 정확하게 말하자면, 나의 의지보다는 아내의 뜻이 더 강하게 작용했다고 볼 수 있다. 아내의 모성은 동물적인 구석이 있었다. 아이가 죽은 후 곡기를 끊고 자리에 눕는 바람에 해골처럼 앙상해질 때에야 병원에 실어 가 겨우 소생시킬 수 있었다. 나라고 해서 그 상황을 잘 견딜 수 있었던 건 아니다. 사는 게 근원적으로 늘 허전하고 어디 쉽게 마음 붙일 곳을 찾지 못하던 차에 아이까지 그렇게 가버리자, 솔직히 나는 아내보다 더 혹독한 심리적인 공황을 겪어야 했다. 하지만 아내와는 달리, 나에게는 결정적으로 술이라는 벗이 있었다. 근무 시간에 술을 마시는 것은 징계 사유에 해당되었지만, 조문객들이 놓아두고 간 소주를 입에 대기 시작하면서 늘 낮에도 취해서 살았다. 퇴근 무렵이면 근무 일지를 야근자에게 넘겨주고 동료들이나 친구들과 또다시 저녁 술자리를 가졌다. 아내는 늘 그런 나를 타박했다. 새 아이를 만들어야 하지 않느냐고 침울한 목소리로 채근하곤 했다. 그러나 어쩌다 잠자리를 가져도 새로운 영혼은 우리에게 깃들이지 않았다. 공단에서 운영하는 인터넷상의 '사이버 추모의 집'이 세상에 알려지기 시작하면서 나의 일거리도 늘어났다. 일일이 추모의 글을 모니터링하면서 그중에서 가장 슬프고 고인에 대한 절절한 감정이 묻어나는 편지를 골라서 글을 올린 유족들에게 답장을 띄우는 게 나의 새로운 일거리였다.

번호 : 325 / 작성자 : 김소희 / 게시일 : 1999. 03. 04. / 제목 : 보고 싶은 아가야 / 조회수 : 172

아가야, 너를 보내고 난 뒤 엄마는 단 한 번도 너를 잊은 적이 없구나. 따뜻하고 발그레한 너의 볼을 한 번이라도 좋으니 다시 비벼 볼 수 있다면 엄마는 다른 소원이 없겠다. 아가야, 이 편지 받는다면 잠시만이라도 엄마 앞에 나타나 줄 수 없겠니? 무엇이 그리 급해서 네 생일을 하루 남겨 두고 그렇게 서둘러 떠나 버렸니? 이렇게 네게 편지를 쓸 수 있다는 사실만으로도 엄마는 고마워해야 되는 거니? 아가야, 네가 이 편지를 읽을 수 있다면, 제발, 엄마에게 꼭 답장이라도 해주렴. 감기 조심해라. 못난 에미가.

번호: 344 / 작성자: 김소희 / 게시일: 1999. 03. 04. / 제목: 보고 싶어 미치겠다 / 조회수: 57

아가야, 눈만 뜨면 먼저 네 생각이 나서 가슴이 터져 버릴 것 같다. 1분, 아니 10초라도 좋으니 내 앞에 한 번만 얼굴 좀 보여 줄래? 보고 싶어 미치겠다. 그곳에선 엄마에게 사달라고 조르지 않아도 네가 먹고 싶은 달디단 사탕들이 널려 있겠지? 그곳에선 아무리 먹어도 이빨이 썩지 않는단다. 아가야…… 미안하다. 네 생각만 하면 엄마가 못해 준 것들이 너무 많아 시멘트 바닥에라도 머리를 부딪치고 싶은 마음 간절하다. 어저께도 혼자서 울다가 눈이 퉁퉁 부어 버렸다. 너무 보고 싶다. 너 보고 싶을 때 어떡하면 좋니? 심심하지는 않지? 옆집, 앞집…… 아파트에 사니까 재미있지?

번호: 351 / 작성자: 하늘나라 / 게시일: 1999. 03. 04. / 제목: 325, 344번에 대한 답장 / 조회수: 00

귀하의 슬픔을 진심으로 위로합니다. 당신의 아이는 이곳 하늘나라에서 행복하게 살고 있습니다. 편지는 잘 전해 주겠습니다. 부디, 너무

비통해하지 마시고 지상에서 편안하게 살다가 그곳의 세월이 다하면 이곳에서 반갑게 상봉하시기 바랍니다.

사이버 추모의 집에 마련된 '하늘나라 우체국'에는 하루 종일 다양한 내용의 글들이 올라왔다. 남편에게, 죽은 형부에게, 혹은 처제에게, 아버지 어머니에게 올리는 다양한 그리움과 추모의 정이 가득 찼다. 게시판을 지켜보고 있노라면 이렇게 죽은 이들이 많을까 새삼스럽게 전율이 일 정도였다. 조문객들이 망자의 아파트 앞에 놓아두고 간 술들을 거두어들인 후 퇴근 무렵에 몽롱한 기분으로 답장을 쓸 때쯤에는 석양이 납골당 구석구석을 황금빛으로 비추어 내곤 했다. 그럴 수밖에 없는 일이지만, 나에게는 수많은 추모 편지 중에서도 어린아이의 죽음을 애도하는 글들이 유독 눈에 띄었던 게 사실이다. 아이들의 죽음을 애통해하는 모든 글들이 마치 내 아이에게 보내는 편지처럼 읽혔다.

지금 생각하면 내게 일어난 그 이상한 일들이 알코올 코르 사코프 증후군으로 인한 착각 때문이었는지도 모르겠다. 아니, 아무리 나의 대뇌 신경 세포가 기능을 다했다 해도 그건 사실이었을 것이다. 나의 영혼을 믿어야 할지, 대뇌의 세포들을 믿어야 할지 혼란스럽다. 어쩌다 일찍 퇴근해 집에 들어가면 아내는 컴퓨터 앞에 앉아 열심히 죽은 아이에게 편지를 쓰고 있었다. 어깨 너머로 아내가 쓴 편지 번호들을 메모해 두었다가 나는 성실하게 '하늘나라' 이름으로 답장을 썼다. 아내는 한동안 시들어 메말랐던 화초가 비를 맞고 다시 생동하듯 활기가 돌았다. 물론 아내 또한 사이트 담당자가 형식적인 관리 차원에서 보내는 답신이라는 걸 알고는 있었다. 그렇지만 답장을 보낸 사람이 구체적으로 자신의 남편이라는 사실만은 모르고 있는

터였다. 아내가 그토록 생동하는 모습을 본 건 아이가 죽은 후 처음이었다. 죽은 아이에게 편지를 쓸 수 있고, 또한 답장을 받을 수 있다는 사실은 아내에게 적지 않은 위안이었다. 하지만 아내는 하늘나라 우체국에 다분히 병적으로 집착하고 있었다. 컴퓨터에 문제가 생겨 하루라도 아이에게 편지를 쓰지 못하는 날이 생기면 신경이 예민해져서 극도의 불안 증세를 보였다. 하늘나라 우체국은 처음에는 위로의 기능으로 작동했지만, 정작 아이의 죽음에서 해방되지 못하도록 아내를 옥죄고 있었던 것이다. 언제까지나 아내에게 답신을 보내는 '하늘나라'의 주인공이 다른 사람이 아닌 바로 그네의 남편이요, 죽은 아이의 아빠라는 사실을 감출 수는 없었다. 나는 아내가 하루빨리 죽은 아이에게서 해방돼 현실로 돌아오길 바랐다. 그래서 그런 답신을 남겼던 것이다.

번호 : 956 / 작성자 : 하늘나라 / 게시일 : 1999. 07. 25. / 제목 : 941번에 대한 답장 / 조회수 : 00

아이의 부탁으로 귀하에게 마지막 답신을 보냅니다. 귀하의 편지들은 아이에게 잘 전달되고 있습니다. 아이는 귀하께서 새로운 삶을 시작하기를 간절히 바라고 있습니다. 귀하의 슬픔을 위로하기 위해 당신의 둘째 아이의 몸을 빌려 다시 돌아가겠다고 하오니, 귀하께서는 다시 올 새 아기를 위해 마음을 가다듬으시고 새 생활을 도모하시기 바랍니다.

아내가 '하늘나라 우체국'에 주술적인 차원으로까지 의지했던 만큼 답신의 효력은 금방 나타났다. 아내는 내가 아무리 늦은 밤에 술에 취해 귀가해도 그냥 자지 않았다. 내 사타귀를 더듬으며 가슴패기로 파고들곤 했다. 하지만 새 아이는 쉽게 오지 않았다. 아내의 성화 때문에 함께 병원을 찾기도 했다. 의사는, 아내는 물론 나에게도 아무런 문제가 없다고 아주 심드렁하게 말했던 것 같다. 그렇게 불임의 세월, 그 몇 달이 흐르자 아내는 다시 절망하기 시작했고 그즈음부터 바깥나들이가 잦아졌던 것 같다. 그리고 훌쩍 온다 간다 말도 없이 사라져 버린 것이다.

바람이 불자 밤새 열어 놓은 덧창이 벼락 치는 소리를 내며 창틀에 부딪치는 바람에 잠에서 깨어났다. 비도 오지 않는데 숲 속의 나무들이 일제히 바람에 흔들리며 저마다 소리를 내기 시작하자 밤의 적막은 완전히 깨져 버렸다. 폭풍우 치는 날 바다의 파도 소리와는 사뭇 다르다. 바람 부는 수해의 파도 소리는 곡성처럼 길고 깊은 장단을 지녔다. 나무들이 저마다 산발한 채 바람이 부는 방향에 따라 일제히 몸을 기울이며 아우성을 친다. 나무들의 아우성을 빼놓고는 절간은 깊은 정적 속에 빠져 있다. 심한 갈증이 느껴져 바람 부는 바깥으로 나선다. 하늘에는 별들이 촘촘하게 박혀 있다. 대웅전 앞 너른 마당 귀퉁이에 흐르는 차가운 샘물로 목을 축이기 위해 캄캄한 계단을 조심스럽게 올라간다. 순간, 개 짖는 소리가 요란하게 정적을 깬다. 온몸의 솜털이 쭈뼛거린다. 낮에 공양간에서 보았던 황갈색 개가 뛰어나오더니 주변을 맴돌며 사납게 짖는다. 모두가 잠든 밤에 캄캄한 대웅전 앞마당에서 사나운 개는 절간 사수를 책임이라도 지겠다는 듯 자지러지게 짖어 대며 바지를 슬쩍슬쩍 이빨로 물어뜯는다. 언제 살까지 물어뜯길지 모른다. 섬뜩한 공포가 밀려든다. 개에게 공격의 빌미를 주지 않기 위해서는 그 자리에 고목나무처럼 붙박여서 꼼짝도 하지 말아야 한다. 샘물은 정적 속에서 더욱 큰 소리로 흘러내리고 개는 주변을 계속해서 맴돌며 내 손가락을 길고 축축한

혀로 핥기까지 한다. 바람난 어미가 낳은 새끼, 그 새끼가 이렇게 커서 사람을 꼼짝 못하게 위협하는 훌륭한 절지기 개로 성장한 것이다. 오랫동안 서 있었던 것 같다. 천천히 움직여 보니 개는 다시 컹컹 짖으며 앞을 막아선다. 그때 구원의 빛처럼 대웅전 옆 요사채에서 사람의 목소리가 들려오면서 랜턴의 긴 불빛이 마당을 비춘다. 새벽 예불 시각이 된 모양이다. 목탁 소리가 수해의 파도 소리에 뒤섞이기 시작하자 절간은 순식간에 다시 살아난다. 그제서야 개는 대웅전 뒷전으로 슬그머니 사라진다. 스님 한 분이 개를 맞아들여 목덜미를 부드럽게 쓰다듬으며 속삭이는 소리가 들린다. 다음 생에는 부디 사람의 몸을 받거라…….

「그동안 별일 없었지요? 우리 아기 좀 보세요. 너무너무 예쁘죠. 보세요. 우리 금동이를 똑 빼닮지 않았어요?」
　아내는 며칠간 어디 친정 나들이라도 다녀온 여자처럼 스스럼없이 말했다. 사라졌던 아내가 갓난아이를 안고 돌아온 것은 집을 나간 지 8개월 만이었다. 아내의 얼굴은 기쁨으로 가득했다. 미치지 않고서야 아내가 그처럼 천연덕스럽게 나를 대할 수는 없는 일이었다. 나의 몸과 정신은 그즈음에는 술로 인해 연옥 근처까지 내려가 있었다. 태어난 지 갓 한 달이나 될 성싶은 아이는 새까만 눈동자를 빛내며 방긋 웃었다. 우리 아기라니! 그렇다면 아내는 그동안 아이를 낳으러 어디 다녀오는 길이었단 말인가. 혼돈스러운 기억을 정리하느라 체머리를 흔들었다. 하지만 아무리 나의 대뇌 신경 세포가 형편없이 망가졌다 해도 아내가 임신했다는 얘기는 들어 본 적도 없고, 집을 나가면서 일언반구 이렇다 저렇다 나에게 이해를 구했던 일도 없었다. 아내는 아이를 보료 위에 눕혀 놓고 젖병을 삶는다, 기저귀를 빤다, 여기저기 집안 청소를 한다, 부산하게 움직였다. 나는 거실 소파에 앉아 아내의 행동을 멍하게 지켜보는 수밖에 없었다. 아이가 배가 고픈지 소리내어 울기 시작하자 아내는 정신없이 달려 가 아이를 품에 안고 가슴패기를 헤집어 젖을 물렸다. 한 손으로는 아이의 궁둥이를 받치고 어르면서 노래까지 불러 주었다.

「아이의 이름은 정했소?」

애써 마음을 진정시킨 뒤 짐짓 아이의 이름을 물었다.

「이름은 옛날에 우리가 지었잖아요. 애가 다시 이승에 온 건 비록 한 달밖에 되지 않지만 나이는 그전에 살던 것까지 합하면 벌써 아홉 살이에요. 우리 금동이 벌써 잊었어요?」

아내는 조금도 감정이 흔들리지 않는 모습으로 천연덕스럽게 대답했다. 어이가 없었지만 아내의 하는 양을 좀 더 지켜보기로 했다. 아니 솔직하게 말하자면, 그 아이는 내가 뿌린 씨앗이었고 나의 치매 현상 때문에 그동안 그 사실을 까맣게 잊고 있었던 것이라고 굳게 믿고 싶었다. 아내가 돌아왔으니 시시비비를 가리기에는 시간이 충분했다. 그리 급하게 몰아붙일 일이 아니었다. 더욱이 지금 아내는 갓난아이를 품에 안고 있는 어미가 아닌가. 아무리 미물이라 하더라도 새끼를 보듬고 있는 어미를 다그칠 수는 없는 일이었다. 하지만 이미 나의 언어들은 통제를 벗어나 시위를 떠난 뒤였다.

「암내를 풍기며 저잣거리를 돌아다니다 새끼 하나 낳아 온 게 뭐 그리 대단하다고 내 앞에서 위세를 떠는 거야? 새끼가 당신에게 는 세상 모든 인연보다 더 중한가? 이 씨알머리도 모르는 새끼가 그래 내 새끼라고?」

말이 한번 터지자 걷잡을 수 없었다. 처음에는 차근차근 따져 보 려 했지만 목소리가 나도 모르게 높아지더니 급기야 고함을 치는 형국이었다. 아내는 아이 옆에서 불화살이라도 맞은 듯 굳어진 표정으로 나를 빤히 올려다보고 있었다. 눈가에는 예의 푸른빛이 감돌고 있었다. 아내의 침착한 표정에 더욱 흥분된 나는 말 대신에 아이 옆에 놓여 있던 젖병과 기저귀 따위를 발로 차다가 급기야는 싱크대 위의 유리그릇들을 닥치는 대로 바닥에 팽개쳤다. 아이가 자지러지게 울기 시작했지만 아내는 꿈쩍도 하지 않고 돌부처처럼 그 자리에 앉아 아이만을 뚫어져라 응시하고 있었다. 아내의 침묵이 나를 더욱 흥분하게 만들었다. 나는 뛰어가 아이를 덥석 안아서 현관 쪽으로 달려나갔다. 그제서야 아내는 불에 덴 듯 화들짝 놀라 기겁을 하며 필사적으로 나에게 달려들어 아이를 빼앗으면서 소리쳤다.

「아이에게는 털끝 하나 손대지 말아요. 당신 씨고 아니고가 그리 중요해요? 아이는 분명히 내가 낳았어요. 그리고 분명히 죽은 금동이가 다시 돌아온 거예요. 금동이도 당신 씨가 아니었나요? 생명이란 게 누구의 씨라서 소중하고, 다른 사람의 씨라면 함부로 다루어도 되는 건가요? 당신, 정신이 멀쩡한 사람이에요?」

나는 어이가 없어 아내를 그저 처다만 볼 따름이었다. 아내는 분명히 제정신이 아니었다. 금동이가 죽은 게 그리도 큰 상처를 남겼을까. 그 상처에서 헤어나는 길이 꼭 이 방법밖에는 없었단 말인가. 행여나 나의 빈약한 대뇌 신경 세포를 의심하면서 저 아이가 나의 씨였기를 바랐지만 아내는 여지없이 나의 기대를 짓밟아 버렸던 것이다. 거짓말이라도 좋으니 명확하게 저 아이가 내가 뿌린 씨였다고 말해 준다면, 나 또한 종국에는 그리 믿고 말았을 것이다. 아내는 거기에다 결정적인 쐐기까지 박고 나섰다.

「당신도 하늘나라 우체국에서 보냈던 답신을 기억하지요? 그 답신에서 누구의 씨라야만 내 배를 빌리어 다시 올 아이가 금동이라고 못 박은 적 있었나요? 두 번째 아이야말로 금동이가 다시 올 그릇이라는 얘기가 아니었던가요? 당신, 그 하찮은 씨알머리 때문에 우리 아이가 다시 우리 품으로 오겠다는 걸 막을 수 있는 건가요? 지금부터 당신 마음대로 하세요. 나는 다시 온 우리 금동이와 지옥 끝까지라도 같이 가겠어요.」

지난밤에 잠을 설친 탓인지 눈을 떴을 때는 이미 아침 공양 시각이 지나 버렸다. 세심당 아래쪽 숲에서 새들은 요란하게 노래를 부르고 있고, 아침 해무는 달마봉을 감싸고 있다. 대웅전 앞 샘물로 얼굴을 씻고 스님이 계시는 달마전 쪽으로 걸어간다. 스님은 마침 뜨락을 산보하는 중이었다. 스님은 나를 발견하더니 반가운 표정으로 성큼성큼 걸어온다.
「오늘은 처사님 안색이 비교적 좋아 보이십니다. 이리 올라와서 차나 한잔하시죠.」
스님이 찻물을 끓이는 사이 그동안 참았던 질문을 서둘러 꺼내 놓았다.
「스님, 제가 왜 이곳에 있는지요? 오늘은 꼭 대답을 듣고 싶습니다.」
「…….」
스님은 다탁에 즐비하게 놓인 찻잔들을 묵묵히 솔가지로 씻어 낸 뒤 수건으로 깨끗이 닦고만 있다. 찻잔들을 말끔하게 닦아 한쪽에 나란히 진열해 놓은 뒤 스님은 눈을 들어 멀리 다도해의 섬들을 감싸는 해무를 지그시 바라본다.
「모든 것이 인연이지요. 처사님은 전생에 이곳 달마봉에 누운 소였을지도 모를 일입니다. 우리 부도원까지 산보나 하십시다.」

달마봉의 소리니, 스님은 더 이상 그 의미에 대해 부연하지 않고 자리에서 일어난다. 나 또한 묵묵히 스님 뒤를 따르는 수밖에 없다.

부도원으로 가기 위해 스님을 따라서 숲을 가로질러 바닷가 쪽으로 걷는다. 울창한 숲에서는 바람도 제대로 길을 찾지 못하고 우왕좌왕하는 모양이다. 파도가 지나가듯 바람 한 무더기가 숲 저편에서부터 술렁거리며 몰려왔다가 사라지곤 한다.

「처사님, 미황사의 유래를 아십니까?」

두어 발짝쯤 앞서서 걷던 스님이 묵묵히 앞만 보고 걷다가 불쑥 말을 꺼낸다.

「지금으로부터 일천삼백여 년 전 신라 경덕왕 때 달마산 아래 사자포에 배 한 척이 홀연히 나타났더랍니다. 그런데 그 배는 사람들이 다가가면 멀어지고 돌아서면 가까이오기를 여러 날 계속했습니다. 그 배를 결국 가까이 오게 한 사람은 의조 화상이었습니다.」

전설이란 늘 누군가를 영웅으로 내세우지 않으면 신비스러운 얘기로 더 이상 진행될 수 없는 법이다. 스님은 뒤를 돌아보며 나의 표정을 살핀 뒤 이야기를 이어 갔다.

「의조 화상이 사미승과 향도들을 데리고 목욕재계한 후 기도를 하니 배가 드디어 육지에 닿았는데 배 안에는 금으로 된 뱃사공과 금함, 육십 나한, 탱화 들이 가득 차 있었답니다. 특이한 것은 배 안에 있던 검은 바위였는데, 배에서 바위를 내릴 때 실수로 바닥에 떨어뜨리자 바위가 쫙 갈라지면서 송아지 한 마리가 뛰쳐나와 순식간에 큰 소가 되었다는군요…….」

이날 의조 화상의 꿈에 금빛 가사를 걸친 사람이 나타나서 자신은 우전국(인도) 사람인데 이곳 산세가 1만 불을 모시기에 좋아 보여

116

인연토(因緣土)로 삼기로 했으니 경전과 불상을 소에 싣고 가다가 소가 누워서 일어나지 않는 곳에 절을 세우라고 했다는 것이다. 다음날 스님은 꿈속에서 들은 대로 소 등허리에 불경을 싣고 그 뒤를 따랐다. 달마산 중턱에 이르러 소가 한 번 넘어졌다가 일어나 한참을 가다 크게 울면서 다시 넘어지더니 일어나지 못했다. 그리하여 처음 소가 누운 자리에는 통교사를, 마지막으로 누워 다시는 일어나지 못한 자리에 바로 미황사를 세웠다는 전설이다. 통교사는 부도원 곁에 있던 바로 그 집이었다. 입적한 고승의 부도들이 밭을 이루고 있는 달마봉 밑의 숲 속은 아늑하다 못해 신비로운 정적이 감도는, 숨어 있는 명당자리였다. 주춧돌만 남아 있던 자리에 기둥을 세우고 서까래를 얹는 공사가 진행 중이었지만, 불사가 여의치 않은 듯 삽이나 수레 따위의 장비들만 주변에 널려 있고 폐가처럼 버려져 있었다. 이곳에서 소가 처음으로 휴식을 취했고, 미황사 자리에 이르러 바다를 바라보면서 크게 세 번 울고 죽었다는 것이다.

「그런데 왜 미황사라고 명명했는지 아십니까? 소가 마지막으로 쓰러져 울 때, 달마산 전체에 메아리치던 그 울음소리가 지극히 크고 아름다워 미(美) 자를 취했고, 꿈속의 금인(金人)이 발하던 황홀한 빛을 상징하여 황(黃) 자를 취했다고 합니다.」

스님의 설명은 미황사 안내판에서 보았던 것도 같다. 하지만 미황사라는 이름은 전설보다는 다도해의 아름다운 황금빛 낙조 때문에 지어진 이름이었을지도 모른다. 황금빛에서 핏빛으로 물들어 가는, 미황사 대웅전에서 바라보이는 다도해의 해질녘 풍경은 속세의 모든 고통들을 진무할 만큼 장엄한 장면이었다. 불경을 등에 진 소가 쓰러지면서 냈다는 크고 아름다운 울음소리는 무엇을 의미하는 걸까. 아름다운 울음소리란, 사실 모순 아닌가. 고통스럽고 서러워서 내는 게 항용 울음소리일진대, 그 소리가 아름다우려면 어떤 경지에 도달해야 하는 걸까. 수많은 세월 동안 바위 안에 갇혀 지내다 성스러운 불경을 등에 지고 산에 오르던 황소의 울음소리란 울음이 아니라 황홀한 기쁨의 노래였던 것일까. 그때 섬뜩한 생각이 정수리가 뜨거워지는 충격과 함께 문득 치밀어 올라 걸음을 멈추고 그 자리에 우뚝 서고 말았다. 하늘나라 우체국 우편 배달부. 소가 등에 짊어진 불경이란, 하늘의 뜻을 담은 서신들이 아니던가.

부도원에서 돌아와 세심당으로 다시 들어선다. 스님은 왜 미황사에 내가 와 있느냐는 질문에 달마산에 누운 소를 거론했다. 나의 인연토가 미황사이기에 와 있다는 선문답 같은 이야기다. 발끝만을 바라보며 걸어가다 무심코 고개를 들어보니 공양간에서 보았던 아이가 세심당 문턱에 걸터앉아 한 손으로 턱을 괴고 달마산 정상을 바라보고 있다. 마치 그림에 나오는 어린 동자승 같은 표정이다. 사람이 들어서는 기척이 나자 아이는 얼른 일어나 뛰어온다. 절에서 자유롭게 자란 아이여서 그런지 낯선 사람에게도 전혀 거리낌이 없다. 바짓자락을 붙잡고 아이는 볼을 비비며 고개를 들어 나를 빤히 쳐다본다. 아이의 얼굴에 그윽하고 해맑은 미소가 어린다. 톡 튀어나온 짱구 이마와 상고머리, 새까만 눈동자. 아이를 번쩍 들어 올려 무동을 태우고 세심당으로 들어선다. 아이는 어깨 위에서 말을 타는 동작으로 신이 나서 엉덩이를 들썩거린다. 무동을 태운 채 아이를 데리고 방에 들어와 창문 앞에 섰다. 창밖으로 보이는 풍경에 아이는 신이 나서 더욱 들썩거리며 떠들어 댄다.

「치사님, 치사님…… 쩌그, 대사님…….」

아이가 불분명한 발음으로 떠드는 말에 무심코 밖을 보니 스님이 멀리 창 아래에서 아이를 향해 손을 흔들고 있다. 스님이 사라지자 아이는 이제 말을 배우기 시작한 더듬거리는 억양으로 애를 써서 무언가를 물어보려 하는 것 같다.

「치사님, 치사님. 보살님언…… 어데 가쩌?」

아이가 엄마처럼 따르는 공양주 보살을 찾는 모양이다. 아이를 어깨에서 내린 후 손을 잡고 방을 나서서 공양간으로 향한다. 공양주 보살이 설거지를 하다 말고 인기척이 나자 부엌에서 고개를 내민다.

「어이구, 아가야. 어디 갔다 이제 왔어. 우리 아가 좋아하는 누룽지 만들어 놨는디.」

아이는 좋아라 뛰어가 부엌으로 사라져 버렸다. 보살이 앞치마에 손을 닦고 나오더니 단풍나무 그늘에 앉아 손짓을 한다.

「이리 좀 앉아 보시오, 처사님. 그려, 요새는 몸 좀 나아지셨소. 우째 그리 마나님을 고상시켰소그랴. 그날 보니께 마나님 마음고상이 이만저만이 아니더구먼. 어이구, 차에서 끌어내려도 인사불성이더구먼. 그려, 마나님은 언제 다시 온답디여?」

마나님? 노랗게 익어 가는 비파가 공양주 보살 앞으로 툭 떨어진다. 아이가 어느새 뛰어나와 비파나무를 흔들어 대는 중이다.

「나는 본시 여그 공양꾼이 아니여. 처사님을 모시고 온 마나님이 여그서 공양 보살을 허고 있고만이라. 근디 처사님 정신이 온전해질 때까지만 날 보고 시님들 공양을 모셔 달라고 혀서, 지금 여기 있단께. 좌우지간 이자는 마나님 고상 그만 시키고, 빨리 정신 차려서 데려가드란께요.」

때마침 불어오는 바람 한줄기가 단풍나무를 흔들고 지나간다. 세상이 꿈인가, 꿈속이 세상인가. 내가 잠 속에 있는가, 잠 속에 내가 있는가. 아내가 이곳 미황사에서 공양주 보살이었다니……. 아이가 흔들기에 힘이 부치자 높은 가지에 노랗게 매달린 비파를 따려고 힘차게 뛰어와 제 몸을 비파나무에 부딪친다. 아이를 번쩍 들어 올려 비파 가까이에 아이의 얼굴을 가져간다. 아이는 얼른 노란 열매 하나를 딴 뒤 내 입에 열매를 들이민다. 입 속에서 비파를 굴리다가 아이에게 입술을 맞추며 열매를 아이의 혀에 올려놓았다. 아이는 좋아라 내 입 속으로 작고 빨간 혀를 굴려 다시 열매를 들이민다. 처소로 돌아간 줄 알았던 스님이 아이와 노는 모습을 비파나무 뒤에 앉아서 지켜보고 있다가 앞으로 나서며 나직이 얘기를 시작한다.

「부인께서 처사님을 이곳으로 모셔 왔습니다. 처사님은 여기에 올 때만 해도 인사불성이었지요. 부인께서는 이곳에 가끔 와서 죽은 아이 천도재도 지내고 새 아이를 점지해 달라고 간절히 기도하기도 했습니다. 불공드리는 모습이 하도 간절하고 극진해서 오랫동안 기억에 남았던 부인이었습니다. 나중에 이곳에 와서 봉사하고 싶다고 부탁했을 때 쉽게 받아들일 수 있었던 것도 그런 인상 때문이었습니다. 젖먹이 하나 안고 와서 한 육 개월 이곳에서 좋이 일했지요.」

아내는 간신히 이곳까지 나를 차에 태우고 와서 스님에게 신신당부를 했다고 한다. 내 정신이 온전해질 때까지만 이곳에서 아무 이야기도 하지 말고 돌보아 달라고. 내가 직장에서 강제로 퇴직당한 후 부랑인으로 떠돌다가 일제 단속에 걸려 서울시립갱생원에 수용됐었다는 얘기다. 갱생원 쪽에서 수차례에 걸쳐 가족과 연락을 시도했지만 아내가 집에 없어서 여러 단계를 거쳐 연락이 닿았다는 것인데 나는 적어도 그런 기억들은 전혀 나지 않는다. 이야기를 마친 스님은 다도해 쪽을 한참이나 바라보다가 달마전을 향해 비파나무 뒤편으로 천천히 걸어간다. 스님이 자리를 비우자 아이는 다시 비파나

120

무를 흔들기 시작한다.

　나더러 믿으란 말인가. 알코올성 치매 환자가 지어낸 이야기 같은 저 이야기를 믿으란 말인가. 말도 안 되는 말이다. 아내는 분명히 집을 나갔고, 이곳 땅 끝의 절까지 와서 밥을 지을 여자도 아니거니와, 분명히 아이의 씨앗 주인을 찾아가 지금쯤 황홀한 새 삶을 꾸리고 있을 게 확실하다. 공양주 보살과 스님이 하는 말이 거짓인가, 아니면 내 생각이 착각인가. 치매라는 게 분명 사람이 사람을 알아보지 못하는 병증도 보인다는데, 지금 내가 그 병증에 심하게 사로잡힌 건 아닌가. 어느 쪽이 진실인가. 꿈이로다, 꿈이로다, 모두가 다 꿈이로다. 꿈 깨니 또 꿈이요, 깨인 꿈도 꿈이로다. 머리가 깨질 듯이 아파 와 조용히 공양간을 떠나 세심당으로 돌아와 깊은 잠에 빠져 들었다.

　기화요초가 만발한 정원에 서 있다. 멀리서 아내가 뛰어오는 모습이 보인다. 공양간에서 만났던 아이가 아내 뒤에서 촐랑거리며 따라온다. 아내가 가까이 올수록 아내 뒤에서 따라오던 아이들의 숫자가 하나에서 둘로, 다시 넷으로, 급기야는 수십 명으로 늘어나 저희들끼리 왁자지껄 장난질까지 치면서 다가오고 있다. 아이들 뒤로 황금빛으로 빛나는 커다란 황소 한 마리가 경전을 산더미처럼 등에 지고 어슬렁거리고 있다. 가까이 다가선 아내의 얼굴은 푸른 달처럼 환하다. 아내가 다정하게 내 손을 잡고 아이들 쪽으로 이끈다. 어디선가 바람이 불어오기 시작한다. 바람은 시간이 흐를수록 거세어지더니 정원의 꽃들을 통째로 날려 버릴 듯 광포해진다. 정원 한가운데에 서 있던 비파나무가 와지끈, 소리를 내며 쓰러져 버린다. 급기야 하늘이 어두워지면서 눈앞의 아이들은 물론, 정원의 모든 존재들을 하늘로 띄워 올린다. 이상하게도 바람이 나만은 피해 가는 것 같다. 정원이 한꺼번에 뭉개지는 참혹한 모습을 나는 그 자리에 선 채로 뚜렷이 바라볼 수 있다. 아내와 아이들은 보이지 않는다. 광포한 바람에 사나운 빗줄기까지 가세한다. 어디선가 독경 소리와 목탁 두드리는 소리가 들려온다. 그 소리에 섞여, 황소의 큰 울음소리가 길고 깊게 어둠 속으로 퍼져 나간다.

# 잉카의 여인

　여인의 윗입술은 약간 도톰한 편이지만 흑인들처럼 얼굴 전체가 불룩한 것은 아니다. 스페인 계 백인의 피가 섞이긴 했어도 전체적으로는 인디오의 피가 더 많이 흐르는 아담하고 귀여운 여인이다. 연초록 눈망울이 깊고 촉촉하다. 그 눈망울이 공항까지 따라왔다. 우리는 그저 스쳐 지나가는 사람들로 잠시 만났을 뿐이다.

　「로사, 서울에 한번 오지 않을래요?」

　「헤헤…….」

　그녀는 늘 그렇게 웃었다. 피차 기약 없는 빈말을 주고받고 있음을 잘 알고 있기에 그녀도 쉽게 대답한다.

　「비행기 표 사서 초청해 주면 가지요.」

　「그래요, 우리 꼭 서울에서 다시 만나요.」

　해발 3천4백 미터가 넘는 쿠스코의 햇빛은 엷다 못해 투명하다. 그 투명한 빛이 빠르게 흘러가는 구름 사이로 갈색의 산맥 위에 일렁인다. 햇빛이 갑자기 사라졌다가 활주로 귀퉁이에서부터 빠른 속도로 미끄러지듯 밀려와 다시 전체를 빛으로 감싸기도 한다. 공항이라곤 하지만 안데스 산지 고원 지대의 작은 고도(古都)여서 그런지 시골 버스 터미널처럼 한적하다. 공항 천장에 붙박인 스피커에서 안데스 피리 소리가 들려온다. 피리 소리 사이로 리마 행 비행기를 타야 할 시간임을 알리는 안내 방송이 두어 차례 반복된다. 로사가 게이트까지 따라온다. 그녀를 가볍게 껴안고 볼에 입을 맞춘다. 눈망울이 젖어 있다.

호텔이라고 하기엔 너무 규모가 작아 한국식으로 부르자면 그저 편안하게 여관이라고 해야 적당할 로사의 집은 아주 오래된 건물이었다. 낡은 한옥의 대문간 같은 어둠침침한 입구를 통과하면 자연 채광을 위해 지붕을 유리로 가로지른 마당이 나온다. 마당 바닥에는 얼마나 오래됐는지 반질반질 윤이 나는 검은 돌들이 타일처럼 박혀 있다. 마당 오른편에는 식탁들이 놓여 있고 왼쪽에는 커다란 소파와 테이블이 보였다. 테이블 위에는 수선화를 닮은 안데스 산지의 커다란 꽃 몇 송이가 화병에 꽂혀 있다. 투명한 햇빛이 천장의 유리를 투과해 부옇게 마당으로 내리는데, 로비 역할을 하는 그 한적한 마당에 손님들은 거의 보이지 않았다. 처음 그 여관을 찾았을 때, 로사는 그 마당 입구의 어둠침침한 카운터에 앉아 있었다.
다리를 저는 택시 운전사가 이 여관으로 안내했었다. 그 기사는 공항에서 택시를 잡아 시내로 들어올 때 유난히 친절하게 굴더니, 자신이 잘 아는 싸고 조용한 호텔을 소개하겠다고 나섰다. 그가 안내한 곳이 로사가 있는 여관이었다. 택시 기사가 로비까지 가방을 들어다 준 뒤 로사와 무슨 말인지 모를 뒷이야기를 나누더니 왼손을 번쩍 들어 작별 인사를 하며 웃었다. 중늙은이티가 나는 그의 얼굴에 퍼진 웃음은 썩 명쾌하진 않았다. 뭔가 석연찮은 구석이 그늘로 남는 그런 웃음이었다. 그가 절룩거리며 사라진 뒤 로사가 숙박을 할 거냐고 물었다. 우선 가격부터 흥정했다. 그녀는 하루 숙박료로 130달러를 불렀다. 허름한 규모에 비해 비싸다는 생각이 들긴 했지만 조용하고 아늑한 분위기가 마음에 든 데다, 고산 지대에 내린 피로감 때문에 다른 곳으로 옮길 엄두도 내지 못할 것 같아 순순히 고개를 끄덕거렸다. 여자가 숙박계를 챙기는 동안 로비에 앉아 흐린 골목길 쪽을 내다보고 있었다.

오래된 돌로 포장된 골목에 갑자기 하얀 덩어리들이 우수수 쏟아져내리기 시작하면서 로비의 유리 천장이 콩 볶는 듯 요란한 소리를 냈다. 천천히 일어나 골목 쪽으로 나가 보니 완두콩만 한 우박덩어리들이 잉카의 하늘에서 떨어지고 있었다. 한참 그렇게 쏟아지던 우박이 뚝 그치더니, 하늘은 금세 표정을 바꾸고 맑은 모습으로 햇빛을 지상으로 쏘아 보냈다. 멀리서 안데스의 피리 소리가 들려온 것은 그때쯤이었다. 점차 소리가 가까워지면서 북소리에 트럼펫까지 합쳐진 악대가 다가오고 있었다. 페루의 민속 의상으로 차려입은 악대들이 성모 마리아 상을 앞세우고 골목길을 행진하는 중이었다. 로사가 갑자기 그 어둠침침한 카운터에서 골목길로 튀어나온 것은 그 대열의 음악 소리 때문인 모양이었다. 그녀는 대열 가까이로 뛰어가 두 손을 모으고 간절하게 머리를 조아렸다. 그녀 뒤편으로 투명한 햇빛이 내리고 있었다. 대열이 지나가고 난 뒤, 음악 소리가 멀어져 갈 때쯤에서야 로사는 여관으로 타박타박 걸어왔다. 숙박계를 챙기다 말고 뛰쳐나간 여자가 어이가 없어 나는 짧은 영어로 외치다시피 말했다.

「장사는 안 하고 아예 행렬을 따라가 버릴 거요?」

「헤헤…… 미안, 미안해요!」

로사는 천진한 미소를 띠며 미안하다는 말을 연발했다. 그녀가 가까이 다가왔을 때, 입은 웃고 있지만 눈자위에는 물기가 어려 있었다. 로사는 멋쩍은 듯 눈자위를 한 번 쓱 훔치고 난 뒤 다시 나를 카운터로 불렀다. 스페인 어 대신 유창한 영어로 그녀가 말했다.

「미안해요. 사실은 아까 손님을 모시고 온 택시 기사가 굳이 백삼십 달러를 받으라고 해서 그만 그렇게 얘기하고 말았는데, 하루에 구십 달러만 내세요. 미리 예약을 하셨더라면 공항까지 마중을 나갔을 텐데……. 참, 제 이름은 로사예요. 필요하신 게 있으면 언제든지 전화로 저를 찾으세요. 그럼 편안하게 쉬세요.」

밤이 깊어도 쉬 잠이 오질 않았다. 고산 지대라서 그런지 계단을 오르는 것만으로도 힘이 들었다. 이리저리 뒤척거리고 있는데 조심스럽게 나무 계단을 삐걱거리며 누군가가 올라오고 있었다. 잠시 뒤 조용히 노크하는 소리가 들렸다. 서둘러 바지를 꿰고 윗도리를 아무렇게나 걸친 뒤 문가로 다가갔다. 그녀였다. 방문을 열자 로사가 웃음을 지으며 차를 한 대접 들이밀었다. 늦도록 불이 꺼지지 않는 방을 올려다보다 관광객들이 흔히 고산병으로 잠을 못 이루는 모습을 보아 온 터에 이곳 특산차를 가지고 올라왔다고 했다. 그녀와 함께 로비로 내려갔다.

잉카의 밤은 고요했다. 지상에서 가장 높은 곳에 세워진 고도이지만, 심해의 깊은 정적 속에서 숨을 쉬고 있는 듯했다. 심해도 이곳 고원처럼 산소가 희박할 것이다. 한때는 제국의 수도였지만 오랫동안 잊혀졌다가 이제는 옛날의 영화를 관광객들에게 팔아먹고 사는 쓸쓸한 잉카의 여관이었다. 골목의 주황색 외등 빛이 스며 들어오는

126

로비의 소파에 로사와 마주 앉아 코카 차를 마셨다.

「로사, 왜 낮에 로사리오 행렬을 보고 와서 눈물을 흘렸어요?」

그녀는 이방의 나그네가 앞뒤 가리지 않고 불쑥 던지는 질문에도 망설이지 않고 웃으면서 친절하게 응대했다.

「목걸이, 목걸이 때문이었어요. 태양의 목걸이…… 우박이 그치고 난 뒤 로사리오 행렬 뒤편 하늘에 일곱 색 목걸이가 걸려 있더라구요. 너무나 찬란했어요. 찬란해서, 울음이 나왔어요.」

「겨우 무지개 때문에 눈물씩이나 흘렸단 말입니까? 도대체 로사의 나이가 몇이에요? 태양을 정면으로 바라봐서 그냥 눈이 아파 흘러내린 눈물 아닌가요?」

로사는 농담 섞인 말에도 아랑곳하지 않고 자신의 이야기를 흔들림 없이 차분하게 쏟아 냈다.

「당신네들은 스쳐 지나가는 관광객일 뿐이지만, 우리에게 이곳의 태양은 그 표정 하나하나가 구원의 빛깔이에요. 구름이 낮게 깔리면서 태양을 가릴 때나, 태양 주변에 아지랑이 같은 열기가 아우라를 두를 때나, 하루 종일 먹구름 속에서 희미한 빛만을 쏘아 보낼 때, 우리는 그 뜻을 그때마다 다양하게 받아들이지요. 하물며 오랜만에 그 태양이 찬란한 목걸이를 보여 주었는데, 어찌 감동하지 않겠어요? 더욱이 내일이면 내 남자의 일주기를 맞아요. 그이가 저 낮은 하늘 어디에선가 저에게 보내는 목걸이라는 생각에 한없이 감동했답니다.」

내가 짧은 영어 실력으로 그녀의 말을 제대로 알아들었는지는 모르지만, 하여튼 그녀는 이런 요지로 내게 말을 했던 것 같다. 그이의 일주기라니. 더욱이 그녀는 그이를 추모하기 위해 내일 마추픽추로 떠난다고 했다. 마침 나도 내일 아침 일찍 마추픽추 행 열차를 탈 예정이어서, 그녀와 동행한다면 훌륭한 가이드 한 명을 거저 얻는 셈이었다.

　마추픽추 행 열차를 타려면 서둘러야 했다. 선잠을 자다가 겨우 깨어난 끝이라 뒷골이 무거웠다. 꿈을 꾸었다. 태양의 목걸이가 여자의 목에 걸려 있었고, 그녀는 투명한 빛이 쏟아지는 허공을 부드럽게 날아다녔다. 창공을 유유히 선회하는 한 마리 기품 있는 콘도르였다. 안데스 산지 맹금류의 제왕이자 잉카 인들이 떠받드는 길조요, 신선한 고기만을 먹고 사는 사나운 부리의 콘도르가 여인의 형상으로 태양을 목에 걸고 나는 모습은 햇빛에 번쩍거리는 날개와 더불어 장엄한 그림 한 폭이었다. 갑자기 서쪽에서 구름 몇 조각이 빠른 속도로 밀려오더니 우박을 쏟아붓기 시작하자 그녀는 날개를 다친 새처럼 지상으로 순식간에 곤두박질했다. 쿠스코 중앙에 위치한 아르마스 광장 돌바닥에 거꾸로 처박힌 머리에서는 붉은 피가 흘러내렸다. 비명을 지르다가 잠에서 깨어났다. 바깥은 푸른 미명이었다.
　서둘러 옷을 입고 로비로 내려와 로사를 찾았지만 그녀는 보이지 않았다. 먼저 떠난 모양이었다. 그녀와 함께라면 초행길의 마추픽추가 외롭지 않을 터인데 아쉬웠다. 미니 버스를 타고 쿠스코 역에 도착해 보니, 노란색 바탕에 빨간 줄이 그어진 앙증스러운 산악 열차의 승강구마다 쿠스코의 여인이 한 명씩 도열해 관광객들을 맞고 있었다. 그들 사이에도 로사는 없었다. 열차는 쿠스코의 산허리를 힘겹게 지그재그로 올라갔다 내려가기를 반복하던 끝에 겨우 등성이를 넘어섰다. 좁은 오솔길 같은 낡은 철로가 산동네의 옹색한 집들 사이로 꼬불꼬불 이어져 나갔다. 철로 주위에 널려 있던 빨래들이 열차가 일으키고 지나가는 바람에 펄럭거렸다. 새까만 땟국이 흐르는

128

아이들이 철로 가에 나와 손을 흔들었다. 멀리 등성이에서 아이를 업고 물끄러미 열차를 바라보는 키 작은 잉카의 아낙도 보였다. 쿠스코를 벗어난 열차는 험준한 산들이 에워싼 협곡을 달려 나갔다. 철길 바로 옆으로 거센 소리를 내며 계곡물이 흘렀다.

참으로 멀리 떠나왔다. 특별히 이곳이 아니면 안 된다는 다짐은 애초에 없었다. 모든 것들이 그 의미를 잃어버리고 환멸 속으로 잦아들 무렵부터 줄곧 어디론가 떠날 계획을 세워 왔다. 나는 햇빛에 민감한 편이다. 가을녘의 햇빛이 엷은 홍시 빛깔로 변해 갈 때면 가슴 깊은 곳에서 까닭 모를 설렘과 쓸쓸함이 동시에 치밀어 오르곤 했다. 남미를 선택한 것도 그런 햇빛에 대한 갈망 때문일지 모른다. 투명한 햇빛 속으로 내 몸이 낱낱이 분해돼 가루로 녹아드는 상상을 때때로 하곤 한다. 오래된 창고의 삐걱거리는 문을 열면 강렬하게 쏟아져 들어오는 빛줄기에 먼지들이 부옇게 부유하는 모습을 선명하게 볼 수 있다. 영화가 시작된 어두운 극장에 들어설 때도, 영사기에서 가늘게 쏟아지는 빛줄기 속에 좌충우돌하는 먼지 입자들이 선연하게 드러난다. 우왕좌왕하는 입자들의 분방한 움직임은 아무리 정적이 깊고 시간이 흘러도 가라앉는 법이 없다. 우리 인간들도 누군가 우주 멀리서 강력한 빛을 쏘아 보내면 어둠 속에 방황하는 먼지 같은 존재로 보일지 모를 일이다. 나는 지금 어디로 움직이는 먼지 한 점인가. 지극히 미미한 움직임에 불과한 이 작은 존재 안에 깃든 고통과 번민은 또 얼마나 작은 것인가. 강렬한 빛 속에 들어서면 내 뇌수 속의 그 질긴 미련도 미라처럼 말라서 표백돼 버릴 것을 기대했는지도 모른다. 쿠스코의 이 엷고 투명한 빛은 오히려 내 뇌세포의 활동을 더 부추기는 것 같다.

모든 일들이 하나같이 부질없이 느껴지는 것은 분명히 병중의 병일지 모른다. 육체가 아픈 것은 수술을 해서 희망이라도 찾을 수 있지만, 세상 어느 것에서도 의미를 찾지 못하고 하릴없이 방황하는 병은 치료법도 없는 중병임에 틀림없다. 나이 40이라면 이제 뭔가 인생에서 흔들림 없이 매진할 만한 때가 된 것이다. 하지만 오히려 모든 것에 흔들리는 인생을 어찌할까. 그저 저 햇빛 속으로 녹아 사라져 버리고 싶다. 아무런 고통 없이 대기 속으로 연기처럼 흩어져 버린다면 얼마나 다행스러울까. 언젠가 그녀가 말했었다. 당신은, 어떤 때 보면 바보 같아요. 직장에서 인정받고 남에게 손가락질받을 만한 일도 하지 않지만, 어디에서도 재미를 찾지 못하는 걸 보면 좋게 말해서 담백한 사람이고, 냉정하게 보자면 아무런 감정이 없는 기계 같기도 해요. 그렇게 말했던 그녀는 내 곁에서 떠나갔다. 그녀는 끝내 체취를 느낄 만한 물건들은 하나도 남겨 놓지 않고 차곡차곡 이승의 짐을 꾸려 사라져 버렸다. 억지로 붙잡을 수는 없었다.

청춘을 송두리째 한 직장에 바쳤다. 20대 후반부터 시작해 30대를 고스란히 그곳에서 보냈으니 그렇게 말해도 충분하다. 연전에 한차례 구조 조정의 파도가 휩쓸고 지나갔을 때 나는 용하게도 살아남았다. 주변에서는 우리 부서 인원의 3분의 2가 잘려 나가고 다른 부로 통폐합됐을 때, 살아남은 나에게 축하 인사를 보내기에 바빴다. 하지만 살아났다는 안도감보다는 비애가 더 깊이 몰려왔다. 늦게까지 야근하며 아랫사람들을 독려하던 나는 살아남았지만, 내 밑에 있던 직원들은 다른 부서로 뿔뿔이 흩어지거나 그만두어야 했다. 나 또한 살아남았다는 사실에 안도한 것은 사실이지만 평상시에는 더불어 살아가는 공동체인 것처럼 착각하던 일터가 결국은 서로 죽이고 죽는 전쟁터와 다를 게 없었다. 다시 구조 조정 바람이 불어왔다. 이번만은 피해 갈 수 있을 것 같지 않았다. 회사에 휴직계를 제출한 것은 두 가지의 목적이 있었다. 오래전부터 사는 것의 의미가 불분명해져서 무언가 그 의미를 명확하게 해두지 않으면 살긴 살아도 무의미하게 흘러 다니는, 누군가가 조정해야만 움직일 수 있는 거리의 자동차 이상은 아닐 것 같았고, 또 하나는 아예 회사를 향해 목을 내미는 것이었다. 스스로 사표를 내진 못하겠지만 당신들이 알아서 잘라 달라고. 그 다음은 나도 모르겠다는 심정이었다. 보험을 해약해 얼마간의 비용을 마련해서 비행기를 탔다. 차라리 잘된 일이다. 내 인생은 어느 방향으로 어떻게 흘러갈지 나도 모른다.

「한참 헤맸네요. 잠시 주방에 아침 식사 준비 하는 데 도와주러 갔다 와서 당신을 찾았더니 벌써 떠나고 없더라구요. 열차에 타고나서도 당신을 찾아 앞머리에서부터 헤매고 다녔어요. 옆에 앉아도 되지요?」

로사였다. 벌떡 일어나 그녀에게 창가 자리를 양보했다. 그녀는 검정 투피스 차림이었다. 죽은 사람을 찾아가는 여자답지 않게 그녀의 얼굴에는 웃음이 떠나지 않았다. 마냥 쾌활한 표정이 마치 잔칫집이라도 찾아가는 사람 같았다.

「로사, 오늘은 슬픈 날 아녜요?」

같은 인종이라면 쉽게 꺼내지 못할 말에 대해서도 피부 색깔이 다르고 문화가 다르다는 막연한 거리감이 오히려 눈치를 보지 않고 무심코 툭툭 말을 뱉게 만드는 힘이 되는 모양이다. 그런 거리감 때문이었는지는 모르되 로사는 결례가 될 법한 질문에도 마냥 흔연한 표정이었다.

「어제 하늘에 걸린 태양의 목걸이 보았잖아요? 그렇듯 색깔이 선명하고 찬란한 목걸이는 처음이에요. 콘도르가 다시 날아올지도 몰라요. 내 남자가 하늘에서 잘 살고 있다는 증거이기도 하구요.

지난 일 년 내내 얼마나 기다려 온 날인데, 오늘 같은 날 그럼 울기라도 해야 되나요?」

콘도르. 사이먼과 가펑클이 부른 〈엘 콘도르 파사〉라는 노래는 들어 보았어도 구체적으로 그 새가 어떤 모양새이며 이곳 잉카의 후손들에게 어떤 의미를 지니는지는 잘 몰랐다. 열차가 마추픽추에 닿을 때까지 로사는 콘도르의 재래(再來)에 대한 이야기를 그치지 않았다.

「옛날에 거대한 만년설 아래 자리 잡은 야이누라는 마을이 있었어요. 이 마을 사람들은 입으로 훅 불어서 구름을 사막으로 이동시킬 수도 있었고, 커다란 바위를 다듬어 아주 높은 곳까지 들고 올라갈 만큼 힘세고 똑똑한 사람들이었대요. 콘도르는 이곳에 살던 사람들을 가르치는 임무를 타고난 커다란 새였지요. 더불어 살고, 사랑하고, 도우며, 태양이 우리의 아버지이고 달은 우리의 어머니이며 별은 우리의 형제들이라는 것을. 무엇이 나쁘고 무엇이 좋으며 무엇이 아름답고 무엇이 추하며 하늘나라에는 무엇이 있으며 지금 우리가 사는 세상에는 무엇이 있는지…….」

콘도르에 대해 말할 때 로사의 연초록 눈망울은 더욱 빛나고 있었다. 세상 어느 누구에게도 경계심을 발동시키지 않을 것 같은 순박한 눈망울. 지나가는 이방의 나그네가 빠지기 쉬운 과장된 감정 때문일지는 모르되, 로사의 표정과 눈망울은 세상 어느 것에도 훼손당하지 않을 정결하고 싱싱한 아름다움이었다.

「〈엘 콘도르 파사〉라는 노래 알아요, 로사? 내가 사는 나라에서도 좋아하는 노래예요. 페루 민요를 편곡한 거지요, 아마?」

〈철새는 날아가고〉라는 제목으로 번역돼 인기를 누렸던 오래된 노래가 생각나서 로사의 얘기에 끼어들자 그녀는 눈을 크게 뜨고 박수까지 치면서 화답했다.

「세상에, 그 노래를 어떻게 알아요? 바로 그 노래예요. 내 남자가 즐겨 불렀던 노래…… 태양이 아주 높은 곳에서 무지갯빛을 내며 아름답게 빛나고 있을 때 콘도르는 만년설로 뒤덮인 산 아래 야이누를 떠나 십자가 대형을 이루며 새로운 땅을 향해 날아가 버렸대요. 콘도르들이 야이누에 살고 있을 때에 사람들은 오랫동안 서로 사랑하며 돕고 살았지만, 그들이 떠나자 싸우기 시작했고 피부가 하얀 사람들이 도착해서 야이누 사람들에게 온갖 치욕과 수모를 주었어요. 강제로 일을 시켰고, 땅을 빼앗았고, 사원을 파괴했고, 과거의 전통을 모두 파괴해 버렸지요. 하지만 언젠가 콘도르가 돌아오면 모든 것을 처음으로 되돌려 놓을 거라는 믿음이 우리 조상들에게 있어요. 저 또한 그렇구요.」

그래, 내 삶이 지지부진한 것도 콘도르가 날아들지 않았기 때문일지 모른다. 내 마음의 콘도르. 하긴, 그 콘도르가 한 번 날아들 뻔한 적이 있긴 하다. 생기발랄하고 빛나던 짧은 시절이 있긴 했었다. 황금빛 해가 떠오르고 하루가 시작되면 마음이 한껏 부풀어 올랐다. 그녀는 내가 좋아하는 해당화를 닮은 여자였다. 분홍빛으로 화사하면서도 결코 튀지 않는 조용한 매력이 있었다. 그녀가 어느 날 내 앞에 나타났다. 그날은 햇볕이 따사로운 봄이었다. 점심 시간에 구내 식당에서 간단히 끼니를 때운 후 회사 근처 덕수궁으로 산보를 갔다. 벤치에 혼자서 고즈넉이 앉아 하염없이 비둘기들만을 바라보고 있는 여자의 옆모습이 좋아서 걸음을 멈추고 뒤에서 물끄러미 그녀를 바라보았다. 시선을 의식했는지 그녀가 고개를 돌려 생긋 웃었다. 천천히 걸어가 그녀 옆에 조금 떨어져 앉았다.

「남자들은 혼자 있는 여자들만 보면 가만두지 못하는 모양이죠?」

여자가 결코 싫지는 않다는 표정으로, 그렇지만 흔들리지 않는 조용한 음색으로 말을 건넸다.

「아름답네요.」

나는 밑도 끝도 없이 대뜸 그렇게 응수했던 것 같다. 그날 이후로 그녀와 종종 만났다. 그녀의 회사도 내가 근무하는 빌딩에 있었다. 여자에게서는 늘 해당화 향이 풍겨 났다. 나는 틈만 나면 여자의 가슴팍에 코를 묻고 그 향을 맡곤 했다. 햇빛이 찬란한 날일수록 그녀에게서는 더욱 진한 향기가 나는 것 같았다. 비가 내리거나 하늘이 먹장구름으로 뒤덮인 흐린 날에는 자주 아프다고 했다. 그러고 보니 그녀와 함께 언젠가 남미에 가자고 했던 것도 같다. 하지만 다 부질없는 일이 돼버렸다. 그녀는 나와 만나기 시작한 지 이태 만에 내 앞에서 사라져 버렸다. 내게서 떠나 다른 남자에게 간 것은 아니다. 그녀는 한 달 내내 비가 내리던 장마철에 스스로 생을 마감해 버렸다. 나의 사랑이 부족했던 모양이다.

마추픽추에서 다시 로사를 잃어버렸다. 열차가 산 아래에 섰을 때 그녀가 서둘러서 먼저 내린 것까지는 기억이 난다. 하지만 그녀를 곧장 뒤따라 내렸을 때 그녀는 온데간데없었다. 관광객들 뒤를 따라서 막연히 움직이는 수밖에 없었다. 폐허의 도시를 찾아 산꼭대기까지 오르기 위해선 꾸불텅한 길을 다시 버스를 타고 올라가야 한다. 차부에 이르는 길에는 협궤가 놓여 있었고, 그 양편에는 잉카의 아낙들이 즐비하게 늘어앉아 그네들의 토산품을 진열해 놓고 관광객들을 부르고 있었다. 버스는 손님들이 다 찰 때까지 시동을 걸어 놓은 채 하냥 기다렸다. 이들에게는 바쁜 게 별로 없는 모양이다. 로사도 그렇지만 모든 것을 그냥 되어 가는 대로 기다리거나 아니면 포기하는 순응형의 인종들인 것처럼 보였다. 그래서 그 찬란한 문명을

134

일구었던 잉카 제국도 하루아침에 무너져 버린 것인가. 순박한 건 분명히 미덕일 수 있지만, 외부의 영악하고 사악한 집단의 공략에는 속수무책일 수밖에 없는 악덕이기도 하다. 잉카의 마지막 왕은 스페인의 불한당 피사로가 불과 180여 명의 병사를 이끌고 침략했을 때 어이없게도 무너지고 말았다. 피사로가 점잖게 왕을 유혹해 낸 뒤 그를 사로잡아 버리자 왕은 황금에 눈이 먼 그 불한당에게 자신이 잡혀 있는 크나큰 방을 황금으로 채워 줄 터이니 살려 달라고 애걸했다. 피사로는 회심의 미소를 지으며 그리 하라고 고개를 끄덕거렸고, 왕은 즉시 명을 내려 순식간에 불한당의 눈앞에 황금이 가득 쌓이게 했다. 황금을 본 피사로는 두 눈이 붉게 충혈돼 왕의 목을 매달아 버린 뒤 본격적인 수탈을 감행해, 그 거대한 제국은 썩은 고목이 쓰러지듯 망각 속으로 사라져 버렸다. 왕과 제국을 잃어버린 잉카인들이 마지막으로 쿠스코에서 도피해 간 곳이 이곳 마추픽추 산정의 도시였다. 다른 설에 따르면 마추픽추는 태양을 높은 곳에서 섬기는 일종의 사원이었고 잉카 인들이 깊숙이 숨어든 곳은 따로 있으며 아직 이방인들에게는 발견되지 않았다는 얘기도 있다. 어쩌면 그들은 지구상에서 진화해 온 인종이 아닐지도 모른다. 그렇지 않고서야 그리도 영악하지 못할 까닭이 없으며, 거대한 돌과 황금으로 산정 높은 곳에 도시를 세울 힘도 없지 않겠는가. 나스카의 평원에 새겨진 벌새의 문양도 그들이 지구인이 아니었을 가능성을 얼마든지 시사해 준다.

해당화 향을 풍기던 그녀도 지구인이 아니었을지 모른다. 그녀와 함께 동해에 간 적이 있다. 토요일 오후에 출발해서 차가 밀리는 바람에 밤이 늦어서야 강릉에 도착했다. 속초 방향으로 차를 몰았다. 동해 먼 수평선은 오징어를 잡는 배들이 밝혀 놓은 촉수 높은 수은등으로 하얗게 밝혀져 있었다. 파도 소리 드높은 소나무 숲에 차를 세우고 의자 등받이를 뒤로 젖힌 채 그녀와 함께 나란히 누워 그 불빛들을 바라보았다. 앞바다는 파도가 규칙적으로 허연 빛을 드러낼 뿐 시커먼 어둠인데 난바다로 갈수록 수은등 불빛이 바다와 하늘의 어둠을 씻어 내고 있었다. 하얀 수평선과 어두운 하늘과 송림의 바람 소리가 어우러진 그곳에서 그녀는 갑자기 울기 시작했다. 고양이 울음소리 같기도 하고, 듣기에 따라서는 고통을 참지 못하는 암사슴의 신음 소리 같기도 했다. 그녀는 나를 향해 누웠던 몸을 틀어 차창 쪽으로 모로 누운 채 긴 시간을 그렇게 울었다. 그녀는 고향에 가고 싶다고 했다. 지금 생각하면 그녀의 고향은 지구상에 존재하지 않았을지도 모른다. 비록 부모를 모두 잃어버린 지 오래됐지만, 그녀의 고향은 바로 그곳 동해였다. 고향에서 고향을 그리며 우는 여자는 분명 지구인이 아니었을 게다. 그녀가 온 곳은 얼음으로 뒤덮인 명왕성이라도 되는 것이었을까. 멀리서 오징어잡이배의 수은등이 하얀빛을 어두운 하늘 깊숙이 쏘아 올리고 있었다. 그녀가 지구인이 아닐지 모른다는 심증의 실마리는 얼마든지 있다.

그해 여름은 유난히 더웠다. 단지 더웠다고 말해 버리면 그해의 찌는 듯한 폭염의 나날들이 애틋한 추억 속의 기후 정도로만 전달될지 모른다. 도심의 모든 시멘트 바닥은 달아오를 대로 달아올라 코밑으로 후끈거리는 열기를 쿡쿡 쏘아 대고, 하늘의 이글거리는 태양은 모든 노출된 것들을 순식간에 익혀 버릴 듯 광란의 빛을 쏘아 대는 날들이었다. 그녀는 여름이 오자마자 바다로 가자고 치근댔지만, 은행단의 실사가 임박한 시점이어서 달력의 모든 빨간 숫자들이 나와는 무관한 때였다. 낮에는 말할 것도 없고 밤늦게까지 가시지 않는 열기 속에서 창백한 형광등 불빛 아래 숫자놀음에 여념이 없었다. 지친 몸을 이끌고 터벅터벅 전철로 걸어가다가 그녀에게 미안하다고 전화를 걸면 그녀는 금방이라도 폭발해 버릴 듯 소리를 지르곤 했다. 도대체, 이곳은 살 만한 데가 못 된다고. 누적된 빚을 갚기 위해 어찌어찌 숫자를 맞추어서 은행에서 회사가 다시 성공적으로 융자를 받아 내던 날, 나는 과감히 월차 휴가원을 제출하고 그녀와 함께 안면도로 떠났다. 당진을 거쳐 서산을 지나 태안에서 다시 오랫동안 달려 바다 위의 짧은 다리를 건너갈 때 양편에 펼쳐지던 아늑하고 아름다운 바닷가 마을의 정경은 오랜만에 찾아온 보금자리처럼 다가왔다. 한 번도 가보진 않았지만 단지 이름이 예뻐서 우리는 꽃지해수욕장을 향해 달려갔다. 들어가는 길목은 아스팔트로 포장이 돼 있었지만, 바다 앞 막다른 길은 황토 먼지 날리는 황량한 길이었다. 우리는 그 길을 지나, 바닷가에 시멘트로 길게 만들어 놓은 어설픈 산책로를 달렸다. 시멘트길 바다 쪽으로 유럽 영화에서나 보았던 모양을 흉내 낸 조잡한 가로등들이 길게 늘어서 있었다. 적당히 한쪽에 차를 부리고, 우리는 서둘러 후끈거리는 차 안에서 벗어나 바닷가로 달려갔다. 그녀는 옷을 입은 채로 바닷물에 뛰어들어 파도가 그녀의 몸을 희롱하는 대로 맡겨 두고 있었다. 파도타기를 하는 것도 아니고 그렇다고 수영을 하는 것도 아닌데, 그녀의 몸은 신기하게도 파도에 휩쓸려 가지도 않고 해안 쪽으로 밀려오지도 않으며 절묘한 춤을 추었다. 대낮의 폭염 속에서 그녀를 관찰하기에는 너무 뜨거웠다. 차에서 텐트를 가져와 모래사장에 설치한 후 그 안으로 기어 들어가 먼 길을 달려온 피로를 선잠으로 녹였던 것 같다. 빛의 무게가 텐트를 무너뜨릴 것 같은 더위에 선잠에서 깨어나 바깥으로 나갔을 때 그녀는 어느새 바다에서 돌아와 모래사장에 얼굴을 묻은 채 헉헉거리고 있었다. 그녀의 등은 빨갛게 익어 있었고, 살인적인 열기를 피해 모두 은신처로 사라졌는지 주변에는 아무도 보이지 않고 적요만 내리고 있었다. 그대로 두면 그녀는 태양에 익어 버릴 것 같았다. 김이 풀풀 나는 빨간 인간 바비큐가 생각났다. 그때처럼 강력한 성욕을 느껴 본 적도 없다. 그녀의 붉은 등에 입술을 묻고 나도 따뜻하게 익어 가고 싶었다. 천천히 그녀에게 다가가 등뼈에 살며시 입술을 가져갔다. 순간, 그녀의 살이 활활 타오르는 장작불처럼 뜨거워서 멈칫 물러서야만 했다. 그녀가 더위에 지쳐 혹시 죽어 가고 있을지도 모른다는 불안감이 엄습했다. 그 불안을 일축해 버린 건 그녀의 신음 소리에 섞인 하소연이었다. 추워요. 추워서 얼어 죽겠어요. 제발 좀 따뜻하게 덮어 주세요······.

버스가 움직이기 시작했다. 그룹으로 뭉쳐 다니는 관광객들 서너 팀이 들이닥치자 금세 자리가 가득 찼다. 해발 2천4백 미터의 마추픽추 아래에서는 산정에 도시가 있으리라는 사실을 아무도 알아채지 못할 정도여서 잃어버린 공중 도시로도 불리는 곳, 정작 인디오들은 훼손이 두려워 입을 다물고 있었을 뿐인데도 4백여 년간 망각 속에 묻혀 있다가 지난 세기 초에서야 미국인이 발견했다고 떠들어 대는 곳이다. 미국인이 마추픽추를 발견했을 때, 그곳에 황금은 없었고 이미 폐허가 된 곳에 하얗게 말라 버린 여인들의 미라만 기다리고 있었다. 모두 하얀 신부 의상을 입고 뺨을 쥐어뜯으며 입을 벌려 도움을 청하고 있는 처참한 모습이었다. 지붕이 없는 석조 건물들과 계단식으로 조성된 밭, 태양의 신전과 중앙 광장, 모두 그동안 사진으로 보아 온 모습이어서 그리 새로울 건 없었다. 공주의 방을 지나 태양신에 제사를 지내던 마추픽추에서도 가장 높은 지대로 올랐을 때, 서늘한 바람이 이마를 스치고 지나갔다. 올라온 반대편은 수직으로 형성된 까마득한 절벽이었다. 과연 말 그대로 천혜의 요새라 할 만한 곳이었다. 바깥 세계와는 잉카의 길이라 명명된 오솔길 같은 소로로만 연결됐을 뿐인데도 이 요새조차 어이없이 무너져 버렸다는 사실이 황당할 따름이다.

로사를 다시 발견한 것은 그 절벽에서였다. 절벽 아래를 내려다보다 아찔한 현기증이 일어 나도 모르게 두어 걸음 뒤로 물러서야 했다. 절벽 가에는 난간조차 마련돼 있지 않았다. 아래쪽으로 가느다란 강이 아득히 마추픽추를 에돌아 흘러가고 있었다. 자세히 보니 그 절벽에도 위험하긴 하지만 작은 길이 용하게 나 있었다. 로사는 거미처럼 그 절벽을 느리게 내려가고 있었다. 그녀가 검은 옷을 입지 않았더라면 로사라고는 상상조차 못했을 것이다. 절벽 중간쯤까지 내려갔던 로사가 다시 천천히 올라오기 시작했다. 그녀가 올라오기를 태양석 앞에서 초조하게 기다렸다. 로사가 마지막 발을 절벽 위에 올려놓았을 때에서야 참았던 숨을 내쉴 수 있었다.

「로사, 왜 그리 위험한 일을 해요?」

로사는 여전히 변치 않는 미소를 띠며 아주 행복한 듯한 표정으로 느리게 화답했다.

「그이가 갔던 길을 답사하고 왔어요. 그이의 몸이 느껴지더군요. 저 아래 바람을 타고 돌아다니는 그이의 분신들이 나를 따뜻하게 안아 줬어요. 사실 지상에 발을 붙이고 있는 것보다 저 허공에 몸을 던지는 게 더 안전할지도 몰라요. 나는 아직 때가 되지 않았을 뿐이죠.」

로사의 연인은 이곳 마추픽추의 가이드였다고 했다. 그는 막 절벽 아래로 떨어지려던 관광객 아이를 끌어당긴 후 발을 헛디뎌 추락하고 말았다. 로사는 그가 절벽 아래 허공으로 추락한 것이 아니라 햇빛에 순하게 빨려 들어가 하늘로 올라갔다고 굳게 믿고 있었다. 잉카 인들은 희생 제물은 곧바로 하늘로 올라가 별이 된다고 믿어 왔다. 로사는 애인이 마추픽추 정상의 벼랑 아래로 떨어지려던 아이를 구한 행위 자체가 또 하나의 희생 제의라고 여기는 모양이었다. 수천 길 벼랑 아래를 아무리 뒤져도 남자의 육신이 발견되지 않았다는 사실에 그녀는 더욱 고무된 듯했다.

내 마음의 콘도르, 해당화 향의 그녀도 고향을 찾아 햇빛 속으로 사라지고 싶었는지 모르겠다. 그녀는 햇빛 한줄기 들지 않는 장마철에 세상을 떴다. 누가 그녀를 하늘로 데려가 별이 되게 할 수 있을까. 그녀에게 지구라는 별은 오래 머무르고 싶지 않은 타향이었다. 그녀는 이렇다 할 유서나 죽음의 이유 같은 것 하나 남기지 않고 잠자듯이 떠나 버렸다. 햇빛이 들지 않는 습기 찬 반지하의 좁은 방에 오랫동안 그녀의 육신이 방치돼 있었던 탓에 그녀를 발견했을 때는 벌레들이 잔치를 벌이고 있었다. 그녀는 더 이상 폭염 속에서도 추위를 타지 않고, 고향에서 고향이 그리워 눈물을 흘리지 않아도 되었다. 남겨진 껍데기가 아무리 추하다 하더라도 그녀의 영혼은 지금쯤 하루 종일 투명한 빛이 내리는 대기 속에서 바람이 부는 대로 자유롭게 너울거리고 있을지 모를 일이다. 지금쯤 2차 구조 조정 결과가 발표됐을 것이다. 비록 지상에서의 구차한 삶이긴 하지만, 세끼의 밥과 한 줌의 행복을 쥐기 위해 매일 전쟁을 치러야 하는 두고 온 동료들의 환호와 한숨 소리가 들리는 듯하다.

태양이 먹구름 속으로 숨어들고 마추픽추 산정이 캄캄해지기 시작한 것은 로사가 태양석 앞에 오체투지로 엎드린 지 반 시간쯤 지났을 무렵이었다. 로사는 서늘한 그늘이 드리워지자 천천히 일어나 내 손을 잡고 태양석 가까이로 갔다. 바람이 불어오기 시작했다. 로

사는 입가로 검지를 가져다 대며 눈을 감으라 했다. 바람 소리만 귓전에서 웅웅거렸다. 눈을 번쩍 뜨고 로사에게 그만 내려가자고 말을 꺼내려는 순간, 로사는 황급히 내 입을 막고 다시 눈을 감으라고 눈빛으로 말했다. 하릴없이 다시 눈을 감았지만 산정의 바람만 가슴패기를 훑고 지나갔다. 피로가 몰려왔다. 나는 땅바닥에 그대로 주저앉아 눈을 감고 턱을 괸 채 상념에 빠져 들었다. 바람 속에 잠깐 졸았던 것일까. 먼 하늘에서 아득히 들려오는 퍼덕거리는 소리에 눈을 떴다. 로사가 내 손을 꼭 쥔 채 다른 손으로 놀라서 소리치려는 내입을 꼭 막았다. 퍼덕거리는 소리가 점점 가까워지더니 소리가 뚝그쳤다. 태양이 구름 속에서 나오고 있었다. 구름이 빠르게 마추픽추 서쪽으로 밀려가자 다시 사위는 투명한 햇빛으로 가득 찼다.

마추픽추를 내려오는 버스에서 로사는 내내 기쁨을 감추지 못했다. 그러잖아도 늘 환한 얼굴에 홍조까지 어려 있었고, 사랑하는 남자와 뜨거운 정사라도 나눈 직후처럼 혼곤한 표정이었다. 해당화 향의 그녀도 살을 섞을 때면 늘 뜨겁게 달아올랐지만, 행위가 끝나고나면 몸을 한껏 웅크린 채 모로 돌아누워 숨을 몰아쉬다가 무거운침묵 속으로 빠져 들었다. 비록 그녀의 몸을 안긴 했지만 그녀의 마음은 항상 남극의 얼음장보다 더 두꺼운 장벽 너머에 있었다. 그녀가 딱 한 번 행복한 표정을 지은 적이 있다. 천수만 철새 도래지에 갔을 때 새들이 일제히 하늘로 날아오르자 그녀는 환호성을 지르며 간척지 둑길로 새들을 따라 달려갔다. 새들을 배웅하고 돌아올 때 그녀는 태양처럼 밝은 얼굴로 내게 다가와 조용히 말했다. 새들이, 돌아왔어요.
「아까는 긴장했지요? 미안해요. 하지만 당신도 분명히 들었지요?

퍼덕거리는 날개 소리 말예요.」

멀리 와이나피추 산정에 꽂힌 커다란 잉카 깃발이 바람에 펄럭이는 모습을 로사도 보았을까. 나는 로사에게 끝내 묻지 못했다. 잉카의 소년 하나가 굽이진 산길에 나타나 잘 가라는 인사를 길게 외칠 때, 나는 차창 밖 먼 산정에서 펄럭이는 깃발만을 서글프게 응시하고 있었다. 버스에서 내려 다시 기차로 갈아탄 뒤 깊은 협곡 사이를 달려 돌아가는 동안 날이 어두워졌다. 열차가 종착지를 앞두고 느리게 산등성이를 타고 내려갈 때, 밤의 고도는 지상에 떠 있는 별처럼 먼 발치에서 우리를 기다리고 있었다. 열차가 멈출 무렵 어디선가 해당화 향이 날아와 코밑으로 스며들었다. 흠칫 놀라 로사를 향해 고개를 돌리자 그녀는 그리운 얼굴로 웃고만 있었다.

# 바람꽃

　바람을 만져 본 적이 있으세요? 바람은 눈에 보이지 않지요. 그저 흔들리는 나뭇가지나 펄럭거리는 빨래 따위를 보고 그 존재를 느낄 뿐입니다. 소리도 눈에 보이지 않기는 마찬가지지만 바람의 존재를 알리는 징표이기는 하지요. 소리는 바람에 비해 보다 분명하게 자신을 주장하는 편이긴 합니다. 그렇지만 소리라는 놈은 바람을 구성하는 공기의 힘을 빌리지 않고서는 존재할 수 없습니다. 바람은 대기에 흩어져 있는 수많은 죽은 이들의 혼이 뭉쳐서 이루어진 게 아닐까 자주 생각을 해요. 땅 위에 사람이 살기 시작한 이래 죽고 죽어간, 산 자들의 숫자보다 몇천 배 몇만 배나 더 많을 그 혼들이 대기의 바람으로 변한 게 아닐까요. 물체의 진동이 공기를 떨게 만들어 소리가 나온다는 사실이야 과학적으로 입증된 사실이지만, 진동이라는 것조차 공기가 없는 진공 상태에서는 아무런 힘도 발휘하지 못하잖아요? 바람이라는 게 그 공기의 움직임이 아닌가요? 그러고 보면 그 혼령들이 없으면, 소리는 자신의 존재를 증명할 수 없다는 말이

됩니다. 그래서 태풍이 몰려온다거나 유난히 바람이 거세어진 날은 문을 걸어 잠그고 바깥에서 들려오는 소리에 가만히 귀를 기울여 봐요. 웅웅거리기도 하고, 우는 소리 같기도 하고, 아우성치는 소리처럼 들리기도 하지요. 그런 날은 조심해야 해요. 대기에 미만한 정령들의 분노 앞에 함부로 노출됐다가는 희생양이 되기 쉽거든요. 제가 타는 가야금 소리는, 그래서 제가 내는 소리가 아니라 어떤 혼령의 목소리를 가야금이 대신 만들어 내는 게 아닌가 착각할 때가 많아요. 혼은 자신의 의지대로 소리를 낼 수는 없지요. 다만 자신의 목울대를 빌려 줄 뿐이지요. 그렇지만 자신의 한과 설움과 즐거움이 없는 건 아니겠지요. 그래서 최대한 그들의 의지를 존중해 줘야만 훌륭한 연주를 할 수 있습니다. 하지만 저는 아직 너무 미숙해요. 대기에 떠도는 정령들의 목소리를 제대로 들려주어야 할 터인데, 언제나 그들의 원성을 듣지 않고 그들의 목소리를 잘 전달하는 훌륭한 통역사가 될 수 있을지요.

바람이 쉼 없이 귓전을 스쳐 가고 있다. 양말을 벗어 구두 속에 집어넣고 해변에 고이 모셔 둔 뒤 망해사 앞 너른 서해 뻘밭을 철벅거리며 걷는 중이다. 조금만 더 걸어가면 파도가 남실거리는 뻘밭의 끄트머리가 나온다. 해가 막 서해로 떨어지려는 순간이어서 뻘밭과 바닷물이 온통 붉게 젖어 버렸다. 본디 뻘의 빛깔이 어떤 색이었는지 모를 정도다. 뻘의 마지막 영토에, 바닷물이 슬금슬금 밀고 들어오는 경계선쯤에, 갈매기들이 모여 앉아 바람에 깃털을 날리며 하염없이 수평선 쪽만 바라보고 있다. 사람이 가까이 다가가는데도 이놈들은 아예 도망갈 생각을 하지 않는다. 아마도 이 깊은 뻘까지 걸어 들어온 사람이 없었기 때문에 저 날것들은 그들을 해칠 대상이 이곳에 나타나리라고는 전혀 상상조차 못하는 모양이다.

애써 뒤를 돌아보지 않고 족히 20분 정도는 바다를 향해 걸어 들어온 것 같다. 대웅전 앞 느티나무만 보이는, 그녀가 가버린 텅 빈 풍경을 돌아보는 행위는 죽음을 보는 것과 같다. 그녀는 내가 구두를 벗고 바짓가랑이를 허벅지까지 올린 뒤 뻘에 두 발을 깊숙이 찔러넣기 시작할 무렵 이미 발길을 돌려 망해사 뒤쪽으로 사라졌을 것이다. 뻘밭에 밀물이 밀려들듯 그녀와의 지난 일들이 내 머릿속을 축축하게 점령하기 시작한다. 비록 살아 있다 하더라도 이제 그녀와 나는 서로에게 죽은 사람이나 진배없다. 만나고 싶어도 만날 수 없고, 목소리를 듣고 싶어도 이미 인연을 끊었으니 구차한 일이다. 설사 어렵사리 목소리를 듣게 된다 하더라도 그녀의 음성은 이미 예전의 성음이 아닐 것이다. 정겨움이 뚝뚝 떨어지던, 시냇물이 잔돌들 사이를 헤집고 흐르며 내는 그 경쾌하고 애틋한 정조는 이미 아닐 것이다. 차갑고 침착한 그녀의 사무적인 목소리만이 수화기 너머에서 흘러나올 것이다. 우리는 살면서 무수히 죽음을 연습하는 것인지 모른다. 죽은 이만을 다시는 볼 수 없고 만질 수 없는 건 아니다. 숨이 붙어 있고 육신의 피돌기가 여전히 왕성한데도 이어질 수 없는 인연들이란 상대방을 서로 죽음의 공간에 묻어 두는 일이다. 해가 절반쯤 수평선에 빠져 버렸다. 진홍의 바다도 검붉은 빛깔로 바뀌었다. 이제 순식간에 사방은 검은 빛깔로 변해 갈 것이다.

전군 가도를 환하게 밝히는 벚꽃들을 보러 전주에 내려간 것은 3년 전 이맘때쯤이었다. 오랜만에 꽃구경도 하고 강사 생활 10여 년 만에 전주에 있는 대학에서 전임 교수 자리를 어렵사리 얻어 낸 친구도 만날 겸해서 들렀다. 친구는 대학 시절, 같은 국악 동아리에서 알

게 된 녀석이었다. 나야 사회 계열에 적을 두고 있었지만 녀석은 국
악과에서 판소리를 전공하는 재주꾼이었다. 친구는 이름만 대면 알
만한, 지금은 작고한 명창의 막내아들로 어려서부터 소리꾼들을 보
고 자랐고 목청까지 타고난 덕분에 판소리 하나는 기가 막히게 불렀
다. 일찍이 여기저기 불려 다니며 그 재주를 활용했고, 근년에는 음
반까지 냈지만 나이가 어려서인지 강사로만 전전해야 했다. 사실, 이
제 겨우 마흔이 된 나이로 치면 국악판에서는 일찌감치 자리를 잡은
것인지도 모른다. 그 친구는 내가 내려간다고 전화를 하자 화들짝
반가운 목소리를 냈다.

「야, 이 친구 내려온다고 말만 하더니 이제야 한번 얼굴 좀 보게
생겼구먼. 이번에 오면 내가 기가 막힌 호사 한번 시켜 줄게. 기대
해도 좋아.」

호사라는 말에 나는 내심 빙긋이 미소를 지었으리라. 이 친구는
대학 시절부터 여자들에게 인기가 좋았고, 자신 또한 여자들을 밥
먹듯이 갈아 치우는 소문난 바람둥이였다. 전주에 들락거린 지 이제
좋이 10년은 돼가는 마당이니, 꽤 눈이 높은 친구가 어디 좋은 술집
이라도 알아 놓은 듯싶었다. 그 친구가 재직하는 대학 캠퍼스에 도
착한 것은 오후 다섯시가 넘어서였다. 호남고속도로에 접어들 때부
터 차가 막히기 시작해 네시에 만나기로 한 약속을 한 시간이나 훌
쩍 넘겨 버렸다. 해금과 대금 소리가 여기저기 빈 강의실에서 울려
나오는 복도를 지나 그 친구의 연구실에 들어서자, 그는 차 한잔 대
접할 생각도 않고 채근을 했다.

「아이고, 너 기다리다가 내 머리가 다 세어 버렸다. 생긴 건 여전
하네. 이번에는 어디로 행차할 예정인가. 이 근방에 어디 또 써먹
을 데가 있어?」

잡지사에 근무하다가 아예 프리랜서 여행 작가로 독립해 각종 매체에 기행문을 기고하는 내 처지를 친구는 손바닥 들여다보듯 잘 알고 있었다. 하기야 벌써 여행기만 세 권째 출간했고, 그때마다 친구에게 보내 줬으니 내가 돌아다닌 궤적은 환하게 꿰고 있을 터였다. 복도를 걸어 나오며 너스레를 떨던 친구는 음대 건물 앞에 주차시켜 놓은 자신의 코란도에 오르며 내 차는 그냥 이곳에 두고 가자고 했다. 무슨 술을 코가 비뚤어지도록 마실 작정인지, 나는 그냥 친구가 하자는 대로 코란도 조수석에 올라앉았다.

「너도 알다시피 내가 여자 보는 눈이 좀 까다롭냐? 헌데 이번에 정말 가슴이 울렁거리는 여자를 하나 보았다. 이건, 술 따르는 천박한 여자가 아니라, 내가 비록 국악과 교수이긴 하지만 그렇게 훌륭한 가야금 솜씨를 가진 여자는 첨 본다. 사람을 가슴에서부터 휘어잡는데, 뭐랄까, 이건 단순히 욕정의 문제가 아니거든. 너도 한번 보면 내 말이 무슨 말인지 알게 될 거야.」

아직도 우아하게 가야금을 타는 술집이 있기는 있는 모양이었다. 그 친구가 데리고 간 '추월'이란 곳은 여느 한정식집과 크게 다르지 않았다. 다만, 대문을 지나 우아한 정원이 있는 가정집 같은 한옥이어서 분위기가 예사롭지는 않았다. 서울에서 한 번 이런 데 가본 적이 있었다. 하지만 요정이랄 것도 없이 강남의 룸살롱 같은 곳을 형식만 조금 바꾼 것에 지나지 않았다. 여자들이 한복을 입고 나와 음식과 술 시중을 들고 난 뒤 2부 순서에 가서는 일제히 짧은 치마의 양장으로 갈아입고 나와 노래방 기계 앞에서 춤도 추고 교태도 부리는 그렇고 그런 곳이었다. 이곳도 그런 곳과 크게 다르진 않지만, 손님들이 원하는 경우 가야금을 연주하는 이가 방문 앞 마루에 앉아 산조를 들려준다는 게 다른 점이라면 다른 점이었다. 종업원들이 교

자상을 양쪽에서 맞잡고 들어와 내려놓고 간 뒤 우리는 매실주를 곁들여 그동안 못다 한 이야기를 나누었다.

술이 어느 정도 거나하게 오를 무렵 방문이 스르르 열리더니 한복을 곱게 차려입은 여인이 가야금을 들고 문 앞에 정좌했다. 친구가 눈짓을 하자 여자는 기러기발을 움직이며 줄을 잠깐 고르고 난 뒤 다스름부터 시작했다. 가야금이라면 나도 어느 정도 귀는 있는 편이었다. 여자가 타는 가야금 소리는 체계 있게 배운 솜씨는 아닌 성싶었다. 하지만 농현의 깊이와 여운이 처음부터 예사롭지 않았다. 소리가 맑고 깊되 힘이 있었다. 어딘가 모르게 여인의 오기 같은 것도 엿보이고 애타게 누군가를 기다리는 듯한 느낌도 실려 있었다. 다스름에서 진양조로 이어지는 부분부터 왼손으로 짚어 내는 농현과 오른손가락의 움직임이 흡사 느린 춤처럼 율동감을 자아냈다. 눈은 지그시 내리깔고 고개는 어깨의 출렁임을 따라 함께 느리게 움직였다. 진양조의 길게 스며드는 여음은 봄물이 마른 들판을 적시듯 서서히 듣는 이의 가슴을 덥혔다. 소리가 어느새 진계면으로 바뀌어 가자 슬픔이 목에 차오르기 시작했다. 진계면에서는 흔히 사람들이 '울음 보따리'라고 부를 정도로 슬픔의 절정에 이른 음들이 나오기 마련이다. 하지만 여인이 내는 소리는 슬프기는 하되, 어딘가 그 슬픔을 희롱하는 듯한 묘한 느낌을 자아냈다. 자진모리로 넘어가자 여자의 경쾌한 손놀림은 수천 마리의 말들이 자갈밭을 한꺼번에 달리는 듯한 무아의 지경으로 몰고 갔다. 여자의 콧등에 땀방울이 맺히기 시작했다. 휘모리에서 여자가 산조를 마쳤을 때의 시간은 대충 잡아도 30분 정도는 흐른 성싶었다. 술집이니만큼 전곡을 충분히 연주했다기보다도 축약해서 맛보기를 보여 주는 정도였다는 것은 나도 눈치 채고 있었지만, 웬만한 명인의 산조 전 바탕을 다 들은 것처럼 가슴속

148

이 흥건해지는 느낌이었다. 여자의 나이는 30대 초반쯤 됨직했다. 가녀린 얼굴 선에 이목구비가 부드럽고 몸매까지 날렵한 미인형이었지만 여자의 얼굴에는 어딘가 모르게 희미하게 그늘이 드리워져 있었다.

　연주가 끝나자 친구와 나는 오랫동안 박수를 쳤다. 여자는 잠시 앉은 자세로 고개를 숙이고 숨을 고르고 난 뒤, 가야금을 들고 일어서 우리를 향해 고개를 숙인 후 말없이 문을 열고 밖으로 나갔다. 웬만하면 친구 녀석이 말 한마디라도 붙였을 성싶은데 녀석은 그저 흐뭇하게 웃으며 술잔만 건넸다.

「저 여자는 이런 데서 술을 따르는 부류는 아니야. 몇 번 와서 말을 붙여 보았지만 그때마다 빙그레 웃기만 하면서 아무 대답도 하지 않고 그냥 물러만 가는 거야. 나중에 주인 여자에게 물어봤더니, 아예 처음부터 그런 조건으로 이 집에 나온다는구먼. 손님들이 짓궂게 굴라치면 아예 연주 도중에 일어나서 나간다는 거야. 하기야 요즘 가야금 연주를 들으려는 사람도 별로 없지만, 있다 하더라도 그냥 옛날 기방 분위기나 내보려는 치들이 대부분이거든.」

연주를 듣고 난 뒤 내내 궁금했던 속내를 털어놓았다.

「저 정도면 중앙 무대에 나가 이름도 꽤 얻을 만한데 이런 술집에서 썩고 있다는 게 이상허구먼.」

「족보가 있는 연주는 아니야. 요즘이야 국악도 못 배우고 가난한 사람들이 허는 게 아니잖은가. 레슨 제대로 받고 대학 국악과에 들어올 정도면 어느 정도는 있는 집 자식들이라야 돼. 거기다가 어지간한 스승 밑에서 사사하지 않으면 이 판에서 인정받기는 어렵네. 저 여자는 이를테면 야생화라고나 할까. 글쎄, 누군가 잘 키워 주고 다듬어 내면 진흙 속의 연꽃이 될 수 있을지도 모르지만…….」

술집을 나섰을 때는 가야금을 보낸 뒤에 밴드까지 불러 이런저런 노래들을 불러 젖힌 뒤여서 자정을 넘기고 있었다. 오후부터 우중충하던 하늘에서 빗방울이 떨어지고 있었고 바람이 대문간의 벚나무 가지를 흔들어 댔다. 이런 기세로 날씨가 험해지면 전군 가도의 벚꽃들이 다 떨어져 버리지 않을까 걱정됐다. 아무래도 바람은 더 거세어질 기세였다.

그 여자를 다시 만난 것은 다음날 저녁이었다. 전군 가도 벚꽃 사진을 찍고 내친김에 김제 망해사까지 갔다가 저녁 무렵에 전주에 들러 전날 밤에 술을 마셨던 '추월'을 찾아갔다. 혼자서 그곳에서 저녁 식사를 하기 위해 찾아간 것은 아니었다. 어젯밤에 가야금을 타던 여자가 내내 뇌리를 떠나지 않아 그녀의 연락처라도 알아볼 겸 지나는 길에 들렀던 것이다. 그 집에서 나올 때 인사를 주고받았던 주인 여자를 찾았지만 손님들이 유난히 많이 든 주말 밤이어서 그런지 이리 뛰고 저리 뛰느라 한가롭게 얘기를 청할 틈이 보이지 않았다. 입구의 툇마루에 앉아 정원 연못에 떠 있는 벚꽃 잎을 내려다보고 있을 때 방 안에서 시끄러운 소리가 들려왔다.

「야, 이년아. 너는 술집에 나오는 지집이 아니여? 이리 와서 술 한 잔 같이허자는디 멀 그리 빼고 지랄이여. 잡것이 얼굴값을 꼭 헐라고 그란단 말이여. 니년이 예술가여?」

술에 취한 사내의 격한 음성에 이어 나직하지만 단호한 음색의 목소리가 뒤를 이었다.

「주인 언니가 처음부터 말씀드리지 않았던가요? 저는 술을 못 마셔요. 그냥 연주만 하는 걸로 약조한 것으로 아는데요. 죄송하지만 이만 나가 보겠습니다.」

술이 오를 만큼 오른 사내가 상을 박차고 일어나 여자의 뺨을 휘
갈기는 소리가 났고, 이어서 옆자리의 일행들이 말리는 소리가 오가
는가 싶더니 여자가 문을 열고 화급히 뛰어나왔다. 여자는 정원을
가로질러 뛰어가더니 돌담에 가야금을 세우고 그대로 주저앉아 흐
느끼고 있었다. 잠시 격정이 가라앉기를 기다리다가 그녀에게 다가
갔다.

한 달에 적어도 보름 이상은 전국을 돌아다녀야 하는 나는 그녀를
만난 이후 기행을 떠날 때는 목적지에 가기 전이나 일을 끝낸 뒤에
반드시 전주에 들렀다. 낮에는 학원에 나가 가야금을 가르치고 저녁
에는 술집에서 연주를 해야 하는 그녀의 일정 때문에 전주에 간다
하더라도 밤 열한시 이후에나 그녀와 호젓하게 만날 수 있었다. 야
심한 시각에 차를 달려 서해 바닷가로 가곤 했다. 가까이서 접한 그
녀에게는 농염한 꽃이 만들어 내는 향기가 있었다. 화사하고 밝은
분위기의 여자에게서는 느낄 수 없는, 그림자가 적당히 끼어든 그녀
의 눈매와 따뜻한 목소리는 관능적이었다.
처음부터 여자와 몸으로 대화를 나눌 생각을 했던 것은 아니다.
하지만 여자는 그런 미묘한 부분에 대해서는 전혀 신경을 쓰지 않
는 눈치였다. 너무나 자연스러웠고, 생각하기에 따라서는 오히려
유혹을 하고 있다는 느낌까지 들 정도였던 것이다. 야심한 시각에
남자와 둘이서, 그것도 집에서 멀리 떨어진 바닷가까지 서슴없이 따
라왔다면 적어도 그것은 나를 전폭적으로 신뢰한다는 뜻으로 받아
들이기에 충분했다. 여자와 처음으로 몸을 섞은 것은 계절이 가을
로 접어들 무렵이었다. 피서객들도 사라지고 썰렁한 모항의 밤에
그녀는 어렵게 말을 꺼냈다. 멀리 고깃배의 불빛들이 깜박거리고

있었다.

「오늘 밤 저하고 같이 주무실래요? 미리 말씀드리지만 저를 독점할 생각만 하지 마세요. 저는 한곳에 붙박여 있지만 누군가에게 소속될 수는 없는 몸입니다. 이상하게 듣지 마시고, 그냥 말 그대로만 받아들여 주세요.」

여자는 결혼한 적은 있지만 그때는 홀몸이었다. 독점이란 수많은 벌들을 유혹해야만 생존의 의미를 찾을 수 있는 꽃들에게는 치명적인 약점이었을 것이다. 하지만 그때는 여자의 말이 무엇을 의미하는지 잘 몰랐을뿐더러 느꺼운 흥분에 몸이 떨리기만 했었다. 잠자리에서 여자는 무척 적극적이었다. 몸을 천천히 움직이다가 뿌리를 뽑아 버릴 듯 뜨겁게 빨아들이는 여자의 몸짓은 자진모리 장단의 말발굽 소리 같은 격정으로 이어졌다. 숨을 고르며 돌아누웠을 때 창문이 덜컹거리는 소리가 들려왔다. 서해에서 바람이 몰려오고 있었다.

「여고 시절 체육 시간에 다른 아이들은 모두 운동장에서 체조를 하고 있는데 저만 혼자 빠져나와 교내 충혼비 계단에 앉아서 그들을 바라본 적이 있어요. 비석 주변에는 키 큰 전나무들이 에워싸고 있었지요. 바람이 그 뾰족한 잎 사이를 지나가면서 내는 소리가 지금도 잊혀지지 않아요. 혼자서 먼 곳에 앉아 있는데 바람이 저에게 이야기를 건네는 느낌이었어요. 텅 빈 머릿속으로 한없이 편안하고 부드러운 바람들이 지나가더군요. 지금 상태가 그래요. 남자와 격렬하게 몸을 섞고 나면 머릿속으로 바람이 지나가고, 이럴 때 가야금을 붙든다면 바람이 전하는 목소리들을 제대로 전달할 수 있을 것 같거든요.」

그녀가 바람 소리에 그렇게 민감한 것은 할머니의 영향이 컸다.

152

그녀의 할머니는 열두 살 때 광주 권번에 들어가 타계한 가야금의 명인 함동정월과 함께 그곳에서 가야금을 배웠다고 했다. 동정월 못지않은 끼를 지녔던 그네는 차츰 숙성해지면서 권번에서 인기를 독차지하는 기생으로 자리를 잡았다. 그네가 계속해서 가야금을 탔더라면 지금쯤 국악사에 남는 명인이 됐을지도 모르지만, 불행하게도 갓 스물을 넘길 무렵 권번에 자주 드나드는 지역 유지의 후처로 들어가게 됐다. 자신과 나이가 비슷한 딸까지 둔 늙은 남자의 후처살이라는 게 여간 곤혹스럽고 고단한 것이 아니었다. 아들 하나 낳은 뒤 남자는 시난고난 앓다가 먼저 저 세상으로 가버렸고, 할머니는 아들 하나 데리고 그 집에서 쫓겨나 숱한 고생을 하면서 한세상을 보냈다. 그녀의 어머니가 아버지를 만난 것은, 아버지가 전주 인근에서 목수일을 할 때였다. 동네 아주머니의 중매로 만났는데 훤칠한 키와 호남형의 얼굴이 첫눈에 들었다고 했다. 아버지는 결혼 후에 할머니와 함께 살았는데, 그녀를 낳은 뒤 방랑벽이 도져 집을 떠난 뒤 20년 만에야 집에 돌아와 임종을 맞았다. 어머니가 집안의 살림을 떠맡아야 했고, 2대에 걸친 그녀 집안 여인들의 고생은 말로 형언하기 어려운 것이었다.

어머니가 일을 나가고 할머니와 둘이 집에 남아 있을 때면 할머니는 벽장 속에 깊이 넣어 둔 가야금을 꺼내서 그녀에게 가르쳐 주곤 했다. 그때 할머니가 들려주던 가야금 소리의 내력은 지금도 그녀의 무의식을 지배하고 있다. 가야금을 니가 타는 게 아니여. 다 누군가가 니 손을 움직거려 주고, 니 손에 서러운 귀신, 좋아 죽겄는 귀신이 씌면 참말로 좋은 소리가 나오는 것이여. 바깥에서 부는 바람 소리를 잘 들어보란께. 저것이 다 누군가가 지 한을 풀어 주지 못하게 가야금 보고 풀어 달라는 소리여. 니가 맴만 잘 묵으면 저절로 소리가 나오게 되어 있은께, 요로코롬 외약 손으로 줄을 누르고 오른짝 손으로 한번 퉁겨 봐.

여자는 서해에서 끊임없이 불어오는 바람 소리를 배음으로 모로 누운 채 조근조근 이야기를 이어 갔다. 여자의 욕정과 바람 소리와 가야금과 꽃이란 어떻게 조화를 이루는 걸까. 꽃이란 인간의 눈에 아름답게 보이려고 피는 것이 아닌데도 인간들이 마음대로 착각하는 대상 중의 하나다. 꽃은 생존을 위해 안간힘을 써서 벌들을 유인하는 것이다. 향기라는 것도 인간들 좋으라고 발산하는 것이 아님은 자명하다. 인도네시아의 보르네오 밀림에 사는 리플레시아라는 식물은 파리들을 통해 수정을 받거니와 그 파리를 유혹하기 위해 고기 썩는 냄새를 발산한다. 그 여자의 향기와 매혹은 무엇을 위한 것일까. 여자는 보면 볼수록 은근한 깊이와 묘한 색정을 유발시키는 힘을 지니고 있었다. 잠자리의 따뜻함이 아니더라도 나는 그녀의 바람 소리 같은 정서와 가야금 줄의 곡성에 깊이 빠져 버렸던 것이다.

서울에 돌아와 사진들을 인화하고 골라서 글을 쓴 다음 각종 사보나 일간 신문 레저 담당 기자에게 전달하고 나면, 나는 다시 어디론가 떠나야 했다. 서울에 머무는 동안은 일 때문에 잠시 정신이 진정됐다가도 떠나야 할 시점이 오면 그녀 생각 때문에 안절부절못했다. 여자만 떠올리면 가슴이 울렁거리고 얼굴까지 뜨거워질 정도로 깊은 연민과 함께 욕정이 동시에 하복부로부터 꿈틀거리며 올라와 고통스러울 지경이었다. 단숨에 전주까지 내려간다고 해서 그녀를 매번 만날 수 있는 것은 아니었다. 그녀에게는 애인들이 나 말고도 두엇쯤은 더 있는 눈치였다. 그중에는 벌써 오랫동안 만나서 거의 남편 같은 역할을 맡고 있는 이도 있었다. 그러나 정작 그녀는 어느 남자에게도 깊은 정을 주지는 않았다. 목소리라도 듣고 싶어 하루에도 두어 번씩 그녀에게 전화를 하면 그때마다 그녀는 따뜻하고 맑은 목소리로 애틋함을 전해 주었다. 결코 냉정하지 않되, 정색을 하고 깊이 다가서면 한 발짝 물러나는 그런 여자였다. 그렇다고 그녀가 색정에 사로잡힌 여자로 다가오지는 않았다. 오히려 그 반대였다고나 할까. 40 평생 살아오면서 접해 본 여인 중에 그녀만큼 품위 있고 우아한 여자도 없었다. 그녀의 목소리를 들을 수 있고 가끔 그녀의 따뜻한 살 속에서 위안을 얻을 수 있다는 차원에서 만족해야 했다. 실제로 그 아슬아슬한 평화를 깨뜨리기 전까지는 크나큰 행복감 속에서 살았다.

여자와 함께 김제 망해사에 간 일이 있다. 서해 바닷가의 망해사에 가기 전에 김제 들판을 가로지르는 동진강을 건너야 했다. 바다가 가까운 탓에 동진강에도 밀물과 썰물이 영향을 미치는데, 그날은 강물이 강심으로만 흐르고 양옆에는 부드러운 뻘과 곳곳에 그 뻘에 묻힌 고깃배들이 늘어서 있는 풍경이었다. 석양 무렵이어서 황금빛 햇살이 뻘에 눈부시게 반사되는데 뻘의 한구석에서 퍼덕거리는 소리가 들려왔다. 밀물에 밀려왔다가 채 빠져나갈 시간을 놓친 숭어 한 마리가 석양빛을 받으며 뻘 위에서 혼자 몸을 뒤치고 있었다. 밀물이 다시 들어오기 전까지 버티지 못하면 불행하게도 죽어야 할 운명을 앞에 둔 숭어는 먼발치에서 보아도 빛나는 비늘과 쉼 없이 뻐끔거리는 아가미가 아름다웠다. 강 양안의 갈대들이 바람에 이리저리 몸을 눕히며 서걱거리고 있었다. 여자는 숭어를 물끄러미 내려다보다가 하이힐을 벗어 놓고 무릎까지 푹푹 빠지는 뻘 속으로 걸어들어갔다. 비척거리며 걸어가는 품새가 위태로워 보였지만 여자는 기를 쓰고 숭어가 퍼덕거리는 곳까지 힘들게 다가갔다. 여자는 숭어를 두 손으로 잡아 올리는가 싶더니 미끄러운 비늘 때문에 뻘에 떨어뜨리고 말았다. 그 바람에 시커먼 갯물이 여자의 붉은 상의와 얼굴에 튀었다. 여자는 다시 숭어를 들어올리기 위해 허리를 숙이다가 그예 균형을 잃고 털썩 무릎을 꿇고 말았다. 물끄러미 그 모습을 바라보다 나도 뻘 속으로 들어갔다. 하지만 그녀에게 채 다가가기도 전에 그녀는 숭어를 들어 올려 강물 쪽으로 던지려다 숭어를 발밑에 떨어뜨린 채 다시 한 번 넘어지고 말았다. 여자의 얼굴과 옷은 이제 개흙으로 범벅이 된 형상이었다. 숭어는 저 혼자 퍼덕거릴 때보다 더 요란하게 몸을 뒤쳤다. 해를 등지고 선 여자의 얼굴엔 검은 실루엣이 드리워져 있었고, 유난히 흰 이와 눈동자만 돋보였다. 여자가 뒤따라온 나를 바라보더니 희미하게 웃었다. 어느 순간 여자와 숭어가 한 몸으로 보이기 시작했다.

퍼덕거리는 숭어를 버려둔 채 여자를 부축해 강가에 나와 대충 흙을 털어 주고 차 안으로 데리고 갔다. 망해사행은 포기한 채 그녀를 데리고 부안을 지나 변산반도의 모항까지 가서 깔끔한 모텔을 찾아들었다. 방에 들어서서 욕조에 따뜻한 물을 채운 뒤 여자의 옷을 천천히 벗기고 나 또한 성가신 옷들을 제거해 버렸다. 여자는 내가 샤워기로 구석구석 개흙을 씻어 줄 동안 허락 없이 마실 나갔다가 옷을 버려 온 아이처럼 가만히 있었다. 따뜻한 몸에 붙어 있는 개흙은 이미 딱딱하게 굳은 상태였지만 온수에 금방 힘을 잃고 부드럽게 미끄러져 내렸다. 얼굴과 종아리와 발까지 정성 들여 씻겨 주고 난 뒤 여자를 껴안아 욕조 속에 뉘었다. 발그레해진 낯빛으로 여자는 눈을 지그시 감고 있었다. 나는 간단히 샤워를 한 뒤 머리칼에 묻은 물기를 닦다가 행복한 기분으로 그녀를 다시 돌아보았다. 순간, 그녀의 눈초리 아래로 눈물이 주르르 흘러내리는 모습을 보았다. 전혀 예기치 않았던 모습이어서 잠시 황망했다. 그날도 서해의 바람이 거세게 육지로 내달아 오던 날이었다. 여자의 깊은 살 속에서 진저리를 치고 나왔을 때 여자는 등을 보인 채 돌아누우며 말했다.

「당신, 이제…… 그만 만나요.」

귀가 의심스러웠다. 너무나 살갑고, 더구나 그날처럼 애틋하고 아름다운 날이 있을까 싶었는데 여자는 정작 이별을 얘기하고 있었던 것이다. 갑작스럽게 충격을 받으면 말도 제대로 안 나오는 모양이었다. 어떤 사태인지 정황을 추스르기 위해 침묵을 지키고 있는데, 여자가 처음으로 남편의 존재에 대해 털어놓았다.

그녀가 남편을 처음 만난 것은 어디서 어떻게 살다가 돌아왔는지 모를 아버지가 병에 걸려 집을 찾아온 뒤, 그 뒷수발을 하다가 어머니마저 숨을 거둔 뒤끝이었다. 할머니와 둘이서 험난한 세파를 헤쳐 나가야 되는 데다 어미마저 잃고 난 뒤의 마음자리는 쉽게 위로받을 수 없는 고통스러운 정황이었으리라. 그 시절이야말로 누군가가 절실하게 필요한 때이기도 했다. 고등학교만 졸업하고 남부시장에서 옷가게 종업원으로 일하고 있을 때 그 남자를 만났다고 했다. 우연히 옷을 사러 왔다가 첫눈에 여자에게 끌린 남자는 적극적으로 다가왔고, 그녀의 고통을 헌신적으로 위로해 주었다. 그녀는 간단한 예를 갖추어 결혼을 한 뒤 남자의 직장이 있는 반월공단으로 올라갔다. 저녁이면 남자는 그녀가 좋아하는 아이스크림이며 철 따라 나오는 과일들을 한 봉지씩 품에 안고 들어와 여자에게 건네며 좋아라 했다. 남편의 피로한 발을 따뜻한 물을 받아 정성스럽게 씻겨 주고 나면, 남자는 여자가 굳이 거부하는데도 차례를 바꾸어 그녀의 발을 따뜻하게 씻겨 주었다. 그러나 불행은 항상 문틈으로 새어 들어오는 연탄가스처럼 슬며시 예고 없이 찾아오는 법인 모양이다. 남자가 안전장치를 풀고 작업을 하다가 오른 팔이 잘리는 사고를 당했다. 봉합 수술이 불가능할 정도로 잘려 나간 팔은 으깨어져 버린 상태였다. 불구가 된 남편을 데리고 할머니 홀로 사는 전주로 다시 내려갔다. 산재 보험에서 나온 돈으로 남부시장 귀퉁이에 작은 공간을 얻은 그녀는 할머니에게 배운 재주로 가야금 학원을 열었다. 입시생은 그녀의 이력으로는 받기 어려웠기 때문에 초등학생을 대상으로 열어 놓은 학원이어서 수강료가 그리 많지는 않았다. 한번 열어 놓은 것을 적자 때문에 쉽게 문을 닫기도 어려워 망설이고 있던 차에 동네 아주머니의 소개로 그 술집에 밤에만 나가게 된 것이었다. 생계는 그럭저럭 그렇게 해결이 됐지만 문제는 남자의 의처증이 발동된데 있었다. 술집에 나간다는 말을 듣고 난 뒤부터, 남자는 그녀가 가야금 연주를 마칠 때까지 술집 문간에 앉아서 그녀를 기다렸다. 정해진 시간보다 조금이라도 늦게 나올라치면 술청 안으로 들어가 고래고래 소리를 질렀다. 팔 한쪽이 없는 장애인이 안에 들어와 소리를 질러 대면 주인 여자는 질겁을 하고 여자를 찾아 내보내곤 했다. 결국 술집을 그만두는 수밖에 없었다. 그렇지만 한 번 도진 남자의 의처증은 멈출 줄 몰랐다. 화장이 조금만 진해도 남자는 대번에 여자를 향해 눈을 부라렸다.

「야, 이년아! 옛날에 옷가게에 있을 때부터 알아봤어야 했는데, 손님들에게 눈웃음을 치던 모습이 여간 아니었어. 서방이 팔 하나 없어졌다고 날마다 한숨만 짓다가 오늘은 뭔 일로 그리 곱게 차리냐. 어떤 놈씨를 꼬시려고. 학원도 이제 그만 때려치워. 내가 나다니면서 동냥을 해서라도 너 하나는 벌어먹일 테니까.」

그날 이후로 여자는 방 안에만 갇혀 있어야 했다. 할머니는 학원

158

을 정리할 무렵쯤 해서 돌아가셨다. 할머니마저 세상을 뜨고 난 뒤 허구한 날 방 안에 앉아 있자니 가야금이 다시 그녀의 둘도 없는 벗이 되었다. 폭풍우만 몰아치던 날에도 잠깐 햇빛은 나는 모양이었다. 어느 날 밖에 나갔다가 술에 취해 돌아온 남편이 가야금을 타고 있는 그녀를 보더니 웬일로 잘 추지도 못하는 춤을 덩실덩실 추기 시작했다. 팔 한쪽은 소매만 길게 늘어뜨린 채 왼손을 허공에 높이 들고 장단에 들썩거리는 모습이 어설프긴 했지만 오랜만에 그녀의 가슴을 훈훈하게 했다. 쪽창으로 달빛이 스며드는데 남편의 없어진 팔에 헐렁거리는 소매는 탈춤을 출 때 늘어뜨린 옷자락처럼 보였다. 그녀는 중머리 장단을 힘 있게 오랫동안 탔다. 그것이 남편과 나눈 그녀의 마지막 행복이었다.

남편의 의처증은 갈수록 심해졌고 급기야 여자를 때리기 시작했다. 할머니와 어머니에 이어 자신까지 그처럼 불행한 삶을 사는 것에 절망하던 여자는 남편에게 이혼을 요구했다. 남편은 갈 테면 가라고 절규를 하면서 여자를 무자비하게 구타했다. 무엇이 그 착한 남편을 그토록 광포하게 만든 것인지, 여자는 울고 또 울었다. 남편은 그길로 집을 나갔고, 그녀의 아버지처럼 한동안 소식이 끊겼는데 나중에 경찰서에서 연락이 와 달려가 보았더니 오목대 팔각정 천장에 목을 매고 죽어 있었다.

「남편의 말마따나 제 속에 화냥기가 숨어 있었던 걸까요? 다시 나가기 시작한 술집에서 저는 철저하게 연주만 하는 원칙을 지켰지만, 바깥에서 만난 따뜻한 남자들과 잠자리를 같이하기 시작하면서 새로운 해방감을 느꼈어요. 남자와 자고 난 뒤 가야금을 타면 소리가 훨씬 힘이 있고 농현의 여음도 더 깊어지더라구요.」

등을 보인 채 가슴속에 눌러 두었던 이야기를 한숨처럼 토해 낸 여자는 천천히 몸을 일으켜 옷을 입기 시작했다. 이야기의 무게에 눌려 천장을 보고 망연하게 누워 있던 나는 여자를 따라 일어나 주섬주섬 옷을 챙겨 입었다. 여자는 이렇다 저렇다 설명 한마디 없이 문을 열고 밖으로 나갔다. 여자는 차에 실어 놓은 가야금을 꺼내더니 아늑한 모항이 내려다보이는 바위 위로 올라갔다. 달은 구름 속에 가려 보이지 않았지만, 멀리 질마재가 보이는 선운사 쪽 해변에서 반짝이는 불빛들이 따뜻하게 다가왔다. 항상 아늑한 모항 앞바다의 잔잔한 물결이 오늘은 키를 세우는 걸로 보아 바람이 꽤 부는 모양이었다. 여자가 천천히 가야금 줄을 뜯기 시작했다. 그녀가 술집에서도 고수 없이 홀로 산조를 연주했다는 사실이 퍼뜩 머릿속에 떠올랐다. 고수가 없는 가야금 연주란 마음속에 스스로 북채와 북을 준비한다 하더라도 어려운 일이다. 바람 소리에 가야금 소리가 뒤섞여 서해로 퍼져 나가고 있었다.

그날 이후 여자와 통화하기는 어려운 일이었다. 여자는 휴대폰을 메모리 기능으로 돌려놓았고 아무리 녹음을 남겨 놓아도 회신이 없었다. 전주에 내려와 술집 대문간에서 그녀가 끝나기를 기다렸다가 멀리서 걸어 나오는 여자를 보고 허겁지겁 뛰어가 그녀를 불러 보아도 여자는 냉담하게 앞만 보고 걸었다. 그녀의 집까지 따라갔지만 여자는 차가운 목소리로 잘라 말했다.

「당신과 저를 위해 이제 그만 돌아가세요. 당신이 아무리 애를 쓴다 해도 저는 이미 당신 곁을 떠난 사람입니다. 당신은 여전히 좋은 사람이에요. 그러니, 스스로를 너무 괴롭히지 마세요.」

술로 지새우는 날들이 이어졌다. 술에 취하면 어느새 나는 그녀에게 전화를 걸고 있었고, 전화 속에서는 매정하게 사무적인 그녀의 목소리만 흘러나왔다. 무엇이 갑자기 그녀의 마음을 돌아서게 했을까. 곰곰이 따져 보았지만 뚜렷한 이유를 발견할 수는 없었다. 그녀와의 관계가 원만했을 때는 미처 생각하지 못했지만 그녀가 태도를 바꾸고 난 뒤에는 그녀의 남자들 쪽으로 자꾸만 생각이 미쳤다. 여자는 새로운 벌과 나비를 유혹하고 있을지 몰랐다. 그녀는 내가 그녀의 꽃에 더 이상 수정 작업을 할 만한 여력을 상실했다고 여겼을 수도 있다. 아니면 수정이 끝난 뒤 이제 스스로 꽃을 떨어뜨리고 열매를 맺기 위한 장정에 들어간 것일지도 모른다. 그러나 아무래도 나는 그렇게까지 고상하게 그녀를 생각할 수 없었다. 여자는 새로운 남자를 만난 것임에 틀림없다. 생각이 여기에 이르자 더 고통스러워서 견딜 수가 없었다. 여자는 처음에 같이 잠자리를 하기 전부터 독점할 생각은 하지 말라고 친절하게 당부하지 않았던가. 그녀에게 그처럼 깊이 마음을 쏟은 게 오히려 문제라면 문제였을 수도 있다. 하지만 남녀 관계라는 게, 세상사 상궤라는 게 어디 그처럼 가능한 일이던가. 같은 하늘 아래 살면서 보고 싶어도 볼 수 없고, 만지고 싶어도 만질 수 없는 일이야말로 살아서 체험하는 죽음이 아니고 무엇이겠는가.

그날도 술기운이 머리 꼭대기까지 솟구쳤을 때, 나는 기어코 그녀를 다시 만나 무엇이 이별해야 하는 사연인지 명확하게 따지고 싶었다. 에두르지 않고 정확하게, 한 줌의 의혹도 없이 분명하게 그녀의 마음을 들여다보고 싶은 열망에 그대로 차를 몰아 고속도로로 향했다. 다행히도 톨게이트에 진입할 때까지 음주 단속은 없었다. 음주 단속에 걸린다 해도 택시라도 대절해서 그 밤 안으로 전주까지 내려갈 작정이었다. 새벽의 고속도로는 텅 빈 아우토반이었다. 속도계는 줄기차게 시속 170킬로미터를 가리키고 있었다. 밤새워 마신 술기운이 조금씩 가시면서 졸음이 쏟아졌다. 눈을 부릅뜨고 졸음을 참아보려 했지만 어쩔 수 없이 순간순간 눈을 감았다 뜨는 형국이었다. 창문을 내렸다. 그 순간 엄청난 바람 소리가 고막을 찢을 듯이 달려들었다. 바람의 아우성, 그녀의 말대로라면 죽은 혼령들이 일제히 덤벼들어 웃고 떠들고 고함치는 셈이었다. 가속 페달을 밟으면 밟을수록 혼령들은 더 큰 소리로 새벽의 질주자를 유혹하고 있었다. 전주에 도착했을 때는 아침 방송을 시작하는 라디오에서 다섯시를 알리는 시그널이 흘러나오고 있었다. 두 시간 만에 서울에서 전주까지 주파한 셈이다. 그녀는 곤히 자고 있을 시각이었다. 남부시장에 가서 콩나물국밥으로 해장을 한 뒤 그녀가 운영하는 학원 앞으로 갔다. 승용차를 학원 입구에 세우고 그대로 깊은 잠에 떨어졌던 모양이다. 여자가 나를 발견하고 차 유리창을 두드린 것은 오후 한시가 넘어서였다. 그녀가 선선히 조수석에 들어와 앉자 나는 충혈된 눈을 한 번 비빈 다음 망해사를 향해 차를 몰았다. 그녀는 한 시간이 넘도록 달리는 내내 한마디도 하지 않았고 나 또한 침묵을 지켰다. 서해면 바다에서 황사가 몰려오고 있었다.

「왜 나에게서 떠나려 하는 거요?」

애초에 작정한 대로 에두르지 않고 직격을 하자 여자는 여전히 한동안 침묵을 지키다가 무겁게 입을 열었다.

「당신은…… 당신도 모르는 사이에 저를 가두려 했어요. 당신을 만날수록 뻘에 빠지듯 가슴이 무거워져요. 남편 하나 그렇게 보냈으면 됐지 당신까지 황폐하게 만들고 싶진 않아요. 사내들과 뜨겁고 폭발적으로 몸을 섞은 뒤에는 그 쾌감과 열락이 방울방울 맺혀서 다시 가야금 소리로 돌아오지요. 당신이…… 그걸 견딜 수 있겠어요? 이곳…… 망해사 앞바다는…… 제 남편의 뼛가루

162

를 뿌린 곳이에요.」

　오늘에서야 그 여자를 보낸다. 그 여자는 꽃 같은 사람이었다. 대부분의 꽃이 그렇듯이 처음에 조금 떨어진 거리에서 피상적으로 바라보던 아름다움과는 달리 그 꽃이 품고 있는 수술과 암술의 모습들은 많은 생채기와 이지러진 자국들을 지니고 있다. 꽃의 자연스러운 소명 중의 하나가 벌과 나비들을 최대한 많이 유혹하는 일이지만, 그래야 충분히 활발하게 자신의 존재를 확산시킬 수 있는 것이지만, 나같은 벌의 입장에서 그러한 자연의 범상한 이치는 심히 쓸쓸한 풍경이었다. 여자에게는 큰 잘못이 없다. 식물의 세계가 아닌 인간 세상에서는 한 여자가 동시에 많은 벌과 나비를 끌어들이는 행위를 도덕이라는 잣대로 단죄하곤 하지만, 그녀는 모든 살아 있는 것들이 지니는 본성에 솔직하게 따랐을 따름이다. 그렇다 하더라도 인간들이 정해 놓은 윤리와 도덕이 뼛속까지 깊숙이 스며들어 있는 나로서는, 그녀와의 이별이 가져다 주는 황량함과 쓸쓸함을 자연의 이치를 들먹이며 스스로 위로할 수는 없다. 나는 벌도 아니고 나비도 아니며 대한민국 서울에서 살아가는 초라한 중년 남자인 것이다.

　이제 사위는 어둠이 점령해 버렸다. 멀리 지나가는 배의 불빛이 유령처럼 흘러간다. 바닷물이 밀려 들어오는 소리가 들린다. 개펄에 뚫린 구멍들을 메우는 꾸륵거리는 소리 사이로 바람이 불어온다. 인생이라는 레일 위를 달리다 보면 간이역도 만나고 불빛 휘황한 도심의 정거장에서도 멈출 수 있지만, 한번 지나간 역에는 다시 돌아갈 수 없다. 그녀는 지나온 어느 고산 지대 간이역의 낡고 초라한 역사 앞에 피어 있는 바람꽃인지 모른다. 간이역에 바람이 불면, 총알처럼 서지 않고 달려가 버리는 기차의 꽁무니에서 바람의 소용돌이가 일면, 숨을 가다듬은 다음 다시 벌과 나비를 부르기 위해 마지막 남은 진액까지 뽑아 올려 진한 향기를 만들어 낼 것이다. 그것은 살기 위한 일이다. 바람 속에 그녀의 가야금 향이 섞여 있다. 돌아갈 시간이다.

# 이별

　지하 계단을 내려가 록카페의 문을 열자 굉음으로 가득 찬 실내는 빛의 물결로 출렁인다. 붉은빛과 주황빛이 교대로 명멸하고 초록빛은 사이사이 리듬에 맞춰 끼어든다. 어두운 공간 뒤편으로 계단 형태의 비좁은 객석이 보인다. 플로어는 이미 춤을 추는 사람들로 빼곡하다. 흐느적거리는 사람들의 얼굴은 모두 검은빛과 하얀빛으로 양분돼 있다. 이빨은 섬뜩한 형광빛이 묻어나는 희디흰 빛깔이고 피부는 한결같이 그림자처럼 어둡다. 천장에 운동장의 트랙처럼 원형으로 길게 매달린 야광등 때문이다. 옷에 묻은 티끌들은 모두 흰 점으로 반짝거린다. 선홍색 야구 모자가 사람들 사이를 돌아다니며 맥주를 나른다. 모자 앞면에 새겨진 T자 마크가 형광빛으로 빛난다. 뒷면의 V마크도 인광을 띤 듯한 하얀 빛깔이긴 마찬가지다. T자와 V자가 검은 얼굴들 사이로 우주인같이 느리게 유영하는 것처럼 보인다. 플로어에서 한 덩어리로 움직이는 무리들은 흡사 거대한 원생동물처럼 꿈틀거린다. 음악에 맞춰 거죽이 볼록거리며 무정형으로 움직이는 아메바. 언젠가 현미경을 통해 들여다보던 그 미세한 생물의 움직임 속으로 들어온 느낌이다.

차츰 어둠에 익숙해지자 한 덩어리로 보이던 무리들이 눈에 들어오기 시작한다. 표범 무늬가 새겨진 꽉 끼는 티셔츠에 청바지를 입은 젊은 여자는 상체와 하체가 완전히 따로 노는 것처럼 유연하다. 여자의 맞은편에는 흰 셔츠와 헐렁한 바지에 멜빵을 멘 여자가 머리띠를 질끈 동여맨 채 춤을 춘다. 그들은 서로 눈빛을 마주치며 움직인다. 머리띠 여자의 몸놀림은 상대적으로 딱딱한 편이다. 군인처럼 절도 있게 무릎을 꺾었다 펴기를 반복하고 손놀림도 경직돼 있지만 리듬에 그 움직임들을 실어 가는 게 절묘하다. 표범 무늬 여자는 남자 같은 파트너를 향해 종종 갈대처럼 유연하게 엉덩이를 흔들어 보인다. 흐트러진 빛의 바다, 해방된 육신들, 청각을 마비시키는 음악, 그리하여 술을 마시지 않아도 취해 버리는 뇌수.

은주는 문간에 서서 멍하게 주변을 바라보다 승규가 옷깃을 잡아끌자 그제야 디제이 박스 옆쪽으로 움직이기 시작한다. 자리에 앉은 은주는 천장에서 쉴 새 없이 명멸하는 둥근 조명을 무연히 바라보더니 이마를 탁자에 떨어뜨린다. 열기와 음악으로 가득 찬 실내에 들어오자 그와 함께 오후에 마신 술이 다시 올라오는 모양이다.

「오늘이 그이 칠 주기예요. 오늘 시댁에 다녀왔어요. 아이가 엄마를 잘 몰라봐요!」

은주가 승규의 어깨에 머리를 기댄 채 시끄러운 음악을 이겨 내려고 악을 쓰듯이 말한다. 그네의 목소리는 검은 빛깔이다. 지하 수천 미터의 막장에 조난된 여인이 공기구멍을 통해 구조대에게 간신히 전하는 듯한 검은 목소리. 그는 그네의 어깨를 감싸고 가만가만 등을 토닥여 준다.

이미 흙으로 변했을 선배 대신 살아 있는 선배의 여자를 만난 것은 점심시간 무렵에 들른 교보문고에서였다. 점원과 대화를 나누는 낯익은 목소리를 듣는 순간 그는 은주임을 직감할 수 있었다. 오래된 엘피판에서 나오는 듯한 목소리는 분명 그네였다. 선배의 장례식 때 영정 앞에 소복을 입고 앉아 있던 은주의 자태는 아름다웠다. 문상객들이 영정에 절을 하고 그네에게 다시 절을 할 때 은주는 가볍게 고개만 숙였다. 숙인 얼굴을 들었을 때 은주의 눈에서는 어김없이 눈물이 흘러내렸다. 발인 전날 크게 소리내어 울지는 않았지만 은주의 눈물샘은 밤이 새도록 마르지 않았다.

은주는 밝은 목소리로 승규를 반겼다. 그도 오랜만에 선배를 다시 만난 듯 그네가 반가웠다. 그들은 교보문고에서 지상으로 올라와 롯데호텔 맞은편 쪽에 널려 있는 먹자골목 매운탕집을 찾아들었다. 소주를 먼저 청한 것은 은주 쪽이었다. 허름한 음식점은 점심시간이 얼추 지났을 무렵이어서 비교적 한가한 편이었다. 이런 곳의 식당들은 대부분 점심시간에 양 떼처럼 한꺼번에 몰려나왔다가 허겁지겁 식사를 해결하고 바삐 우르르 사무실로 다시 몰려 들어가는 샐러리맨들을 상대로 하는 곳이었다.

승규도 한때는 이 도심의 빌딩 한구석에서 밤인지 낮인지 구분이 안 가는 형광등 불빛 아래 창백하게 몇 년을 보낸 적이 있다. 대학을 졸업하고 그가 처음에 취직했던 곳은 이곳에 자리 잡은 한 해운 회사 빌딩이었다. 오랜 전통을 자랑하던 그 컨테이너 운반선사는 당시 심한 재정난에 시달리고 있었다. 자고 나면 합병 운운하는 흉흉한 소문들이 나돌았다. 그는 기획조정실에서 자금 담당 이사의 지휘 아래 날이면 날마다 은행에 제출할 탄원서를 만들면서 세월을 보냈다. 물동량은 줄어드는데 선박들이 과다하게 건조되어 해운 시장은 수

요보다 공급이 넘치는 편이었다. 호황이었을 때 조선소에 발주했던 선박 대금은 매달 이자에다 원금까지 합쳐 엄청나게 소모되는 데 비해 운임은 과당 경쟁으로 갈수록 낮아지는 추세였다. 그렇다고 선박들을 팔아넘기자니 그것은 지나친 출혈을 감수해야 하는 생살 베기와 마찬가지였다. 회사로서는 오로지 은행의 선처를 받아 시황이 좋아질 때까지 버티는 도리밖에 없었다. 그 때문에 은행에서 요구하는 자료를 작성하기 위해 밤을 새우기 일쑤였다.

깊은 밤 텔렉스실 옆을 지나다 보면 원양을 항해 중인 선박으로부터 들어오는 전신음이 타닥타닥, 요란한 소리를 내고 있었다. 본사의 급박한 사정이야 태평양이나 인도양 한가운데에서 막막한 항해만 지속하는 그들이 알 리가 없었다. 그 전신음들은 멀리 바다 한가운데서 날아오는 노래처럼 들렸다. 육지에서 곤한 잠을 자고 있을 애인이나 가족들에게 보내는 살아 있음을 알리는 절박한 노래였다.

「다른 건 다 참을 수 있지만, 아이가 엄마를 꺼려하는 것만큼은 견디기가 힘들어요. 어렵게 만났는데 엄마를 무슨 유괴범 대하듯 하는 거예요. 하기야, 무리는 아니지요. 시어머니가 우기는 바람에 갓 돌을 넘긴 아들을 남겨 둔 채 그 집을 떠났으니까요. 시어머니는 막무가내였어요. 그때 제 나이 스물아홉이었으니 당신으로서는 빨리 제가 새로운 삶을 시작하기를 바랐던 거지요. 친정으로 들어가서 애니메이션 제작 하는 회사에 자리를 구해 원화에다 색칠을 하는 작업으로 사회생활을 다시 시작했어요. 가끔 아이가 보고 싶을 때마다 시댁에 찾아가곤 했지만 육 개월쯤 지난 뒤에는 시댁이 종적을 감추어 버린 거예요. 어렵게 이사간 곳 전화번호를 알아내서 전화를 걸었더니 동서가 받더군요. 다시는 찾지 말라고. 괜히 아이가 엄마에게 익숙해져 상처를 받으면 안 된다나요?」

뒤늦게 점심을 먹으러 나온 와이셔츠 차림의 회사원들이 왁자하게 매운탕집에 들어섰다. 은주는 잠시 말을 중단하더니 그들을 물끄러미 쳐다보았다. 모두들 어김없이 반듯한 넥타이 차림이다. 그들에겐 그것이 제복인 셈이다. 그가 이곳 빌딩에서 근무할 때는 막 사회생활을 시작하던 시절이었다. 대학을 다녔다고는 하지만 강의를 듣는 대신 소리를 하고 춤을 추는 동아리 생활이 전부였던 승규에게 규격화된 회사 생활은 견디기 힘든 것이었다. 승규는 옛날로 치자면 사당패의 광대였다. 은주도 승규와 같은 패에 몸을 담았던 후배 여사당 중의 하나였던 셈이다. 그러나 대학을 떠나면서 한정된 공간에서 주어졌던 예인의 자유는 금방 사라져 버렸다.

　「다니던 회사에서 컴퓨터그래픽하는 남자를 만났어요. 그 사람은 죽은 남편과는 정반대 되는 성향을 지닌 남자였어요. 술이라곤 입에 댈 줄도 몰랐지요. 정확하게 퇴근 시간이 되면 거의 일 분도 틀리지 않게 집에 들어와서 밥 먹고 양치질하고 컴퓨터 앞에 앉았다가 열한시가 되면 잠자리에 들어서 섹스를 했지요. 일주일이면 최소한 오 일 정도는 그의 노리갯감으로 죽은 듯이 있어야 했어요. 아이는 생기지 않더군요. 그렇게 칠 개월까지는 참았는데 도저히 그 이상은 받아들이지 못하겠더라구요. 저를 인간으로 대하는 게 아니라 기계로 대하는 것 같았지요. 섹스 기계 말입니다. 먼저 항복을 선언했어요. 남자는 의외로 쉽게 포기하더군요. 그 남자의 말끔함과 질척거리지 않는, 창백한 얼굴빛은 닮았지만 전남편과는 다른 정확함, 이런 것들이 처음에는 매력적으로 다가왔던 것 같아요. 다 지나간 일이죠. 그 일도 벌써 오 년이 흘렀으니……. 다른 것은 이제 다 참을 수 있는데, 시댁에 떼를 쓰다시피 매달려서 아이도 이젠 볼 수 있는데, 아이가 엄마를 몰라보는 거예요. 낯선 여자 대하듯이……. 이젠 세상이 저에겐 모두 낯설어요. 저만 세상 바깥에 서 있는 것 같아요.」

풋내기 신입생 은주를 승규가 처음 본 것은, 그가 대학 2학년 때 학내 공연 동아리들이 대동제를 벌이고 난 뒤 그날 저녁 학교 앞 지하 술집을 빌려서 뒤풀이하던 자리에서였다. 춤패, 노래패, 연행패들이 모두 한자리에 모인 그날 저녁의 놀이판은 지금도 잊을 수 없는 황홀한 기억으로 남아 있다. 미대에 적을 두고 있던 은주는 그날 뒤풀이의 하이라이트를 장식했었다. 좌중의 흥이 한껏 고취되었을 무렵에 그네가 홀 중앙에 나와 춤을 추기 시작했다. 비록 청바지에 티셔츠 차림이었지만 그네가 추던 살풀이 동작 하나하나가 지금도 눈에 선하게 떠오른다. 그날 은주의 독무판에 뛰어들어 학춤을 추기 시작한 남자가 바로 그네의 남편이 된 죽은 선배였다.

허겁지겁 공깃밥을 비운 샐러리맨들이 썰물처럼 빠져나가자 도심의 오후 식당은 다시 한가해졌다. 둘이서 소주를 세 병 가까이 마셨던 것 같다. 어느 순간 은주가 갑자기 체머리를 흔들었다. 유리창 너머로 거리의 사람들을 물끄러미 바라보던 여자는 천천히 일어나서 코트를 챙기고 나갈 채비를 차렸다. 석양의 거리에 찬바람이 불고 있었다. 그냥 그대로 은주를 보내기에는 허전해서 지하철을 타고 그가 평소에 다니던 조용한 카페로 데리고 갔다. 대학가 모퉁이에 자리 잡은 카페는 음악이 좋았다. 퇴근길에 마음이 맞는 이들과 약속을 할 때면 으레 그는 이 카페에 들르곤 했다. 피아졸라의 탱고 음악이 시종 실내를 배회하고 있었다. 아르헨티나에서 태어나 탱고 리듬을 현대 음악에 접목시켜 세기말에 탱고를 부활시킨 역량이 돋보이는 작곡가였다. 가느다란 바이올린 선율에 가끔씩 조용히 끼어드는

170

플루트의 음색이 쓸쓸했다.

「그렇게 빨리 선배가 잊혀지던가?」

너무 잔인한 질문이었을까. 승규는 조금은 야속한 마음이 들어서 술김에 불쑥 그렇게 묻고 말았다.

「잊었다구요?」

은주는 빤히 그의 눈동자를 바라보며 쓸쓸한 미소를 지었다. 천천히 그에게서 시선을 거두어 창밖을 바라보는 은주의 옆모습이 모딜리아니의 그림처럼 쓸쓸해 보였다. 그가 실수를 한 것이다. 잊혀질 리가 있는가. 은주는 선배가 가두고 간 막장에서 탈출하기 위해 몸부림을 쳤을 것이다.

「빨리 잊어선 안 된다는 말 같군요. 그럼 어떻게 했으면 좋았겠어요? 평생 눈물이라도 흘리면서 살면 시원할 것 같아요? 생각했던 것보다 훨씬 무딘 사람이군요. 그냥 잊을 수 있었다면 굳이 다른 남자를 만날 필요도 없었을 거예요. 낮이고 밤이고 그이는 죽어서도 나를 한시도 놓아주지 않았어요. 어떻게 된 사람이 살아서는 그렇게 술을 마시면서 아내를 힘들게 하더니 죽어서도 산 사람 곁을 떠날 생각을 안 하는 거지요? 내가 가장 힘들었던 것은 그중에서도 그의 낮은 목소리가 들릴 때였어요. 아이들이 떠내려가고 있어. 빨리 뛰어들어서 아기들을 건져야 해……. 고주망태가 되어 시체가 되다시피 한 몸으로 집에 들어올 때마다 웅얼거리던 그 소리 말이에요. 지금 와서 생각하면 세상에 그이처럼 심약하고 엉뚱한 사람도 없었다는 생각이 들어요. 우리 아이가 처음 세상에 나왔을 때 그 핏덩이를 들고 요리조리 어디 상처난 데라도 찾는 것처럼 열심히 살피더라구요. 그런 엉뚱한 구석들만 빼면 사실 저에게는 한없이 잘해 주었지요. 퇴근해서 제가 조금이라도 피로해 보이면 만사를 제쳐 두고 뭉쳐 두었던 빨랫감을 찾아내 세탁기를 돌리고 설거지까지 했어요. 밤이면 자다가도 깨서 아이 이불이며 제 이불까지 다독다독 챙기는 손길을 느끼기도 했지요. 당신도 알겠지만 그이, 사람들과 싸우는 걸 본 적이 한 번도 없는 것 같아요. 누가 시비를 걸어도 슬쩍 웃어 버리면서 금방 상대방의 마음을 풀어 주는 능력은 탁월했으니까요. 그 다정함 때문에, 그 섬세한 숨결 때문에, 춤이라도 출라치면 어디서 솟아나는지 끈적한 신명이 흘러나오는 그 끼 때문에 대학 시절에 그이에게 그렇게 빠졌던 모양이에요.」

선배의 춤사위는 끈적거리는 신명이 일품이었다. 어디서 그런 한이 배어 나오는지 선배의 움직임에는 타고난 흥과 설움이 배어 있었다. 그는 그런 선배의 춤을 보면서 사실 강한 질투를 느끼곤 했다. 그것은 가슴 밑뿌리에서부터 은주와 선배가 서로 통할 수밖에 없는 공통된 끼에 대한 부러움이었다.

「한번은 그이 대신 제가 이불을 여며 준 적이 있지요. 잠들어 있는 그이 모습은 처음 본 듯한 착각이 일 정도였어요. 꿈속에 들어가 있을 그이 얼굴은 세상의 쓸쓸함이란 혼자 다 쓸어안고 있는 듯한 표정이더군요. 한편으론 섬뜩하기도 하고 뭔가 모를 아픔 같은 것이 명치 끝을 꼭 누르는 느낌이었어요. 그이가 나에게조차 숨긴 무언가가 있었을지도 모르지요. 그이가 죽고 난 뒤 그런 심증이 더 굳어지더군요. 형은 그이의 친한 후배였으니 내가 모르는 정보를 가지고 있을지도 모른다는 생각이 들어서 사실은 그이가 죽은 뒤 한번 만나 보고 싶었는데, 뜻대로 되지 않더군요. 어쨌든 죽은 사람 곁에서 떠나고 싶었어요. 먼 훗날 그를 편안한 마음으로 추억할 수 있기 위해서라도 우선 살고 봐야겠다는 생각이 절절했으

172

니까요. 일부러 친구들도 만나러 다녔고, 일을 가지면 그 속에 파묻혀 많은 생각들을 접을 수 있을 것 같아서 애니메이션 회사도 나갔던 거구요. 그러다 그 남자와 잠자리를 같이하게 되었고 결국 동거까지 했지만, 역시 성급한 몸부림이었나 봐요. 차라리 지금은 마음이 편해요.」

은주는 승규가 그 시절에 느꼈던 아픔을 잘 모를 것이다. 그네는 그저 가장 편한 선배 중의 하나로 그를 대했다. 은주는 지친 목소리로 힘들게 이야기를 이어 갔다.

「그런데 문제는 아이거든요. 아이라도 이제는 제가 데려다 키우면서 마음을 비우고 살고 싶은데, 시댁의 반대는 그렇다 치더라도 정작 아이 자신이 엄마를 이상한 외계인 취급을 한단 말이에요. 어쩌면 좋지요?」

은주는 작심을 한 것처럼 오랜만에 만난 그를 향해 하소연하듯 속내를 토해 냈다. 식어 가는 밥에는 손도 대지 않고 빈속에 들이부은 소주 때문이었는지도 모른다.


「뭐하고 있어요? 빨리 나오지 않고!」

어느 틈에 춤추는 무리 속으로 나갔는지 은주가 소리친다. 플로어에서 신시사이저의 날카로운 전자 음향에 정신없이 춤을 추던 여자는 연신 그를 향해 손짓한다. 그도 무리 속으로 천천히 발걸음을 옮긴다. 파마 머리에 다크블루의 치마를 입은 은주는 지하에 들어서면서 빨간 스카프를 풀어 냈다. 지금 플로어에서 무리에 뒤섞여 미친 듯이 고갯짓을 해대는 그네의 상의는 형광빛으로 빛나는 하얀 티셔츠 차림이다. 20대 초반의 무리 속에서 은주는 금방 눈에 띈다. 날비린내가 풍기는 듯한 무리들은 대부분 이제 청춘을 시작하는 군상인데 비해 은주의 얼굴은 삶의 깊은 막장에서 막 올라온 지친 표정이다. 누가 보더라도 은주는 30대 후반의, 아이는 두셋쯤 두었을 법한 자태다. 그네의 춤은 무리들에 비해 세련되지 못하다. 새처럼 양팔을 벌려 나는 몸짓을 하거나 고전 무용을 하듯 무릎 관절을 유연하게 위아래로 구부린다. 은주는 팔을 벌리고 헤집고 다니며 시비를 걸듯 다른 이들의 몸을 스친다. 주변을 의식하지 않는 춤꾼들이지만 그네의 팔이 그들의 몸에 닿을 때마다 짜증스러운 표정들이 스쳐 간다. 자신의 파트너의 얼굴이 일그러지자 한 남자가 팔을 벌리고 무대를 휘젓고 다니는 은주를 슬쩍 밀어 버린다. 은주는 잠시 동작을 멈추고 그 남자를 뚫어지게 바라보다가 가슴을 앞으로 내민 채 남자를 향해 돌진한다. 그 쌍은 어이가 없다는 듯이 그네를 쳐다보다가 플로어를 내려가 버린다. 플로어가 어수선해지자 춤을 추던 이들이 하나 둘 객석으로 사라진다. 이제 무대에는 은주와 두서너 명의 춤꾼이 남아 있을 뿐이다. T자와 V자를 빨간 야구 모자에 달고 다니는 사내가 플로어에 올라와 그네를 주방 쪽으로 잡아끈다. 은주는 강하게 저항하며 남자의 야구 모자를 벗겨 버린다. 심상치 않은 분위기를 눈치 챈 디제이 박스 쪽 사내가 시디를 갈아 끼우다가 그들을 바라본다. 갑자기 음악이 멎는다. 홀 안은 정적 속에 주황과 빨강 빛만이 명멸하고 검은 얼굴과 하얀 이빨들이 무대를 바라보고 있다. 객석 뒤쪽의 문이 열리더니 건장한 사내 세 명이 달려나와 은주를 출입구 쪽으로 떠밀고 간다. 승규는 그제야 그들 뒤를 따라가 여자의 어깨를 잡고 객석 쪽으로 데리고 간다. 다시 음악이 쏟아지기 시작한다.

선배는 어이없게도 교통사고로 죽었다. 석고상같이 흰 얼굴을 지녔던 선배는 술을 마시면 마실수록 얼굴은 더욱 하얘졌고 목소리는

174

낮아지던 사람이었다. 어린 시절 청계천변에 살던 선배는 한창 복개 공사가 진행되던 그 개천에서 버려진 갓난아기들이 울고 있는 것을 본 적이 있다고 어떤 술자리에서 거의 들릴 듯 말 듯한 목소리로 말 한 적이 있다. 아버지는 일찍이 생을 포기한 듯이 집 안에만 틀어박 혀서 살았고 어머니가 행상을 다니며 형제를 키웠다고 했다. 선배는 대학을 졸업하고 대기업에서 설계 파트 일을 맡고 있었다. 선배는 유능한 편이었지만 술만 마시면 다음날에는 으레 오후에 출근을 한 다든지 아예 결근을 해버리는 통에 회사에서는 집으로 불이 나게 전 화를 해대기 일쑤였다. 언젠가 그는 선배와 더불어 밤늦게까지 술을 마신 적이 있었다. 그날도 예외 없이 선배는 술이 들어갈수록 목소 리가 낮아지고 있었다. 석고상 같은 하얀 얼굴에는 아무리 술을 마 셔도 불콰한 기운이 결코 스며드는 법이 없었다. 목소리가 한없이 낮아지다가 거의 웅얼거리는 수준에 이르렀는가 싶더니 그날 선배 는 그대로 고꾸라지고 말았다. 그가 선배를 들쳐업고 서지 않는 택 시들을 불러 대다 겨우 전철이 다니는 철길 옆 선배 집까지 끌고 갔 을 때 은주를 오랜만에 보았다. 그네는 무척 지친 표정이었다. 은주 는 그에게 고맙다는 말 한마디 없이 선배를 방 안으로 들이고 문을 닫아 버렸다. 승규 또한 은주를 기억 속에서 지운 지 오래였지만 은 주의 쌀쌀하고 지친 모습은 새삼스럽게 그의 아문 생채기를 떼어 내 피가 흐르게 했던 것 같다. 그때 선배가 끝까지 은주에게 감추려 했 던 비밀을 털어놓았어야 했다. 선배가 대학에 들어와 술을 배운 이 후로 그토록 술에 탐닉했던 정서의 뿌리를 아는 사람은 승규뿐이었 다. 선배는 술에 취해 울다가 우연히 그 이야기를 발설한 뒤로 그에 게 무덤까지 입을 다물어 달라고 신신당부를 했었다.

선배가 인사불성인 채 택시에 실려 가는 일은 한두 번이 아니었다. 선배는 술버릇만 아니라면 회사에서 아주 빼어난 일꾼이었다. 승진 심사 토의가 열렸을 때 선배를 승진시킬 것인가 말 것인가를 두고 간부들끼리 격론이 벌어진 적도 있었다. 근무 태만을 문제 삼는 이들은 완강하게 승진을 반대했고 선배의 독창적인 설계 능력을 높이 산 쪽에서는 그 정도의 근태는 접어 두어도 좋다고 변호했다. 선배는 결국 승진했다. 하지만 선배가 술에 탐닉하는 습관은 달라지지 않았다. 그의 주변 친구들은 선배가 그렇게 술을 마시다가는 언젠가 길거리에서 횡액을 당할지도 모른다고 걱정했었다. 어이없게도 길거리에서 변을 당한 것이 아니라 선배는 정작 후배가 운전하던 차에 탔다가 일을 당했다. 그것으로 끝이었다. 개척 교회 야학을 마치고 돌아오던 길에 마주 오던 차가 중앙선을 넘어 후배의 차를 들이받는 바람에 이승을 떠난 것이다. 운전을 했던 후배는 물론이고 뒷자리에 탔던 이들도 모두 무사했는데 앞자리 조수석에 앉았던 선배만 아무런 외상도 없이 잠자듯이 죽어 있었다. 뇌출혈이었다. 선배에게는 태어난 지 6개월 된 아들이 하나 있었고 은주는 1년만 지나면 30대에 접어들 무렵이었다. 선배는 경기도 용인 부근의 공원묘지에 잠들었다. 선배의 일주기를 맞았을 때, 그는 대학 후배들과 소주잔을 들고 묘지를 찾아갔다. 그때 은주는 그곳에 나타나지 않았다. 세월이 흘렀다. 선배는 평소의 조용한 품성처럼 주변에서 조용히 잊혀져 갔다.

춤추기도 지쳤는지 제각각 의자에 걸쳐 놓았던 겉옷을 걸친 한 그룹이 플로어를 가로질러 나간다. 그렇지만 시간이 흐를수록 퇴장하는 무리보다는 입장하는 사람들이 더 많다. 플로어는 항상 제 수위를 유지하는 댐처럼 사람들로 가득 차 있다. 옆자리의 남녀는 앉은 채로 음악에 맞춰 몸을 흔들면서 서로 얼굴을 가까이 가져간다. 춤 동작만큼이나 자연스럽게 서로 슬쩍슬쩍 입을 맞춘다. 입술끼리 닿았다가 떨어지기도 하고 볼끼리 부딪치기도 한다. 다른 사람들의 시선은 전혀 의식하지 않는다. 하긴, 그가 아니라면 그들의 몸짓에 신경을 쓰는 사람은 이 공간에 아무도 없을 것 같다. 너무나 자연스러운 동작이어서 외국 영화 속에 그대로 들어와 앉아 있는 느낌이다. 같은 일행인 듯한 한 여자가 입술을 맞추는 남녀 주변을 맴돌며 춤을 춘다. 서로 즐기는 듯한 태도다. 맴을 도는 여자는 남자 쪽에 연신 눈짓을 한다. 여자는 일부러 슬쩍 남자 등에다 자신의 젖가슴을 부딪치기도 한다. 남자가 춤을 추는 여자에게 눈을 맞춘 뒤 웃어 보인다. 두 여자는 남자를 차지하기 위해 눈에 보이지 않는 싸움을 하는 것 같다. 입술을 맞추던 여자는 비교적 소극적인 데 비해 그들을 유인해 낸 여자는 남자에게 보다 적극적이다. 남자를 향해 요란한 몸짓을 보인다. 다른 여자가 남자 앞으로 와서 춤을 출라치면 여자는 금세 그 사이를 비집고 들어가 남자를 향해 허리를 흔들어 댄다. 젊은 패거리들의 몸놀림이 지난날 선배와 은주 사이에서 승규가 느꼈던 미묘한 감정들을 되살려 낸다.

땀 냄새 풀풀 흘리면서 아직 열기가 식지 않은 몸들이 어두운 지하실로 몰려들었다. 지하의 넓은 홀은 벌써 탁자와 의자들이 한쪽 구석으로 모두 치워지고 가운데는 텅 비었다. 여기저기서 밝게 속삭이는 목소리들이 들려왔다. 사람들이 지하실을 어느 정도 가득 채우자 갑자기 불이 모두 나가 버렸다. 누가 준비했는지 홀 중앙에는 촛불 두 개가 나란히 일렁이고 있었다. 촛불 옆에는 의자 하나가 놓여 있고 어디선가 낯이 익은 사내가 기타를 비스듬히 허벅지와 옆구리에 의지해 낮은 단음을 퉁겨내기 시작한다. 우리들 만난 곳 뜨거운 갈망의 땅 너무도 긴 세월 그리움에 목마른 날들 동천의 새처럼 혹은 이슬처럼 우리들의 사랑 어둠 속에 피어난 꽃 하여 모진 비바람 속에도 새로 열리는 땅에 마침내 새벽을 피우니 사랑의 꽃이여. 사내의 노래가 끝나자 어둠 속에서 한 여인이 가운데로 걸어 나온다. 단발머리, 짙고 가는 눈썹, 검은 눈동자, 하얀 티를 입었고 검정 치마는 짧다. 두 손을 가슴 아래로 맞잡고 눈빛은 검은 허공을 향한 채 여인이 곧은 자세로 서서 노래를 부르기 시작한다. 한밤의 꿈은 아니리 오랜 고통 다한 후에 내 형제 빛나는 두 눈에 뜨거운 눈물들 한 줄기 강물로 흘러 고된 땀방울 흘러 그 맑은 평화의 바다에 정의의 물결 넘치는 곳 그날이 오면 그날이 오면 내 형제 그리운 얼굴들 그 아픈 추억도 아 짧았던 내 젊음도 헛된 꿈이 아니었으리. 여인의 애절한 목소리에 실린 노래가 사내의 기타 반주에 맞추어 끝나는가 싶더니 촛불마저 꺼져 버렸다. 어둠 속에서 대금 소리가 흐르기 시작한다. 또 한 사내의 목소리가 탁한 음색으로 어둠을 장악한다. 남도에 내리는 비 눈물 되어 흐르고 가슴속에 부는 바람 미어지는 그리움이네 살아서 모진 목숨 죽어서 그리운 님 오뉴월 땡볕에나 망월동 눈 속에도 가슴속에 바람 금남로에 내리는 비. 흐느끼는 듯한 아쟁 소리가 긴 여운을 남기며 사라지자 꽹과리 소리가 낮게 사위를 두드리기 시작한다. 진진진 재재잰, 진지 잰잰 재잰 진진⋯⋯. 북소리가 낮게, 조심스럽게 합세한다. 한구석에선 장구가 천천히 중모리 장단으로 참여한다. 북 서너 개와 장구가 같이 들어온다. 불이 켜진다. 상쇠를 필두로 패거리들이 나와서 경중거리며 지하를 뒤덮는다. 광주항쟁 이후 극도로 살벌하던 캠퍼스에 군사 정권이 유화책을 발동해 어느 정도 학내 공연 동아리들의 활동에 숨통을 열어 주던 때였

178

다. 모처럼 열린 손바닥만 한 합법 공간을 활용해 그들은 항쟁의 희생자들을 추모하는 대규모 노제를 준비하는 중이었다.

「오늘 여러분 공연 동아리들이 한자리에 모인 단합 대회는 어느 때보다 보기 좋았습니다. 그렇듯 모두 한마음으로 몸과 마음을 부대끼는 게 쉽지 않은 일이긴 하지만 오늘만큼은 여러분들 모두 딴따라의 신명을 제대로 보여 준 날이 아니었나 싶습니다. 시대가 어렵고 모든 이들이 우리들만큼 행복하진 못하겠지만, 그런 만큼 우리 딴따라들의 신명은 더 높고 깊이 열려야 합니다. 오늘은 우리 모두의 새로운 다짐을 기약하는 날입니다. 우리들의 따뜻한 마음을 오늘 이 자리에 마음껏 풀어놓고 다가올 날들을 기약합시다. 어쩌면 오늘이 이런 합법적인 모임을 가지는 마지막 날이 될 수도 있습니다. 자, 그럼 각 딴따라 단체별로 장기 자랑을 준비해 주시기 바랍니다.」

좌중의 한 사람이 일어나서 인사말을 마치자 실내가 환해진다. 주인집 할머니가 여기저기 막걸리를 나르기 시작한다. 패거리들 중 일부도 일어나서 할머니를 도와 감자탕을 나른다. 자자, 우리 모두 한 잔씩 일제히 건배합시다. 우리 딴따라들의 영원한 단결을 위하여! 코밑과 턱에 무성하게 자란 수염을 밀지 않고 그대로 둔 선배가 큰 소리로 건배를 제안한다. 승규는 그때 입구 계단 쪽에 앉아 있었다. 은주의 움직임만이 그의 눈에 들어왔을 뿐 다른 이들의 몸짓은 안중에 없었다.

그날 그 지하 술집의 뒤풀이 이후로, 아니 보다 정확하게는 환상적인 학춤이 뒤풀이의 절정을 이룬 이후로, 선배와 은주는 가까운 사이가 되었다. 승규는 플로어의 젊은 여자처럼 그렇게 은주에게 적극적으로 다가서진 못했다. 그는 그네 주변에서 얼굴만이라도 바라보는 것이 낙이었다. 어쩌다 서클 룸에 들어서는 은주에게 다가가 점심이라도 같이 먹자고 청하는 날이 있었지만 그네는 내내 선배 곁을 떠나지 않았다. 그가 은주를 유일하게 소유하는 날은 공연이 열릴 때거나 위령제 춤판 같은 곳에서였다. 여고 시절 고전 무용을 배웠던 은주는 동아리에 들어오자마자 단연 돋보이는 존재였다. 그네가 어린 시절부터 몸에 익힌 춤사위는 시대의 황량함에 맞게 조율돼, 많은 이들의 가슴속에 잠복한 불씨들을 발화시키는 힘을 발휘했다. 승규는 1학년 때부터 강습에 열심히 참가한 덕분에 민요와 무가 등 속을 동아리에서 제일 잘 부르는 축에 속했다. 은주가 춤을 추기 위해서는 그의 소리가 필요했다. 지방에서 공연을 하거나 위령제 추모판이 벌어질 때마다 은주와 승규는 단짝을 이루어 다니곤 했다. 언젠가 부산 쪽으로 공연을 갔을 때 후배들이 먼저 올라가고 그들은 지역 연행패들과 합류한 적이 있다.

「우리, 그냥 이렇게 서울 올라가지 말고 같이 살면 안 될까?」

은주와 바닷가에 나가 한가한 시간을 보낼 때 승규는 은주에게 자신의 감정을 어렵게 털어놓았다.

「형, 그러지 말아요. 저는 임자가 있는 몸이에요.」

은주는 볼에 보조개가 파이는 고혹적인 미소를 띠며 그의 말을 농담처럼 받아넘겼다. 그가 그때 은주를 막무가내로 껴안아 입술을 훔친 것은 어쩌면 그네에게는 폭력이었을지도 모른다. 은주는 슬픈 눈빛으로 그를 바라보며 조용히 일어나 먼저 숙소로 들어가 버렸다. 승규는 은주가 졸업하고 선배와 결혼식을 올릴 때까지 그 이상 적극적인 표현은 하지 못했다. 은주 또한 아무 일도 없었다는 듯이 많은 춤판을 그와 함께 돌아다녔고 이전처럼 편안하게 그를 대했다. 승규는 진심으로 그네가 행복하게 살기를 바랐다. 그러나 은주는 결국

180

이렇게 표류하는 난민이 되어 나타난 것이다.

갑자기 실내가 웅성거리기 시작한다. 앉아 있던 이들이 모두 일어
서서 깔깔거리며 서로 어깨를 치거나 잇몸까지 드러낸 채 환하게 웃
고 있다. 그들은 좁은 플로어로 나간다. 음악은 플로어를 들썩이기
시작하고 사람들은 서로서로 몸을 부딪치며 광란의 춤을 추기 시작
한다. 음악에 맞추어 조금이라도 움직일라치면 서로의 엉덩이와 가
슴과 머리가 부딪친다. 록카페가 문을 닫기 전에 마지막으로 치르는
축제 같은 시간인 모양이다.

승규와 은주에게도 저와 비슷한 때들이 있었다. 지금 저들이 아무
런 목적 없이 흥을 돋우고 스트레스를 풀기 위해 집단적으로 흔드는
것이라면 그때 그들이 추었던 춤은 죽음에 저항하는 생명의 춤이요,
신명의 춤이었다고나 할까. 지금도 그에게는 그날의 춤사위들이 선
명하게 떠오른다. 학내에서조차 모든 옥외 행사가 금지되고 매번 학
생들을 가장 많이 끌어 모으던 노래패의 공연이 금지를 당했을 때였
다. 그때 그가 몸담고 있던 노래패가 그 공백을 메웠다. 노래라고는
하지만 학교 당국의 판단 기준으로 보면 덜 선동적인 민요 중심의
전통 놀이패였다. 공연 제목은 '익산 들노래 발표회'였다. 노동요를
중심으로 그들이 현장에서 채집해 온 민요들을 부르는 자리였던 것
이다. 익산 지역뿐만 아니라 그동안 여러 지방에서 채록된 노래들을
포함해, 일하는 이들의 신명을 가장 잘 담고 있는 노래들을 선곡했
다. 그는 이 공연을 위해 며칠 밤을 뜬눈으로 새우다시피 했다. 공연
전체의 분위기를 적절하게 통제하기 위해 느린 노래, 빠른 노래, 신
명이 앞서는 노래, 한이 눅진하게 배어 나는 노래 들을 적절하게 배
열하고 후배들과 더불어 어스름이 깔릴 때까지 서클 룸과 잔디밭에

서 연습을 했다. 공연은 대성황이었다. 억눌린 감정을 적절하게 분출할 창구를 찾지 못하던 학생들은 학생 회관 라운지로 대거 몰려들었다. 서양식 무대에 길들여져 있는 요즘 대중들은 공연장에서도 그냥 가만히 앉아서 감상하는 데 그치지만, 우리 민속 예술은 함께 참여하는 데 그 묘미와 신명이 있었다. 공연 말미에는 관객과 공연자들이 모두 어울려 마구잡이춤을 추기 시작했다. 학생 회관 2층 라운지가 금방이라도 무너질 것처럼 출렁거렸다. 놀란 수위와 경비들이 허겁지겁 달려와 학생 회관이 무너진다고 소리소리 질렀다. 아닌 게 아니라, 그대로 계속했다면 건물을 지탱하는 시멘트 속의 철근들이 모두 휘거나 끊어져 버렸을지도 모를 일이었다.

　록카페의 손님들이 우르르 나가 마지막 춤을 추고 약속이나 한 듯 다시 제자리로 돌아와 플로어가 텅 비게 되자 음악이 뚝 끊어진다. 사람들이 자리로 돌아와 주섬주섬 소지품들을 챙긴 뒤 지하 방공호에서 공습 해제 사이렌을 들은 것처럼 줄지어 좁은 문을 향해 서서히 빠져나가기 시작한다. 은주는 아직 일어설 생각이 없는 모양이다.

「제가 춤을 출 때마다 형이 해주던 구음 시나위는 지금도 잊을 수가 없어요. 간혹 형보다도 형의 그 산발한 듯한 목소리가 미치도록 그리운 적도 있어요. 저는 춤을 추고 싶었어요. 춤을 출 때만은 모든 것을 잊을 수 있었지요. 어울리지 않지만, 오늘 이 록카페에 오고 싶었던 것도 그 때문이에요. 저 혼자 가끔 이곳에 온답니다. 머릿속이 형편없이 헝클어졌을 때, 제가 만든 시안이 납품업체에서 거부당했을 때, 부장이 특별한 이유도 없이 담배를 뻑뻑 피워대며 다리는 책상 위에 올려놓은 채 거만하게 직원들을 닦달할 때, 그런 날 저녁이면 저 혼자 이곳에 와서 맥주 한 병 마시면서 춤을 춰요. 비록 형이 흘려 내던 구음은 없지만, 살풀이는 아니지만, 지금 이곳의 젊음들과 몸으로 같이 부대끼다 보면 아주 많은 이야기를 토해 낸 듯한 느낌이에요. 통곡을 하고 난 뒤의 후련함이라고나 할까요?」

「이제 그만 나가지. 벌써 이곳에서는 늙은이가 돼버린 것 같아. 애들이 흘끗흘끗 쳐다보는 것 안 봤어? 아까 은주가 플로어에서 소동을 벌일 때만 해도 외계인 보듯이 황당한 표정들이던데…….」

은주를 일으켜 세우려 하자 그네는 막무가내로 끝까지 이야기를 계속할 듯한 태세다. 낮에 마신 소주 기운이 조금씩 떨어지자 은주는 줄기차게 맥주를 들이마시는 중이다.

「형, 그거 알아요? 그런 남들 눈치 보는 소심함 때문에 제가 지금이렇게 표류하고 있다는 거. 우리가 그이랑 '목신의 오후'에서 같이 차를 마시며 나누던 이야기들 기억나요? 형은 으레 그이와 내가 함께하는 자리에는 같이 끼곤 했지요. 당시로서는 너무 자연스러웠어요. 형이나 나나 적어도 공식적으로는 그이의 후배들이었기 때문이죠. 그이 또한 형을 좋아했구요. 정말 사심 없는 사람이었어요. 언젠가 제가 술을 못 이겨 구토하고 있을 때, 그이는 이미취해서 집에 가고 난 뒤였죠. 그때 형이 제 등을 토닥거리고 손수건을 꺼내 입술을 훔쳐 주며 말했죠. 제가 행복했으면 좋겠다구요. 형 눈에는 이미 예견된 불행이 보였던 건가요? 그이는 공교롭게도 그 다음날 전단을 뿌리러 종로에 나갔다가 경찰에 연행돼 한달 이상이나 만날 수 없었어요. 훈방 처리돼 나온 게 한 달이나 걸릴 정도였으니 그때 상황이란 얼마나 살벌했던가요? 그 이후로 그이는 술만 마시면 더욱 목소리가 낮아지더군요. 그이가 나오고난 뒤 이미 학교를 떠나 공장에서 활동하던 다른 동아리 선배가구속돼 내출혈로 죽은 사건 기억나시죠? 그이는 그 뒤로 더 심하게 술에 빠져 든 것 같아요. 그이가 망가져 가는 것을 그때부터 느꼈던 것 같아요. 그때야말로 그이에게는 내가 필요한 시점이었어요. 학교 앞 사거리에서 분신자살한 학형의 위령제를 지내기 위해 밤새도록 교문 앞에서 대치했던 일 기억나요? 그때 우리는 사거리까지 나가지 못한 채 결국 교문 앞에서 횃불을 밝혀 놓고 위령제를 지냈지요. 그때도 형은 구음과 상엿소리로 내 춤사위를 부추겼고 나는 내 영혼을 비워 둔 채 고통 속에 죽어 간 그 학형의 온몸을 받아들였어요. 위령제가 끝난 뒤, 미친 듯이 춤을 추고 난 제 영혼이 이성적인 자리로 다시 찾아들기 전에, 그때 형이 저를 껴안았다면 저는 형의 영혼으로 채워졌을 거예요. 하지만 그이는 이미 저 없이는 살 수 없는 소극적이고 소심한, 비루하게 떨고 있는 영혼이었고 형은 그저 멀리서 노래나 부르는 방관자였지요.」

이미 텅 비어 버린 록카페에서 쫓겨나다시피 지상으로 올라온다. 은주의 걸음은 약간 위태롭다. 반듯이 걷기 위해 애를 쓰는 모습이 애처롭다. 몇 걸음 제대로 걷다가 이내 옆으로 흔들거리곤 한다. 밤거리는 가끔씩 쓰레기통 사이를 뛰어다니는 도둑고양이들의 소음과 한두 대씩 과속으로 질주하는 자동차들의 굉음만 아니라면 비교적 조용한 편이다. 싸늘한 새벽 공기 속에 맑은 정신이 돌아온 승규는 은주 뒤를 묵묵히 따라가면서 깊은 생각에 젖어 든다. 승규는 두어 발짝쯤 앞서 가던 은주를 불러 세운다. 그네가 멈춰 서서 뒤를 돌아본다.
　「우리 저기에 좀 앉았다 가지.」
　승규가 가리키는 방향에 유료 주차장 팻말이 서 있다. 주차장은 텅 비어 있다. 입구에 있는 관리인용 가건물도 문이 닫혀 있다. 주차

184

장 담 밑에 폐차에서 떼어 낸 승용차용 소파들이 널려 있다. 승규와 은주는 나란히 버려진 소파에 앉는다.

「선배가 왜 그렇게 술에 탐닉했는지 오늘은 은주에게 말해도 될 것 같아. 선배가 그 이야기만큼은 누구에게도, 특히 은주 너에게 하지 말라고 신신당부를 했었지만 이제는 털어놓아도 될 것 같다. 내가 일학년 때 소리를 배울 때였어. 테이프를 듣고 배운 〈부모은 중가〉를 불렀더니 그날 선배가 하염없이 눈물을 흘리는 거야. 연습을 마치고 선배만 데리고 학교 앞 술집에 갔어. 그때 선배는 술에 엉망이 되어 통제력을 상실한 채 한 이야기였지만 나로서는 충격적이더라. 병리학적으로는 간단히 알코올 중독으로 설명할 수 있지만 선배에겐 타고난 중독성 병인이 있었어. 그런 사람은 애당초 이 땅을 떠나서 살아야 했을지도 몰라. 선배는 엄밀하게 따지자면 고아였어.」

머리를 무릎 사이에 파묻고 조용히 승규의 이야기를 듣고 있던 은주가 얼굴을 들고 빤히 쳐다본다.

「어린 시절 청계천변에서 울고 있는 아이들을 보았다는 말, 은주도 선배에게서 들어 본 적이 있다고 했지? 정작 선배야말로 그 하수에서 건져 온 아이였어. 농담을 한다구? 그래, 농담이라면 얼마나 좋았을까. 선배에게 아버지는 분명히 있지만 생모는 얼굴조차 본 적이 없어. 술만 마시면 나직이 속삭이는 말투로 말을 하더군. 아버지를 용서하기 힘들다구. 선배 아버지는 자유당 시절 경찰이었을 때 축첩을 했던 모양이야. 어쭙잖은 권력으로 우격다짐하듯 빼앗은 양갓집 처자 하나를 덤으로 데리고 살았어. 그 처자에게서 나온 아이가 바로 선배였어. 선배의 생모는 아이를 낳은 지 얼마 안 돼 세상을 떴다는 거야. 선배는 그 경찰 아버지의 막내둥이로 입적이 됐지.」

은주의 눈에서 하염없이 눈물이 흘러내리기 시작한다. 은주는 승규의 가슴팍을 치며 외마디 비명을 지르듯 소리친다.

「왜, 그 이야기를 이제서야 하는 거예요? 왜! 형, 차마 이 이야기는 하고 싶지 않았는데…… 그때 그이가 경찰서에 한 달이나 갇혀 있을 때 시위를 조직하던 선배 이름을 불어 그 선배가 나중에 구속돼 죽었다는 거예요. 우리 아이가 나올 무렵 그이가 밤중에 자다가 헛소리를 하는 것을 듣고 잠결에 흔들어 깨운 적이 있어요. 그이가 잠에서 깨어난 뒤 벌떡 일어나더니 저에게 그런 고백을 하더군요. 그때 형의 태생만 알았어도 그렇게 모질게 몰아붙이지는 못했을 거예요. 형이 취한 그이를 데리고 왔을 때 형에게 고맙다는 인사도 못하고 문을 닫아 버렸던 때가 그때였어요. 그이에게 말했지요. 당신의 몸에는 더러운 피가 흐르고 있다고.」

승규는 그네의 어깨를 끌어안고 아이를 달래듯 등을 토닥거리며 잠시 침묵 속으로 잦아든다. 한참 동안이나 고개를 숙이고 있던 그는 다시 이야기를 이어 간다.

「그때 구속돼 죽은 형은 이미 수배 중이었어. 선배가 너무 과민했던 거야. 지레 자신을 배신자로 단죄한 것은 태생의 콤플렉스 때문이었을지도 모르지. 선배로서는 무덤까지 가지고 갈 생각이었어. 자신을 키워 준 어머니는 아버지와는 전혀 딴판으로 생모보다 더 헌신적인 사랑을 베풀어 주셨거든. 은주도 그 시어머니를 모셔 봐서 알 거야. 선배 아버지는 5·16 이후 부패 경찰로 몰려 쫓겨나 술에 절어 살면서 무능력한 가장이 된 거고, 어머니는 행상에 나서서 동대문에 옷가게를 차릴 만큼 생활력을 갖추게 된 거지. 선배가 대학 시절에 누구보다 시대 상황에 절망하고 분노하면서도 정작 목소리는 높이지 못한 채 항상 낮게 익명으로 숨곤 했던 심리적 뿌리가 거기에 있었어. 하지만 선배는 은주도 알다시피 누구보다도 헌신적인 사람이었어. 시절이 변하면서 모두들 제 살길을 찾아 뿔뿔이 흩어졌을 때조차 선배는 회사에서 퇴근하면 개척 교회 야학을 꾸려 갔던 것 잘 알지? 은주가 옆에 없었으면 그나마 더 일찍 망가졌을지도 몰라. 서서히 술을 극복해 나가던 국면에 어이없는 사고로 선배는 은주 곁을 떠난 거야.」

은주는 승규의 무릎 위에 얼굴을 묻고 그의 바지가 축축해지도록 눈물을 쏟는다. 도둑고양이 한 마리가 담장 위에서 그들을 내려다본다. 승규는 그네가 진정될 때까지 가만히 기다린다.

「그이가 죽고 난 뒤 시어머니가 저에게 새 삶을 누리라고 거의 표독스럽게 강요할 때 저는 울면서 싫다고 매달렸어요. 그때 알 듯 말 듯한 말을 하더군요. 불운한 시절은 이제 이 정도면 족하다고. 당신이 참고 살아왔던 고통들이야 오죽했겠어요. 이제 알겠어요. 당신의 한을 저에게 물려주기 싫었던 거예요. 누구보다 정성스럽게 시어머니가 그이를 키운 건 저도 알아요. 하지만 태생의 중독성 바이러스는 당신도 다스려 줄 방법을 적절하게 찾지 못했던 모양이군요. 그래서…… 그래서 그랬군요. 미안하다고, 아가, 너에게 진심으로 미안하다고.」

정사각형의 주차장 담벽 너머로 서 있는 수은등이 흡사 마당을 밝히는 스포트라이트 같다. 은주가 천천히 주차장 한가운데로 비틀비틀 걸어 나간다. 그네는 먼 곳을 떠돌다가 돌아온 유랑 극단의 단원처럼 보인다. 담 너머의 가로등만 멍하니 바라보고 서 있는 모습은 구경꾼들을 의식하며 이제 막 음악이 시작되기를 기다리는 지친 집시의 모습이다. 승규와 은주가 수많은 추모 춤판을 돌아다니면서 치렀던 망자를 위한 굿판, 그 판이 시작되기 전에 은주는 저렇게 숨죽인 모습으로 서 있곤 했다. 승규는 심호흡을 한 번 한 뒤 바닥에 가부좌를 틀고 앉아 느린 진양조로 소리를 시작한다. 제혜 에 보살 제혜 에 보살이로구나 나무여 어 허어 허어 허어 허어 허 허어 허허어 허루구나 가나 나 나무 나무여 아미타불 이승길을 닦을라면 가래따부 길을 닦아 높은 데는 깎아 가고 깊은 데는 돌아가며 올라가신 구관사또 내려오신 신관사또 어사수사가 다니는 길 불쌍한 망제신은 이 세상을 다 못 살고 세왕 극락으로 천도를 허네. 그가 진도 상엿소리 시작 부분을 느리고 길게 뽑아내자 예전의 위령제 춤판에서처럼 은주는 손발의 모든 동작이 하나의 선으로 연결된 것처럼 천천히 살풀이를 추기 시작한다. 그네가 풀어야 할 매듭은 무엇일까. 죽은 선배가 타고난 불운을 내내 술로 달래다 조용히 가버린 게 분명 그네 탓은 아니지 않은가. 그네가 추는 춤은 어쩌다 시대의 난민이 돼버린 유랑자의 춤일 수도 있다. 나무야 나무야 나무나무 나무야 나무 아미타불로 길을 닦아 가세 동해로 뻗은 가지 북도보살 열리시고 남해로 뻗은 가지 화보살 열렸네 나무야 나무야 나무나무 나무야 나무 아미타불로 길을 닦아 가세 가네 가네 난 돌아 가는구나 황천길 가시는 길 난 돌아를 간다. 느린 진양조에서 조금 빠른 중모리 장단으로 몰아가기 시작하자 은주의 춤사위도 더불어 빨라진다. 뒤꿈치부터 앞부분으로 옮아 가는 발의 움직임은 조심스럽게 무언가를 밟지 않으려는 것처럼 섬세하다. 그런 동작 뒤에 수건을 뿌리듯 좌우치기를 하는 그네의 살풀이는 서러움을 지핀다.

가로등 아래 도심의 주차장. 이곳이 그들이 오랜만에 우연히 만나 판을 벌이는 유랑민의 무대인 셈이다. 그네는 주차장 양쪽 벽 사이를 베를 가르는 동작으로 왕복하며 양팔을 날개처럼 펼친 채 비틀비틀 걷기 시작한다. 망자의 영혼을 천도하는 기다란 광목을 그네는 지난 시절 무수히 갈랐다. 그네의 동선은 일직선이 아니다. 좌우로 흔들흔들 위태롭다. 승규는 일어나서 천천히 그네를 향해 다가간다. 선배의 혼을 그제야 편안하게 보내주기 위한 동작임을 그 또한 안다. 승규가 소리를 멈추고 금방 쓰러질 듯 위태로운 은주에게 다가가 껴안자 그네는 허물어지듯 주저앉는다. 은주의 긴 통곡 소리에 놀란 담장 위의 고양이가 골목 쪽으로 훌쩍 사라진다. 푸르스름한 새벽 하늘은 서서히 어둠의 휘장을 걷어 가는 중이다.

# 황색 오르페우스

소생이 연주하는 칠현금 소리를 들으면, 짐승들은
그 야성을 잃고 귀를 기울였고, 나무들은 그 가지를
소리가 나는 쪽으로 구부렸으며, 바위마저도 그 딱
딱한 성질을 누그러뜨리고 물러졌습니다. 살아 있
는 존재는 언젠가는 오게 마련인 이곳 저승의 신들
이여, 소생이 여기 온 것은 무한 지옥 타르타로스의
비밀을 알고자 한 것도 아니며, 갈기 하나하나가 뱀
인 저승의 개 케르베로스와 겨루기 위한 것도 아닙
니다. 가득 찬 공포와 어두움으로 제 발걸음을 이끈
것은 오로지 여기 어딘가에 있을 에우리디케뿐입니
다. 그녀는 천수를 다하고 이곳에 온 것이 아닙니
다. 오오, 저승의 신들이여, 우리의 사랑을 알진대
제 노래를 들으시고 부디 그 사랑을 끊지 마소서.

하늘은 짙푸르고 눈 아래로는 솜방석 같은 구름들이 웅성거리고 있다. 비행기의 규칙적인 엔진 소리를 배음으로 기내의 승객들은 대부분 모포 한 장을 배 위에 걸치고 잠이 들었다. 구름 위의 세상에는 비가 내리거나 눈이 날리는 법이 없다. 흐린 날도 없다. 언제나 한결같이 환한 미소만 짓는 천공이다. 비록 구름 아래 지상은 대기의 흐름에 따라 대지의 온도에 따라 시시각각 변덕을 부리는 곳이지만, 거세게 요동 치는 파도 아래 깊은 바닷속이 언제나 고요하듯 이곳 고공의 깊은 하늘도 적막할 뿐이다. 비행기는 지금 1만 미터 상공에서 시속 940 킬로미터로 날고 있고, 창밖은 투명하고 따뜻한 것처럼 보이지만 기실 영하 34도를 넘나드는 차가운 대기다. 잠이 오지 않는 승객 몇 명이 화면에서 저 혼자 움직이는 영상에 눈을 맞추고 있다. 승무원들이 돌아다니며 일일이 내려놓은 플라스틱 커튼을 몰래 살짝 들치고 그는 바깥에 시선을 두고 있다. 할 수만 있다면 저 바깥의 해방구로 살포시 내려서고 싶다. 내려서는 순간 딱딱한 냉동육으로 급랭돼서 천만길 지상으로 순식간에 추락한다 해도 어쩔 수 없는 일이다. 승무원에게 위스키를 청해 벌써 세 잔째 마셨다. 그가 앉아 있는 줄의 중간 벽 앞 통로 쪽에 앉아 있는 여자도 잠이 오지 않는 모양이다. 여자도 그가 위스키를 청하는 속도와 비슷하게 술을 시키고 있었다. 그 여자는 애써 잠을 청했다가도 몸을 간헐적으로 뒤척이다가 지금은 아예 모포를 거두고 반듯이 앉아서 화면을 응시하는 중이다.

수홍이 죽었다는 소식을 그녀에게 어떻게 전할까. 그녀에게 그 비극적인 쓸쓸함을 전달하기가 어려워서가 아니라 지금 그녀가 어디에 살고 있는지 알지 못하기 때문에 난감한 것이다. 파리로 사라졌던 수홍이 어렵사리 그곳에 적응해 보려 노력했지만 끝내 죽어 버렸다는 소식은 그녀에게는 필시 10여 년의 세월을 거꾸로 돌리는 충격일 것이다. 하지만 다른 누구보다도 그녀에게 먼저 그의 죽음을 알릴 필요가 있다. 수홍이 비록 그녀와 헤어진 지 꽤 세월이 흐른 뒤 죽음을 맞았다지만, 그 죽음의 씨앗을 잉태시킨 여자는 바로 그녀였기 때문이다. 무한대로 펼쳐진 하늘의 드넓은 공간을 마음대로 날아갈 수 있을 것 같은 비행기에도 엄격한 항로가 따로 존재한다. 조금만 각도를 잘못 입력해도 엉뚱한 곳으로 날아가서 다시는 돌아오지 못할 길로 가는 경우도 많다. 조종사들은 정해진 지점을 통과할 때마다 그들이 제대로 가고 있다는 사실을 입증하기 위해 수시로 위치를 보고하고 그 보고가 맞았는지 확인을 받아야만 한다. 하늘에도 길이 있는 것이다. 수홍과 그녀가 입력한 생의 각도는 누구에게 보고를 하고 회신을 받은 좌표였을까. 불행하게도 인생길에는 관제사가 없다. 사막처럼 황량하고 드넓은 길을 오로지 스스로 선택해서 가야만 한다. 수홍의 부음을 듣게 된 것은 엉뚱하게도 그네들과 아무런 상관도 없는 사람에게서였다.

베니스 비엔날레에 출품된 각국의 그림들은 그로서는 이해하기에 난해한 것들뿐이었다. 하기야, 이제 미술 바닥에 발을 들여놓은 지 얼마 안 되는 촌놈의 감각으로 그 추상적인 메시지들을 이해한다는 것은 처음부터 불가능한 노릇이었을 게다. 그렇지만 말로 명확하게 설명할 수는 없어도 무언가 다가오는 느낌 같은 것은 있었다. 그가 본격적으로 취재를 해야만 하는 한국관의 좁은 벽은 3인치짜리 손바닥 그림 수십 개로 채워져 있었다. 이 화가는 오기와 기개 하나만으로 뉴욕으로 건너가 온갖 궂은 일을 다 하면서, 출퇴근하는 지하철의 자투리 시간이 아까워 주머니에 넣고 다닐 수 있는 3인치의 손바

192

닥 회화를 창안했다. '오페라를 부르시는 부처님'이라는 표제를 붙이고 부처 형상을 비롯해 알 듯 모를 듯한 기원의 이미지를 담은 손바닥 그림들을 벽면에 가득 걸어 놓고 있었다. 한국관의 조형물들은 그래도 덜 난해한 편이었다. 수십 미터가 넘는 나무들이 도열한 카스텔로 공원의 다른 나라 전시관들에는 생의 난해한 암호를 풀기에 여념이 없는 듯한 장이들의 기발한 작품들이 줄을 잇고 있었다. 그 중에서도 넓은 홀 가운데에 물을 끼얹어도 꺼지지 않는 화톳불이 이글이글 타오르고, 그 주변을 발가벗은 여인 형상의 로봇들이 끽끽 소리를 내며 하염없이 돌아다니는 설치 미술은 그에게 머릿속에 불을 지르는 듯한 고통을 주었다. 그 로봇의 껵껵거림은 그가 한때 그의 블랙홀이라고 여겼던 그녀의 울음소리처럼 들렸다. 생각하지 않으려 하면 할수록 그녀의 얼굴은 물 위에 떨어진 푸른 잉크 방울처럼 빠른 속도로 그의 망막에 퍼져 버렸다. 그는 서둘러서 그 홀을 나왔다.

　이런저런 명분으로 벌써 베니스에만 네 번째 출장을 다녀오는 길이다. 매번 베니스에 들를 때마다 파리에 먼저 들렀다. 파리는 이제 한국의 삼천포보다 더 친근한 곳이다. 지금은 사천으로 지명이 바뀐 그 삼천포는 같은 땅에 살면서도 한 번도 가보지 못했다. 그렇지만 시베리아 상공을 가로질러 열세 시간이나 쉬지 않고 날아가야 하는 파리는 이제 그에겐 삼천포보다 가까운 곳이 돼버렸다. 파리는 매번 다른 이미지로 다가왔다. 처음에는 촌놈의 감상적인 취향을 적당히 자극했고, 두 번째 갔을 때는 서울에 두고 온 쓸쓸한 기억 때문에 마냥 힘들었을 따름이었다. 세 번째는 어린 집시에게 비행기 표를 소매치기당해 서울하고도 영등포쯤에서 봉변을 당한 느낌이었다. 하지만 이번은 달랐다. 역시 어느 도시를 막론하고 처음의 호기심이

가시고 나면 그곳에서 누구를 만나느냐에 따라 느낌이 확연히 달라지는 모양이다.

파리에 갈 때마다 같은 신문사의 특파원으로 근무하는 김 선배에게 연락하는 걸 의도적으로 피했었다. 특파원이라는 임무가 보통 고달픈 게 아니라는 걸 잘 알고 있었기 때문이었다. 본사에서는 매일 이런저런 기사를 지시하지, 파리에 오는 사람들은 모처럼 왔다는 명분을 앞세워 안내를 부탁하지, 사실 특파원이란 신문사의 특파된 가이드라 해도 과장된 말이 아니다. 모처럼 오는 이들이야 어쩌다 한 번이지만 그곳에 상주하는 사람에게는 일주일에 최소한 한 번씩은 치러야 하는 고역이었다. 어떤 특파원은 워싱턴에 온 회장님을 극진하게 모신 덕분에 성큼 부장으로 특진하기도 했다는 소문도 있었다. 그러니 소홀히 할 수도 없고 그렇다고 그 스트레스를 함부로 표현하기도 힘든 고역이 그놈의 가이드 역할인 것이다. 그런저런 사정을 누구보다 잘 알고 있는 그로서는 선배에게 민폐를 끼치고 싶지 않았다. 하지만 이번엔 그 선배가 먼저 베니스의 호텔까지 연락을 취했다. 어떻게 알았는지 카스텔로 공원의 베니스 비엔날레 행사장을 하루 종일 힘들게 헤매다 호텔로 돌아왔더니 팩스가 들어와 있었다.

'양동식 씨가 꼭 그대와 만나기를 희망한다. 야, 이 배라먹을 놈아, 그래 이렇게 생판 모르는 사람을 통해 니 소식을 들어야 되냐. 이번에 연락을 안 하면 너는 시러베아들놈이다! 파리에서 김근식.'

팩스는 그렇게 막말로 끝나 있었다. 양동식? 그가 어떻게 베니스 호텔의 연락처까지 확보할 수 있었을까. 그리고 무엇보다도 왜 그이가 그를 만나기를 원하는지 모를 일이었다. 그는 한국에서는 이미 유명해진 파리의 망명객이었다. 유신 정권 시절에 시국 사건에 연루돼 용공 분자로 몰리면서 파리에서 귀국하지 못하고 20여 년째 본의 아닌 유랑객이 된 사람이다. 그가 그간의 자신의 삶을 책으로 펴낸 것이 한국에서 베스트셀러가 돼버렸다. 책이 처음 출간됐을 시점에 그이의 책에 대한 기사를 출판면 톱으로 쓴 적이 있었다. 그이가 그 기사를 출판사가 보내 준 팩스를 통해 알고 있었던 모양이었다. 파리라는 곳이 주는 낭만적인 분위기에다 그이의 삶이 주는 순백의 진정성이 먼저 감동을 주었기에 한번 부닥쳐 본 기사였다. 그는 기사에서 망명객의 우수와 그이가 한국에서 체험했던 마로니에 공원의 낭만을 덧칠했을 뿐이다. 그이는 어쨌든 그 기사가 고마웠던 모양이다. 김 선배와 양동식 씨와 그는 파리의 호텔 커피숍에서 만났다. 김 선배가 먼저 와서 기다리고 있었다. 그가 나타나자 김 선배는 용수철처럼 튀어나와 그의 명치끝을 향해 주먹을 날리려다 그를 넘어뜨릴 듯이 끌어안고 볼에 키스 세례를 퍼부었다.

「야, 이 새끼야! 너 그렇게 매정할 수 있어, 이 좆만 한 놈아. 마누라 아새끼 모두 놔두고 혼자 유배돼 있는데 너 같은 놈이라도 여기까지 왔으면 꼭지가 돌도록 포도주 목욕이라도 해야 예의가 아니냐?」

양동식 씨는 한참이나 선배에게 시달리고 난 뒤에야 나타났다. 사진에서 보던 이미지와 크게 다르지 않았지만 왠지 사진보다는 더 초췌하고 쓸쓸해 보였던 게 사실이다. 양동식 씨는 자신이 가장 잘 안다는 정통 파리 스타일의 음식점으로 김 선배와 그를 데리고 갔다. 프랑스 음식이야 그는 전혀 모르는 상태였기에 양 선생이 시켜 주는 대로 묵묵히 먹어 보려 노력했지만 특별히 맛은 몰랐다. 그저 그이의 성의에 응답해 주는 차원으로 열심히 샐러드만 먹어 치웠다.

「어떻게 저라는 존재를 알았으며, 이곳에 왔는지는 또 어떻게 아셨길래 이렇게 황송한 자리를 만들어 주셨지요?」

그가 짐짓 겸손을 과장하며 시비를 걸자 양동식 씨는 계면쩍은 듯, 쓸쓸한 미소를 지으며 답했다.

「출판사에서 보내 준 기사를 오래전에 봤습니다. 마침 내가 잘 아는 화가가 한국에서 기자단이 온다고 하기에 무심코 당신 이야기를 했더니 반색을 하면서 알려 주더군요. 하지만 기자단이 머무는 숙소를 몰라서 특파원에게 어렵게 연락을 해봤지요. 당신은 출판 담당인 줄 알았더니 어느새 미술 쪽으로 발을 옮겼더라구요? 어쨌든 꼭 한 번 만나고 싶었습니다.」

양동식 씨는 서울에서 그가 기자단의 일행으로 왔다는 사실을 우연히 확인하고 꼭 그에게 저녁 한 끼를 대접하겠다고 마음먹었다고 했다. 20여 년 동안 조국에서의 청춘을 냉동시킨 채 가슴 한쪽에 부패시키지 않고 간직해 온 사람. 이미 조국의 사람들은 이런저런 곡절을 겪어 닳을 대로 닳았거나 변절했거나 세상과 적당히 타협하며 살아가는 이들이 태반일 터인데, 그는 아직 20여 년이란 세월의 무게를 체감하지 못하는 듯했다.

「파리라는 곳은 카페에 음악이 없더라구요. 누가 그러더군요. 한국처럼 다방이나 카페에서 주인장 마음대로 아무 음악이나 틀게 되면 취향이 제각각인 사람들에게는 서비스가 아니라 폭력이 될 수도 있다구요. 어디를 가야 샹송이라도 한 곡 들으면서 포도주를 음미할 수 있을까요?」

양동식 씨는 잠시 고개를 갸웃거리더니 자신도 그러고 보니 생음악이 나오는 카페를 본 적이 없다고 시인했다. 음식점에서 나와 양선생을 앞세우고 우리는 카페 골목을 걸어 다녔다. 아무래도 대학가 근처에 우리가 바라는 비슷한 공간이 있을 것 같다며 양 선생은 생미셸 거리의 소르본 대학 뒷골목 쪽으로 그들을 안내했다. 하지만 허사였다. 선 채로 호프를 마시는, 시끄러운 록 음악이 흘러나오는 곳을 하나 발견했을 뿐이었다. 록 음악이라도, 공간이 뭔가 음으로 가득 차면서 살아 있다는 것이 반가워서 그들은 아쉬운 대로 그 카페로 들어가기로 했다. 나이깨나 들어 보이는 동양 사내들이 들어서자 아르바이트 학생쯤으로 보이는 젊은 여자가 그들을 지하로 안내했다. 나선형의 좁은 계단을 내려가자 아늑한 동굴이 나타났다. 종유석들이 천장에 비죽비죽 솟아 있었다. 꽤 멋을 부린 인테리어가 돋보이는 그 지하 동굴에 손님이라고는 그들 일행 세 명이 전부였다. 동굴 앞쪽에 마련된 간이 무대에는 늙은 피아니스트가 앉아 피아노를 두드리고 있었다. 한국의 라이브 카페에 통기타 가수들이 나와 노래를 부른다면, 이곳은 삼류 피아니스트 오페라 가수들이 연주를 하는 모양이었다. 피아노를 치는 노인의 얼굴은 아인슈타인처럼 생겼고 머리칼은 온통 은발이었다. 연미복을 점잖게 차려입고 가벼운 피아노 곡들을 치는 품이 일견 경건해 보이기까지 했다. 적막한 홀에 손님이 들자 잠시 후 오크통처럼 옆구리가 튀어나온 뚱뚱한 여자 가수 하나가 걸어 나와 아리아를 부르기 시작했다. 그들은 억지 춘향이 격으로 노래가 끝날 때마다 박수를 치지 않을 수 없었다. 손님이 그들뿐이었으므로 그들마저 반응을 보이지 않는다면 무대 위의 쓸쓸한 삼류들이 너무 무안할 것이기 때문이었다.

　뚱보 여가수도 들어가고 홀쭉이 기타리스트 사내 한 명도 선을 보인 뒤 늙은 피아니스트가 다시 홀로 연주를 시작했다. 그는 적당히 오른 술기운을 파고드는 낯익은 가락에 피아니스트를 향해 고개를 돌렸다. 이제 기억도 아스라해지는, 집시처럼 떠돌던 젊은 시절에 그가 즐겨 부르곤 했던 러시아 민요의 한 가락이었다. 몇 명 안 되는 동양 사내들이 갑자기 반응을 보이기 시작하자 늙은 피아니스트는

연이어 러시아 민요를 두드리기 시작했다. 검은 눈동자 정열의 눈동자 불타는 눈동자 아름다워라 얼마나 당신을 사랑하는지 얼마나 당신을 무서워하는지…… 난 불행한 때에 당신을 만났어요 당신을 만나지 않았더라면 그렇게 괴롭지 않았을 것을…… 당신이 나를 망쳤어요 검은 눈동자……. 격정과 애조가 뒤섞인 러시아 집시들의 노래 〈검은 눈동자〉에 이어 연주된 곡은 그에게도 아주 낯이 익은 노래였다. 17세기 러시아 농민 반란군의 대장이었던 스텐카 라진을 기리는 그 민요는 대학 시절에 그들도 즐겨 부르던 노래였다. 넘쳐 넘쳐 흘러가는 볼가 강물 위로 스텐카 라진 배 위에서 노랫소리 들린다. 페르시아 영화의 꿈 다시 찾은 공주의……. 페르시아 원정에서 성공한 스텐카 라진이 페르시아 공작의 딸을 아내로 얻자 부하들 중에 불만을 갖는 자들이 생겨나는 바람에 스텐카 라진은 '대의를 위해' 페르시아 처녀를 볼가 강에 던져 버렸다. 불쾌해진 얼굴로 조용히 무대를 응시하던 양 선생이 그 노래를 따라부르기 시작했다. 이역 땅에 오랜 세월 유배됐던 그는 어느 순간 낮게, 아주 둔중한 목소리로, 느리고 습기 찬 목소리로, 결국 돈 강에서 붙잡혀 최후를 맞은 그 혁명가의 비가를 러시아 원어로 따라 부르고 있었다. 저음의 매혹적인 목소리…… 낡고 쓸쓸한, 습기가 촉촉하게 배어 있는 목청. 양 선생의 노래를 듣고 있던 그의 눈자위가 좁은 지하 동굴의 붉은 조명에 반사돼 번쩍거렸다. 이국 땅에서 듣는 추억의 노래여서 너무나 쉽게 감상적인 기분에 휩싸였던 모양이다. 노래가 끝난 뒤 그를 물끄러미 바라보던 양 선생이 불쑥 한마디를 던졌다.

「거 참, 러시아 노래 듣고 우는 사람 여기 또 하나 있네. 그 친구는 자신이 직접 노래를 부르면서도 곧잘 울었는데, 애석하게도 지난달에 저 세상으로 떠나 버렸어요.」

그가 쑥스러워서 얼른 눈물을 주먹으로 훔쳐 낸 뒤 그 죽은 사람에 대한 강한 호기심을 발동시켰다. 기자 근성은 아니었다. 젊은 날들에 간직했던 노래에 대한 추억이 사람에 대한 호기심으로 연결됐을 따름이다.

「외국에 살다 보면 쉽게 감상벽이 도지는 모양이지요? 근데 그 사람은 어떤 노래를 즐겨 불렀습니까?」

홀쭉이 기타리스트 사내가 다시 무대로 걸어 나와 피아니스트와 함께 〈헝가리 무곡〉을 연주하기 시작했다. 양 선생은 맛있는 음식을 음미하듯 턱을 괴고 위스키를 천천히 한 모금 털어 넣고 나서 잠시 침묵을 지켰다.

「그 친구, 한국에서 한때 노래운동패의 일원이었던 모양이에요. 전투적인 운동 가요는 물론이고 아주 서정적인 창작곡들을 자주 들려주곤 했지요. 그 친구는 선동적인 노래보다는 잔잔한 서정 가요가 더 어울리는 목소리를 가졌어요. 뒤늦게 환경운동에 투신해, 이곳에 유학 와서 술로 몸을 혹사시키다가 결국 간암으로 죽고 말았지만…….」

갑자기 머릿속의 혈관 하나가 과열된 전구의 필라멘트처럼 뜨거워졌다.

「그 친구…… 이름이 혹시 이수홍, 아닙니까?」

양 선생이 전해 준 바에 따르면 수홍은 5년째 박사 과정에 다니다가 끝내 술 때문에 세상을 버린 모양이었다. 그녀와 수홍이 헤어지리라곤 아무도 상상할 수 없을 정도로 다정한 커플이었고 뛰어난 듀엣이었다. 하지만 그녀가 노래를 버리고 난 뒤, 그 또한 종적을 감춰 버렸던 것이다. 그가 예전에 몸담았던 노래패에서 수홍과 그녀는 독보적인 존재였다. 그들이 아니었으면 그들의 노래패가 그 시절에 그토록 많은 인기를 끌지는 못했을 것이다. 대학가의 대동제 시즌이면 그들은 하루에도 서너 군데까지 전국의 대학들을 누볐고, 각종 노조의 집회에서 초청을 받는 단골 노래패였다. 노래극과 노래 강습, 콘서트 형태의 다양한 메뉴를 들고 그 행사장들을 누볐지만 항상 최고의 인기를 끈 것은 수홍과 그녀의 듀엣 곡들이었다. 수홍은 수많은 레퍼토리 중에서도 정희성 시인의 시 〈저문 강에 삽을 씻고〉를 가사로 삼은 노래를 가장 좋아했다. 그 노래의 은근하고 깊은 서정, 따뜻한 위로의 느낌은 그들이 아니면 제대로 표현하기 어려운 것이었다. 흐르는 것이 물뿐이랴 우리가 저와 같아서 강변에 나가 삽을 씻으며 거기 슬픔도 퍼다 버린다 일이 끝나 저물어 스스로 깊어 가는 강을 보며 쭈그려 앉아 담배나 피우고 나는 돌아갈 뿐이다 삽자루에 맡긴 한 생애가 이렇게 저물고 저물어서 샛강 바닥 썩은 물에 달이 뜨는구나 우리가 저와 같아서 흐르는 물에 삽을 씻고 먹을 것 없는 사람들의 마을로 다시 어두워 돌아가야 한다……. 특히 '샛강 바닥 썩은 물에 달이 뜨는구나'를 열창할 때 수홍의 목소리와 눈빛은 한없이 컴컴하고 고통스러운 현실에서 환한 달빛을 길어 올리는 듯한 감동을 주기에 충분했다. 그는 그런 수홍을 그녀 못지않게 좋아했다. 둘 중에서 하나를 선택하라고 했다면 그녀 대신 수홍을 선택했을 것이다. 하지만 시대가 바뀌면서 그들을 부르는 곳이 하나 둘 사라지기 시작하다가, 종내는 그들의 연습실마저 유지하기 힘들어졌을 때 그녀가 먼저 홀연히 노래패를 떠났고, 술로 날을 지새우던 수홍조차 어느 날 종적을 감춰 버렸던 것이다. 나중에 후배들로부터 들은 수홍의 소식은, 오랫동안 지방 소도시를 전전하며 살다가 뒤늦게 지방 개척 교회의 목사와 힘을 합해 지역 환경운동에 투신했다는 이야기였다.

이제 환경운동도 전문적인 지식 없이 도덕적 당위론만으로는 버티기 힘들다며 환경대학원에 늙은 학생으로 등록했다가, 교회 재단의 후원으로 프랑스에 유학을 떠났다는 것이다. 거기까지가 그가 아는 수홍의 소식이었다. 그녀는 더욱이 소식을 알 길이 없었다. 그것으로 끝이었다. 그는 뒤늦게 신문사 말석에 늙은 수습기자로 발을 걸쳐 놓았고 정신없이 돌아가는 일상의 수레바퀴에 몸과 마음을 내맡긴 채 오늘에 이른 것이다.

그들이 대학 시절에 함께했던 대동제의 기억은 지금도 명징한 아름다움으로 추억에 남아 있다. 인문관 옆 잔디밭은 유난히 넓었고 감나무들이 점점이 박혀 있었다. 가을 단풍 중에 감나무 잎 빛깔만큼 짙고 선동적인 게 또 있을까 싶다. 잔디는 황금빛으로 물들어 있는데 붉은 감나무 이파리들이 선들바람에 하나 둘 뚝뚝 떨어지는 그곳에서 그들은 대동제의 마지막 하이라이트를 준비하는 중이었다. 잔디밭 동서쪽 가장자리에 가장 굵고 크게 솟아 있는 감나무 두 그루에 짚으로 어른 허리 두께만 한 줄을 꼬아 매달고 수십 명의 학생들이 달라붙어 본줄과 곁줄을 꼬기 시작했다. 바야흐로 줄다리기를 벌이는 순서가 축제의 마지막 공식 행사로 예정돼 있었다. 축제 준비 위원 중의 하나였던 그에게 맡겨진 임무는 학우들이 준비 단계에서부터 편을 갈라 줄을 꼬는 과정에 소요될 짚을 구해 오는 일이었다. 그는 이삿짐 센터에 연락해 8톤 트럭을 섭외한 뒤 멀리 청주에까지 내려가 짚을 싣는 일에서부터 책임을 졌다. 아침부터 서두르기는 했지만 짚을 트럭 가득 싣고 학교에 도착했을 때는 벌써 석양 무렵이었다. 기다리는 학우들 생각에 마음이 극도로 초조해져 감나무 옆까지 도달했을 때, 그때까지 잔디밭에 끼리끼리 앉아 짚을 기다리고 있던 학우들이 일제히 도로로 뛰쳐나오면서 환호성을 올렸다. 8톤 트럭의 높은 조수석에서 그 모습을 내려다보던 그의 눈에 무리 중에서 가장 빛나는 얼굴이 있었다. 그녀였다. 하얀 농민복 차림의 그녀가 옷고름을 나풀거리며 환하게 웃으며 그를 향해 뛰어오고 있었다. 그녀는, 비록 수홍의 여자였지만, 그 당시 그의 유일한 낙이었고 희망이었고 구원이었다.

  가끔 꿈을 꿀 때면 그 감나무골 잔디밭과 그녀가 붉은 석양 아래 나타나곤 했다. 꿈속에서는 그들 둘 외엔 아무도 없었다. 잔디밭에 널려 앉아 새끼줄을 꼬던 학생들이며, 멀리서 들려오던 풍물 소리며, 여기저기서 웅성대던 스크럼의 구호 소리들은 모두 삭제된 파일처럼 흔적도 없고, 오로지 그녀와 그만 잔디밭에 앉아 있었다. 꿈속에서는 그도 탁월한 가수였다. 그가 불렀던 노래는 아마도 〈맹인 부부 가수〉였을 성싶다. 눈 내려 어두워서 길을 잃었네 갈 길은 멀고 길을 잃었네……. 그가 저음의 축축한 목소리로 노래를 부를 때면 그녀는 그의 어깨에 머리를 기댄 채 긴 머리칼을 석양에 반사시키고 있었다. 노래를 마친 그는 그녀의 긴 머리칼 속으로 손가락을 넣어서 빗으로 빗듯 쓸어 내렸다. 석양에 빛나는 그녀의 양 볼을 두 손으로 조심스럽게 보듬고 메마른 입술에 자신의 입술을 가져다 댔다. 뜨거운 그녀의 입술이 느껴지는 순간, 꿈은 끊어진 영화 필름처럼 암전이었다. 현실은 늘 그에게 쓸쓸함 그 자체였다. 수홍은 당시 학내 최고의 인기 가수였다. 수홍에 비하면 정작 그는 음치에 가까웠다. 무조건 목소리를 높여서 투쟁가를 부를 때면 그래도 무리에 끼여서 부끄럼 없이 노래를 할 수 있었지만, 술자리에서 노래 순서가 돌아올 때면 그는 수단과 방법을 가리지 않고 그 역경을 모면해야만 했다. 이상하게 그가 노래를 부르면 그의 의지와는 전혀 별개로 탁하게 갈라진 목소리에다 음은 저 혼자 자유롭게 놀았다. 벙어리의 심정이 그

202

만큼 고통스러운 것일까. 그러한 그가 노래패의 일원으로 기여한 일은 공연 스케줄을 관리한다든지, 살림을 챙긴다든지, 이런저런 세미나를 주도하는 일 등 정작 노래와 관련이 없는 일들이 대부분이었다. 그에 비하면 수홍은 타고난 노래꾼이었다. 수홍을 바라보는 그녀의 눈빛은 오르페우스를 바라보는 에우리디케의 황홀한 안광처럼 빛났다. 오르페우스의 노래 실력이 어디 간단한 것이었는가. 오르페우스가 노래하면 저승의 망자들도 눈물을 흘렸고, 영원한 갈증에 시달리던 탄탈로스도 물을 찾기를 잠시 잊었으며, 불타는 수레바퀴를 돌리던 익시온도 그 움직임을 멈추었다. 체로 물을 길어 올리던 다나오스의 딸들과 끊임없이 바위를 밀어 올리던 시시포스도 손길을 멈추고 오르페우스의 노래를 들었다. 뿐만 아니라 거인 티티오스의 간을 파먹던 독수리도 살 파먹기를 그만두었고, 복수의 여신들도 처음으로 눈물을 흘렸다. 심지어는 무시무시한 저승의 왕 하데스까지 감동시킨 오르페우스가 아니었던가.

　수홍은 대중 집회의 판을 뜨겁게 달아오르게 하는 노래패의 핵심 가수였다. 그가 단상에 나타나면 무질서한 무리들은 음악회의 청중들로 자세부터가 바뀌었고, 그가 서럽고 한스러운 서정적인 노래를 부를라치면 여기저기서 눈물을 흘리는 이들이 속출했다. 그녀는 행복하게도 그 오르페우스와 함께 이중창을 부르는 여자였다. 그에게 그런 그녀의 존재란, 그림 속의 여인이었다. 그저 가까이에서 바라보는 것만으로 그쳐야 하는 안타까움이 존재할 따름이었다. 신의 질투에 희생당한 에우리디케는 독사에게 물려 지옥으로 끌려갔다지만, 그녀는 왜 오르페우스 곁을 떠났을까. 분명한 것은 그녀가 수홍의 곁을 떠난 이후로 수홍도 노래 부르는 것을 중단했다는 사실이다. 그리고 이제 그가 먼 타국 땅에서 쓸쓸하게 술로 세월을 보내다 죽었다는 소식에 접한 것이다. 그녀가 수홍의 곁을 떠날 즈음에 시작한 폭음으로 인해 그때 이미 수홍의 간은 절반 정도가 손상돼 있었다. 그러니 수홍의 저승행 씨앗은 그녀, 에우리디케가 뿌린 셈이다. 그녀는 알고 있을까, 그의 죽음을. 알 리가 없다. 그녀에게 오르페우스가 저승으로 떠났다는 사실을 알려야만 한다.

앞줄에 앉아서 잠을 이루지 못한 채 뒤척거리던 여자가 벌떡 일어서더니 그가 앉아 있는 쪽으로 걸어왔다. 정면으로 보이는 여자는 전체적인 이미지가 꽤 낯익은 편이었지만, 그가 아는 여자는 아니었다. 긴 속눈썹과 긴 코, 맑은 눈빛의 여자. 여자는 그의 옆을 스쳐서 뒤쪽의 화장실로 사라졌다. 그의 뇌수에 입력된 그녀의 이미지와 비슷한 구석이 있는 여자였다. 그녀는 사소한 것들에도 쉽게 감동하는 스타일이었다. 어쩌다 서울의 맑은 밤하늘에 별이라도 보이면 길을 가다 멈춰서 일행들을 불러 하늘을 보라며 호들갑을 떨기도 했다. 수홍의 노래가 그처럼 감성적이었던 그녀를 꼼짝 못하게 할 정도로 사로잡았던 것은 두말할 나위도 없다. 문제는 그녀의 감동이 지속되는 시간이었다. 그녀는 끊임없이 새로운 것을 찾았다. 노래도 마찬가지였다. 하나의 곡을 계속해서 공연 때마다 부르는 것을 기피했다. 하지만 새로운 노래가 매일처럼 생산될 수도 없는 것이고 보면, 그녀의 그런 욕심은 무리일 수밖에 없었다. 오르페우스를 버린 에우리디케. 그녀가 자신이 저지른 그 가혹한 행위를 이제라도 절감한다면, 오르페우스를 찾으러 지옥에라도 가야 할 것이다.

그는 비행기가 이륙하기 전에 기내 방송에서 들었던 위성 공중전화에 생각이 미쳤다. 신용 카드로 사용이 가능한 그 전화는 세계 어느 곳이든지 통화가 가능하다고 스튜어디스가 말했다. 그는 자리에

서 일어나 위성 전화가 설치돼 있는 중간 통로의 주방 쪽으로 걸어
갔다. 신용 카드를 죽 내리그은 다음 신호음이 들리기 시작하자 그
는 또박또박 버튼을 눌렀다. 신호음이 서너 번 울리고 난 뒤, 아내가
자다 깬 목소리로 전화를 받았다.

「나 지금 비행기 안인데 혹시 정은이 소식 들어 본 적 있어?」

「얼마나 급한 일이기에 비행기에서까지 전화를 걸어요? 지금 여
기가 몇 신 줄이나 아세요?」

안부의 말 한마디도 없이 대뜸 그녀의 소식부터 묻자 아내는 목소
리에 날을 세웠다. 정은, 그녀의 이름만 거론해도 아내는 늘 꺼림칙
한 표정을 짓곤 했다. 그가 그녀에게 품었던 마음을 너무나 잘 알고
있었기 때문이다.

「수홍이가 죽었다는구먼…….」

「…….」

수화기에서는 잠시 침묵이 흘러나왔다. 비행기가 갑자기 비포장
도로에 들어선 듯 덜컹거렸다. 스튜어디스가 달려와, 기류가 고르지
않으니 자리에 앉았다가 안정이 되면 다시 통화를 하라고 미소를 띠
며 당부했다. 전화를 끊으려는 순간, 아내의 목소리가 다시 아득하게
들려왔다.

「꼭…… 알아야겠다면…… 가르쳐 줄게요. ……잠깐만 기다리
세요.」

뜻밖에도 정은은 서울에서 그리 멀지 않은 신도시에 살고 있었다.
남편과 사별하고 딸 하나 데리고 사는 모양이었다. 그가 아내에게
굳이 그녀의 소식을 물어본 적은 없었다. 아내는 언젠가 그가 없을
때 그녀가 집으로 전화를 걸었다고 말했다. 직접 전화를 하라고 남
편의 휴대폰 전화번호까지 알려 주었다지만 그가 그녀에게서 전화

를 받은 적은 없었다. 그녀는 혹시 수홍의 소식을 안다면 연락을 달라며 자신의 전화번호를 남겼다고 했다. 하지만 아내는 그에게 그 사실조차 언급하지 않고 있었던 것이다.

그녀가 정작 그에게 적극적으로 다가온 것은 지금의 아내와 결혼한 지 불과 1년이 흐르지 않은 시점이었다. 그는 먼저 노래패에서 나와 취직을 했고, 그때까지도 가동되고 있던 노래패의 공연에 가끔 참여해서 잡일을 도와주고 있었다. 그의 아내는 노래패에 머물고 있던 후배였다. 정은이 어느 날 신문사로 전화를 걸어오기 전까지만 해도 그의 결혼 생활은 비교적 순탄한 편이었다. 시내 술집에서 그녀를 만나 술을 마실 때 그녀는 모처럼 속마음을 털어놓았다. 사람들이 이제 더 이상 그들의 노래를 들으러 오지 않는다고 몸을 가누기 힘들 정도로 술에 취해 하소연을 했다. 한번 물꼬가 터지자 그는 그녀가 힘들어할 때마다 위안해 주는 창구 역할을 도맡아야 했다. 그녀의 자취방까지 업다시피 해서 데려다 주고 이부자리를 깔아 준 뒤 이불을 덮어 주고 나온 적도 한두 번이 아니었다. 아내에게 그 사실을 알린 게 화근이었다. 아내가 그와 그녀의 남매 같은 우정을 믿어 주리라 오산했던 것이다. 아내는 그녀와 자신 중 하나를 택하라고 강력하게 그를 몰아세웠다. 다행인지 불행인지 몰라도 그런 실랑이가 오래가진 않았다. 곧바로 그녀가 노래패를 떠난 뒤 종적을 감추었고, 수홍도 얼마쯤 후에 사라져 버렸으며 그들의 노래패 또한 얼마 안 가서 구성원들이 모두 뿔뿔이 흩어지고 말았으니까.

그를 태운 비행기는 서쪽보다 밤이 더 빨리 오는 동쪽으로 쉼 없이 날아가고 있었다. 창밖의 환한 해방구도 태양이 자취를 감추기 시작하면 어쩔 수 없이 어두워질 수밖에 없는 숙명이다. 뉘라서 태양의 움직임을, 지구의 자전을 막을 수 있을까. 여자는 아직까지도 화장실에서 나오지 않은 모양이다. 여자의 자리는 여전히 비어 있었고 스크린에는 영화가 다 끝나 가는지 크레디트 타이틀 자막이 유리창을 타고 미끄러지는 빗물처럼 흘러내리고 있었다. 화면 위의 빗줄기가 멈추자 기내에 일제히 불이 들어오고 승무원들이 돌아다니며 일일이 플라스틱 커튼을 올렸다. 창밖으로 멀리 지상의 아득한 불빛들이 눈에 들어왔다. 아득하고 애틋한 그 빛들은 지상에 떠 있는 별처럼 그의 가슴속으로 젖어 들었다.

수홍까지 노래패를 떠난 뒤, 그들은 부산의 어느 여성 단체 초청으로 공연을 간 적이 있었다. 공연 제목은 '노랫굿 노점상 타령'이었다. 그는 그때 직장에 다니면서도 노래패가 공연을 할 때마다 기획일을 거들어 주고 있었다. 공연 한 달 전부터 부산의 주관 단체와 공연 내용에서부터 무대 상황, 심지어 뒤풀이 장소까지 팩스로 주고받으며 공연에 필요한 모든 환경을 준비하는 게 그의 일이었다. 공연 내용은, 어느 노점상 아주머니가 산동네의 단칸방이 철거 지경에 이르자 주민들과 합세해 끝까지 막아 보려 했지만 사람들만 다치고 또다시 철새처럼 둥지를 떠나야 한다는 한스러운 것이었다. 그 시절에 항용 등장하는 진부한 줄거리였지만, 그 공연은 민요에서부터 뽕짝까지 동원해 가사를 바꿔 붙인 노래극 형식으로 진행된다는 특징이 있었다. 특히 폐허가 되다시피 한 산동네에서 노점상 아주머니가 홀로 주저앉아 서럽게 노래를 부르는 마지막 장면은 서울에서 공연할 때부터 관객들이 눈시울을 적시는 절정이었다. 부산에서는 공연이 임박해지면서 지방 신문의 문화면에 기사 요청을 하는 것은 물론, 회원들이 모두 나서서 거리 곳곳에 포스터를 붙여 대대적인 홍보 작업에 들어갔다. 공연은 성황리에 끝났다. 노래극이 끝난 뒤 극중에 나왔던 노래를 관객들과 합창하며 그들은 흥겹게 공연을 마무리했다. 관객들이 모두 빠져나가고, 공연패들도 짐을 챙겨 공연장을 떠난 뒤 그 혼자서 마지막 정리를 하고 있을 때였다. 창밖으로 멀리 부산항에 정박한 배들이 하나 둘 불을 밝히고 있었다. 나머지 장비들을 주섬주섬 챙겨 먼 불빛에 눈길을 주며 무심코 문간으로 나서다 그는, 공연장 벽에 어깨를 기댄 채 망연히 서 있는 한 여자를 발견했다. 그녀였다. 안개꽃과 장미가 적당히 섞인 꽃다발 하나를 꼭 끌어안고 있었다. 그녀가 노래패에서 종적을 감춘 지 2년 만의 만남이었다. 그사이 그녀는 결혼을 했고, 남편은 외항선의 선장이라고 했다. 그는 그녀를 데리고 선창가 카페로 들어갔다. 카페라고는 하되, 허름한 술집 분위기였다.

「왜 갑자기 떠났지? 그리고 왜 연락 한 번 없었어?」

「미안해요. 근데 수홍이 형은 왜 안 보여요?」

「정은이가 떠난 뒤 바로 그 친구도 우리 곁을 떠났어……. 정은이에게도 연락이 없었던 모양이지?」

「…….」

그녀는 못내 서운한 표정으로 망연히 바다 쪽으로 난 창 너머 불빛만을 바라보며 침묵을 지켰다.

「그리 오랜 세월을 산 건 아니지만, 사는 건 우리 뜻이 아닌 것 같아요. 형도 잘 알잖아요, 내가 수홍 형을 얼마나 좋아했는지……. 하지만 내가 정말 좋아했던 건 사람이 아니라 노래였던 것 같아요. 그런데 언제부턴가 그 노래조차 지루해지기 시작하더라구요. 꼭 주술에서 풀려 난 듯한 느낌이었어요.」

일행이 기다리는 뒤풀이 자리에 가기 위해 그가 몸을 일으키자 그녀도 따라 일어섰다. 같이 합석하자는 권유에 그녀는 조용히 머리를 도리질한 후 부산 지리를 잘 모를 테니 자신이 그곳까지만 데려다 주겠다고 나섰다. 그녀가 몰고 온 승용차에 몸을 싣고 항구가 내려다보이는 산등성이 길을 달렸다. 부산항이 한눈에 들어왔고 항구에서부터 먼 바다 쪽까지 불빛들이 점점이 이어지고 있었다. 주술이 풀리기 시작한 건 그녀만은 아니었다. 수홍의 노래에 그토록 열광하던 사람들이 어느 순간부터 하나 둘 노래를 들으러 오지 않게 되었다. 시대가 변했다고 정서까지 하루아침에 변할 수 있는 것일까. 수홍이 떠난 것은 그 무렵이었다. 오르페우스가 지옥의 왕 하데스를 노래로 감동시켜 죽은 에우리디케를 데리고 이승으로 오다가 햇빛 아래 들어서기 전에 뒤돌아보는 바람에 사랑하는 아내를 두 번씩이나 죽였다는 신화는, 수홍에게는 정확히 거꾸로 적용되는 경우일지 모른다. 에우리디케가 먼저 오르페우스를 컴컴한 어둠 속으로 몰아넣어 버렸다. 그러나 그녀는 오르페우스의 노래를 되찾아주기 위해 그 어둠 속으로 수홍을 찾아가진 않았다. 그녀는 이제야, 그것도 다른 남자의 여인이 되어 오르페우스를 만나러 온 셈이다.

정은과 수홍이 노래패를 떠난 뒤로 그들을 다시는 만날 수 없었다. 이제 수홍은 부음으로만 그에게 돌아왔고, 정은은 전화번호로만 가까이 다가온 것이다. 베를린 필이 화면에서 울고 있고, 창밖엔 밤과 낮을 가르는 핏빛 띠가 길게 늘어서 있다. 푸른빛, 연하늘색, 오렌지빛, 주홍색의 스펙트럼이다. 긴 속눈썹, 긴 코, 맑은 눈빛의 여인이 창밖을 바라보고 있다. 벌판 위의 주황색 불빛 하나가 멀리 지상에서 북극성처럼 반짝거리고 있다.

비행기가 김포공항에 착륙한 뒤 세관을 통과해 나오기까지는 30분이 넘게 걸렸다. 그의 짐이라야 간단한 속옷가지뿐이었지만 길게 줄지어 선 단체 관광객들 때문에 생각보다 늦어졌다. 출국장 자동문이 스르르 열리고 마중 나온 사람들이 사열하는 가운데 가벼운 핸드 캐리어를 끌고 무심히 나서는데, 그의 앞을 가로막고 정은이 서 있었다. 그와 마주친 그녀의 눈은 충혈돼 있었고, 눈두덩조차 움푹 꺼져버린 느낌이었다. 그녀는 그를 자신의 차로 데리고 간 뒤 아무 말도 하지 않고 신도시 쪽으로 차를 몰았다. 그녀가 데리고 간 곳은 한적한 철로변의 카페 '오르페우스'였다.

「남편이 사고로 죽고 난 뒤 보상금으로 제가 마련한 카페예요. 언니에게서 전화를 받았어요. 형이 수홍 형 소식을 들었다고…….」

촛불이 켜진 구석진 테이블에 마주 앉았을 때 그녀는 이미 수홍의 부음을 알고 있었다. 주거니 받거니 하며 위스키를 한 병 다 비우고, 다시 한 병을 딸 무렵 둘 사이에 흐르던 침묵을 깬 것은 그녀였다.

「그거 아세요? 하데스가 오르페우스에게 햇빛 아래 들어서기 전까지 왜 에우리디케를 보지 말라고 했는지……. 그건 에우리디케의 죽은 모습이 너무 흉측했기 때문에, 햇빛에 이르기 전까지는 구더기 끓고 있는 시체의 형상이었기 때문에, 오르페우스를 위한 배려였대요. 결국 하데스의 명을 어기고 그 흉측한 모습을 본 오르페우스야말로 에우리디케를 버린 셈이지요.」

「오르페우스에게서 결과적으로 노래를 빼앗아 간 건 정은이가 아니었나?」

「그렇지 않아요. 어느 순간부터 수홍이 형의 노래에는 나에 대한 감정이 거세돼 있었어요. 그건 이중창을 불러 본 사람이면 다 예민하게 느낄 수 있어요. 결국 노래와 사람이 따로 노는 상황을 초래했던 건 수홍이 형이었어요.」

「언제부터 수홍이의 노래가 그렇게 변한 건데?」

「대중들의 노래에 대한 열기가 사그라지기 시작했을 때, 제가 신

210

문사까지 선배를 찾아가서 하소연할 무렵부터 노래가 돌변하기 시작했어요. 그즈음에 수홍이 형은 노래를 같이 부를 때 나에게 전혀 곁을 주지 않고 자기의 노래 속으로만 파묻히더라구요. 차라리 형 혼자 부르는 게 훨씬 나았을 거예요.」

그는 갑자기 번개에 맞은 듯 온몸에 전류가 흐르는 느낌이었다. 그런가, 그랬던 것인가. 술 취한 그녀를 자취방에 데려다 눕히고 나오면서 문간에서 수홍과 부딪친 기억이 났다. 그때 그를 바라보던 수홍의 눈빛은 당혹감과 허망함, 경계심들이 뒤섞여 일그러진 것이었다. 고통으로 가득 차 있었다. 하지만 그 정도로 쉽게 에우리디케를 버릴 오르페우스였던가. 그렇게 속이 좁은 놈이었던가. 그런 이유 때문만은 아닐 것이다. 수홍은 그때 많이 지쳐 있었다. 구성원들은 하나 둘 변해 버린 시대에 적응하기 위해 몸부림을 치다가 빠져나갔고, 어렵게 만든 노래판임에도 객석을 반도 채우지 못했다. 양희은의 노래가 스피커에서 흘러나오고 있었다. 그는 조용히 노래를 듣다가 어렵게 말을 꺼냈다.

「그런가……. 그렇게 쉽게 에우리디케를 포기하는 오르페우스도 있었나?」

「물론 쉽게 포기하진 않았지요. 제가 먼저 노래패를 떠난 뒤 밤마다 찾아와 밤새도록 창문을 두드렸지만 제 마음은 쉬 돌아서지 않았어요. 어느 날인가는 모두 잠든 야심한 밤에 창밖에 와서 홀로 노래를 부르더군요. 흐르는 것이 물뿐이랴 우리가 저와 같아서 샛강 바닥 썩은 물에 달이 뜨는구나……. 그 노래, 수홍 형의 단골 레퍼토리를……. 그 노래가 이어지는 동안 서서히 제 마음이 다시 더워지기 시작하더군요. 헝클어진 머리를 오랫동안 감고, 머리칼을 말리고, 다시 빗고 하는 동안에도 그 노래는 끊이지 않았어요. 천천히 바지를 꿰고 화장대 거울에 얼굴을 비춰 보고, 문을 열고 나서는데 노래가 뚝 끊기더군요. 그때 그런 생각이 다시 들었어요. 내가 진정으로 그이를 사랑한 것인지, 저 노래 때문이었는지……. 그대로 방문에 기대어 울고 있었지요. 그때 그이가 노래를 조금만 더 오래 불렀어도…… 조금만 더 인내심을 가졌어도……. 그것으로…… 끝이었지요.」

양희은의 노래가 끝나자 이번에는 귀에 익은 목소리가 좁은 카페 안을 격정적으로 흔들기 시작했다. 그녀가 지난 시절에 녹음해 두었던 테이프들을 간혹 손님들에게 틀어 주곤 하는 모양이었다. 수홍의 목소리였다. 공연이 끝난 뒤 여흥 자리에서 직접 기타를 들고 즐겨 부르던 노래였다. 검은 눈동자 정열의 눈동자 불타는 눈동자 아름다워라 얼마나 당신을 사랑하는지 얼마나 당신을 무서워하는지…… 난 불행한 때에 당신을 만났어요 당신을 만나지 않았더라면 그렇게 괴롭지 않았을 것을…… 당신이 나를 망쳤어요 검은 눈동자. 언제부터인가 탁자에 이마를 댄 채 고개를 들 줄 모르는 그녀를 남겨 두고 그는 조용히 카페를 나섰다. 이미 어두워질 대로 어두워진 하늘에는 별들이 선명하게 반짝이고 있었다. 오르페우스가 죽은 후 그가 즐겨 연주하던 칠현금은 하늘로 올라가 거문고자리가 되었다. 수홍의 노랫소리는 어느 하늘쯤에서 빛나고 있을까. 카페의 열린 창 너머로 그를 따라오던 노랫소리가 점점 멀어져 가고 있었다.

# 들바람

들녘을 걷는다. 멀리 지평선 쪽에 아늑하게 웅크리고 앉은 마을은 아직 작은 점으로만 보일 뿐이다. 연녹색 벼들이 석양의 바람에 몸을 뒤친다. 하늘은 검붉은 기운으로 가득하다. 낮 동안 뜨겁게 달아 있던 공기 입자들이 석양의 엷은 빛에 안도의 한숨을 내쉬며 이제 훈풍으로 땅 위를 낮게 떠돌고 있다. 들녘의 소로를 걷는 일은 예나 지금이나 막막하다. 길 양편으로 무성하게 자라난 갈대와 잡풀이 안쪽으로 파고드는 통에 그나마 좁은 폭의 길이 더 좁아졌다. 발등 위로 먼지들이 풀썩거리며 솟아올라 연기처럼 들판으로 사라져 간다. 먼지에 투사되는 짙은 석양이 무대 위에 비치는 조명처럼 강렬하다. 지평선의 마을을 향해 전신주들이 아득하게 달려가고 있다. 바깥 세상과 유일하게 연결된 기다란 전선을 매달고 들판 가운데를 가로질러 마을을 향해 일정한 간격으로 점점이 사라져 간다. 부드럽게 불어오던 바람이 점점 거세진다. 길가의 갈대들이 수런거리며 몸을 흔든다. 하늘은 이제 아슴푸레한 붉은 기운만 남기고 많이 어두워졌다. 구름이 바람에 밀려 움직이는 속도가 빨라졌다. 갈대들이 몸을 뒤치는 속도도 덩달아 빨라진다. 수런거림도 더 잦아진다. 한꺼번에 일제히 몸을 뉘었다가 옆으로 몇 번 움직이는가 했더니, 하늘을 향해 곧추섰다가 이내 들녘 쪽으로 다시 눕는다. 수런거림이 흐느낌처럼 길게 이어졌다가 이내 뚝 그치고, 짧은 한숨 소리를 내다가 또다시 긴 수런거림으로 이어진다.

할머니가 위독하시다는 전화를 받은 것은 새벽이었다. 백 살까지 살 듯이 건강하던 양반이 일요일 아침 성당에 가기 위해 집을 나오다가 아파트 계단에서 쓰러졌다는 내용이었다. 한번 쓰러진 이후로는 곡기를 입에 대지 못하고 일어나지도 못한다는 어머니의 다급한 목소리였다. 올해 여든아홉, 그 연세의 노인네라면 건강하던 사람도 하루아침에 잠자듯이 명이 끊어지는 경우가 많기 때문에 걱정스럽다는 것이 어머니의 전갈이었다.

허겁지겁 회사에 월차 휴가를 내고 내려와 만난 할머니는 눈만 퀭하게 뜬 채 그토록 아끼던 손자를 보고도 미소 한 번 띠지 않았다. 노인네가 겁이 많아서 엄살을 떠는 것인지도 모른다고 어머니가 걱정스러운 목소리로 옆에서 거들었다. 얼굴에 저승꽃이 가득 피어 있기는 해도 좀처럼 병을 앓지 않던 양반인데 한번 고목처럼 쓰러지고 나니 걷잡을 수가 없었다. 외상은 없는 것으로 보아 크게 다친 것은 아니지만 세상 끝 날에 대한 본능적인 예감으로 지레 곡기를 끊고 가려는 모양이었다. 할머니는 평소에 입버릇처럼 며느리 귀찮은 빨래 안 시키고 때가 되면 빨리 가게 해달라고 매번 성당에 갈 때마다 기도한다고 했다.

「할머니, 제가 왔어요! 걱정 마세요, 금방 일어나실 수 있어요. 뭐 좀 드세요!」

할머니의 눈빛은 무심함 그 자체였다. 쭈글쭈글한 양 볼은 아래쪽으로 축 처져 있고 눈은 똑바로 손자를 보긴 해도 깊이를 알 수 없는 구멍을 내려다볼 때처럼 두려움과 허전함이 배어 있었다. 평소에는 손자가 문간을 들어설 때부터 버선발로 뛰어나와 '아이고 내 새끼, 아이고 내 새끼'를 연발하던 양반이 왜 저리 모든 것을 포기한 듯 힘없이 쳐다보기만 하는지 현우는 답답했다.

「참말로 걱정이여. 저러다가 덜컥 돌아가시기라도 허면 어쩐다냐…….」

어머니가 울먹이는 소리로 옆에서 조용히 말했다. 어머니가 말로는 그렇게 걱정해도, 진정 시어머니의 임종이 가까워 오고 있다는 사실을 슬퍼하는 것일까. 그토록 모진 세월을 당하면서 시어머니와 헤어지기를 내심 기다려 온 것일지도 모르는데, 저 말과 표정은 가식이 아닐까. 하긴, 이해 못할 것도 아니었다. 아무리 원수 같은 사이라고 해도 아버지가 돌아가신 이래 외롭게 두 분만이 들녘의 소읍에서 하루하루를 지내 온 처지고 보면 미운 정도 무시할 수 없을 것이었다. 할머니와 어머니가 동시에 사랑했던 한 남자인 아버지도 이제 이미 이 세상을 버린 사람인데, 더 이상 그들이 속앓이할 이유도 없었다. 고개를 돌려 바라본 어머니의 눈에 눈물이 가득 고여 있었다.

들녘은 걸어도 걸어도 그 자리 같다. 풀벌레들이 길 양편에서 춤이라도 추듯이 가운데로 뛰어들었다가 저희들끼리 장난스럽게 서로 몸을 부딪친다. 어머니에게 눈물이 남아 있다는 건 마른 고목에 아직도 감정이 살아 있다는 징표처럼 그의 가슴 한구석을 건드리는 사건이었다. 그녀가 이 세상에서 견디어 온 고통은 어쩌면 이 시대의 대다수 많은 가난한 어머니들이, 복을 타고나지 못한 착하디착한 어머니들이 겪어야 했던 업이었다. 들녘의 바람은 그 옛날 어머니가 상처에 대고 불어 주던 입김 같다. 생채기에 와 닿던 따스한 그 바람. 온 가슴으로 진정한 치유의 기원을 담아 허파에서 끄집어내던 그 바람이다. 들녘을 걷다가 논둑길에라도 주저앉으면 그대로 대지의 품에 아늑하게 안기는 듯한 편안함마저 있다. 유년기의 추억이 서려 있는 그의 고향은 광활한 대지를 굽어보며 지평선 끝에 앉아 있다. 벌써 30년도 더 지난 추억의 샘들은 아직 그대로 남아 있을까. 그는 아직도 먼발치에 앉아 있는 마을을 잠깐 걸음을 멈추고 오른손을 눈썹 위로 가져가 그늘을 만든 뒤 눈을 가늘게 뜨고 바라본다.

야트막한 산을 병풍처럼 좌우로 거느리고 지평선을 향해 앉아 있는 고향 마을이 정겹게 다가오고 있다. 아직도 30분은 좋이 더 걸어야 당도할 마을은 먼발치에서 보기엔 예전의 꼴 그대로다. 스무 가옥 남짓한 집들이 부채꼴로 고즈넉이 앉아 있다. 풀벌레들이 서늘해지는 기온을 감지한 듯 여기저기서 시끄럽게 울어대기 시작한다. 할머니는 여전히 어떤 음식물도 받아먹기를 거부하는 상태다. 링거 줄을 매달고 누워 있는 그네가 무슨 생각으로 죽음 같은 이승의 시간을 보내고 있는 것인지 궁금하다. 의식이 명징한 것만은 분명하다. 무슨 이야기를 건네면 눈빛이 금방 알아들었다는 표정을 짓는다. 내려온 김에 고향 마을에 한번 다녀오겠다는 이야기를 했을 때 할머니는 눈빛이 갑자기 강렬해지면서 무슨 말인가를 하려고 입술을 실룩이다가 이내 그만두고 말았다. 눈썹에는 약간의 경련도 일었다. 마음만 먹으면 말하기는 어렵지 않을 것처럼 보였다. 그러나 할머니는 입을 굳게 닫아 버렸다. 남편을 앞세우고, 아들마저 앞세우면서도 남들 앞에서는 절대로 기가 죽는 법 없이 호기롭게 자신의 요구를 당당하게 내세우던 노인이다. 그런 노인이 이제는 세상에 뿌려 둔

216

미련을 모두 거두겠다는 것인가. 아버지 생각에 고통스러운 상념이 밀려올 때마다 그나마 유년기의 행복했던 고향 마을을 떠올리는 일은 그에게 위안이었다. 여덟 살 때 그 마을을 떠나 아버지가 일하는 소읍으로 이사 나온 이래, 그의 마음에서는 불행감의 씨앗만 무럭무럭 자랐을 뿐이었다. 그 소읍마저 중학교를 졸업하고 떠나온 뒤로는 찾아갈 시간도 마음의 여유도 없었다. 할머니와 어머니가 사는 소읍도 명절과 휴가 때를 제외하고는 내려가기가 쉽지 않았다.

아버지의 편지를 발견한 것은 순전히 우연이었다. 15년도 더 지난 그 시절의 편지가 옷장 깊숙이 처박아 놓았던 검정 사파리에서 나온 것은 참으로 희한한 일이었다. 객지에서 거지처럼 유랑하던 그 시절, 주머니 속에 편지를 넣어 둔 채 팽개쳤던 것을 결혼하면서 아내가 한 번 빤 뒤 버리기도 아깝다고 장롱 구석에 깊숙이 간직해 두었던 것이다. 이사를 앞두고 옷 정리를 하던 아내가 무심코 이제는 버려도 되지 않겠느냐고 물어 와서 그러라고 쉽게 응낙했다. 그런데 갑자기 그 옷에 밴 신산스럽고 애틋한 설움이 밀려와서, 아내가 버릴 옷으로 분류해 문 쪽으로 아무렇게나 팽개쳐 놓은 옷더미에서 사파리를 주워 들었다. 무심코 만지작거리다가 뭉툭한 촉감의 덩어리가 손가락 끝에 감지돼 속주머니를 뒤적였더니 물속에 들어갔다 나오는 통에 딱딱하게 뭉쳐진 그 편지가 있었다. 애써서 겨우 펴놓은 편지에는 검정 볼펜으로 흘려서 쓴 아버지의 필체가 흐리게 누워 있었다. 끼니는 잘 때우고 다니는지 모르겠다. 어디서 잠을 자든 항상 건강에 신경 쓰거라. 애비가 돼서 아무것도 해주지 못해 미안하다……. 살아서 지옥을 다 경험하고 돌아가신 아버지, 그 아버지가 장남에게 처음이자 마지막으로 보낸 편지가 새삼스럽게 등장한 것이다. 그가 고등학교 시절에 아버지에게 처음이자 마지막으로 보냈던 편지에 대한 몇 년 후의 답장이었던 셈이다. 그때 하숙집에서 밤을 새워 아버지에게 써 보냈던 편지의 구체적인 내용은 기억이 나지 않지만 그 편지를 보낼 때의 정서만은 아직도 또렷하다. 아버지를 짐짓 사랑한다고 했던 것 같다. 아버지의 한 번 실수로 집안이 풍비박산나려 했을 때 누군가의 따스한 위로의 말 한마디야말로 아버지에게 가장 큰 힘이 될 것이라는 믿음이 있었다.

다리를 건넌다. 명색이 다리지, 평야 지대를 거미줄처럼 수놓는 작은 농수로 위의 보잘것없는 시멘트 구조물에 불과하다. 다리 가운데 부분은 위로 약간 솟아 있다. 구름다리처럼 아름답지도 않고 농수로의 물도 계곡처럼 깨끗하지가 않다. 그렇지만 농약을 많이 치지 않던 그 시절에 이 수로는 미꾸라지와 붕어들이 제철 만난 양 노닐던, 물 반 고기 반이었던 곳이다. 철도역이 있는 소읍에서 일을 하는 아버지가 고향에 다니러 오던 날, 어린 그를 데리고 고기를 건지러 이곳에 온 적이 있다. 아버지는 그물을 들쳐 메고 집을 나서며 어머니에게 호기롭게 말했다.

「이놈에게 오늘은 미꾸라지를 잡아서 나일론 빤쓰를 사줄 테여.」

다리 위에 오도카니 앉아 아버지의 그물질을 바라보다 들녘의 훈풍이 간지러워 잠깐 졸았던 모양이다. 갑자기 들녘이 뒤집어지고 몸뚱이가 허공에 뜨는가 싶더니 이내 수로로 곤두박질치고 말았다. 아버지는 잽싸게 그물로 미꾸라지 대신 어린 아들을 건져 올렸다. 아버지는 마을에서 장수로 통했다. 체구는 컸지만 씨름 선수처럼 뚱뚱한 모양새는 아니었다. 훌쩍 큰 키에다 근육들이 불거져 나온 전형적인 강골형의 사내였다. 그러나 그런 체수에 따라다니기 마련인 우락부락 험한 얼굴은 결코 아니었다. 깎아지른 듯 단정하고 높은 코에 부드러운 눈매가 호남 같은 느낌을 주기에 충분했다. 약간 비음

218

이 섞여 든 우렁우렁 걸진 목소리도 사람 좋다는 이야기를 여기저기서 듣기에 충분한 조건들이었다. 갈대의 수런거림이 더욱 소란해진다. 서녘 하늘의 놀이 참 곱다. 선홍색 주단 같은 노을이 지평선에 길게 깔려 있는 양으로 봐서는 비가 올 것 같지는 않다.

그날 아버지는 만취 상태에서 철길로 달려갔다. 아버지가 집 앞으로 뻗어 있는 철길로 휘청휘청 뛰어가던 그 밤에, 어린 현식은 짧은 다리로 장대 같은 아버지를 뒤쫓아 숨을 헐떡거리며 내달렸다. 아버지는 레일을 베고 태연하게 누워 버렸다. 멀리 구부러진 철길 저쪽의 하늘은 기차의 불빛으로 뿌옇게 밝아 오는데, 철로를 타고 미세하게 달려오는 쇠바퀴 울음은 점차 목청을 높여 우는데, 육 척 장신의 아버지는 일어날 생각을 안 하고 두 눈을 부릅뜬 채 어둔 하늘만 바라보고 있었다. 아버지는 좀처럼 철길에서 일어설 의지를 보이지 않았다. 현식이 팔을 끌고 바깥으로 내치려 하면 그는 철길에 다리를 버티며 일어서지 않으려고 안간힘을 썼다. 기적 소리는 들려오고 쇠바퀴 울음은 두근거리며 더 거세어지는데, 어린 현식은 눈물로 하소연을 하며 아버지의 귀에다 큰 소리를 질러 댔다. 아버지, 아버지! 기차가 와요! 제발, 아버지……. 그때 어머니가 뒤늦게 휘적휘적 쓰러질 듯이 달려와 아버지 앞에 고꾸라져 악을 써댔다.

「여보시오! 죽으려면 좀 곱게 죽어요. 당신이 이렇게 죽으면 새끼들이 잘된답디여? 지발 덕분으로 정신 좀 차리시오. 죽더라도 집에 가서 죽어요!」

어머니가 아버지의 두 다리를 들고 현식이가 머리 쪽을 들어 끌어내리기 시작하자 아버지는 그제야 버티는 것을 그만두고 죽은 듯이 철길 가로 곱게 끌어내려졌다.

해가 진다. 들판 너머로 붉은 해가 떨어진다. 유년기 추억이 고스란히 묻어 있는 고향 마을은 이제 조금만 더 가면 된다. 다리 하나만 더 건너면, 논배미 서너 개만 더 지나면 고향 마을에 들어선다. 고향에 가까워질수록 그의 심장 박동은 빨라진다. 잠깐 거친 숨을 고를 겸 걸음을 멈추고 지나온 들녘을 뒤돌아본다. 나란히 줄지어 서 있는 벼들이 지평선을 향해 끝없이 달려가고 있다. 끝 간 데 없이 펼쳐진 넓은 대지에서 푸른 생명들이 잔잔한 석양의 바람에 쉼 없이 하느작거리며 춤을 추고 있다. 푸른 벼들이 쑥쑥 커가는 소리가, 정열적으로 삶을 마감할 그 생명들의 아우성들이, 속삭임들이, 대지에 낮게 가득 깔려 있다.

아버지가 삶의 마지막 용광로에 빠져 든 것은 셋방살이를 청산하고 집을 장만하고 난 뒤부터였다. 그때까지는 노름도 술도 여자도 그에게는 남의 일이었다. 성실하게 집과 직장만을 오가며 가정을 일으켜세우기 위해 오로지 거친 노동 속에 자신의 생을 묻어 온 그였다. 노동자 생활 20여 년 만에 올라간 지방 소읍의 철도 운송 노조 총무부장 직책은 그에게 정신없이 달려온 삶의 숨통을 틔워 주는 자리였다. 노동자들끼리 싸움이 생기면 달려가서 엉겨붙은 이들을 거센 완력으로 떼어 놓았다. 그래도 씩씩거리는 치가 있으면 아버지는 그를 두 손으로 번쩍 들어 올려, 그가 공중에서 발버둥을 치며 잘못했다고 공개 사과할 때까지 뱅뱅 돌렸다. 주변에 모여든 노동자들은 박장대소하며 싸움 구경을 즐겼다. 허공에서 어지럼증을 느낀 이는 그제야 비식 웃으며 잘못했다고 시인할 수밖에 없었다. 그들의 싸움이란 사실 별게 아니었다. 자식 자랑 하다가 심술궂은 동료의 어깃장이 나오면 서로 말싸움을 벌이고, 그도 안 되면 씨름판의 선수들처럼 서로 맞붙었다. 애당초 치고 받고 치열하게 싸울 심성의 사람들은 아니었다. 그들은 공사판에 모여든 뜨내기들도 아니었고, 대부분이 들녘에서 농사를 짓는 농사꾼의 순박한 성정들을 지니고 있었다. 아버지는 일이 많을 때는 관리직의 신분을 벗어던지고 작업복으로 갈아입은 뒤 팔을 걷어붙이며 그들의 일을 도왔다. 그렇지만 한쪽 구석에 주저앉아 게으름을 피우며 실없이 농담을 일삼는 이가 있으면 쫓아가서 그를 번쩍 들어 올리곤 했다. 허공으로 솟구친 이들은 '아이, 왜 그려요, 형님!' 하며 너스레를 떨었고, 아버지는 '야이 이놈아, 너같이 못생긴 동생은 두어 본 적이 없다'고 응수하며 허공에 뜬 이를 사정없이 흔들었다. 악의 없는 이들의 거친 장난이 한 번씩 연출될 때마다 고된 노동으로 구슬땀을 흘리던 이들이 잠시 일손을 멈추고 모두 박수를 치며 웃어 젖혔다. 그들은 같이 노동을 하며 부대껴 온 아버지를 친형처럼 따랐다. 아버지 또한 그들의 권익을 위해서라면 물불을 가리지 않고 백방으로 뛰어다녔다. 그는 작은 읍내의 소문난 모범 가장이요, 성실하고 사람 좋은 이의 대명사로 평판이 자자했다.

그런 아버지에게 유혹의 손길이 뻗쳐 왔다. 같은 연배로 하역판에 들어와 줄곧 고락을 같이해 온 사내 하나가 넌지시 아버지를 그의 놀이판에 끌어들인 것이다.

「어이, 총무님! 이제 슬슬 즐겨 가며 살 때도 되지 않았소? 오늘 저녁에 내가 근사한 데로 모실 테니까 눈 딱 감고 따라오더라고잉?」

머리에 포마드 기름을 반질반질하게 바르고 다니는 그 사내를 현우도 기억한다. 할머니 환갑날 와서 질펀하게 놀아 대던 사람이었다. 눈가에 웃음기가 사라지지 않고, 목청도 좋아서 놀이판이 벌어지면 엉덩이를 흔들며 신명나게 노래를 불러 젖혔다. 아내가 교회

집사라는 그 사내는 부모에게 웬만큼 물려받은 재산도 있는데 아이가 없다는 게 흠이라면 흠이었다. 재산이라야 그 소읍 앞에 펼쳐진 논 몇 마지기였지만 그 정도만 해도 소읍에서는 입에 풀칠하고 사는 데는 큰 지장이 없었다. 논은 남에게 소작 주어 버리고 일찌감치 하역판에 나서서 지금까지 살아온 양반이었다. 일을 하다가 게으름도 제일 많이 부리고, 아버지에게 허공으로 들린 것도 가장 많은 횟수를 기록한 사람이었다. 그렇지만 성격이 수더분하고 뒤끝이 없어서 비윗장 좋게 사람들과 어울리는 데는 그를 따라갈 만한 사람도 없었다. 그만큼 아버지와는 허물도 없었다. 그 사내가 아버지를 안내한 곳은 카바레였다. 당시 중동 건설 바람이 불 때였고, 중동에 일하러 나간 사내의 아내들을 비롯해 이제 막 밥 먹고 살 만한 사회 분위기를 타고 권태로워진 중년 남녀들을 이용해 먼저 소읍에서 재미를 보기 시작한 것이 바로 그 카바레였던 것이다.

연분홍 치마가 봄바람에 휘날리더라 오늘도 옷고름 입에 물고 청노새 넘나들던 성황당 길에 꽃이 피면 같이 웃고 새가 울면 같이 울던, 알뜰한 그 맹서에 봄날은 간다……. 색색의 조명등은 둥글둥글 돌아가고 무대에서는 밴드가 색소폰을 불어 대는데, 아버지는 생전 처음 가본 그곳에서 묘한 감흥을 느꼈다. 불콰하게 오른 맥주 기운은 그가 지금까지 앞만 보고 노동하며, 홀어머니 모시는 독자의 외로움을 견디며 살아온 노고를 부드럽게 어루만져 주는 듯했다. 그뿐인가. 곱게 차려입은 여인네들이 대담하게 사내들과 율동감 있는 춤을 추는데, 바라보기만 해도 즐거웠다. 아버지는 남들처럼 춤을 출 줄 모르는 게 부끄러웠다. 원래 카바레란, 춤을 못 추면 사실 바보 취급 당할 수밖에 없는 곳 아닌가. 더욱이 남자가 꾸어다 놓은 보릿자루처럼 앉아 있어야 한다는 건 고역이 아닐 수 없었다. 그때부터 아버지에겐 춤을 배우러 다니는 도락이 생애 처음으로 하나 생겼다.

소문은 빠른 것이다. 어느 날 어머니 귀에도 아버지가 춤을 배우러 다닌다는 소식이 들어간 모양이다. 그러잖아도 귀가 시간이 늦어지고, 평소에 잘 안 마시던 술을 마시고 들어오는 일이 잦아져서 걱정을 하던 차에 어머니가 그 소문을 접했던 것이다. 하루저녁은 어머니가 그 춤 교습소라는 데를 아이들 저녁을 먹인 후 몰래 가보았다. 안에까지 들어가진 못하고 바깥에서 끝날 시간을 기다리는데, 아니나 다를까 아버지는 남녀가 뒤섞여 나오는 무리 속에 끼여 있었다. 그녀는 조용히 아버지 뒤춤을 잡아당겨 골목으로 이끌었다.

「도대체 먼 일이래요? 이제 겨우 살 만해지니께 이렇게 춤바람이 나도 되는 거여요? 새끼들 가르칠 일을 생각혀야지요.」

어머니가 울상을 짓고 말하자 아버지는 당황하고 미안한 표정을 지으며 점잖게 응수했다.

「이것도 다 사람 사는 데 필요한 일이여. 내가 모처럼 큰돈 내고 춤을 배우고 있는디, 그런다고 당장 뭐가 어떻게 된대여? 미안혀. 지금 거진 다 배워 가니께 어차피 돈 들인 것 조금만 참어 주소.」

그날 그들 부부는 처음으로 바깥에서 데이트란 걸 했다. 읍내 레스토랑에 가서 맥주와 오징어 하나 시켜 놓고 아버지는 호기롭게 어머니에게 말했다.

「서당에 댕길 때 훈장님한티 칭찬 많이 받았네. 아, 자네 시어머니한티도 귀에 못이 백히도록 들었잖여? 내가 이래봬도 어떤 놈한티도 기죽고 살지는 않았단 말이여. 자네도 그동안 고생 참 많이 혔어. 왜 내가 모르겄는가. 아무 일도 아닌께 너무 걱정 말더라고. 배우던 것은 마저 배워야 쓸 거 아니여, 응?」

어머니는 그때 태어나서 처음으로 남편에게 고생한다는 이야기를 들었다고 그 시절을 애틋하게 회고하곤 했다. 워낙 남편이 과묵한 편이고, 집에서는 시어머니의 기세가 등등해 그냥 이렇게 사는 것이려니 생각하면서 젊은 세월 훌쩍 지나온 것이다. 하역판 노동조합에서 계를 맺어 부부 동반으로 봄가을 놀러 다닐 때도 아버지 곁에는 어머니 대신 할머니가 따라다녔다. 자연스럽게 아버지는 인근에서 효성까지 지극한 사람으로 소문이 났다. 어머니는 아예 그런 방식에 길들여져 조금 쓸쓸하긴 했지만 그러려니 했다. 일찍이 홀로된 할머니는 손주에겐 더할 나위 없이 애정을 쏟아부은 여인이었지만, 어머니에게는 다 커서 늙어 가는 아들을 여전히 치마폭에 싸안고 살아가는 노인이었다. 아버지 또한 그런 할머니에게 절대로 대든다거나 불손한 언행을 보이지 않았다. 그런 세월을 살아 낸 끝에 단둘이서 이렇게 젊은 아이들처럼 맥주잔 앞에 놓고 도란도란 이야기를 나눈다는 것만으로도 어머니에게는 고맙기 그지없는 일이었다. 춤바람 소문을 듣고 홀로 애를 끓였던 일이 부끄럽기까지 했다. 남자가 그럴 수도 있는 일이지……. 그녀도 어느새 그녀가 조금이라도 아버지에게 언짢은 표정을 지으면 시어머니가 입버릇처럼 자주 내뱉던 그 말을 속으로 되뇌고 있었다.

그러나 늦게 배운 도둑질이 무섭다고, 석탄 먼지 날리는 노동판과 집밖에 모르던 양반이 그 달콤하고 녹녹한 세계를 알아 버렸는데, 춤을 배우는 것만으로 끝날 수 있었겠는가. 훤칠한 키의 호남에, 비음이 섞인 우렁우렁한 목소리에, 춤까지 잘 추는 사내를 카바레에 출입하는 여인네들이 내버려 둘 리가 없었다. 아버지의 외박이 잦아지기 시작했다. 그렇지 않아도 과묵하던 양반의 말수가 더욱 줄어들었다. 식사를 하다가도 숟가락을 든 채 밥상 한 모서리에 시선을 고정시키고 멍하게 앉아 있기도 했다. 할머니는 그 아들을 철석같이 믿었다.

남자가 그럴 수도 있는 일이지를 연발하면서. 그런 세월이 몇 년 훌쩍 흘렀던가. 그가 도시의 고등학교로 유학을 떠난 뒤, 가끔 집에 다니러 오면 어머니의 얼굴은 수심으로 가득했다.

사랑이 무엇인가, 사랑이란 것이. 고향 마을이 점점 가까워질수록 그는 아버지 생각에 새삼스럽게 몸을 떤다. 결혼한 남자가 아내가 아닌 다른 여인과 사랑하는 일, 사람들은 그것을 흔히 불륜이라 부르고 바람을 피운다고 얘기한다. 당시 현우에게 그것은 생각하기도 부끄럽고 혐오스러운 행위였다. 그러나 지금 와서 생각하면, 아이를 둘씩이나 낳고 이런저런 세상살이를 경험한 연배에 들어서서 보면, 그것은 간단히 바람으로만 치부할 수 없는 인생의 깊은 구멍이었다. 아버지가 과연 그 여인과의 육체적인 환락에만 탐닉했던 것일까. 육체의 질곡만이 그 광기와 같은 바람의 정체였다고 얘기할 수 있을까. 길가뿐만이 아니라 경운기의 바퀴가 닿지 않는 길 가운데에도 잡풀들이 왕성한 생명력으로 무성하게 자라고 있다. 그 잡풀들은 석양에 서로 부딪치고 어루만지며 다가올 어둠의 시간을 견디어 낼 준비에 몰두하고 있었다. 다 어두워져 가는 시간에 그는 유년의 고향 마을을 향해 몽유병자처럼 터벅터벅 걷는 중이다.

그가 대학에 들어가고 난 뒤에야 안 사실이었지만 아버지는 한 여인과 살림을 차렸다. 그렇지만 내놓고 차린 첩살림은 아니었다. 읍내 시장통 한구석에 방을 얻어 놓고, 퇴근 시간이 되기가 무섭게 아버지는 택시를 타고 그 집으로 향했다. 그 바람의 여파는 가장 먼저 경제적으로 파급됐다. 빠듯한 살림에, 두 집 살림 할 돈은 당연히 모자랐을 것이다. 아버지는 자신이 관리하고 있던 하역 노동자들의 노임을 우선 가져다 썼다. 그것을 메우기 위해 빚을 얻었다. 빚을 갚기 위해 또 빚을 얻었다. 그때만 해도 아버지의 성실성과 좋은 평판은 쉽게 돈을 빌릴 수 있는 여건이었다. 비탈길을 달리는 고장난 자전거처럼 언제 큰 사고가 벌어질지 모르는 형국이었다. 자전거를 타고 한 달에 한 번씩 꼬박꼬박 아버지가 직접 가져다 주던 하숙비도 따지고 보면 그 빚의 일부였을 것이다. 파국의 국면은 예상보다 빨리 다가오고 있었다. 그가 집에서 더 멀리 도망가기 위해 서울로 대학을 갔을 때, 그 파국은 본격적으로 시작됐다. 빚쟁이들이 아버지 대신 어머니를 찾아왔다. 그때까지도 아버지의 두 집 살림은 중단되지 않았던 모양이다.

바람을 끝장내기 위한 어머니의 노력이 왜 없었겠는가. 눈물로 하소연도 해보았고, 시장통의 여인네처럼 바짓가랑이를 붙잡고 악다구니도 써보았다. 종국에는 수소문 끝에 아버지의 살림집을 알아내, 친척과 함께 그 집을 찾아간 적도 있었다. 마음이 여린 어머니는 심장이 너무 콩닥거려 차마 그 집에 들어가지 못하고, 동행했던 친척이 대신 들어가 여인을 만났다. 그러나 그것은 그들이 보금자리를 읍내에서 인근 항구 도시로 이전하는 결과만 낳았다. 아버지는 여전히 택시를 타고 밤이 되면 그 항구로 출근했다. 그러던 중 아버지가 며칠째 직장에도 집에도 나타나지 않은 일이 생겼다. 어머니의 근심은 새로운 방향에서 싹텄다. 바람 피우는 것까지야 어쩔 수 없다지만, 혹시 어디에서 사고나 당하지 않았는지, 그렇지 않고서야 직장까지 팽개칠 양반은 아닌데……. 어머니의 불면은 깊어만 갔다. 그런 지옥 같은 시간들이 닷새 정도 흐른 뒤에 아버지로부터 전화가 걸려왔다. 읍내의 한 병원으로 병원비를 가져오라는 전갈이었다. 아버지는 초췌한 모습으로 누워 링거 주사를 맞고 있었다. 어머니는 우선 반가운 마음에 원망과 눈물을 억누르고 말했다.

「바람을 피워도 아프지는 말어요. 이게 뭣이다여.」

아버지가 피로한 기색이 역력한 눈동자에 눈물까지 글썽여 가며 의외의 말들을 늘어놓았다.

「미안허구먼……. 고생 많지? 이제 다시는 허튼짓 안 할 테니까 내 부탁 좀 들어주소. 그 여자 동생한테 돈을 빌려 썼는데 그것을 안 갚으면 도저히 그 집에 발길을 끊을 수가 없게 되았어. 돈 좀 돌려다 주소.」

어머니를 얌전하고 착하게 본 동네 우물가 집에서 돈을 겨우 돌려다 아버지에게 주었다. 아버지 혼자만 보내는 게 미심쩍어서 친척과 같이 보냈는데, 점심때가 지나고 저녁이 돼도 아버지는 직장에도 집에도 나타나지 않았다. 같이 갔던 친척에게 전화해 봤더니 그는 진작에 돌아와 있었다. 그는 의아하다는 듯이 오히려 어머니에게 되물었다.

「그 사람 아직도 안 왔어요? 집 앞에까지 가서 내려 준 뒤 그 사람이 같이 점심을 먹자고 하는 걸 아줌씨가 기다릴까 봐 서둘러 보냈는데…….」

어머니는 아버지가 들어오지 않는 그 밤 내내 울어 얼굴이 부어 올랐다.

아버지의 불 같은 열정에도 불구하고 아버지의 여인은 그가 갈수록 초췌해지고 돈에 몰리게 되자 배척하기 시작했다. 아버지는 바야흐로 협공을 당하는 처지에 놓이고 있었다. 이미 직장에서도 껍질만 총무직을 맡았을 뿐, 돈 관리는 다른 이가 하고 있었다. 그러나 아버지의 집착은 달라지지 않았다. 아버지가 폭음을 시작한 것은 빚쟁이들의 성화 때문이었다기보다는 그 여인에 대한 안타까움과 미련 때문이었을 것이다. 죽음이 갈라놓을 때까지 서로 사랑할 것을 약속하는가. 가톨릭 혼배 미사 때, 사제가 막 부부가 되는 순간의 남녀에게 묻는 대목이다. 그들은 한결같이 경건한 마음으로 나지막이 예, 하고 대답한다. 죽음이 서로를 갈라놓을 때까지 사랑할 것을 맹세하게 하는 이유는 역설적으로 그런 부부들이 많지 않기 때문일지도 모르고, 그만큼 어디로 튈지 모르는 감정의 다변성을 신이 꿰뚫어 보고 있기 때문일지도 모른다. 아버지와 어머니도 할머니의 굳건한 신앙을 받들어 성당에서 혼배 미사를 올렸다. 그때 아버지가 실낱만큼이라도 이 상황을 예견할 수 있었을까. 아버지의 여인은 홀로 사는 외로움을 카바레에서 달래다 아버지를 만났고, 그로부터 많은 위안을 얻었으리라. 그러나 그 위안이란 그녀에게 죽음으로 갈라서야 할 만큼 대단한 것은 아니었다.

파국은 집을 파는 것으로부터 시작되었다. 그의 가계에 집이란, 삼대에 걸친 찢어지는 가난에서 겨우 터를 잡기 시작한 상징적인 재산이었다. 아버지 또한 그 집의 매각이 갖는 의미를 모르는 건 아니었다. 누구보다도 충격을 받은 것은 바로 그였다. 만취된 상태로 철길을 베개 삼아 자살 소동을 벌인 것도 바로 그 집을 매각한 직후였다. 철길에서 목숨을 끊는 데 실패한 후 그는 또 한 번 소동을 벌였다. 농약을 마셨다. 비척거리는 걸음으로 집 앞 들판으로 흐르는 농수로를 향해 움직이던 그를 현식이 발견하고 뛰어갔다. 아버지는 농수로 둑에 쓰러진 뒤에도 기어서 그 둑을 타 넘으려 안간힘을 쓰고 있었다. 중학교 1학년에 불과하던 현식이 그 거구와 다시 한 번 씨름을 벌여야 했다. 약 기운이 아직 퍼지기 전이었던지 아버지는 현식과의 버티기 싸움에서 이겨 가고 있었다. 둑 위의 잡풀들을 손으로 잡아채며 그는 대지의 생명들에게로 흐르는 수로의 물속으로

228

기어 들어가고 있었다. 어린 현식의 어깨뼈가 우두둑 거친 마찰음으로 무너졌다. 현식이 들녘으로 퍼져 가는 비명을 지르며 울고 있을 때, 수로 아랫녘에서 빨래를 하고 있던 어머니가 달려왔다. 그제야 수로를 향해 안간힘을 쓰며 기어들던 아버지는 영원한 안식을 취하려는 편안한 자세로 사지를 비탈진 둑에 누인 채 움직임을 멈추었다.

지금 생각하면, 그것은 어머니를 향한 시위였을지도 모른다. 철길에서 막무가내로 버틸 때도 그녀가 나타났을 때에야 비로소 잠잠해졌었다. 때늦은 후회였을까, 그것이. 미안함과 절통함에 대한 사과의 행위였을까, 그 역설적인 몸부림이. 병원으로 실려 가서 위 세척을 하고 난 뒤 그는 가까스로 정상을 되찾았다. 농약이 치사량에 현저하게 못 미치는 소량이었다는 진단으로만 짐작해도, 그날의 소동들은 어머니에 대한 시위였던 셈이다. 그러나 정작 의사는 치명적인 선고를 그에게 내렸다. 술을 계속 마시면 오래 살지 못한다는 경고였다.

그날 이후 아버지는 어느 정도 평온한 상태로 돌아왔다. 다시 살아 보려는 몸짓을 보이기 시작했다. 비록 직장에서 그는 허수아비에 불과했고, 그를 경멸하는 눈초리로 쳐다보며 피하는 이들이 더 많았지만, 그는 허허 웃으며 다시 적응해 보려고 애를 썼다. 그에게 장난 반 놀림 반으로 농을 걸어 오는 하역꾼들이 나서면 옛날처럼 번쩍 들어 올리려고 다가섰다가 되레 고꾸라지는 형국이었지만, 그래도 그는 허허 웃었다.

그해 겨울, 아버지는 생의 마지막에 겪을 수 있는 가장 모진 고통을 당하다가 결국 저 세상으로 떠났다. 그날, 밭은기침 소리가 마룻장을 건너오고 있었다. 바람이 불 때마다 들창문이 덜컹거렸다. 섣달의 보름밤, 방문을 열면 매섭도록 차가운 대기가 보름달까지 얼려 버릴 듯한 날씨였다. 달은 차갑고 어두운 하늘에 수정처럼 박혀 있었다. 바람은 마당의 앙상한 매화 가지를 끊임없이 흔들어 댔다.

「현우야, 현우야! 니 어머니 좀 찾아와라 제발, 응? 나 죽는다, 현우야!」

현우는 이불을 머리 위까지 뒤집어써 버렸다. 귀도 막고 눈도 감고 그저 깊고 깊은 잠 속으로 어서 빨리 도망치고 싶었다. 어렵사리 선잠에라도 들라치면 아버지의 외침은 어김없이 고장난 레코드판처럼 반복됐다. 그가 저토록 뻔뻔하게 아들과 아내를 괴롭히는 인간이라면 아예 무시해 버리는 게 상책이라 생각했다. 그렇지 않은가. 더 이상 술을 마시면 죽는다는 의사의 사형 선고에 가까운 처방을 뻔히 두 귀로 들었으면서도 막무가내로 술을 원한다면 도대체 어느 아내가, 아들이 허락할 수 있겠는가. 애써 정상적인 삶의 레일 위에 올라타려고 노력해도 몸과 마음이 평형을 유지하고 달려나가기까지는 부지하세월일 터인데, 저토록 고집을 부린다고 달라질 게 있을까. 그 고집엔 친척집에 피신한 아내에 대한 원망까지도 같이 섞였을 것이다. 지옥 같은 용광로에 어머니를 몰아넣더니 이제는 이런 식으로 투정을 부리는 것인가. 인간이란 이토록 어리석은 존재인가. 결과를 너무나 뻔하게 예측하면서도 그 수렁으로 향하는 걸음을 멈출 수 없는 광기와 무기력은 신이 인간에게 내린 가장 잔인한 형벌 중의 하나이리라.

그가 견디다 못해 안방으로 건너가 문을 열자 아버지는 그 앞에 우뚝 서 있었다. 아버지는 처연한 눈빛으로 아들을 바라보다 그를 제치고 방문을 부서져라 닫아 버린 뒤 밖으로 뛰쳐나갔다. 그제야 그는

방바닥에 흐르는 검붉은 피를 발견하고 소스라치게 놀랐다. 방바닥
에는 아버지가 토해 놓은 피가 홍건하게 고여 있었다. 그는 황급히
전화를 걸어 인근 친척집에 피신해 있던 어머니에게 연락한 뒤, 뛰쳐
나간 아버지를 쫓아 섣달 보름밤의 소읍 거리를 헤매기 시작했다. 아
버지는 보이지 않았다. 섣달의 칼바람이 그의 뺨에 흐르는 눈물을 얼
어붙게 했다. 뿌연 시야에 보이는 건 차가운 달과 냉랭한 거리의 수
은등뿐, 사람의 그림자는 보이지 않는 새벽이었다. 아버지가 생의 대
부분을 바쳐 온 역전통은 잠에 빠져 있었고 역전 사거리의 어느 쪽에
도 움직이는 물체라곤 없었다. 언젠가 만취한 채 아버지가 베고 누웠
던 철길 쪽에도 빨간 열차 신호등이 저 홀로 빛을 뿌리고 있었다. 철
길 너머 들녘의 수로변에는 이파리를 모두 떨궈 버린 미루나무들만
달빛 아래 서 있었다. 그것은 살아 있는 풍경이 아니었다. 모두 얼어
버린 정지된 화면이었다. 그는 연탄 공장을 지나고 굳게 셔터를 내린
옷가게를 지나고 극장을 지나쳐 뛰고 또 뛰었다. 읍내 성당으로 들어
가는 좁은 골목 양옆으로는 복개되지 않은 하수가 흐르고 있었다. 성
당 정문 쪽에서 남녀가 승강이를 벌이고 있었다. 어머니는 어떻게 바
로 이곳으로 뛰어올 생각을 했을까. 오래 살을 섞고 한 이불을 덮고
살다 보면 서로 통하는 동물적인 육감이 생기는 것인지도 몰랐다. 아
버지를 붙들고 어머니는 비명 같은 하소연을 하는 중이었다.

「지발 지발, 그만 좀 혀요. 대체 어쩔라고 그란데요. 아, 집으로 가
　자니께. 지발 나 좀 살려 줘!」

아버지가 어머니 손을 빠져나와 그의 앞을 스치고 튀어 나갔지만
그는 넋을 놓고 서 있다가 그만 아버지를 놓치고 말았다. 다시 아버
지 뒤를 쫓기 시작했다. 저토록 악에 받쳐 뛸 수 있는 힘은 병약한
그의 어디에서 나오는 걸까. 사람이 마지막에 다다르면 저처럼 괴력

이 생기는 모양인가. 다시 극장을 지나치고 경찰서 앞을 스칠 때까지 그들의 새벽 추격전은 이어졌다. 석탄빛 흙으로 항상 질척거리는 역전 마당으로 아버지가 뛰어 들어간 것은 달밤의 추격이 지쳐 갈 무렵이었다. 아버지는 석탄 마당에서 차가운 달빛을 받고 있는 막사 안으로 뛰어들었다. 식어 버린 난로, 바람벽 사방에 놓여 있는 간이 의자들, 그들의 움직임에 자극받은 천장의 흙먼지, 그 가운데에서 흔들거리는 죽은 백열등. 그것들이 세 사람의 뒤척거림을 무심하게 내려다보고 있었다. 어머니가 아버지를 껴안고 한 바퀴 뒹굴었다. 현우가 뒤에서 아버지를 붙잡고 끌어당긴 다음 시멘트 바닥으로 나뒹굴었다. 어머니는 엎어졌다가 겨우 몸을 추스른 다음 아버지의 목을 껴안고 부르짖었다.

「다 용서해 줄 테니께 그만 좀 혀. 여보, 현우 아버지, 지발 좀 그만 혀. 일단은 살고 볼 일 아니여. 내가 어쩌코롬 했으면 당신 맴이 확 풀릴 것이여. 그만큼 내 맴에 불을 질렀으면 인자는 좀 꺼줄 생각도 허면 안 되여. 지발 나 좀 살려 주시오!」

어머니는 아버지의 껴안은 목을 푼 뒤 시멘트 바닥에 엎드려 그렇게 외쳤다. 그녀는 맨바닥에 얼굴을 문지르며 서럽게 울었다. 아버지는 섣달 바람에 들썩대는 비닐 문을 헤집고 다시 철길 쪽으로 달아나기 시작했다. 철둑을 지나 미루나무 사이를 돌다가 들녘 수로 제방을 타고 내달았다. 현우는 미리 수로가 끝나는 지점을 향해 지름길로 달렸다. 현우가 막아선 길로 브레이크가 고장난 기관차처럼 달려오던 아버지는 갑자기 방향을 바꿔 뒤에서 쫓아오는 아내 쪽으로 달려갔다. 어머니는 급작스러운 반전에 아버지의 머리에 배를 받힌 채 뒤로 벌렁 넘어졌다. 아버지는 다시 철길 쪽으로, 그리고 역전 하역판 진흙탕을 지나 소읍 쪽으로 내달았다.

그 지겨운 쫓고 쫓김은 결국 집 앞 골목길에서야 끝이 났다. 달은 여전히 수정처럼 차갑게 어두운 하늘에 정물로 꽂혀 있었다. 아버지는 골목길 시궁창에 쓰러진 채 숨을 헐떡이고 있었다. 얼굴은 이미 창호지처럼 하얗게 변해 있었다. 핏기라곤 보이지 않는 얼굴. 시궁창에서 힘겹게 아버지를 꺼냈을 때 그의 눈은 원망과 미안함, 그리움과 아픔이 뒤섞인 황소의 눈망울이었다.

　해가 지평선에 가까워질 무렵, 그는 마을 입구로 들어서는 길목에서 30여 년 전 모습 그대로 남아 있는 모종을 발견하고 반가운 마음으로 보폭을 넓혔다. 들녘에 나간 할머니를 기다리다가 지쳐서 잠들곤 하던 그 모종이 아직도 남아 있었다. 깻단 다섯 개가 모종 마루에 기대어져 마지막 햇볕에 제 몸을 말리고 있다. 마룻바닥은 최근에 새로 나무를 깐 듯, 거칠거칠한 표면이 그대로 남아 있었다. 예전처럼 그 바닥을 깔고 뭉개고 뒹굴면서 사람의 온기로 마름질할 아이들이 남아 있을 리 없다. 농촌이 피폐해져 가고 남아 있는 건 노인들뿐인 게 어제오늘의 새삼스러운 사실이 아닌 바에야, 아이들의 웃음소리와 울음소리로 소란한 마을 풍경을 그도 기대했던 건 아니다. 마을 입구는 생각했던 것보다 더 적막하다. 그래도 지붕을 지탱하고 있는 여섯 개의 기둥은 옛날 것 그대로다. 그는 기둥을 손바닥으로 가만히 쓸어 내려 본다. 유년기에는 두 팔로 겨우 안을 정도로 지름이 컸지만 이제 장성한 그는 한 팔로도 가볍게 감쌀 수 있다. 어린 또래들은 그 미끌미끌한 기둥을 부여안고 누가 천장에까지 빨리 올라가나 기를 쓰고 경쟁하곤 했다. 손바닥과 발바닥에 침을 퉤 뱉은 뒤 기둥을 꼭 껴안고 풍뎅이처럼 기어오르며 젖 먹던 힘을 다 쏟았다. 타액이 금방 소진되고 나면 대부분의 아이들은 닳고 닳아 미끄러운 기둥에서 쪼르르 흘러내려 엉덩방아를 찧어야 했다. 자세히 들여다보니 기둥은 예전 것 그대로인데 미세하게 갈라진 틈새에 퍼런 이끼가 끼어 있다. 들녘 마을의 쇠락을 하소연하듯, 옛날 어린 친구의 방문을 아는 듯 모르는 듯, 묵묵히 지붕을 이고 서 있을 뿐이다.

「이게 누구여? 징게떡네 손지 아닌가?」

모종의 기둥에 기대어 잠시 상념에 젖어 있는 그의 등을 뒤에서 누가 툭 친다. 괭이를 어깨에 멘 노인 하나가 그의 앞에 서 있다. 석양을 등지고 선 노인의 얼굴은 어두워서 처음에는 눈에 잘 들어오지 않았다. 친숙한 얼굴이긴 하되 명확하게 어느 어른인지는 언뜻 떠오르지 않는다. 어린 시절 할머니와 함께 그 댁 사랑에서 밤늦게까지 놀던 기억이 어렴풋이 떠오를 뿐이다. 징게멩개(김제만경) 너른 들판의 작은 마을에서 할머니는 징게떡으로 통했었다. 그는 잠시 당황하다가 고개를 깊이 숙여 인사를 했다.

「아이고, 내 이럴 줄 알았네. 어젯밤 꿈에 우리 집에서 키우던 소가 달아났는데 아무리 기다려도 와야지. 꿈속에서도 애가 닳아서 안절부절못허는디 해가 뉘엿뉘엿 지기 시작할 쯤에 지 발로 터벅터벅 걸어 들어오는 것이여. 내가 먼가 꿈자리를 헐 것으로 생각혔는디, 자네가 올라고 그랬구먼.」

노인의 얼굴은 온통 주름투성이였다. 평생 태양과 바람에 그을린 검붉은 피부의 골골마다 세월의 이끼가 푸르게 끼어 있었다.

「그래, 자네 할머님도 여전히 건강하시고? 한 달 전쯤인가, 그 냥반이 몇십 년 만에 갑자기 나타나서 참 오랜만에 동네 노인네들이랑 회포를 풀었는디, 이제는 그 집 손지가 왔구먼. 먼 일이라도 있는 것이여? 아이고, 내 정신 좀 보게. 오랜만에 찾아온 손님을 길가에 오래 세워 둬서는 안 되는디……. 우선 내 집으로 먼첨 가세.」

할머니가 일전에 고향에 다녀갔다는 이야기는 처음 듣는 사실이었다. 그러고 보니 할머니가 일절 곡기를 끊어 버린 시점과 고향에 다녀온 시기가 일치하는 듯싶었다. 그는 묵묵히 노인의 뒤를 따라 걷다가 불현듯 떠오른 생각에 그 자리에 그대로 전신주처럼 붙박여 서고 말았다. 아버지가 죽고 난 뒤 할머니가 내뱉었던 푸념 한마디가 그의 귀에 선명하게 다시 들려왔다. 사람은 근본을 잊어서는 안 되는 법인디, 내가 무에 씌었던 것 같다. 애비는 고향을 떠나서는 안 될 사람이었어. 거그서 농사 짓고 자식들이랑 함께 땅심을 받고 살었어야 허는디, 새끼들 좀 번듯하게 키워 볼 욕심으로 내쫓듯이 대처로 내보냈어. 뼈라도 고향 땅으로 다시 돌려보내야 쓸 턴디, 저 춥디추운 넘의 땅 공동묘지에 묻혀 있는 니 애비가 언제나 육탈이 될란가 모르겄다……. 앞서 가던 노인이 마을 입구에 장승처럼 서 있는 그를 돌아보더니 천천히 다시 돌아와서 그의 어깨를 다독거리며 위로하듯이 말을 건넨다.

「자네 할머니가 당신이 죽기 전에는 아무한테도 알리지 말아 달라고 신신당부를 허면서 허리춤에 꼬깃꼬깃 묶어 둔 돈을 내놓고 묏자리 하나를 알아봐 달라고 혔어. 헌디, 그 돈 가지고는 요새 땅 한 평 사기도 힘들고 해서 우리 비탈밭 한 귀퉁이를 떼어 주겠다고 했더니, 그 냥반 너무 좋아허시더구먼. 산 사람 죽을 구덩이 먼저 파놓으면 오래 산다고 허지 않던감. 자네도 이제 자리 잡고 살 만헐 테니까 선친도 고향으로 모시게.」

부채꼴의 마을 위로 저녁 이내가 퍼지기 시작한다. 멀리 당산 부근에서 배회하던 소 한 마리가 노인을 발견하고 천천히 어슬렁거리며 그들을 향해 다가온다. 노인은 소를 맞은 뒤 연신 등을 쓸어 주

며 사람 대하듯 함께 느릿느릿 마을을 향해 걸어간다. 해는 지평선
에 걸려 있다. 잠시 후면 마을은 어둠에 잠길 것이다.

# 가을 나그네

  산속의 낮은 짧다. 이제 오후 네시를 갓 넘겼을 뿐인데도 앞산머리의 해는 벌써 지고 있다. 아직 일몰 시각도 아닌데, 해는 제 그림자만 남겨 놓은 채 산 너머로 사라지려 한다. 황금빛으로 번쩍이던 계곡물의 광휘도 순식간에 스러진다. 희미해진 해 주변에 안개 같은 것이 서려 있다. 해는 달무리처럼 은은하게 계곡을 비추어내기 시작한다. 밤나무 가지 사이로 내려다보이는 계곡물이 요란하게 흘러간다. 그의 인생도 따지고 보면 산속에 갇힌 오후 네시 무렵이다. 인생이 너무 일찍 어두워진다 탓할 것 없다. 시월의 산바람이 차다. 겨울바람처럼 휘파람 소리까지 내면서 모텔의 덧창을 흔들어 댄다. 낙엽들이 계곡 위로 빠르게 날아다닌다. 봄날 보리밭 하늘의 종달새처럼 수직으로 급강하를 하기도 하고, 수평으로 날아가 사라지기도 한다. 바람이 그의 머리칼을 사방으로 흩날린다. 베란다에서 오른쪽으로 주유소 하나가 보인다. 기름을 넣는 차들은 보이지 않고 휴지조각 몇 개만 허공에 날아다닌다.

처음부터 이곳 강원도 깊은 산속에 자리 잡은 외딴 모텔까지 올 계획은 없었다. 아내의 집을 떠나 무작정 차를 동해 쪽으로 몰다가 오래 묻어 두었던 아픈 추억 하나 때문에 이곳으로 이끌려 왔을 뿐이다. 회사의 컴컴한 지하 기사 대기실에서 나와 마지막으로 아내의 얼굴이나 보고 떠날 생각을 하고 아내의 집 쪽으로 차를 몰았다. 아내는 퇴근 시간이 한참 지났는데도 아직 돌아오지 않은 모양이었다. 아내의 아파트 3층 창문은 어두웠다. 위아랫집의 창문들에서는 환한 불빛이 스며 나오고 있었고, 놀러 나간 아이를 부르는 어미들의 목소리도 여기저기서 들려왔다. 아파트 소로 옆 1층 창문 너머로 된장찌개 끓이는 냄새가 흘러나오고 있었다. 아이들과 함께 남편을 마중 나온 한 여인은 멀리서 남편이 걸어오는 모습을 발견하고 아이들을 전령처럼 먼저 뛰어가게 했다. 아이들을 두 팔에 매달고 걸어오던 남편이 아내에게 슈퍼에서 산 과일 봉지를 맡겼다. 그들이 사라지는 뒷모습을 보며 그는 차창을 열어 놓고 담배를 피워 물었다. 그에게도 한때 저런 행복이 있었다. 어디서부터 길이 끊겼는지 모르겠다. 아파트 1층의 불들이 꺼졌다. 아내의 창문은 여전히 어두웠다. 깊은숨을 내쉬고 그가 마지못해 시동을 걸려는 순간 가로등 불빛 아래 승용차 한 대가 들어서고 있었다. 차가 멈추더니 운전석에서 사내 하나가 먼저 내리고 뒤이어 아내가 내렸다. 사내와 아내는 웃으며 몇 마디를 주고받다가 서로 가볍게 어깨를 감싸 안았다. 아내는 술을 많이 마셨는지 비틀거리는 걸음으로 컴컴한 아파트 계단 속으로 사라지려다 사내에게 고개를 돌려 눈인사를 했다. 사내는 아내를 바라보며 정겹게 손을 흔들어 주었다. 사내는 어둠 속으로 차를 몰아 사라졌고 잠시 후 아내의 창에 불이 들어왔다. 그는 망연히 아내의 창문을 올려다보다 운전대 위로 고개를 꺾었다.

아내를 원망할 생각은 추호도 없다. 밤의 고속도로를 달려오는 내내 그는 아내의 행복을 기원했다. 그는 이제 철저하게 혼자인 셈이다. 한때 그와 더불어 인생의 뒷길에서 힘들어했던, 지금은 이 땅에 없는 그 여자도 그에게서 떠나간 지 오래다. 아내가 든든한 삶의 버팀목이었다면 그 여자는 통풍구였다. 지난밤 영동고속도로를 달리다가 불현듯 떠오른 추억 때문에 이정표를 보는 순간 고속도로에서 이탈해 진부 쪽으로 빠졌다. 산속의 오후 네시, 날이 저물고 있다.

진부에서 정선 쪽으로 뚫린 502번 지방도는 깊은 산속인 데다 길 옆으로 계곡이 같이 달리는 곳이어서 경관이 빼어난 곳이다. 그 여자와 함께 이 길을 처음 달릴 때에는 보이는 풍경마다 탄성을 질렀던 곳이지만 지난밤에는 아무것도 보이지 않았다. 간혹 길가 가게의 백열등 빛만이 스쳐 지나갈 뿐 길은 어두웠다. 하늘에는 별들이 선명하게 박혀 있었다. 크리스마스 트리의 알전구처럼 크고 밝게 빛나는 그 별들은 길 위로 우수수 쏟아져 바퀴 아래 깔릴 것만 같았다. 어둠 속에서도 그 모텔을 쉽게 발견할 수 있었던 것은 모텔 주변을 감싼 붉은 네온의 띠 때문이었다. 컴컴한 어둠 속에 붉게 빛나는 그 모텔의 간판 일부는 네온등이 고장나 큼지막하게 장식된 'MOTEL'이 'M…L'로만 빛나고 있었다. 조심스럽게 살피지 않으면 발견하지도 못할 계곡 위의 작은 다리를 건너 모텔에 들어서자 카운터 뒤편 골방에서 텔레비전을 보고 있던 노파가 힘겹게 일어서서 그를 맞았다. 평일이어서 그런지 둥그런 원추형으로 꽤 멋을 부려 지은 그 모텔은 정적에 싸여 있었다. 그는 계곡 쪽으로 난 방을 요청했다. 물병과 수건을 들고 2층으로 안내하는 노파 뒤를 따랐다. 방에 들어서는 순간, 그는 아찔한 현기증을 느껴야 했다. 그 여자와 함께 누웠던 침대와 나무 덧창 바깥으로 둥그렇게 돌출된 베란다, 연분홍색 옷장과

작은 텔레비전……. 그때와 달라진 게 별로 없었다. 굳이 달라진 것
이라면 사람들이 많이 들지 않는 외진 곳이라 관리를 게을리 한 탓
인지 군데군데 찢어진 벽지를 그대로 방치해 둔 것 정도였다. 화장
실에라도 간 것처럼 여자가 금방 나타날 것만 같았다. 그는 침대에
털썩 주저앉아 쓴웃음을 지었다. 세상의 시간은 나이를 먹어도 추억
속의 어떤 시간은 세월이 흐를수록 더 선명해진다.

　그 여자를 처음 만난 것은 회사 업무 때문이었다. 자동차회사 기
획조정실에 근무하는 그는 승진도 꽤 빠른 편이었고 사내에서 나름
대로 촉망받는 일꾼이었다. 그의 타고난 능력 때문이라기보다는 가
정생활을 포기하다시피 회사일에 매달렸던 집념 때문이었을지 모른
다. 그가 담당한 주요 업무는 해외시장의 수요 예측과 그쪽 소비자
들의 기호 변화는 물론 경쟁 외국업체의 동향까지 파악하는 일이었
다. 주로 유럽 쪽의 시장 조사가 그에게 맡겨진 일이었다. 날마다 해
외에 주재하는 직원들로부터 팩스와 이메일이 날아들었다. 직원들
이 보내는 해외 정보는 믿을 만한 것도 있었지만, 그들 나름대로 편
리하게 각색한 것들도 끼여 있었다. 이 때문에 회사에서는 현지인들
을 고용하기도 했는데, 그 나라의 언어로 보내는 정보들이 문제였다.
프랑스에서 보내오는 것들이 주로 많아서 초기에는 번역 사무소에
번역을 의뢰했다. 하지만 빠르고 정확하게 번역하는 일만이 능사는
아니었다. 번역 사무소 쪽에 맡기면 기밀이 경쟁 회사로 유출될 위
험이 있었다. 개인적인 선을 통해 번역 업무를 맡게 된 사람이 바로
그 여자였다. 밤낮을 가리지 않고 하루 종일 형광등 불빛 아래 파김
치가 되도록 일을 하던 시절이었다. 여자의 낯빛은 그와 마찬가지로
창백한 편이었다. 어두운 눈 그늘이 있었지만 눈빛은 맑았다. 그리
작지 않은 키에 몸은 마른 편이었다. 여자를 소개시켜 준 대학 후배

말로는 결혼에 한 번 실패한 적이 있는 여인이었다. 여자는 이미 프랑스 소설도 몇 권 번역했을 정도로 번역 쪽으로 꽤 이력이 난 편이었다. 출판사 쪽 번역일은 그리 많지도 않거니와 시간이 많이 걸리는 어려운 작업인 반면에, 그가 거의 매일 건네주다시피 하는 일거리는 단가도 높고 번역하기도 쉬워 좋은 일거리에 속했다.

「사는 게 힘드신가 봐요. 머리에 새치가 벌써 많이 생겼네요.」

여자는 창백한 낯빛의 이미지와는 달리 밝게 웃으며 처음 보는 그에게 농담까지 건넸다. 아니, 그건 농담이라기보다도 사람에 대한 예민하고 따뜻한 관찰력을 천부적으로 타고난 기질 때문이었을지도 모른다.

「머리칼도 햇볕을 봐야 건강해질 텐데 밤이고 낮이고 맨날 사무실에만 박혀 있으니 빛이 바랜 모양입니다.」

「그러다가 사십도 되시기 전에 백두가 되겠어요. 종종 해바라기라도 좀 하세요.」

눈 그늘의 어둠만 빼면 여자는 밝고 따뜻한 느낌을 주는 여인이었다. 기획조정실은 타 부서보다 출근 시간이 빨랐다. 사장이 출근하자마자 거의 매일 열리다시피 하는 중역 회의에 맞춰 먼저 제출할 보고서를 만들어야 했다. 오후 다섯시나 돼야 유럽 쪽이 아침 일을 시작할 시각이어서 저녁에는 그쪽 시간에 맞추느라 그는 늘 야근을 해야만 했다. 어쩌다 일찍 끝나는 날은 부서 회식이 벌어진다든가, 주중에 시간이 조금이라도 비는 날은 미루고 미루었던 약속들 중에서 선별을 해서 저녁 자리를 가져야 했다. 아내와 아이들이 어떻게 지냈는지, 지금 생각하면 거의 공백 상태로 다가온다. 겨우 아침에 밥을 먹고 나오는 일, 일요일이면 아내와 함께 동네 앞산에 같이 오르는 일, 낮시간에 짬짬이 전화 통화를 하는 일 정도가 가족과 소통

하는 경우에 속했다. 낮시간에 여자를 만나는 일은 그즈음 그에게는 청량제 같은 것이었다. 여자를 만나는 일 자체가 업무의 연장이기도 했거니와 한마디만 던져도 그의 생각과 감성을 정확히 짚어 내는 여자와의 대화는 즐거운 일이었다.

그 여자와 결정적으로 가까워진 건 그녀의 어머니가 죽으면서부터였다. 여자에게서 연락이 끊긴 지 보름쯤 지났을 때였다. 급한 김에 일거리는 우선 번역 사무소 쪽에 맡겨 놓고 후배에게 연락을 해 보았지만 후배 또한 여자의 종적을 모르고 있었다. 그때도 지금처럼 가을이었다. 창밖으로 낙엽들이 바람에 날리면서 보도를 덮어 가는 모습을 물끄러미 바라보던 저녁 무렵, 여자에게서 전화가 왔다.

「저, 여기 서울역인데 지금 좀 나와 주실 수 있어요? 도저히 혼자서는 집에 들어갈 자신이 없어요…….」

여자는 소리 소문 없이 혼자서 어머니 상을 치르고 상경하는 길이었다. 여자의 아버지는 그녀가 어렸을 때 돌아가셨고, 어머니가 홀로 무남독녀를 키웠는데 그 딸이 일찍 결혼에 실패한 뒤 혼자 사는 모습을 보다 못해 고향으로 내려가 집을 지키다가 쓸쓸하게 죽음을 맞았다. 혼자서 상을 치르다시피 하고 다시 서울 땅을 밟은 여자는 어디에도 마음 둘 곳이 없었던 모양이었다. 그가 서둘러 서울역 그릴에 당도했을 때 그녀는 어두운 창밖만 바라보고 있다가 그와 눈빛이 마주치자 검은 두 눈에서 눈물을 쏟아내기 시작했다. 여자를 데리고 그녀의 방에 들어섰다. 전동차가 쉼 없이 지나다니는 철길 옆 다세대 주택에 여자는 세 들어 살고 있었다. 창틀에는 소음을 방지하기 위해 스펀지를 잘라서 붙여 놓았고, 널린 책들과 JBL 스피커만 유독 눈에 띄는 풍경이었다. 몸을 제대로 가누지 못하던 여자는 방에 들어서자마자 힘없이 쓰러졌다.

「미안해요. 이런 모습 보이는 거 아닌데……. 하지만 도저히 혼자
서는 이 방에 들어올 수 없을 것 같았어요. 무섭기도 하고, 너무
쓸쓸하기도 하고…… 저를 좀 안아 주실 수 있어요?」

　몸살 기운이 도는지 여자의 몸은 뜨거웠다. 부드러운 몸이 서러웠
다. 여자의 야윈 볼을 쓰다듬다가 가만히 그의 볼을 가져다 댔다. 여
자의 뜨거운 입술이 그를 향해 다가왔다. 여자의 더운 몸은 떨고 있
었다. 그는 여자의 입술을 힘껏 받아들이며 작고 따뜻한 젖가슴을
꼭 쥐었다. 간헐적으로 전철 지나가는 굉음이 들려왔다. 그날 밤 그
는 아내와 아이가 기다리는 집에 돌아가지 못했다. 여자는 그렇게
그에게 깊이 다가왔다.

　산속에서는 아홉시가 넘어서야 해가 떠올랐다. 간밤을 뜬눈으로
지새운 뒤 그는 아침 일찍 산보 겸 커피를 마시러 모텔 앞마당에 나
섰다. 아직 시월 초순인데도 산속에서는 자동차 앞 유리에 하얗게
성에가 끼어 있었다. 저녁에 들어올 때는 어두워서 지형을 자세히
살필 수 없었는데 아침에 보니 이곳은 계곡과 국도를 사이에 두고
양쪽에서 높은 봉우리들이 에워싸고 있는 형국이었다. 그는 천천히
물소리와 함께 계곡을 따라 올라갔다. 아침 햇빛에 밤나무 잎들이
싱그럽게 반짝이고 있었다. 계곡의 다리를 건너 국도변의 주유소
부근까지 나아갔다. 주유소에는 사람의 그림자도 보이지 않고 주유
미터기들만 홀로 깜박이고 있었다. 구멍가게 하나 보이지 않는 이
런 곳에서 아침 식사를 해결하기는 무망한 노릇이었다. 그는 다시
모텔로 돌아와 베란다에 앉아 밤나무와 노송이 몸을 굽히고 있는
계곡 쪽을 망연히 내려다보고만 있었다. 그리고 이제, 산속의 일몰
을 맞는 중이다.

　대학을 졸업하고 입대를 기다리고 있을 때 친구 소개로 아내를 처

음 만났다. 그녀는 서울 변두리의 중학교에 막 부임한 햇병아리 수학 교사였다. 서울에서 나고 자랐다지만 학교와 집만 오간 탓에, 시골에서 올라온 그보다도 오히려 서울 지리에 둔감한 모범생의 전형이었다. 5남매 중 둘째 딸로 공무원이던 아버지 밑에서 그리 부유하진 않았지만 그렇다고 별다른 어려움을 겪지도 않은, 유복한 집안의 잘 자란 딸이었다. 그는 그녀의 그런 평범함과 모나지 않은 부드러움을 사랑했다. 그녀와 함께 있으면 세상이 아늑하고 따스했다. 일찍이 아버지를 여의고 홀어머니 밑에서 자라나 고학하다시피 대학을 졸업한 그의 부족한 부분을 그녀는 충분히 메워 줄 수 있었다. 성격이 급한 데다 조울증까지 의심되는 그가 작은 일에도 쉽게 흥분하면서 좌절할 때에도 그녀는 낙천적이었다. 군대에 가서도 그녀와의 편지는 이어졌고, 제대할 때까지도 그녀는 그를 기다려 주었다. 별고민 없이 그는 그녀와 결혼을 했다. 입사한 뒤 정신없이 일에 휘둘리면서 야근과 철야가 반복되어도 아내는 큰 불평이 없었다. 결혼 초에는 바쁜 틈에도 짬을 내어 아내와 함께 영화도 보러 다녔고 단풍 소식이 들려오면 주말 야간 열차를 타고 내려가 일요일 아침 서둘러 붉은 수해에 몸을 담갔다가 오후 차로 올라온 적도 있었다. 하지만 첫아이가 나온 뒤부터 그런 기회조차 사라져 버렸다. 아이를 키우느라 아내는 휴직을 했고, 그는 그대로 더욱 바빠진 회사일 때문에 아내와 한가한 시간을 낼 틈이 없어져 버렸다.

　주말에 출장 핑계를 대고 여자와 함께 강원도 쪽으로 여행을 떠났을 때, 그녀는 계곡물 소리가 들리는 정선의 모텔에서 어렵게 이야기를 꺼냈다.

　「언제까지 이렇게 두 갈래 길을 왕복달리기하듯 왔다갔다 할 수 있을 거라고 생각해요?」

244

그날 이후 심각한 고민에 빠져 들어 하루에도 수십 번씩 마음속 왕복달리기를 하고 있었지만 정작 여자 쪽에서 그리 오래 미련을 두지는 않았다. 그는 모르고 있었지만 여자는 그동안 뒤늦은 유학 준비를 착실하게 해왔던 모양이다. 공부를 명분으로 이 땅을 떠나고 싶었던 것이 솔직한 이유였을지도 모른다. 그해 가을 여자는 프랑스행 비행기에 올랐다.

늦은 시간에 집에 돌아가도 아내는 여전히 단정하게 그의 옷을 받아 걸었고, 가스레인지 위에 올려놓았던 찌개를 데워서 따뜻한 밥을 차려 주곤 했다. 그 무렵부터 회사는 회사대로 흔들리기 시작했다. 경쟁 업체와의 빅딜설이 흉흉하게 떠돌아다녔다. 그는 거의 집에 들어갈 짬이 없었다. 채권단 대표 은행에 제출해야 할 서류 때문이었다. 경영정상화계획을 작성하느라 하루에도 서너 번씩 자금 담당 이사와 회의를 해야 했고, 철야를 하는 날도 많았다. 아내의 안색이 달라지기 시작하면서, 그가 늦게 들어가는 날에는 문만 열어 준 채 방으로 들어가 이불을 뒤집어 써버리는 변화가 일어난 것도 그 무렵이었다. 출근길에 그는 아내에게 따져 물었다. 내가 요즘 얼마나 힘든지 아는가, 당신마저 그렇게 냉대한다면 어디에 기대야 하는가. 하지만 아내는 냉정하게 말했다.

「당신에게 이젠 솔직히 지쳤어요. 내 인생에서 다시 한 번 선택의 기회가 주어진다면, 지금 인생을 바꿔 보고 싶어요. 복직신청서 내놓았어요. 당신 와이셔츠에서 묻어나던 향수 냄새가 사라지면 당신이 제자리로 돌아올 줄 알았지요. 당신에겐 당신의 길이 있는 모양이에요.」

아내는 결국 별거를 선언했고, 복직을 해서 아이와 함께 따로 아파트를 얻어 나갔다. 그는 어디에서부터 길이 꼬이기 시작했는지 스스로에게 묻고 또 물었다. 결국 회사가 다른 회사에 합병된다는 소문이 사실로 드러났다. 경쟁 회사와의 빅딜 조건을 둘러싸고 재벌들의 돈싸움이 진행되고 있었다. 그 통에 애꿎은 직원들만 발목이 잡힌 채 허탈한 가슴을 달래며 한숨을 쉬어야 했다. 노사가 협상안에 서명하고 공장을 재가동하긴 했지만 조직 붕괴와 부품 공급 중단으로 휴업에 들어갔다. 많은 직원들이 회사를 떠났고, 남은 사람들도 모두 마음이 허공에 뜬 상태여서 정신적으로나 육체적으로 지쳐 가고 있었다. 어렵게 부품이 조달돼 휴업이 풀린 후에도, 전에는 밤 열한시에 퇴근하려고 해도 눈치를 보던 사람들이 대부분 겨우 자리만 지키다가 퇴근 시간이 되면 힘없이 귀가했다. 불확실한 미래를 견디다 못해 회사를 떠나는 사람들이 계속 늘어났다. 빅딜 원천반대를 고수하던 비대위 소속 직원들은 동료들의 정신적 공황에 가까운 스트레스에 대한 연민으로 정부와 회사 책임자 모두를 향해 저주에 가까운 악담을 퍼부어 대곤 했다.

결국 그가 다니는 회사를 인수할 실사단이 방문하기로 한 날, 그쪽 회사 임원이 은밀하게 그를 불렀다. 그에게 회사 상황에 대해 이것저것 물었다. 선배를 통해 이미 알고 있었던 그 임원은 넌지시 암시를 했다. 그쪽 기획실과 통폐합되면 기존 직원들은 많아 보았자 3분의 1 정도만 살아남게 돼 있으니 자기네 쪽 실사단에게 브리핑할 때 당신의 능력을 십분 발휘하라고……. 오랫동안 같이 일했던 동료들의 눈빛을 가슴 아프게 느끼며 그는 밤을 새워 숫자맞추기에 골몰했다. 드디어 점령군이 입성하는 날, 인사 발령이 게시판에 나붙었다. 뜻밖에도 그를 포함한 20여 명이 총무부 운수과로 발령이 나 있었다. 운수과는 명칭만 그럴싸할 뿐이지, 빌딩 지하의 기사 대기실이었다. 회사 차량을 운전하는 기사들이 호출을 기다리는, 담배 연기 자욱한 기사 대기실이 바로 그곳이었다. 그는 하루아침에 지하로 떨어져 버린 것이다.

「청춘을 다 바쳤는데, 이제 와서 이렇게 헌신짝처럼 내버려도 되는 겁니까?」

그는 배신감에 치를 떨다가 이를 악물고 총무이사 방으로 쳐들어가 목소리를 높였다. 총무이사는 내려다보던 결재 서류를 소리가 나게 탁 덮어 버리더니 그를 똑바로 바라보며 일갈을 했다.

「나도 조금 있으면 옷을 벗게 되어 있네. 자네는 그동안 새 경영진 쪽에 붙어서 꽤나 노력한 걸로 알고 있는데 어떻게 된 일인가? 점령군이 평생 당신 인생을 책임질 걸로 알았는가? 인생을 헛살았구먼!」

아내는 새로운 생활에 익숙해져 있었다. 그는 몰랐지만 이미 그의 외도 행각을 소상히 알고 있었던 아내는 그를 위로하기는커녕 정식으로 이혼 서류를 들이밀었다.

「당신에게는 당신의 길이 있어요. 세상을 그렇게 안이하게 앞만 바라보고 사는 남자에게 나는 더 이상 흥미가 없어요. 당신이 지나온 길 한번 찬찬히 돌아보세요. 당신의 이기심을 채우기에 급급한 족적뿐이에요. 지금부터라도 원점에서 시작해 다시 찾아보세요.」

진부에서 정선까지 통하는 지방도는 간간이 트럭이나 승용차들이 지나다닐 뿐 교통량은 그리 많지 않은 편이다. 간혹 차들이 굉음을 내지르며 지나갈 때면 고요한 산속이 심하게 흔들렸다. 침대에 누워서 창문을 열어 놓고 계곡과 산을 바라보았다. 산 너머에서 구름이 비행접시처럼 천천히 나타나더니 머리 위로 미끄러졌다. 구름이 지나가면서 산등성이에 만들어 놓은 검은 그림자 한 무더기가 유령처럼 산록을 지나갔다. 새끼 구름 하나가 뒤를 이었다. 그는 이제 3개월 후면 마흔이다. 지난밤 이 방에 들어설 때 바닥에 던져 놓은 옷가지들이 제멋대로 흩어져 있었다. 그는 모텔을 나와 술을 사기 위해 정선 읍내 쪽으로 차를 몰아갔다.

스러져 가는 가을빛이 가득한 파장 무렵의 장터에 바람이 불고 있었다. 정선만 해도 그가 있던 산속과는 달리 아직 해가 많이 남아 있었다. 아이들이 자전거를 타고 한적한 읍내를 배회했다. 사방이 산으로 둘러싸인 아늑한 곳이다. 어디선가 바람을 타고 가늘게 이어졌다가 끊어지곤 하는 아코디언 소리가 들리는 것 같다. 읍내를 천천히 달리다가 그는 도로변에 차를 세웠다. 소리의 행방을 쫓아 걸어가 보니 사람들이 북적거리는 시장통이 보였다. 입구에 '경축 정선 5일장 관광열차 2만 명 돌파 기념'이라고 적힌 플래카드가 펄럭거렸다. 간고등어 파는 좌판 행상에서부터 메밀국수, 수수떡, 찐빵 들을 파는 상인들로 장터는 발 디딜 틈이 없었다. 빨강 파랑 초록의 원색 플라스틱 그릇들을 늘어놓은 곳, 당근 송이버섯 더덕 감 따위를 펼쳐 놓은 소박한 좌판들도 줄을 이었다. 장바닥에 퍼질러 앉아 도장을 파는 이도 보인다. 한 사내가 그 곁에서 자신의 이름이 새겨지는 모습을 고개를 들이밀어 세심하게 관찰하고 있다. 눈깔사탕 따위를 리어카에 수북이 쌓아 놓고 부모를 따라 나온 아이들을 유혹하기도 했다. 아코디언 소리는 점점 크게 들려왔다. 더덕을 길가에 늘어놓고 칼로 껍데기를 벗기는 아낙들이 아코디언 소리에 맞추어 콧노래를 흥얼거렸다. 장터 가운데에는 커다란 양은솥에 족발을 넣고 뚜껑을 열어 놓은 채 긴 막대기로 휘휘 저으며 길게 소리 지르는 청년이 보였다. 황기와 감초 따위의 각종 싸구려 약재와 함께 족발을 끓여 내는 좌판이었다.

「황기 족발 한 번만 먹어 보면 만사가 다 편안해집니다. 여기 들어

간 약초가 한두 개가 아닙니다. 세상 근심 걱정들 하지 마세요!」

길가에 내놓은 물건들은 모두 옛날 시골에서나 보았음직한 것들이다. 짚신은 물론 길쌈할 때 쓰는 물건에다 느릅나무로 만든 아이들의 새총까지 나와 있었다. 촌 아낙들을 위해 '하나에 3000원'이라고 써붙인 리어카에 브래지어만 가득 쌓아 놓은 모습도 보였다. 그는 무연히 장터를 배회하다가 문득 아침과 점심까지 그대로 굶었다는 사실이 생각났다. 길거리에 플라스틱 받침대를 의자 대신 늘어놓은 채 메밀국수를 한 솥 삶아 놓고 손님들을 기다리는 국수집을 찾았다. 아코디언 소리를 뚫고 불경 소리가 들려오기 시작했다. 고개를 돌려 뒤를 돌아보자 청바지 차림에 삿갓을 깊이 눌러쓴 중년 사내가 바퀴 달린 밀차에 염주를 가득 실은 채 금강경을 틀어 놓고 손님들을 끌고 있었다. 불경 테이프는 물론 온갖 불교용품을 싣고 다니는 사이비 스님이었다. 불경 소리를 뚫고 아코디언 소리가 바로 지척에서 나기 시작했다. 그가 메밀국수 한 가닥을 집어 올린 뒤 옆으로 고개를 돌리자 부부 악사가 눈에 들어왔다. 맹인 여자가 아코디언을 연주하며 걸어오고 있고, 그 여자의 밑에서 두 다리가 없는 사내가 껌과 양말 따위를 실은 밀차를 밀며 기어 오고 있었다. 그가 앉아 있는 좌판까지 다가온 그들은 연주와 노래를 그쳤다. 사내가 여자를 끌고 메밀국수판으로 와서 국수 한 그릇을 청했다. 여자가 더듬더듬 자리에 앉은 뒤 국수 한 그릇을 사내와 맞잡았다. 사내가 국수를 숟가락에 정성스럽게 담아서 여자에게 건네면 여자는 사내의 얼굴을 한 번 쓰다듬은 뒤 국수를 받아먹었다. 여자에게 두 번 주고 나면 한 번은 사내 몫이다. 여자에게 먹여 주는 국수의 반은 아래로 흘러내렸다. 사내는 아예 아내의 턱밑에 한 손으로 빈 그릇을 대고 있었다. 사내는 흘러내린 국수를 다시 여자에게 먹여 주었다. 보통 사람들이 10분이면 끝낼 식사를 그들은 국수 한 그릇을 놓고 30분이 넘도록 계속했다. 그는 제 몫의 국수에는 손도 대지 못한 채 그들이 국수를 다 먹을 때까지 하염없이 쳐다보았다.

　지금까지 무엇을 위해 달려왔던가. 뚜렷한 목적이 없었다. 그저 생의 관성만이 있었을 따름이다. 앞만 보고 달리는 기관차와 같은 삶이었다. 기관차의 삶에도 언젠가는 종착점이 있기 마련이다. 하지만 그는 종착점에 대해서는 지금까지 생각해 볼 겨를도 없었다. 빨리 달려 나가는 일만이 그에게 있었을 따름이다. 그에게 다가왔던 그 여자는 코스모스나 붓꽃들이 한가하게 피어 있는 간이역 같은 것이었는지 모른다. 그는 그 간이역에서 이제껏 맛보지 못했던 편안함을 느꼈던 것이 사실이다. 하지만 간이역은 언젠가는 떠나야 할 상징적인 곳이다. 그가 떠나기도 전에 간이역이 먼저 없어져 버렸다. 다시 출발하려 했을 때는 철길도 폐쇄되고 그를 끌고 왔던 기관차마저 폐기 처분당하고 말았다. 인생에 밤이 찾아왔을 때, 누군가의 따뜻한 힘으로, 그도 저 부부 악사처럼 서로 밤을 밝힐 수 있어야 하는 것이다. 그는 천천히 자리에서 일어나 근처 슈퍼에 들어가 소주를 산 뒤 다시 차에 올랐다. 힘겹게 다시 걸어가 본다 한들, 어디 어느 구멍에서 좌초될지 모른다. 누구를 만나서 다시 상처를 입고 상처를 줄 것인가. 세끼의 밥과 가족들과의 편안한 삶에 만족할 수만 있다면, 그렇게만 살 수 있다면 큰 문제가 없을 성싶지만 세상은 그렇게 살도록 욕망을 줄여 주지 않았다.

　모텔로 다시 돌아온 뒤 베란다에 나서서 찬바람을 가슴에 가득 넣고 들어와 텔레비전을 켰다. 강원도 첩첩산골 정선의 이 작은 모텔에도 뉴욕에서 진행 중인 프로야구 경기가 생중계되고 있었다. 뉴욕 홈 구장에서 메이저리그를 치르는 뉴욕메츠는 7회 초까지도 1점 차

250

로 지고 있는 상황이었다. 선수들의 클로즈업된 얼굴은 비장했다. 감독은 벤치에서 신경질적으로 입술을 실룩였다. 밤 경기가 치러지는 야구장은 대낮처럼 환하고 흥분한 관중들로 가득 차 있다. 관중들은 선수들의 동작 하나하나에 환호성을 터뜨렸다. 예민한 관중들의 시선과 불빛을 한 몸에 받고 있는 선수들의 얼굴에는 긴장한 표정이 역력했다. 포수가 투수 자리에까지 뛰어나가 귓속말을 하고 돌아갔다. 투수가 침을 뱉고 나서 다시 투구 폼을 잡았다. 7회 초, 투 스트라이크 원 볼, 주자는 1루. 뉴욕메츠에겐 아직도 점수를 만회할 기회가 2회나 남아 있다. 아직 그에게도 인생의 실점을 만회할 기회가 있을지 모른다. 하지만 지금 그에게는 더 이상 경기를 진행할 모든 의욕이 사라져 버렸다.

  화장실에 들어가 욕조에 따뜻한 물을 틀어 놓고 면도를 시작했다. 오랜만에 하는 면도다. 아내는 늘 면도한 뒤 나온 수염 가루들을 세면대에 그대로 흘려보내는 것에 대해 지청구를 하곤 했다. 세면대의 물구멍이 그것 때문에 막힌다고 늘 눈을 흘겼다. 그럴 때는 거품을 가득 묻힌 턱을 아내에게 장난스럽게 들이밀어 그녀를 목욕탕에서 쫓아내곤 했다. 아내와 달리 그 여자는 그의 까칠까칠한 턱을 좋아했다. 면도를 마친 후 그는 욕조에 가득 받아 놓은 따뜻한 물속으로 들어갔다. 정선 장터에서 돌아올 때보다 계곡 쪽의 바람이 더 거세어진 모양이다. 베란다 덧창이 심하게 흔들거리는 소리가 들려왔다. 부장이 그에게 늘 던지던 말이 있었다. 인생은 혼자만 독주한다고 멀리 가는 게 아냐. 종착점은 다 똑같다구. 그는 결코 자신이 독주한다고 생각해 본 적이 없다. 겨우겨우 대열에서 이탈하지 않기 위해 몸부림을 쳤을 따름이다. 그 모습이 다른 이에게는 그렇게 비칠 수도 있었으리라. 태어나서 지금까지 그는 한 번도 누군가에게 기대어

울어 본 적이 없다. 살아가는 일이 항상 급박했다. 누가 그를 몰아붙인 것은 아니지만, 그가 잠시라도 한눈을 팔면 낙오될 것 같은 두려움이 강박증처럼 엄습하곤 했다. 어린 시절 할머니와 함께 들판을 가로질러 어머니가 일을 나간 들녘 마을에 찾아간 적이 있다. 아버지는 병으로 쓰러져 방 안을 차지한 지가 오래됐었는데 그날따라 아버지의 숨소리가 심상치 않았다. 가래 끓는 소리가 나고 숨을 잠시 멈추기도 했다. 겁이 난 그는 할머니와 함께 어머니를 부르러 캄캄한 밤에 그 들판을 가로질렀다. 할머니는 그날따라 비가 내리는 들판 길을 번개가 칠 때마다 어린 그를 재촉해 달렸다. 캄캄한 길에 번개라도 치면 앞길이 환해져 사방 지형을 판단할 수 있었기 때문이다. 가만히 서버리면 길을 잃고 빗속에 떠내려갈지도 몰랐다.

욕조에서 나와 물기를 닦아 낸 후 방으로 들어섰다. 그사이 바깥은 많이 어두워졌다. 소주병을 따고 병 주둥이를 입에 댄 채 몇 모금 그대로 들이마셨다. 식도로 흘러내려 가는 독한 술기운에 알싸해졌다. 다시 몇 모금을 더 마신 후 그는 침대에 큰대 자로 편안하게 누웠다. 술기운이 급히 올라왔다. 술이 들어갈수록 몸은 뜨거워지는데 정신은 더욱 또렷해졌다. 아내도, 아이들도, 그 여자도, 회사도 모두 그에게서 떠났다. 지금 그가 누워서 술을 마시는 침대는 불과 몇 년 전만 해도 그 여자와 뜨거운 정사를 나누던 곳이다. 다시 여자에게 생각이 미치자 애틋한 그리움이 치밀었다. 여자의 살은 부드럽고 따뜻했다. 그녀의 따뜻한 중심에 그의 중심을 잇고 있을 때면 그 또한 세상의 중심에 서 있는 느낌이었다. 술병을 입에 가득 물고 그는 차가운 액체를 위장으로 콸콸 흘려보냈다.

요란한 전화벨 소리에 눈을 떴다. 창밖은 다시 환한 가을빛이 가득 내리고 있었다. 침대에는 빈 소주병들이 아무렇게나 던져져 있고

252

천장의 너덜거리는 벽지는 어제 그대로다. 술을 마시다 그대로 잠이 들었던 모양이다. 시계를 보니 벌써 낮 열두시를 넘어선 시각이다. 카운터의 노파가 다시 여관비를 내든지, 아니면 빨리 나가 줄 것을 독촉하는 전화일 것이다. 그는 깨질 것 같은 머리를 좌우로 힘차게 흔들다가 탁자 위의 전화기를 바닥으로 밀쳐 버렸다. 바닥에 내쳐진 전화기는 그제야 자지러질 듯 끈질기게 울어 대던 소리를 그쳤다. 침대 머리맡에는 치사량에 가까운 수면제들로 채워진 알약병이 그대로 놓여 있었다. 다시 지난밤의 황폐한 느낌이 되살아났다.

정선 장터는 어제와는 달리 썰렁했다. 인근의 진부 평창 등지를 떠돌다가 5일 후면 다시 그 부부 악사도 이곳에 올 것이다. 그는 정선 읍내를 천천히 지나서 다시 그의 상처가 피를 흘리고 있는 서울 쪽으로 방향을 잡았다. 문막을 지나고 용인 부근까지 올 무렵, 고속도로에는 가을비가 내리기 시작했다. 그가 다니던 회사 부근의 주차장에 차를 세워 놓고 같이 근무하던 동료에게 전화를 걸었다. 아직 살아남아 그 회사에 목을 걸고 있는 그 동료는 자리에 없었다. 그들이 회사에서 단골로 다니던 단란주점에 들어선 시간은 아직 초저녁이었다. 오랜만에 그를 대하는 마담의 얼굴에 반가움이 가득했다.

「아유, 사장님, 왜 요즘은 안 오셨어요? 난 또 해외 출장이라도 가신 줄 알았네. 어머, 혼자 오셨어요? 잠시만 이쪽에 앉아서 기다리세요. 조금만 있으면 빈 테이블이 나올 거예요.」

테이블별로 돌아가며 노래 신청자들이 불려 나와 대형 멀티비전의 노래 가사를 보며 악을 쓰고 있었다. 40대쯤으로 보이는 대머리 사내와 같이 온 20대 여성이 팔짱을 끼고 요즘 유행하는 신곡을 막 부르기 시작했다. 사내는 술에 취해 몸을 흐느적거리며 여자의 허리를 거세게 껴안고 있을 뿐 노래는 여자 혼자 부르는 셈이었다. 조각

처럼 매만져진 여자의 종아리와 허벅지가 짧은 치마 아래서 율동감
있게 움직였다. 노래가 끝나자 여기저기서 박수 소리가 간헐적으로
터져 나왔고 여자는 남자를 부축하고 자리로 돌아갔다. 지난밤에 강
소주를 빈속에 쏟아 부은 터라서 맥주 몇 모금에도 취기가 강하게
치밀어 올랐다.

「어머머, 사장님, 무슨 생각을 그렇게 골똘히 하세요? 저쪽에 자리
  가 났으니 저를 따라오세요. 그리구 우리 집에 새로 온 미스 정이
  라고, 그 애더러 특별히 합석하라고 했으니까 그리 아세요. 오늘
  너무 피곤해 보이시네요. 기분 좀 풀어요, 네?」

마담이 금세 돌아와서 끼어들었다. 그는 천천히 일어나 구석진 곳
의 빈 테이블로 걸어갔다. 멀티비전 앞에서는 40대 후반의 중년 사
내가 흐드러지게 뽕짝을 불러 젖히고 있었다. 사내는 머리를 하늘로
치켜들고 눈을 감은 채 열창했다.

「안녕하세요? 정이에요.」

주인 여자가 소개한 젊은 여인이 어느 틈에 옆자리에 와서 인사를
했다. 짙은 화장으로 감추기는 했지만 이미 30대가 가까워진, 이런
동네에서는 늙은 축에 속하는 여성이었다. 부드러운 말씨와 깊은 눈
매가 돋보였다.

「오늘 무슨 우울한 일이 있었나 봐요. 술 마실 때는 다 잊어버리세
  요. 저는 세상에 특별한 즐거움도 슬픔도 없다고 봐요. 물론 저희
  같은 생활에서나 그렇지 아저씨의 경우는 다를 수도 있겠지만요.
  그렇지만 아저씨도 오늘이 세상의 마지막 날이라고 생각해 봐요.
  내일이 없는데 슬퍼할 짬이 있어요? 지금 이 순간순간이 아까워
  미치는 거죠. 너무 퇴폐적이라고 나무라지는 마세요. 다만 그런
  각오로 인생을 충실하게 즐기자는 거죠.」

전작이 있었던지 목소리는 부드러웠지만 의외로 말이 많은 편이었다. 그는 여인의 눈동자에서 시선을 떼지 않은 채 말없이 맥주잔을 비웠다. 혼자 수다를 떨던 여인이 시무룩해지며 시선을 돌렸다. 묵묵히 여인의 옆모습을 바라보던 그는 고개를 떨구었다. 아내 또한 자주 토라지는 여자였다. 하지만 금방 다시 제자리로 돌아오는 미덕이 있었다. 생각해 보면 아내는 참 편안한 여자였다. 그 여자에게서 느꼈던 흥분은 없었어도 그에게 아늑한 분위기를 만들어 줄 능력을 가진 여자였다. 하지만 지금 그들은 없다.

「어머, 아저씨이! 또 다른 생각하고 계셔. 우리 나가서 노래 불러요, 네?」

짧은 치마 아래로 허벅지를 고스란히 노출시킨 채 다리를 꼬고 앉은 정이 그를 재촉했다. 그는 여인을 따라 홀 앞쪽의 멀티비전을 향해 걸어갔다. 여인이 먼저 마이크를 쥐고 카운터를 향해 곡목을 외쳤다. 술 냄새와 지분 냄새로 가득한 홀 안에 반주가 쩌렁거리기 시작했다. 요즘 유행하는 빠른 템포의 곡이었다. 여인은 경쾌하게 몸을 흔들며 노래를 불렀다. 앞쪽에 앉아 있던 사내들 서너 명이 자리에서 일어나 같이 몸을 흔들어 댔다. 성능 좋은 스피커에서 쏟아지는 전자 음향이 귀청을 때렸다. 그는 천장에서 빙글빙글 돌아가는 동그란 조명등을 바라보며 건성으로 서 있다가 갑자기 현기증이 밀려와 여인의 어깨에 손을 얹고 간신히 몸을 지탱했다.

「아저씨, 오늘 너무 피곤해 보이신다. 그만 들어가서 쉬시는 게 좋을 것 같은데…… 제 술이나 일단 한 잔 더 받으세요.」

함초롬한 자태로 술을 따르는 여인에게서 그는 문득 정욕을 느꼈다. 정욕이란, 허망에 사로잡혔을 때마다 출몰하는 연소 욕구 같은 것이었다. 자신을 순간적으로 태워 버리는 지극한 허망의 몸짓 그것이었다. 돌이켜 보면 지나간 10여 년은 그에게 참으로 기나긴 타락의 세월이었다. 흔들릴 때마다, 직장에서 적응이 힘들 때마다 그는 간혹 여자를 사기도 했다. 애를 써서 그 유혹을 물리쳐 본 적은 거의 없었다. 그저 본능에 충실하게 자신을 내맡겼다. 그러나 그것으로 허망은 결코 치유될 수 없었다. 오히려 증폭시키는 것 중의 하나였다. 여인이 따라 주는 잔을 그는 단숨에 들이마셨다. 이제 어느 정도 알코올에 적응이 된 식도가 쿨렁거리며 흘러 드는 맥주의 질감을 순하게 받아들였다. 대장으로부터 뜨거운 기운이 솟아올랐다. 그는 자리에서 일어나 천천히 카운터 쪽으로 걸었다. 다른 사람들의 의자에 부딪쳐 그들의 술잔이 엎어지기도 했지만 개의치 않고 묵묵히 걸어 나갔다.

자정이 가까워진 밤거리는 차가운 공기가 뒤덮고 있었다. 취객들의 택시 잡는 소리와 가로수 밑에서 구토하는 소리들이 엔진 소리를 드높이며 질주하는 차량들의 소음 사이로 섞여 들었다. 어디로 갈까? 그는 운전석 의자를 뒤로 젖히고 누웠다. 자동차 앞 유리창 너머 검붉은 도시의 하늘 위로 새들이 날아다니고 있었다. 이 깊은 밤에 도시의 상공을 날아다니는 새들은 도대체 어떤 새일까. 몽롱한 취기가 깊어지면서 그는 자신이 착시 현상을 일으키고 있는 것은 아닐까, 더럭 의심이 일었다. 그러나 그것들은 분명 새였다. 빌딩 꼭대기를 자유분방하게 옮겨 다니기도 하고 네온 간판 위에서 저희들끼리 속삭이기도 했다. 에프엠 라디오 스위치를 올렸다. 둔중한 첼로의 음색이 흐르고 있었다. 물결처럼 부드럽고 가녀린 소리로 흐르는가 하면 심장을 움켜쥐듯 무겁고 깊게 한없이 가라앉는 소리도 섞여 있었다. 졸음이 몰려왔다. 누군가가 속삭이듯 말하고 있었다. 깊은 밤, 깊은 만남, 아름답지 않으십니까……. 지금까지 요요마의 연주

256

로 세바스찬 바흐의 〈무반주 첼로 조곡〉 제1번 G장조를 들으셨습니다. 오늘도 하루의 피로를 잊고 이제 잠자리에 드실 시간입니다. 지금까지 청취해 주신 여러분께 감사드립니다. 사랑하는 사람과 함께 희망차게 출발할 또 한 번의 오늘을 위해, 그럼 안녕히…….

그는 몸을 일으켜 세우고 시동을 걸었다. 취객들도 자취를 감춘 심야의 도로에 엔진 소리가 낮게 그르렁거리기 시작했다. 그 여자는 서울 땅에 없다. 아내와 아이는 지금쯤 서로 껴안고 곤한 잠에 빠져들었을 것이다. 아이는 항상 그들 부부가 잠을 자는 사이로 새벽이면 베개를 껴안고 몽유병 환자처럼 걸어와 끼어들곤 했었다. 이제는 마음껏 제 어미를 껴안고 잘 수 있으리라. 도심의 산동네 꼭대기로 오르는 길은 가로등 하나 없는 어둠이었다. 그는 앞서 가는 자동차의 빨간 테일램프를 표적 삼아 묵묵히 액셀러레이터를 밟았다. 구불구불한 골목을 몇 번 휘어 돌아 오른 산 정상에 아파트 재건축 공사가 한창 벌어지고 있었다. 이미 최소한 열 대 정도의 차들이 공터에 세워져 있었다. 그는 차에서 내려 널빤지들이 좌우에 도열해 있는 좁은 길로 앞서 가는 남녀를 따라 걸었다. 장작 타는 냄새가 나기 시작했다. 좁고 긴 길 끝에 도시가 열려 있었다. 붉은 십자가, 하얀 십자가 들이 네온의 불밭에서 삐죽삐죽 솟아 있는 도시가 발아래 광활하게 펼쳐져 있었다. 꽤 너른 공터에는 화톳불이 군데군데 피워져 있었고 그 주변에 놓인 탁자들에는 이미 열댓 명의 사람들이 앉아 캔맥주를 비우고 있었다. 이 야외 술집의 주인으로 보이는 20대 후반의 젊은 남녀가 부지런히 빈대떡을 부치고 술을 나르느라 여념이 없었다. 어디에서 전기를 끌어 왔는지 붉은 백열등이 긴 장대 끝에 서너 개 매달려 있다. 공터의 난간에는 지난여름의 화려했던 꽃잎들은 모두 떨구어 버린 채 꽃목만 덜렁거리는 해바라기들이 도시를 등지고 서 있었다. 주방 쪽에 해당하는 좌측의 긴 식탁 뒤편에는 작은 카세트 라디오가 놓여 있었고, 베사메무쵸가 흘렀다.

　이곳은 밤을 새워 술을 마시기에 적당한 곳이었다. 심야 영업 단속이 풀리기 전만 해도, 문을 닫는 술집에서 나온 취객들이 또 한 잔이 아쉬워질 때 자주 찾는 장소였다. 이러한 매력 때문에 자주 이곳에 온다는 회사 동료와 함께 언젠가 한번 들른 곳이었다. 새벽 두시가 지나고 있는데도 손님들은 꾸역꾸역 몰려들었고 취객들은 화톳불 주변에 삼삼오오 모여 앉아 이야기에 여념이 없었다. 어찌 보면 시골 상갓집 마당의 풍경 같기도 했고, 잔칫집 뒤풀이 마당 같기도 했다. 그는 해바라기들이 난간 대신 서 있는 벼랑 앞에 섰다. 도시는 발아래에서 깊은 밤의 한숨을 내쉬고 있었다. 대로에는 자동차 불빛들이 드문드문 흘러 다녔다. 술을 마시는 손님들은 젊은 축에 속하는 남녀가 대부분이었고 넥타이를 풀어헤친 중년의 남자들도 군데군데 보였다. 그도 해바라기가 정면으로 바라보이는 탁자에 자리를 잡고 캔맥주를 비워내기 시작했다. 얼마쯤 흘렀을까. 동쪽 하늘에 선명하게 빛나던 샛별이 어느새 그의 머리 위에서 빛나고 있었다. 별빛이 레이저 광선처럼 그의 정수리에 내리꽂혔다. 도시가 불빛을 머금고 천천히 흔들리기 시작했다. 그의 등 뒤에서 속삭이는 소리가 들려왔다.

　「춥지 않으세요?」

　뒤를 돌아보았다. 등 뒤에는 화톳불이 타고 있었고, 그 너머에는 두 젊은 남자가 한참 이야기에 열중해 있었다. 이미 산꼭대기 이방 지대의 야외 술판은 끝나 가고 있었다. 젊은 주인 남녀는 자리를 잠시 비웠는지 보이지 않았다. 카세트 라디오의 음악도 멈춰 있었다. 해바라기는 새벽바람에 몸을 흔들고 있었고 도시는 여전히 발아래

에서 눈빛을 번뜩이고 있었다. 또 한 번 작고 은밀한 속삭임이 들려
왔다.

「뛰어내리세요. 따뜻해질 거예요.」

그는 연달아 들려오는 속살거리는 듯한 여인의 목소리에 물에 빠
졌다 나온 강아지가 물기를 털어 내듯 고개를 세차게 흔들었다. 다시
한 번 주위를 둘러보았다. 사내들조차 어느 틈엔가 자취를 감추었고
화톳불마저 마지막 불꽃을 희미하게 남긴 채 사그라지고 있었다.

「뛰어내리세요. 더 깊이 가라앉으세요.」

잠시 졸았던 것일까. 언뜻 정신이 들어 주변을 돌아보니 도심의
산꼭대기엔 아무도 없었다. 한줄기 새벽바람이 거세게 지나갔다. 그
바람에 장작불의 불티들이 어둔 하늘로 치솟아 어지럽게 날았다. 그
는 자리에서 일어나 해바라기 난간에 가까이 다가가 발아래에서 잠
을 설치고 있는 도시를 향해 오줌을 누기 시작했다. 또 한 번 이명처
럼 여인의 목소리가 귓전에서 울렸다. 도시가 파랑주의보 내린 바다
처럼 일렁이기 시작했다. 취기와 한기가 엄습해 왔다. 어디선가 갈
대 서걱거리는 소리와 새 떼의 아우성이 배합되어 희미하게 들려왔
다. 그는 바지를 추스르고 자세를 가다듬은 뒤 발아래 도시의 새벽
을 찬찬히 응시하기 시작했다.

# 황혼의 만가(輓歌)
## — 조용호의 첫 창작집에 부쳐

하응백(문학평론가)

## 1. 시대적 부끄러움 혹은 방관자 의식

작가 조용호는 1961년생, 81학번, 만 나이로는 아직 마흔이 되지 않았으니 이제 황혼이 깃든 386세대의 맏형이라 할 수 있다. 386세대란 무엇인가. 1980년대 이후 민주화 운동의 손발이 아니었던가. 조용호도 여기에서 예외가 아니었다. 이 작품집에 나타나는 여러 소설로 판단해 보면 조용호도 대학 시절 운동권 노래패의 일원이었다. 투신 사건이 빈발했던 저 비극의 80년대에 조용호는 각종 집회에 불려 다니면서 운동 가요를 부르기도 하고, 노제 때 상엿소리를 메기기도 했다.

노래를 부른다는 것이 곧 민주화 운동이 된다는 것은 한국적 특수성이 빚어낸 아이러니였다. 80년대에 '동지여 따르라'며 투신하는 것도 비극이었지만, '북망산천'의 상엿소리나 서정적 가요가 곧 운동으로 환원될 수 있는 것 또한 비극이었다. 당시의 군사 정권이나 운동권에 공통점이 있다면 초조함이었고, 융통성 없음이었다. 기질적 낭만성과 가창력으로 인해 노래패의 일원이 된 비정치적인 청년이 있다면, 그 청년의 의식은 찢어질 수밖에 없다. 그가 마르크스나 모택동이나 게바라나 그람시의 이론으로 무장하여 실천적인 투사가 되는 것은 불가능했지만, 당시 '적 아니면 동지'라는 운동권의 논리는 이를 불허했다.

위령제가 끝난 뒤, 미친 듯이 춤을 추고 난 제 영혼이 이성적인 자리로 다시 찾아들기 전에, 형이 저를 껴안았다면 저는 형의 영혼으로 채워졌을 거예요. 하지만 그이는 이미 저 없이는 살 수 없는 소극적이고 소심한, 비루하게 떨고 있는 영혼이었고 형은 그저 멀리서 노래나 부르는 방관자였지요. (〈이별〉, 184쪽)

선배나 동료가 민주화 투쟁을 위해 투신이나 분신 자살을 하고, 감옥에 가고, 행방불명이 되는 대목에서 '그저 멀리서 노래나 부르는 방관자', 그가 바로 청년 조용호였다. 노래는 기실 그 시대 민주화 운동의 대중적 방편이기도 했지만, 당시의 분위기는 그것을 '방관자 의식'으로 몰아갔고, 더욱 가혹한 실천을 요구했던 것이다. 이때 청년은 정치적 무기력에 빠질 수가 있다. 정권에 대한 적개심과 분노와 함께 자신의 용기 없음에 대한 분노와 연민 등이 복합적으로 작용할 것이기 때문이다.

한 작가의 소설에는 그를 소설로 이끈 여러 동인(動因)이 늘 숨어 있다. 80년대의 기억은 십수 년 뒤의 작가 조용호에게 뒤늦게까지 각인되어, 조용호의 첫 창작집의 창작 동인의 하나로 작용한다. 이 창작집에서 운동권 모티프가 수용된 소설은 〈그 동백에 울다〉, 〈베니스로 가는 마지막 열차〉, 〈이별〉, 〈황색 오르페우스〉 등의 네 편이다.

그런데 이 소설들에서 주인공들은 하나같이 사랑에도 운동에도 어정쩡한 인물들이다.

〈그 동백에 울다〉에서 화자가 사랑했던 여인의 남자는 학출(學出) 노동자로 노조 활동을 하다가 회사의 옥상에서 투신 자살을 한다. 여인은 그 후 화가가 되어 동백을 그리지만 그 남자에게서 벗어날 수 없고 결국 실종된다. 〈베니스로 가는 마지막 열차〉에서도 화자가 사랑하는 여자의 오빠는 학교에서 투신 자살하고, 그것에서 벗어날 수 없었던 여자는 베니스에서 실종된다. 〈이별〉에서도 화자가 사랑하는 여자 은주는 노래패 선배인 승규와 맺어졌고, 승규는 후에 교통사고로 죽는다. 〈황색 오르페우스〉에서도 화자는 노래패 후배 정은을 은근히 좋아했지만 정은은 수홍이라는 남자와 결합되어 있고, 결국 수홍은 그 여자에게서 버림받고 파리에서 죽는다.

이렇게 보면 조용호의 운동권 소설에는 하나의 도식이 성립한다. 그것은 '주인공이 운동권(노래패) 활동을 하다가 한 여자를 좋아한다, 그 여자는 같은 서클의 다른 남자와 결합한다, 그 남자는 죽는다'이다. 이러한 도식은 현실적으로 보면 그럴 수도 있고, 그렇지 않을 수도 있다. 여기서 중요한 것은 작가로 짐작할 수 있는 화자가 정작 사건의 진행에는 관여하지 않고 결과만 말해 주거나 뒤늦게 사건을 수습하고 처리하는 역할에 만족하고 있다는 점이다. 이것은 작가의 의식 속에 방관자라는 부채 의식이 크게 작용하고 있다는 뜻이다. 방관자였다는 자책감이 그로 하여금 뒷설거지를 책임지고 나서게 하는 것이다. 노제에서 죽은 자의 넋을 달래기 위해 노래하는 것이나, 〈베니스로 가는 마지막 열차〉에서 주인공이 여자가 부탁한 뼛가루를 지중해에 뿌리는 행위도 뒷설거지에 흡사하다. 조용호의 운동권 모티프 소설은 추모이고 애도이기도 하지만 한편으로는 방관자였음을 스스로 드러내며 자책하는 부끄러움의 기록이기도 한 것이다. 그러나 그 부끄러움의 드러냄은 정직함의 소산이기도 하다.

## 2. 또 다른 부끄러움, 아버지

위에서 언급한 운동권 모티프 소설은 작가 조용호가 80년대 초반 노래패에서 활동했다는 사실을 제외하면 조용호만의 특정한 자전적 사실을 소설 속에 도입했다고 보기는 어렵다. 투신 자살과 같은 것은 당시 대학생에게 워낙 충격적이었고, 같은 서클 소속 여자를 짝사랑하는 것 역시 워낙 흔한 일이어서, 둘 다 누구에게나 일어날 수 있는 일반적인 일이기 때문이다. 그렇다면 조용호의 첫 창작집에서 조용호만의 자전적 이야기가 등장하는 소설은 무엇일까. 그것은 어렵지 않게 찾아낼 수 있다. 할머니가 위독하다는 소식을 접하고 고향으로 내려가 아버지를 회고하는 작품인 〈들바람〉과 여러 모티프가 복합적으로 작용하는 〈베니스로 가는 마지막 열차〉의 일부 내용, 유년기 추억을 더듬는 〈수수 바람〉 등의 세 작품이 바로 그것이다.

　1) 아버지는 뒤집어쓴 내 이불을 걷어치우고 절망에 가득 찬 눈초리로 나의 뺨을 올려붙였다. 아버지는 그날 생전 처음으로 나를 때렸다. 뺨을 쓸어 내리고 보니 손에 피가 묻어났다. 그는 각혈을 시작했던 것이다. 달려가 본 안방에는 먹빛 감도는 붉은 피가 낭자해 있었다. (〈베니스로 가는 마지막 열차〉, 63쪽)

　2) 아버지는 처연한 눈빛으로 아들을 바라보다 그를 제치고 방문을 부서져라 닫아 버린 뒤 밖으로 뛰쳐나갔다. 그제야 그는 방바닥에 흐르는 검붉은 피를 발견하고 소스라치게 놀랐다. 방바닥에는 아버지가 토

264

해 놓은 피가 홍건하게 고여 있었다. (〈들바람〉, 230, 231쪽)

이 두 부분이 같은 장면을 묘사하고 있음은 명확하다. 삶의 어떤 장면은 죽을 때까지 잊혀지지 않을 수 있다. 이 두 부분의 일치는 그러한 작가의 사실적 경험에 기인한다고 보아야 할 것이다. 이 두 작품이 청년 조용호의 삶의 편린을 제공하고 있다면 이 작품집에서 가장 뛰어난 소설로 보이는 〈수수 바람〉 역시 작가 개인의 어린 시절의 아련한 추억이 주를 이루고 있다. 때문에 이 세 소설로 유년기부터 대학 시절까지 조용호의 개인적 삶을 들춰 보는 것은 그다지 어렵지 않다.

〈수수 바람〉의 스토리는 비교적 간단하다. 부모는 직장 때문에 인근 소읍에 살고 어린 화자는 할머니와 누나와 살고 있다. 풍성한 살림은 아니지만 그렇다고 모자랄 것도 없는 행복한 삶이다. 누나의 정겨운 살 냄새와 자신을 업어 주는 등이 있고, 할머니의 시들었지만 조그만 젖꼭지가 있고, 마을의 자랑인 탱자나무 울타리가 있기 때문이다. 아버지는 가끔씩 들러 박하사탕을 주었고, 또 어머니도 어린 동생을 업고 돌아와 아이를 보듬어 주었다. 유년기의 기억이란 다 아련하고 정답겠지만, 이 소설에서 보여 주는 고향 마을의 전경은 유토피아와 다름없다. 결핍이 없는 공간이기 때문이다. 게다가 이웃집에는 서울댁이라는 여자가 있다. 결혼하지 않고 먼저 시댁에 와 있는 이 여자에게서 화자는 동심의 에로티시즘을 느끼기도 한다. 마을에 잔치가 벌어질 무렵, 그 여자는 자살하고 그것을 아버지가 발견하면서 상여가 나간다는 것이 이 소설의 마무리지만, 후반의 서울댁의 비극은 이 소설 전체를 지배하고 있는 화자의 유년기 포만감에 비하면 무시해도 좋을 만큼 가볍다. 이 소설에서 가장 중요한 것은 정기적으로, 늦은 밤에 돌아와 할머니가 차려 준 고봉의 밥을 드시는 아버지다.

　달빛이 환한 밤 아버지가 불쑥 마당으로 들어선다. 장대 같은 키 뒤편으로 긴 그림자를 거느리고, 수수 모가지들의 울음소리를 들으며 마당에서 헛기침을 한다.
　〔……〕
　아버지의 밥그릇에는 항상 산처럼 밥이 쌓인다. 노적가리 쌓듯이 최대한 꾹꾹 눌러 담은 밥그릇을 앞에 두고 아버지는 기세 좋게 그 밥 봉우리를 깎아가기 시작한다. 누룽지까지 만들어 밥그릇 옆에 가져다 놓은 뒤 그제서야 할머니는 아버지 앞에 앉아 이런저런 얘기들을 늘어놓는다. (〈수수 바람〉, 19, 20쪽)

'장대 같은 키'의 아버지의 왕성한 식욕. 그것이 바로 주인공 가정의 결핍 없음의 기본 조건이다. 아버지의 노동력이 바로 이 가족의 물리적, 정신적 근본이기 때문이다. 그러나 〈베니스로 가는 마지막 열차〉와 〈들바람〉의 아버지는 어떤가. 어린아이가 대학생이 된 그 기간 만에 아버지는 폐인이 되어 버렸다. 그의 몰락에 따라 가족도 함께 황폐해졌다. 두 소설을 통해 아버지와 가정의 피폐를 재구성할 수 있다.

화자가 초등학교에 다닐 때 아버지가 근무하는 북쪽 소읍으로 이사를 갔고, 아버지는 집을 장만했다. 성실한 노동자 생활 20여 년 만에 아버지는 관리직의 신분이 되었다. 이때가 1970년대. 전국 소도시까지 카바레가 생기기 시작했고, 아버지는 동료의 꼬임으로 춤바람이 났다. 아버지는 씀씀이가 늘어나자 빚을 졌고, 빚으로 인해 집을 팔아넘겼다. 회사에서도 밀려나게 되고 아버지는 술에 탐닉한다. 자책과 사랑에 대한 회한, 가족에 대한 부끄러움 그런 것들을 술로 대신하려 했던 것이다. 당연히 집안은 더 어려워졌다. 두어 번의 자살 소동과 각혈. 장남인 아들은 그런 아버지를 용서할 수 있을까? "술값이 떨어지면 오랜만에 귀향한 아들의 호주머니까지 뒤지"는, 아들의 학교로 전화를 걸어 "부친 위독, 급히 연락 바람"이라는 거짓 메모를 남기는 아버지를 용서할 수 있을까?(⟨베니스로 가는 마지막 열차⟩) 대학이라는 사회에서는 방관자 의식이 그를 괴롭혔고, 한 집안의 장남 조용호에게는 아버지의 바람과 그로 인한 집안의 몰락이 겹으로 그를 힘들게 했을 것이다. 그리고 이어진 아버지의 죽음. 부끄러운 아버지를 둔 아들의 부끄러움. 이 두 문제, 즉 방관자 의식과 아버지 문제는 조용호 소설이 태동하는 바로 그 부분에 자리 잡은 원죄 같은 요소였다.

한편 아버지의 파멸의 원인은 황혼기의 사랑 혹은 불륜이다. 오랜 후에 아들은 아버지의 사랑을 이렇게 생각한다.

사랑이 무엇인가, 사랑이란 것이. 고향 마을이 점점 가까워질수록 그는 아버지 생각에 새삼스럽게 몸을 떤다. 결혼한 남자가 아내가 아닌 다른 여인과 사랑하는 일, 사람들은 그것을 흔히 불륜이라 부르고 바람을 피운다고 얘기한다. 당시 현우에게 그것은 생각하기도 부끄럽고 혐오스러운 그런 행위였다. 그러나 지금 와서 생각하면, 아이를 둘씩이나 낳고 이런저런 세상살이를 경험한 연배에 들어서서 보면, 그것은 간단히 바람으로만 치부할 수 없는 인생의 깊은 구멍이었다. (⟨들바람⟩, 225쪽)

이 진술만 보아서는 현재의 작가가 아버지의 행위를 심정적으로 받아들이고 있는가는 확실하지 않다. 이미 오래전에 돌아가신 아버지이므로 아버지를 용서하느냐의 문제는 그다지 중요하지 않을지도 모른다. 그러나 아들은 아버지를 삶의 전범으로 삼고 어른이 되기도 하지만, 반대로 아버지를 심리적으로 능멸하면서 어른이 되기도 한다. 작가 조용호의 경우는 아마도 후자였을 가능성이 많다. 아버지의 바람이 '생각하기도 혐오스러운 행위'였다는 진술은 그 증거라고 할 수 있다. 그렇다고 표면적으로 아버지를 능멸할 수는 없다. 다만 '그의 삶과 나의 삶은 다르다'는 식의 아버지의 삶에 대한 무시가 일반적으로 이런 타입의 아들이 행할 수 있는 현실적인 태도이다. 그러나 바로 그 이유 때문에 아버지는 부끄러움의 또 하나의 원천이 되는 것이다. 이 경우는 섬세하게 두 부류를 상정할 수 있는데, 하나는 아들이 아버지를 부끄러워하는 경우와 또 하나는 아버지를 부끄러워하는 자신을 부끄러워하는 경우이다. 아마도 작가 조용호의 경우는 아버지에 대한 원망을 내재화시킬 뿐 표면적으로 드러내지 않는 것으로 보아 후자일 가능성이 더 크다. 80년대의 방관자였다는 부끄러움과 아버지와 관계된 개인사적인 부끄러움을 내재화시키면서 조용호는 8, 90년대를 훌쩍 뛰어넘었을 가능성이 큰 것이다.

### 3. 사랑과 도덕

이 창작집에 실린 조용호의 소설은 다 그런 것은 아니지만 대부분 남녀의 사랑 이야기다. 그 사랑 이야기는 대부분 남녀가 사랑하고 여자가 실종된다는 이야기지만 〈그 동백에 울다〉를 보면 이 이야기가 대단히 섬세한 이미지로 직조되고 있음을 알 수 있다.

이 소설의 주인공은 미술 관계 잡지의 기자다. 그는 동백꽃의 처절한 낙화를 그리는 화가 한인희의 그림에 관심을 갖고 그녀를 만나면서 점점 깊은 관계에 빠지게 된다. 낙화의 처연함을 가진 동백꽃은 한인희의 옛 남자와 연결된다. 그 남자는 동백꽃의 낙화처럼 붉고 처연하게 투신 자살한 것이다. 투신이라는 면에서 동백꽃의 이미지를 그대로 가지고 있다고 할 수 있다. 그 이미지는 한국에서의 소설 속 중요 장소인 서천(舒川) 마량 포구의 동백나무 숲과 연결된다. 충남 서천은 고유명사지만 음(音)의 불교적 측면으로 본다면 서방 정토(西方淨土) 혹은 서역 하늘(西天)로 생각할 수도 있다. 이 서천(西天)은 서천 서역국(西天西域國)의 준말이기도 하며 이는 인도를 가리킨다. 그렇게 하여 서천은 인도의 타지마할로 연결되는 것이다. 타지마할은 인도의 왕 샤자한이 그의 아내의 죽음을 애도해서 만든 무덤이다. 이렇게 보면, 동백꽃─남자의 투신 자살─한인희와 남자의 사랑─서천 동백꽃─타지마할과 영원한 사랑─죽음으로 연결되는 것이다. 이것은 조용호가 자연스럽게 소설을 쓰는 것이 아니라 대단히 정치하게 소설을 만들어 낸다는 뜻이기도 하다.

한편 이 창작집에서 상당한 비중을 차지하는 사랑 이야기를 도식화해 보면 일정한 패턴으로 진행되는 것을 발견할 수 있다. 다시 〈그 동백에 울다〉로 그 패턴을 찾아보면, '주인공(남자)은 우연히 여자를 만나 사랑에 빠진다, 그녀는 그를 좋아하지만 그들의 사랑을 방해하는 과거의 남자로 인해 그들은 그 벽을 넘지 못하고 헤어진다, 여자가 죽거나 실종되고 남자는 그녀를 찾아 나선다'는 것으로 진행된다. 삼각관계는 삼각관계인데, 과거의 연인과 대결하는 셈이다.

〈바람꽃〉에서도 프리랜서 작가는 술집에서 만난 가야금 타는 여자와 사랑에 빠지지만, 그녀는 과거 남편의 환영으로 인해 그를 거부한다. 〈베니스로 가는 마지막 열차〉에서는 여자의 죽은 오빠가 그들의 사랑의 방해자다. 〈이별〉에서도 주인공은 여자를 사랑하지만 죽은 선배로부터 방해받고 있다. 〈황색 오르페우스〉에서도 여자를 좋아했지만 여자는 선배를 더 좋아했고, 그리고 선배는 파리에서 죽었다. 〈가을 나그네〉에서도 이혼녀였던 여자는 떠나갔고, 그는 역시 혼자 남아 있다. 〈능소화〉에서는 근친상간이라는 요소가 두 남녀의 절절한 사랑을 방해한 요소였지만, 결국 그것은 착각임이 밝혀진다. 이것을 정리해 보면, 몇 가지를 도식화할 수 있다.

첫째, 조용호 소설의 사랑 이야기는 비극적으로 끝난다(죽거나 실종). 둘째, 사랑의 방해자는 현재의 아내나 남편이 아니라 과거에 죽은 사람이거나 어떤 관념이다. 셋째, 사랑은 현재 진행형이 아니라 과거의 사랑을 반추하거나 사라진 여자를 찾아가는 형식이다. 이것은 무엇을 말하는 것일까. 결론에 이르기 전에 사랑 소설 주인공들의 결혼 여부와 직업을 표로 만들어 생각해 보자.

다음 표에서 보면 남자의 직업은 기자 혹은 회사원(실직자 포함)

| 작 품 | 남자 주인공의 직업<br>(결혼 여부) | 여자 주인공의 직업<br>(결혼 여부) |
|---|---|---|
| 그 동백에 울다 | 기자(불확실) | 화가(미혼, 애인과 사별) |
| 능소화 | 회사원(이혼함) | 식당 종업원(이혼함) |
| 바람꽃 | 프리랜서 여행 작가<br>(불확실) | 가야금 연주자<br>(남편과 사별) |
| 베니스로 가는 마지막 열차 | 실직자(이혼함) | 잡지사 기자(미혼) |
| 이별 | 회사원으로 추정<br>(불확실) | 프리랜서<br>(남편과 사별) |
| 잉카의 여인 | 실직자(불확실) | 불확실(불확실) |
| 황색 오르페우스 | 기자<br>(미혼, 후에 결혼) | 학생<br>(미혼, 후에 결혼) |
| 가을 나그네 | 실직자(이혼함) | 번역가(이혼함) |

270

이고 결혼 여부는 대개 불확실하다. 여자의 직업은 다양하지만 한결같이 이혼녀이거나 남자와 사별한 여자다(〈베니스로 가는 마지막 열차〉와 〈황색 오르페우스〉에서 여자와 남자의 사랑은 과거형이므로 사랑이 진행될 당시는 모두 미혼이었다). 좀 특이하다는 느낌이 들지 않는가? 1990년대 이후 기혼남과 기혼녀의 불륜 소설의 성행 속에서 왜 유독 조용호만은 미망인 혹은 이혼녀와의 사랑 이야기에 열중하고 있는 것일까? 조용호 소설에는 미혼끼리 사랑하거나 결혼 여부가 불확실한 남자와 이른바 '임자 없는' 여자와의 사랑이 주종을 이루는 것이다. 이렇게 보면 조용호의 사랑의 도식은 지극히 도덕적이다. 어떤 이유이건 배후자가 없는 상대끼리 사랑을 나누는 것이다(유일하게 배우자가 확실하면서 이혼녀와 사랑을 하는 경우인 〈능소화〉는 액자 소설로 진행된다). 화자는 무문관 수행을 마치는 스님을 취재하러 사찰로 떠나면서, 한국을 떠나는 친구 이야기를 액자 형식으로 간접화시켜 도입한다. 때문에 이것은 자기 이야기가 아니라 친구 이야기이니까 화자가 도덕적으로 지탄받을 필요는 없는 것이다.

사랑이 비극적이라는 것은 철학적인 견지에서 각자가 의견을 달리할 수 있다 하더라도 이렇게 철저하게 불륜을 회피하는 것은 어떤 검열 기제의 작동이라 볼 수 있을 것이다. 그 검열 기제는 무엇일까? 여기에서 작가의 자전적인 요소를 끌어들일 필요가 있지 않을까. 바로 한때 부끄러움의 대상이었던 아버지가 이 검열의 원향에 도사리고 있지 않을까. 아버지의 불륜이—물론 대상이 이혼녀라 했지만—조용호의 원죄로 작용하지 않았을까 하는 추정이 가능하다. 그 불륜이 집안을 피폐시키고 가난과 수많은 불행의 씨앗이었다. 그러나 아버지가 그 유혹에 빠지지 않을 수 없었듯이 작가 조용호도 남녀의 사랑을 소설로 그려 내고 싶다. 그것은 악마처럼 끊임없이 그를 유혹한다. 사랑에 빠진 남녀의 이야기를 그리라고. 하지만 최소한의 도덕적 검열이 조용호의 내부에서 그를 완강히 붙든다. 사랑에 탐닉하되 불륜을 저지르지 말라고. 가정을 지켜야 한다는 것은 그의 내부에 완강히 도사리고 있는 최후의 불문율이므로. 이렇게 본다면 그가 사랑 이야기를 즐겨 전개하면서도 그 사랑이 과거형이며 일반적인 도덕적 준거에서 왜 벗어나지 않는가가 설명될 수 있다. 그는 많은 사랑 모티프의 소설을 쓰면서도 단 한 편의 연애 소설도 쓰지 못했다.

## 4. 소설의 구조와 여행, 그리고 죽음과 황혼

조용호 소설의 특징 중의 하나는 여행 소설이 대부분이라는 점이다. 윤후명이나 윤대녕의 소설이 그렇듯이 조용호의 여행 소설도 여자와 관련되어 있지만, 앞서 언급했듯이 조용호 소설은 그들 소설과 달리 연애 소설은 아니다. 이러한 주제적 특징은 조용호 소설의 구조적 특징을 결정짓는다. 반대로 구조적 특징이 주제적 특징을 결정짓는다고 해도 틀린 말은 아니다. 〈베니스로 가는 마지막 열차〉, 〈그 동백에 울다〉, 〈능소화〉, 〈잉카의 여인〉, 〈황색 오르페우스〉, 〈가을 나그네〉 등의 여행 소설이 겹구조를 가지고 있다는 사실이 위의 진술을 뒷받침한다. 조용호 소설의 주인공은 유럽(〈베니스로 가는 마지막 열차〉, 〈황색 오르페우스〉), 남미(〈잉카의 여인〉), 인도(〈그 동백에 울다〉) 등의 해외로부터, 충남 서천(〈그 동백에 울다〉), 전주 일대(〈바람꽃〉), 정선 일대(〈가을 나그네〉)를 비롯한 한국의 각지로 쏘다닌다.

마음대로 여행을 할 수 있는 사람은 누구인가. 작가나 프리랜서 여행가나 기자와 같은 직종에 종사하거나 실직자거나 그도 아니면 간 큰 남자일 것이다. 위에서 언급한 표를 보면 주인공의 직업은 과

272

연 기자거나 프리랜서 작가이거나 실직자들이다. 그러니까 조용호 소설은 애초부터 여행 소설을 배태할 모든 요소를 갖추고 있는 셈이다. 주제나 구조에서 주인공의 직업까지 다 그렇다. 그렇다면 반대로 소설이 여행을 수용한 것이 아니라 여행이 소설을 수용하고 있다고 볼 수도 있다. 기자가(조용호의 직업은 기자이다) 취재 여행을 하고 기사를 쓰듯이, 여행의 후일담으로 소설을 쓰고 있는지도 모른다. 그렇게 보면 조용호 소설 작법의 비밀은 풀린다. 〈그 동백에 울다〉에서 서천 마량의 동백숲 여행과 인도의 타지마할 여행이 실제이며 한인희는 상상의 인물로 보는 것이 타당할 것이다. 여행과 여행의 결합이 이 소설의 본질이며 사라진 여자 한인희는 하나의 무대 장치에 불과할 것이다. 마찬가지로 〈잉카의 여인〉에 등장하는, 고향에 가서 고향을 그리워하는 여자도 순수 가상일 것이다. 에둘러 이야기하자면 소설 속에 등장하는 여인들에 대한 조용호의 감정은 백석의 시 〈절망(絶望)〉에 등장하는 여인에 대한 백석의 감정과 거의 흡사할 가능성이 많다.

북관(北關)에 계집은 튼튼하다
북관에 계집은 아름답다
아름답고 튼튼한 계집은 있어서
흰 저고리에 붉은 길동을 달어
검정치마에 받쳐입은 것은
나의 꼭 하나 즐거운 꿈이였더니
어늬 아침 계집은
머리에 무거운 동이를 이고
손에 어린것의 손을 끌고

가파러운 언덕길을
숨이 차서 올라갔다
나는 한종일 서러웠다                    — 백석, 〈절망〉 전문

　평론가 유종호의 해석에 의하면 이 시는 여행지에서 만난 한 여인
에 대한 감상적 연정이다. 아름다운 여인이 있어 처녀인 줄 알았더
니, 알고 보니 생활고에 시달리고 애까지 하나 딸린 여인이어서 서글
펐다는 것이다. 이는 여행지에서 오는 낭만성에 의해 가능한 발상이
라는 것이 유종호의 해석이다(유종호, 《서정적 진실을 찾아서》). 조
용호의 여행 소설의 여인도 백석이 북관이라는 여행지에서 느낀 여
인에 대한 감상과 크게 다르지는 않을 것이다. 오히려 더 나아가 조
용호는 백석과 달리 그 모델마저도 오래된 과거에서 빌려 오거나 혹
은 임의로 창조하거나 변조했을 가능성이 더 많다. 물론 모든 소설
에서 실제의 모델이 필요하고 주인공과 어떤 관련이 있어야 하는 것
은 아니며 창조하고 변조하는 것이 더 소설다운 소설일 것이다. 그
러한 작법 태도가 문제가 있다는 것은 전혀 아니라는 뜻이다. 소설
가는 스스로의 독특한 창작 방법론을 가져야 하는 것이다.
　내가 주목하고 싶은 것은 그가 여행지에서 만난 여인이나 오매불
망 추억하는 여인이 아니라, 다소 엉뚱하게도 황혼이다. 황혼의 풍경
이다.

　1) 일몰의 동백 숲은 과연 장관이었다. 동백꽃은 핏빛으로 물든 서해의
빛깔에 화답을 하듯 불꽃처럼 타오르고 있었다. (〈그 동백에 울다〉, 94쪽)

　2) 해가 진다. 들판 너머로 붉은 해가 떨어진다. 유년기 추억이 고스란

히 묻어 있는 고향 마을은 이제 조금만 더 가면 된다. (〈들바람〉, 220쪽)

3) 저녁 공양을 마치고 세심당에 돌아와도 주위는 여전히 환하다. 여름 해가 길기는 긴 모양이다. 갑자기 황금빛이 방 안에 가득 들어찬다. 고개를 들어 창밖을 보니 막 붉어지기 시작하는 노을빛이 하늘에 가득하다. 이제 겨우 구름에서 벗어난 석양이 얼굴을 드러내기 시작한다. 주황에서 주홍으로, 다시 핏빛으로 변해 가는 저녁 태양은 저녁 예불을 시작하는 대웅전의 목탁 소리가 텅, 텅, 울릴 때마다 조금씩 바다 쪽으로 떨어진다. (〈비파나무 그늘 아래〉, 104쪽)

이것뿐만이 아니다. 이 작품집에 실린 그의 모든 소설에서 황혼은, 석양 무렵의 풍경은 조금씩 분위기를 달리하면서 묘사된다. 그의 소설이 황혼의 묘사에 집착하는 것을 보면 그가 석양의 풍광만 전문적으로 찍으러 다니는 사진작가라는 느낌이 들 정도이다. 그의 소설에 해 뜰 무렵의 태양과 중천의 태양이 나오는 것은 거의 드물다. 이는 무엇을 뜻하는 것일까. 그가 서해 바다 가까운 김제 출신이라서 그럴까. 그의 황혼과 그의 소설에 —〈가을 나그네〉만 제외하고— 나오는 떠남과 이별과 죽음은 어떤 연유에서 비롯되는 것일까. 어떤 이는 여행에서 풍광을 보고 어떤 이는 여행에서 사랑을 보는데, 왜 조용호는 황혼과 죽음만을 보는 것일까. 그는 왜 하고많은 민요 중에서도 상엿소리에 취했던 것일까(〈베니스로 가는 마지막 기차〉). 왜 백수 광부처럼 서해 바다의 어두운 물에 스스로 빠져 드는 것일까(〈바람꽃〉). 그 이유는 비극적 낭만주의로밖에 설명할 수 없다.

황홀한 황혼을 배경으로 펼쳐지는 주인공들의 도도한 죽음, 그것은 그의 비극적 낭만주의에서 비롯한다. 그의 소설은 세상 곳곳에서

도저한 슬픔을 보며 논리의 소설을 황혼의 노래로 바꾸어 버린다. 때문에 그의 소설은 황혼의 만가이다. 그 만가는 분명 시대와 가족사가 만든 것만은 아닐 것이다. 그렇다면 무엇인가, 그의 도저한 비극적 낭만의 진정한 정체는? 비평이라는 논리로 도저히 그것을 알아낼 수 없다면, 나는 논리적인 분석에 앞서 그의 비극적 낭만의 한 자락을 슬쩍 잡아 보고 싶다. 깊게 혹은 가볍게.

베니스로 가는 마지막 열차

초판 1쇄 인쇄일 · 2001년 8월 20일
초판 1쇄 발행일 · 2001년 8월 25일
지은이 · 조용호
펴낸이 · 임성규
펴낸곳 · 문이당

등록 · 1988. 11. 5. 제 1-832호
주소 · 서울시 성북구 동소문동 4가 111번지
전화 · 928-8741~3(영)  927-4991~2(편)
팩스 · 925-5406
© 2001 조용호

홈페이지 http://www.munidang.com
전자우편 webmaster@munidang.com

ISBN 89-7456-166-2  03810

값은 표지 뒷면에 표시되어 있습니다.